JN227672

エナメルを塗った魂の比重

鏡稜子ときせかえ密室

佐藤友哉

KODANSHA NOVELS
講談社ノベルス

エナメルを塗った魂の比重

鏡稜子ときせかえ密室

Book Design Hiroto Kumagai
Cover Design Veia
Photograph Keita Hayashi
Cosplayer Chihaya(girlish)
Hair&Make-up Naoyuki Akama
Special Thanks CLAMP

Monday
Tuesday
Saturday
Friday
Sunday
Lastday

こんな僕が変われるなら今しかないって気がするんだ。

（SUPERCAR/(AmI)confusing you?）

1

Monday

第一章　食べたい月曜日

1

お腹が空《す》いた……。

もう十日間、何も口に入れていない。

胃は空《から》っぽ。

空っぽ過ぎて吐き気が込み上げて来る。

吐く物もないけれど。

私は中央区の中心部を食べ物を求めて歩いていた。どこかに美味《おい》しいお肉を分けてくれる心優しい人はいないだろうかと、淡い期待を抱きながら。勿論《もちろん》、そんな奇特な人間など、そうそういない事は認識している。

全身は生まれたばかりの羊みたいに震えていた。

七月一日。季節は無条件に暖《あたた》かさを振りまく夏に入ったと云うのに、寒い。そして胃がキリキリと締めつけられるように痛い。全身を支配する異様な倦怠《けんたい》感。濃霧のような目の霞《かす》み。そして引っくり返ったカタツムリよりも遅い歩み……。私の身体の活動時間も、そろそろ限界のようだ。非常に危険な情況。ここまで酷《ひど》いのは前代未聞。一刻も早く空腹を満たさなければ……わっ。

体力の限界と視界条件の悪さが重なり、私は躓《つまず》いて道路に転んでしまった。朦朧《もうろう》としているせいで、その痛みはぼんやりしたものだったが、しかしダメージ量は変らない。膝《ひざ》を擦《す》りむいてしまったようだ。皮膚《ひふ》が破れ、血が滲《にじ》み出ている。ああ……何て勿体《もったい》ない。そうは思ったが血液を舐《な》めたからと云って満腹感が得られる筈《はず》もないし、それに自分の血なんて飲みたくない。飲尿健康法じゃあるまいし。私は霞む瞳《ひとみ》を擦《こす》りながら立ち上がると、痛みを堪《こら》えて再び歩き出した。

摂取《せっしゅ》する量が極端に少なく栄養も極端に偏《かたよ》っているのが原因なのか、私の視界は常時、汚れた眼鏡をかけたみたいに曇っていた。太陽がカンカン照りの、こんな快晴の下であっても。まあ、この視覚の不安定は随分《ずいぶん》前から続いているので、今更哀しむべきものではないのだけれど。

食べたい。

食べたい。

そう呟《つぶや》きそうになるのを必死で抑える。体格の良い人間……ほどよい筋肉を持ち体脂肪の少なそうな……を、食欲丸出しの視線で眺めたいと云う衝動も遮断した。何故って、そんな事をしても意味がないから。無意味な行為で食欲を助長するのは避《さ》けたい。

街を歩くと云う行為だって食欲の助長に繋《つな》がるじゃないかと、私の右半身を隷属《れいぞく》する何者かが呟いたが、しかし私はそれを無視した。

ケンタッキーの前を横切る浮浪者と同じ精神で、人混みで溢《あふ》れる街を抜ける。空には相変らず攻撃的な太陽。暑い。汗でシャツが張りついていた。頭も朦朧としている。アスファルトから沸《わ》き上がる熱気が不快。天気予報では今日の札幌《さっぽろ》は雨だと云ってた癖《くせ》に。約束が違うじゃないか。天気予報は本当に嘘《うそ》吐きだ。私は雨が見たかったのだ。太陽なんて望んではいない。これっぽっちも。

雨。

……先生。

私は今でも繰り返し思い出す。

父の友人の友人の息子である、外科医の倉坂祐介《くらさかゆうすけ》先生の勤《つと》める『倉坂総合病院』に初めて連れて来られたのは、四年ほど前の物凄い雨降りの日だった。

父が何故、私の治療に友人の友人の息子などを選択したかと云うと、それは外面《そとづら》のため。

私はそこで診察を受けた。

だけど私は病人ではない。

食《しょく》する物が人と違うだけで病気持ち呼ばわりされるのは不当だ。怒りすら覚える。

それに……食べ物が違うと云うけれど、突きつめれば同じ『肉』だ。性質は一緒。牛肉と人肉に顕著《けんちょ》な差異など存在しない。細胞や遺伝子レベルにまで範囲を絞れば違いが見られるのかも知れないが、馬鹿な私には、そんなややこしい事は解らない。仮に何らかの差があったにせよ、とにかく肉は肉だ。

同類で同種で同一。

それが私の唯一にして最大の主張。勿論、倉坂先生と邂逅《かいこう》を果たしたばかりのこの時点の私が、自己のそうした思考を認識していた訳ではなかったのだが。

「なるほどね……。突然、食べ物が咽喉《のど》を通らなくなってしまった、と」高級そうな黒い革張りの回転椅子に座った先生は、くるりと回って私と向かい合った。サングラスで目の部分が隠されているせいで正確な観察は難しいけれど、年齢は三十代前半くらいに見えた。「それは困ったね。お互いに」

「はあ……」

当時十三歳だった私は、向かいに座る白衣の医者に向かって小さく頷《うなず》いた。何故かサングラスに恐怖を感じたので、視線の先を窓に向けながら。降りしきる雨は窓ガラスを強く叩いている。天井から注ぐ照明が、白ばかりの壁や床に反射して眩《まぶ》しい。その日は空が黒い雨雲に覆《おお》われ、室内には午前中だと云うのに明かりを灯《とも》さなければならなかったのだ。

「お互いと云うのはね、そりゃあ君も大変だろうけど、外科医の僕がそれを治療しなくちゃならないのも大変だと云う意味さ。こんなのはね……獣医に配管工事をやらせるみたいなもんだよ。違うかい？ それくらい解ってると思うけど」どうやら、少し怒っているらしい。「世間の目なんか気にしないで、精神科へ行くのが賢明だと思うけどね。別に頭が狂ったとか云う訳じゃなくて、食べ物を受けつけなくなっただけなんだろう？ 何を意識してるんだか」

「あ、はい……ごめんなさい」

責められているような気分になり、私は思わず謝罪してしまった。

「まあ、そうは云っても仕方がない。これが大人の事情と云うものだからね」黒いサングラスの奥に隠された瞳を私に向ける。初めて会った日も、そして最後の日も、倉坂先生はサングラスに白衣と云うアンバランスな服装を貫いた。「じゃ、始めるとしようか。診察って奴を」先生は小さく溜息《ためいき》を洩《も》らす。そして腕を組むと、回転椅子を僅《わず》かに左右に揺らした。「食べ物を受けつけなくなったと云うのは、いつ頃から？」

「えっと……先週の火曜日くらいからです」

「それから今日まで何も口にしてないの？」

先生は驚いた表情をした。

「いえ……」私は首を振る。それでは骨皮スネ夫になってしまうじゃないか。「少しですけど、無理やり食べてます。パンとか、ご飯とか」

偏食が始まって間もない頃には、そんな事も出来た。だが今はもう不可能。人肉以外の食物は胃が受けつけない。

「食べるのは辛い？」

「はい」

「山本《やまもと》さん、君は好き嫌いが多かった？」

「あ、いえ……そんな事はないと思いますが」私は首を俯《うつむ》かせた。「でも……あの、人参《にんじん》は嫌いです。シチューとかカレーに入っていたら残してました」

「好きな食べ物は？」

「……カステラとか、ラーメンとか」

しかし今では、それ等を食する自分を想起するだけで、嘔吐《おうと》感が発生する。

「僕もラーメン好きだよ」先生は腕組みをほどいて微笑《ほほえ》んだ。「せっかく札幌で生まれたんだ。ラーメンを好物にしないと損だもんね」

「はあ」

そこまでは思わないが。

「しっかしなあ……何故、突然そんな事になってしまったんだろうね。物が食べられないなんてさ」先生は独言《ひとりごと》のように呟くと、白衣のポケットに入っているボールペンを摘《つま》み出した。「兆候みたいなものはあった?」それから空いている片腕を椅子の肘《ひじ》かけに置いた。ペンを握ったもう片方の手は、それを器用に回転させている。

「……いいえ、突然です」

そう、本当に突然だった。これが訪れる前日、私は学校帰りにコンビニでコアラのマーチを買ったのだから。

「ねえ山本さん。こんな事訊くのも何だけど、ご両親とは上手《うま》く行ってる?」

「両親?」この質問も診察の一部なのだろうか。

「……ええ、まあ」

「本当に?」

先生は追及する。

「えっ」私は益々《ますます》、首を俯かせた。「あ、本当ですよ。別に悪いとは思いませんが。あの、どうしてそんな……」

「ふうん」先生はペンを回す作業を停止させた。そしてペン先を自分の鼻に当てる。「なるほどねえ」

「……あの、原因は何なんですか。どうして私は、物が食べられなくなったんですか」

「解らん」

堂々と云うな。それでも医者か。まあ、別に期待はしていなかったけれど。サングラスをかけている時点で怪しいとは思っていたのだ。

「なんてね」

「え?」

私は視線を先生に向けた。

「安心しなよ。僕は優秀なんだ。色んな意味でね」先生は不敵な、だけどどこかバツの悪い表情……カンニングが発覚して教師に驚かれる優等生みたいな顔……を浮かべた。「ねえ山本さん」先生はペンを自分の背後にあるデスクに放り投げた。それも弧を描く時間すら与えない速度で。乱暴な人だ。「今……一番、何が食べたい?」そして妙に切れ切れな口調でそう質問した。

一番食べたい物？

この人は何を云っているのだろう。

私は何も食べられなくなる奇病に冒《おか》されたのだ。

だから食べたいものなんてある筈が……。

ある筈が、
いや。

違う。

ある。

食欲。

何だ？

どうして？

それは、
突然浮かんだ。

肉？

「……お肉です」

診察室の白い壁を眺めながら思案したが、しかし脳裏に浮かんだ言葉は、それだけだった。

「なるほどね、肉か」先生は口元を困ったように歪めた。「それは何の肉だい？　牛とか豚とかあるけど」

「違います」私は急いで否定した。自分がそれ等の肉片を食べる姿を想像した途端、やはり吐き気に襲われた。「そんなの食べたくありません」胃が痙攣《けいれん》して内容物が込み上げるのを悟られないように、三秒間呼吸を停止させる。腹部が苦しい。

「おやおや、何故そんな嫌悪をするんだい山本さん」先生は気になる疑問点を発見した探偵《たんてい》みたいな声を出した。「肉なら食べたいんだろう？　今、自分で云ったじゃないか、そうだって」

「……そうですけど。そうなんですけど」

「質問を変えるね」先生は私を見据えた。「何の肉が食べたい？」

雨音が診察室を抜けた。

「何の……肉？」

私は顔を上げた。指摘された内容が直截《ちょくせつ》過ぎたので、戦慄《せんりつ》し背中が寒くなる。それも痛いくらいに。

両脚が小刻みに震え出した。

「何の肉が食べたい？」

先生は再度追及した。

「あの、え、えっと……。うっ」

先生は突然、どもる私の乾いた口内に、人差し指を入れた。

「別にフェラチオのメタファーじゃないから、変な期待はいけないよ」どうやら先生は下ネタも云えるらしい。「さあ、どんな気分？」

どんな気分もこんな気分もなかった。

乾いていた筈の口内が、唾液《だえき》でいっぱいになる。

どうしたと云うのだろうか。

先生の指は私の唾液だらけ。

丁度良い硬さの長い指。

胃が活動を開始する。

「やっぱりそうか……」

やっぱり？

やっぱりって何だ？

舌で先生の指の形状と硬さを確認した。

食べたい。

食べたい。

歯を立てたくて仕様《しよう》がなかった。

涎《よだれ》が先生の指を伝って、床に垂れた。

「齧《かじ》っても良いよ」

先生はそう云った。

クラクションの音で我に返った。

どうやら私は横断歩道の真ん中で立ち尽くしていたらしい。それならクラクションを鳴らされるのも仕方がない。そのためのクラクションなのだから。信号は赤。私は縺《もつ》れる脚を意地で動かして渡りきった。危ない危ない。全く何をしてるんだ私は。これでは白昼夢《はくちゅうむ》を観て、崖の縁を舞踏会の舞台と勘違いして踊る病人と一緒じゃないか。

私は暑さと空腹と膝の痛みから一時的な避難を行なうため、大通公園で休憩《きゅうけい》をとる事にした。噴水前のベンチに座り、首に浮かんだ汗を拭《ぬぐ》う。次いで額《ひたい》も。大きな溜息が漏《も》れた。怪我《けが》をした膝に視線を移す。傷口には血液が凝固《ぎょうこ》していた。これを剥《は》がせば、赤黒い鮮血が流れるだろう。だが自分の肉を食べたくないのと同じように、やはり自分の血は飲む気がしなかった。

空っぽの腹を押さえながら大きな噴水に目を向ける。噴水の飛沫《しぶき》が小さな虹《にじ》を作っているらしい（子供達が、はしゃぎながらそれを指差していた）が、私の目は霞んでいるので、どの角度から凝視《ぎょうし》しても、それはただの光の乱反射でしかなかった。私には虹を見る資格もないのか。

……先生。

懐かしい記憶だった。

サングラスと白衣の配列が再び脳内を支配する。

先生。倉坂先生。

その倉坂先生は、今はもういない。

私を助けてくれる人はいなくなった。もう、誰も私に肉を恵んでなどくれないのだ。しかも先生が保存してくれた肉は、十日前に食べ尽くしてしまった。この現状を切り開くのは已《おのれ》のみ。私が私を助けなければ、山本砂絵《すなえ》と云うこの存在は確実に消滅する。

ああ、嫌だ嫌だ嫌だ嫌だ。

どうしてこんな目に……。

そうだ、一体何が原因なのだろう。人を食するきっかけが思い浮かばない。人の肉しか食べられなくなった、その理由が見当たらないのだ。それは欠如や忘却と云った精神的なバリケードが巧妙に、何食わぬ顔で隠蔽《いんぺい》しているのではなく、本当の意味での空虚だった。

鳩の群れが地面に落ちた餌《えさ》を啄《ついば》んでいた。鳩が羨《うらや》ましい。こいつ等には至るところに餌が用意されている。ブクブクに太って飛べなくなった鳩を見た事だってあった。餌……ああ、餌。

ねえねえ、何云ってんの。

条件はあなたも鳩も一緒。

私の右半身が何か囁《ささや》いている。底知れぬ不安感の発露。これは人しか食べられなくなった瞬間から浮かんでいた発想。危険だ……その思考はとてつもなく危険だ。だから蓋をしたのに。あの少女で止めると誓った筈なのに。

顎を伝って汗の雫が落ちた。だけど全身を駆け巡る悪寒《おかん》は相変らず。いや、その度合いは増していた。視界はどんどん霞んで行く。今や子供も噴水も鳩も感知しない。濃霧だ。思考も視界も濃霧に支配されたのだ。そう思う事によって、自己制御の不可能な精神状態に陥《おちい》ったと云う逃避の思考を行おうとする、例の姑息《こそく》な魂胆《こんたん》が内在されているのではと思わず勘繰ってしまったが。

食べちゃえ。

食べちゃえ。

私が必死で閉じた蓋を、右半身は再び開ける気だ。止めろ。止めてくれ。それは……それだけは云わないでくれお願いしますから。

食べちゃいなよ。

ぱくぱくってさ。

しかし右半身は完璧に奴隷化されているので、私の言葉になど耳を貸さない。畜生《ちくしょう》……私の一部の癖に何て生意気な奴だろう。

周りを見なよ。餌がこんなにあるよ。

一つ二つ狩っても気がつかないよね。

腹の虫が鳴った。右半身の意見に賛同しているのだろうか。胃液が渦を巻いているのが解る。糞《くそ》っ、こいつもか。どいつもこいつも食欲が旺盛《おうせい》過ぎる。

一番食べたがってるのは、あなた。

右半身が容赦《ようしゃ》なく指摘した。

口内が涎でいっぱい。

確かに……そうなのかも知れない。

あの少女の顔を思い出した。

もう、我慢出来ない。

2

人生をやり直したいとは、人間誰もが、少なくとも一度くらいは思う事ではないでしょうか？

例えばソニーに送ったデモテープがきっかけでミュージシャンになった普通の高校生達や、期待を持たずに送った小説が物好きな編集者の目に止まり小説家になった冴《さ》えないフリーターだって、たった一代でのし上がった財閥や、ボーリング工事をしていたら石油が湧き出た業者の社長から見れば、人生に勝ったとは云えません。また、そうした成功者ですら、己の歩んだ道には満足していても、容姿、性格、持病、過去など……つまり変革を羨望《せんぼう》しながらも、決して変化を起こせない驚異的なほどに小癪《こしゃく》な個所……に、多かれ少なかれ不満を抱いているでしょう。

完璧。

曇りのないガラスみたいな完璧さ。

赤ん坊の瞳のような、完全な構築。

私はそれを……望んでいるのです。

ええ……勿論、望んでいると云う事は、現段階ではそれを手に入れてはいません。それどころか……告白するのはとても恥かしく、そして大変に気が滅入るのですが……非常に離れた位置に存在しているのです。アヒルが白鳥を夢見ているのと大差はないでしょう。

私の高校生活は悲惨なものでした。いえ、第三者が持ち得る平等且《か》つ客観的な視線を用いれば別に悲惨には見えないでしょう（それに千鶴《ちづる》ちゃんと較べれば四十倍は幸福ですからね）。友達もまあまあいますし、学年順位も平均よりは幾分上です。顔の造りが酷いとも思っていません。それに唯一の自慢である、背中まで伸びた髪は非常に艶《つや》やかで美しいものでした。

それでも……完璧さを求める私としては、この程度の現状は非常に不本意な位置でしかありませんでした。

友達はいても、別に自慢になるような……生徒会長やクラスのリーダー、それに名の知れた不良……そんな人は一人もいません。極めて普通の、可もなければ不可もない、学校を休んでも気がつくのは仲間内だけ、そんな人達ばかりなのです。ささやかで無駄な同盟なのです。

ですから休み時間は本当に苦痛でした（休み時間に休んだ気がしないのは損ですね）。こうした時間帯に、仲の良い者同士が集まるのは必然です。私も例外ではありません……と云うか、例外なんてまっぴらですから。しかし個性のない、地味な顔で地味な話題しか出来ない友達とつるむのは、心底参ってしまいます。何故なら、第三者の視線から見れば私もその中の一人と見なされるからです。確かに私も目立つなんて表現を用いるべき人間ではありませんけれど。

反対側の席に集まっているクラスでも目立つ子ばかりのグループに笑われてるのでは。教卓前に集まっている不良グループに見下されているのでは。そう考えると、自分の位置が心から嫌に、心から不安になります。

ですが本当に嫌になるのはお弁当の時間、そしてそれに続く二十五分間にも及ぶ長休みです。この時間になると、やはり仲の良い者同士が集まります。そこまでなら良いのですが、今回は座席の問題が浮上するのです。

私の席は廊下側の一番後ろと云う（逆説的にせよ）幸運な位置にありましたが、その前にはクラスの中心的グループの一人である藤木《ふじき》さんが座っていました。その藤木さんの元に、他のクラスの人達が集まるのです。まあそれだけなら構わないのですが、しかしこの時間の本質的目的は、お弁当を食べる事にあります。お喋《しゃべ》りだけならともかく、お弁当は座席がないと食べられません（床で食べる人なんていませんから)。ですから私は、他のクラスからやって来る人のために自分の席を渡さなくてはならないのです。

　席を喪失した私は、眉《まゆ》も剃《そ》っておらず、ルーズソックスも履《は》いていない友人達のグループに加わるしか選択肢《せんたくし》は残されていません（かく云う私も、第三者からの批評を聞くのが怖くて、大胆な眉の手入れを行なっていませんし、ルーズソックスだって履いてないのですが)。そして地味な顔をして地味な話題に花を咲かせるのです。

　お弁当の時間を終えても苦痛は続きます。そう、長休みです。私は地味な友人達と一緒にいる姿をあまり目撃されたくないので、弁当箱を片づけると廊《ろう》下《か》に消えます。勿論、こんな私なんかに他のクラスの友達など存在する筈がありません。一年の時に仲の良かった人も、新たなクラスで新たに作った友人と盛り上がっているので、話しかけるのは躊躇《ためら》われます。かと云って長い間廊下にいると、横切る人達に、こいつは友達がいないのではと思われそうなので、そうする事も出来ません。

　ですから私は図書室に逃げ込みます。ここなら皆、本にしか関心を示しませんから、私一人が入って来たところで誰も気がつかないでしょう。でもそれって……裏を返せば、誰もが私に無関心って事ですよね。

　私は読む気もしない村上春樹を手にして、空いている席に座りました。そして暗い思考を持続させます。

　ああ。

　どこで……どこで間違えたのでしょうか。

　ポケベルやピッチを持っていないのが原因？　しかしあれは友達が沢山いて、その友達に情報を逐一《ちくいち》伝達しなければならないから携帯するのであって、それがあれば友達が出来ると云う訳ではありません。本末転倒な思考です。

　中学時代に部活動を怠《おこた》ったから？　確かにそれだ

と先輩後輩の関係を持つのは難儀ですが、しかし部活もしていないのに顔の広い人だっています。

私の趣味……いえそれは関係ありません。

原因が解らなければ解決策を打ち出すのは不可能です。苦痛と云う表現以外の置換《ちかん》を許されない日常をただ繰り返し、こなす以外に道はないのでしょうか。

私が夢見た高校生活は、こんなものではありませんでした。クラスの中心的な役割を担う一人で、授業中に大きな声でお喋りなんかしたり、素敵な先輩を慕《した》ったり可愛い後輩に慕われたり、少し不良の彼が出来たり……ああもう止めましょう。虚《むな》しくなるだけです。虚しさを加速させて得られるものは、それ以上の虚しさと云うのは自明なのですから。

……あ。

私は本で顔を隠しました。ダンゴ虫みたいに防御のために背中を丸めます。本から覗く顔の側面を、手の平でガードするのも忘れずに。

それでも視線は、相葉《あいば》総司《そうじ》君の姿を追っています。でもどうして相葉君が図書室なんかに……ああ、何かの資料が必要だと、図書局の人と話しているのを思い出しました。きっとその資料を探しに来たのでしょう。そうでなければ、今の相葉君がこんな駄目《だめ》人間の溜《た》まり場なんかに来る筈ありません。

相葉君は目的の資料を見つけたらしく、私の後ろの席に座って、それを読み始めました。このまま彼を盗み見ていたい誘惑に駆られましたが、ここで私の姿を目撃される悲劇を想像し、逃げるように図書室を出ました。

「きゃっ」

「おっ？」

廊下に飛び出した瞬間、誰かと激突してしまいました。痩《や》せっぽちで貧弱な私は、自分からぶつかったのに尻餅《しりもち》をつきました。右足の上靴が脱げて私の頭に落下。まるで漫画です。

「いたた……あの、ごめんなさ……あ」

謝罪しようと見上げると、鏡《かがみ》稜子《りょうこ》さんが眼前に立っていました。セーラー服から伸びた左腕……肩の少し下の部分……を押さえています。何て事でしょう、よりにもよって鏡さんと激突するなんて。凶暴な野良犬の尻尾を踏むよりも不運です。

「あら、アンタにぶつかるのは私だったのね」鏡さんは、いつもの冷徹な目で、廊下に座る私を見下ろしていました。「これは意外。珍しい目に遭ったわ、いや本当に」

「あ、あのっ、ご、ご……ごめ、ごめ」謝ろうと試みますが、舌が絡まって言葉になりません。「わた、わた……」

「ゴメ？　綿？　あ、解った。連想ゲームね。答えは何？」

「ごめんなさい！」

「叫ばなくても聞こえるわよ、この距離なら」鏡さんは僅かにウェーブのかかった長い髪を撫《な》でながら答えました。「距離感がないのねアンタって。片目になったボクサーみたいよ」

「あの、えっと、ごめんなさい……」

良く解らないけれど、どうも責められているようなので謝りました。これは処世術ではなく、単に私の気が小さいだけです。

「謝ったって許さないわよ……あれ？」鏡さんは私の顔をまじまじと眺めました。少し恥かしいです。「アンタどっかで見た事あるわ。えっと、どこかで会ったかしら？」

「あの、クラスメイトなんだけど」

私がそう答えると、あれそうだっけと鏡さんは首を傾《かし》げました。酷い話です。でも仕方ないかも知れません。私は通行人Aにも満たないエキストラ的なキャラだし、それに鏡さんは興味を持たないものには本当に無関心です。何せ担任の名前を忘れたりする人ですから。きっと家族の誕生日も知らないのでしょう。

「そっか、クラスメイトなんだ」鏡さんは軽く頷きました。「で、何て名前だっけ」

「……香取羽美《かとりうみ》」私は立ち上がると、今更ながらの自己紹介を行ないました。「あの、本当に憶えてないの？」

鏡さんは悪びれた様子もなく頷きました。私はその事について意見したいのですが、鏡さん相手に戦闘行為を試みる勇気など持ち合わせていませんし、攻撃的な目線を向ける事も出来ません。戦意の破《は》棄《き》。生身の体で戦車に戦いを挑む者がいないのと同じように。

鏡稜子さんは、ここ……私立鷹乃《たかの》羽《はね》高校二学年の中でも、特異な位置に存在してました。

別に名の知れた不良と云う訳ではありません。学力が特出しているとも云えません。大金持なんかでもありません。確かに美人ですが『目を見張るほどの』と云う前置きは必ずしも必須ではないでしょう。そう、至って普通なのです。

しかし鏡さんは、優等生にも不良連中にも一目《いちもく》置かれていました（『一目』の定義は個人的感想の範《はん》疇《ちゅう》を出るものではありませんが、しかし一目は一目です）。つまり存在を確認されているのです。何て羨ましいのでしょう。


「香取羽美……はいはい、羽美ちゃんね。ええ、忘れないわ。ずっと」

鏡さんは手をピストルの形にすると、それで自分のこめかみを撃ち抜きました。

「え、あ、どうも」鏡さんクラスの人にそう云われて悪い気はしません。「あの……鏡さん」鏡さんがまだ左腕を押さえているのが気にかかりました。

「そこにぶつかったの？　あの、本当にごめんなさい。私がちゃんと前を」

「ああ、これは違うわよ」

「え？」

「メメクラゲに嚙《か》まれてしまったの」鏡さんは不可解な台詞《せりふ》を吐きました。「今日一日は、そう云う気分で過ごしているのよ」

「はぁ」

凡人《ぼんじん》の私なんかには、この人の思考をトレースするのは永遠に無理でしょう。

「あ、そうだ。私も図書室に用があるの」思い出したように鏡さんは云いました。事実、思い出したのでしょう。「だからそこをどいてくれない？　アンタに義侠《ぎきょう》心と云うものがあるんなら」

「え？　あ、ごめんなさい」

私は慌《あわ》てて廊下の脇に寄りました。脱げた靴を拾い上げるのも忘れずに。

鏡さんは私に視線を向けるような事もせず、さっさと図書室に入って行きました。その行為は、鏡さんほどの人間から見れば、私の価値なんて道端の石コロと同等と云う事実を示しているのでしょう。でもそれって、日向小次郎のドリブルで飛ばされるキャラよりも無意味じゃないですか。悔しい。

「やっほー総司君」

そんな大声が響いたので、私は反射的に図書室のドアを覗《のぞ》き込みました。図書室と云う無条件で静寂さが機能する空間で大声を上げたりするのは、鏡さんくらいにしか出来ない芸当でしょう。そして呼ばれたソウジと云うのは……恐らく、いえ確実に相葉君です。

そこで図書室から逃げ出した理由を思い出しました。そうです、私は相葉君に現状位置を見透かされるのが恥かしくて逃げたのです。

私は立ち上がると、負け犬に負けた気分を内在させて廊下を歩き出しました。だけど階段下では三年生のカップルがいちゃついているので、教室に戻る事が出来ません。別に私なんかが横切ったところで、あの二人が気にするとは思いませんが、それでも私は階段を下りられないのです。これが私なのです。

結局、三年生カップルが階段から消えるまで、私は図書室前の廊下をやる気のない警備員みたいに、ぎこちなく、そして滑稽《こっけい》に巡回《じゅんかい》していました。時折、鏡さんの声が図書室から聞こえて来ます。相葉君の笑い声も三回も耳に入りました。これは拷問《ごうもん》です。ギロチンです。

午後の授業が始まりました。

私は黒板に書かれた汚い文字をノートに書き写します。その行為は云うまでもなく面倒ですが、頭の悪い私が良い点を取るにはしなければならない作業なのです。そう、良い大学に合格して、そして今度こそ……大学生活こそは、絶対に満喫《まんきつ》してやるのです。サークルにでも入って、お洒落《しゃれ》な仲間とお喋りをして、格好《かっこう》良い彼氏を作って……。

もう失敗は許されません。不遇の時期を長引かせる訳には行かないのです。

変わらなくてはならないのです。

完璧にならなくては。

もう、負けたくない。

人生に勝ちたい……。

3

古川《ふるかわ》千鶴に与えられた苛《いじ》めと云う記号、あるいは行為としての家畜性……まあ、そんな単語は幾つでもあげられるが……は二年B組全員が（それは教師も含めて）認識していた。その事実に悲壮感を漂わせる良きサマリア人は、果たして周囲にいるのだろうか？　甚だ疑問である……などと意地の悪い偽善を持ち出すようになったら終わりだなと、中村弘《なかむらひろし》はふと思った。

太陽の強烈な陽射しから逃れるつもりはないけれど、中村は校舎の陰に入った。今日はストレートに暑い。どうやら気温と云う奴は、七月に入った途端に急激に上昇するものらしい。こんな日は磔《はりつけ》にうってつけ。中村は校舎の壁に視線を向けた。白かった筈の壁はカスタードクリーム色に変化し、幾つもの亀裂が見られる。大きな地震が発生すれば確実に全壊だろう。

中村は拳《こぶし》を握ると、意味もなく壁を殴った。

痛い。もう一度殴った。やはり痛い。痛い。

打ちつけた拳を一瞥した。ところどころが赤い。

遅れて到来する断続的な痛み。これ以上行為を続ければ、サイボーグでもない限り皮膚と血管が破れ血液が噴き出すのは必然だ。しかし……これを毎日続けるとなると、果たしてどうだろうか。

そう、耐性が訪れる。

皮膚は厚くなり、痛覚だって軽減する。

簡単に云えば……慣れる。

拳の痛みも苛めの観察も、慣れさえ生じてしまえば安心だ。基本的に人間と云う生物は、自分が痛くなければ他者がどうなろうと知った事ではない。旅客機の墜落事故も漁船の遭難《そうなん》も遠い国の戦争も、ポッキーを齧りながらテレビで知り、次の瞬間には一昔前に売れた成り上がり女優と、その女優を育て上げたと自負して止まないプロデューサーとの不倫疑惑に興味の対象を移している……そんな存在なのだから。

別にそれはテレビメディアが流す一方的な情報が悪い訳でも、自分が一番可愛いと云う、本能に忠実で愛らしい精神を瞳をギラつかせて死守する思考が悪い訳でもない。何も、そして誰も悪くはない。

中村は痛む拳をポケットに突っ込むと、無神経な太陽光線が降り注ぐグラウンドへ赴いた。むせ返るような暑さとやらが体を包んだが、気温なんかに右往左往するほど暇《ひま》ではない中村はそれを無視する。

随分昔の記憶のような気もするが……とある夏の日、家族が暑い暑いと扇風機《せんぷうき》の前でアイスキャンディを食べている横で、長袖《ながそで》シャツを着てラーメンを啜《すす》っていた自分を思い出した。

……そんなものなのだから。

中村は誰に云うでもなく、口内で密かに呟いた。

確認してはいないが、校舎脇にいる石渡淳太《いしわたりじゅんた》と田《た》沢公博《ざわきみひろ》も恐らく同意見だろう。唯一、精神構造に差のあった島田司《しまだつかさ》（彼は苛めに乗り気ではなかったし、三人からの命令がない限り千鶴へ危害は加えなかったが、それはオリンピックと同じで参加する事に意義がある）も、本質と云う意味においては中村達と全く同じ属性。この四人は、バンジージャンプの紐を切断する使命を持った幸福な連中と同じく、己の行為で生じる痛みを、客観でも主観でも感じられなくなっていた。これは自己分析だが。

そうした思想を『リアルの喪失』なんて、簡単に言語に変換する精神が存在しているらしいが、そもそもリアルの定義が曖昧《あいまい》だし、仮に一流の哲学者がそれを定めた……あみだクジか何かで決めるのだろうが……としても、それは現代では既に絶滅している産物だ。そんな定義なんて、今更所持しても意味はない。中村はそう信じていた。頑《かたく》なに。

「何かステレオタイプだよね」石渡は華奢《きゃしゃ》な容姿に見合う、か細い声で現状を皮肉った。「だって体育館裏だよ、体育館裏。何かもうさ、スタンダードって感じじゃんか。カーペンターズみたいに」

「カーペット？」

洋楽を知らない田沢が訊く。彼は日陰になった石畳の上に座っていた。首筋に薄《うっす》らと汗をかいているようだ。

「違うって。知らないの？　カレンとリチャードだよ」

「ふうん……何か外人みたいだな」

「だから外人なんだよ」石渡が吹き出した。「カーペンターズって名前なのに、さくらと一郎だったら笑うよ、実際。昭和枯《か》れすすきじゃんか」

「何云ってんのか解んねえよ」田沢はニヤニヤ笑っている。彼は保育園の頃から、その笑顔で損をしていたらしい。「ステレオタイプってところは、まあ解るけどさ」

「あ、やっぱり解る？」石渡は顔には出さないが嬉しそうだ。「だろう？　だって、体育館裏でこんな事やってんだもん」そう云って午後の生温《なまぬる》い風から逃げるように、田沢の隣の石畳に座った。「どう考えても笑えちゃうよ」

「昔のドラマみたいだとか?」

「ああ、まあね」

「じゃあ中村雅俊みたいな熱血先生が、俺達を更生させんのか? この善意のボランティアをよ」

……違う。

それは、違う。

「善意じゃない」中村は青過ぎる空と白線の引かれたグラウンドの狭間《はざま》を眺めながら云った。そうする事で他者との差を生み出そうとしているのだが、やはり上手く行かない。「本能だよ」

「本能?」

田沢が首を傾げた。

「へえ、中村君の言葉は的確だね」石渡は評価しているらしい。口元を斜めにして微笑んだ。この男とは小学校の頃からのつき合いだが、それでもいまいち解らないと云うのが中村の本音だ。「うん、それは良いよ、いや本当に。中村君、君は何年も続けているこの行為を本能と云うんだね? それは良い表現だ。感心しちゃうな。あのね、僕は最近、言葉に凝《こ》ってるんだ。実を云うと」

「変なものに凝る奴だな」

田沢はマルボロライトメンソールを懐から抜いた。この光景を教師に見つかるのはまずいが、だからと云って煙草《たばこ》を持ち歩かないなんて事は、喫煙者《きつえん》には不可能なのだろう。

「人の事云えたものか。田沢君だってバレーボールをやってるじゃないか」

「黙れ。バレーは神様が創造した高貴なスポーツなんだよ」

二人の阿呆なやり取りは茶飯事《さはんじ》なので、中村は全く気に留めない。ぼんやりと空を眺《なが》め回して聴こえていないふりをする余裕もあるほどだ。

視界を下げると、見覚えのある人物がこちらに駆けて来る姿が見えた。

「喧嘩《けんか》は止めよう」中村は阿呆な二人に云った。「ほら」それからこちらへ駆けて来る雑魚《ざこ》を顎《あご》で示す。「お待ちかねが来たよ」

　薄汚れた校舎の向こうから、高校二年生の平均的身長よりも数センチ低い青年が一所懸命に走って来た。手にはコンビニの袋。サイズの合っていない眼鏡が腹立たしい。島田だった。

「はあっ、はあ……はあ」北海道とは云っても夏。しかも今日は猛暑。そんな状況下を走るのは、マラソンランナーかパシリのどれかに決まってる。悲しい事に島田は、云うまでもなくなんて前置きが必要なくらいに後者寄りだった。「はあっ……はあ、はいこれ、アイス」彼は体育館裏にノロノロと参上すると、そう第一声を放ち、田沢に袋を渡した。

「おう、サンクス」

　田沢が云った。

「ち、違うよ」黙っていても汗が浮かぶ気温の日に走った島田は死にそうな声になっている。まだ呼吸が荒い。制服のシャツは、背中の部分が湿っていた。「これはセブンイレブンで買ったんだよ。ほら袋に……」

「このトンチキが」苛立《いらだ》たしそうな田沢の声。「そう云う意味じゃねえよ。お前がアイスをどこで買おうが、んなの俺の知った事か」

「あ……ごめん。あの、だって」

「じゃあアイス食おうや」田沢は煙草を捨てると、コンビニ袋を開けた。「暑くてしゃーねーからな」

「うん、それは云えてる」石渡がコンビニ袋を一瞥した。「昨日も暑かったからね。思わず地下街に逃げたよ」

「あれ？」コンビニ袋を覗く田沢は馬鹿みたいな声を出した。そして袋を漁《あさ》る勢いを増加させる。「あれれ？　おい島田」

「えっ。な、何？」

　島田は主人に落度を指摘される無能なメイドみたいな表情になった。

「お前、スプーン貰《もら》って来なかっただろ」

「あっ」

「ったく、これじゃ食えないだろ。手か？　インドっぽく」

「使えねー」石渡は島田を一瞥すると呆れて云った。「島田君、それじゃあ君の存在価値がないよ」

「あ、ご……ごめんなさい」汗まみれの島田は泣きそうな顔だ。「今から貰って来るよ。だから」

「アイスは待ってくれないぞ。溶ける」

田沢は立ち上がると、固い拳を島田の頬にめり込ませた。島田はリアクションの大きな芸人みたいに吹っ飛び、緑の茂る芝生に倒れた。眼鏡が地面に落下。島田はピクピクと動いている。ピクピク。

「が、あがあっ。ごめ……」ピクピク動く島田は殴られた頬を押さえ謝罪した。「ご、ごめんなさ、が、が、ああ、う」しかし痛むのか言葉にならない。

「お、良い反応だな島田君。下《した》っ端《ぱ》の美学だね」

石渡はくたばった島田に云い放った。

「何だそりゃ？」

「下っ端は、上の者を満たす為に存在するんだ。存在価値は充足と満足の提供さ」

「石渡、お前って真顔で酷い事を云うよなあ」

「暴力をふるう人間が何を云ってるんだい？」

「ねえ、まだ喧嘩してるの？」中村は進展しない会話にうんざりしていた。「それとさ、スプーンをどうしたとか云ってなかったかい、今」

「って中村、何で話を聞いてないんだお前は。俺の大声が聞こえなかったのか。それって凄《すご》いぞ」

「耳には入ったけど、認識を怠ったんだ」

「あらまあそうですか」田沢はスプーンの件で相当腹を立てているらしい。「そいつは素晴らしい耳をお持ちで」そう云ってまだ倒れている島田の脇腹を思い切り蹴った。島田は産卵後の蛙《かえる》みたいに、ぐぶうと鳴いた。

「テメーがちゃんとしないのが悪いんだ」田沢の言葉も尤《もっと》もだ。「外で食うんだから、スプーン貰うのは当たり前だろ。おい違うか」

「ほら」中村は校舎脇に戻ると、自分の鞄《かばん》を漁った。そしてコーヒーゼリーを買うとついて来るようなプラスチック製のスプーンを出した。「スプーンだよ」

「中村君は用意が良いね」石渡がスプーンを受け取る。「どうしてこんなの持ってるんだい？」

「さあ」

簡素に答えた。自分の鞄にいつ何を入れたかなんて、いちいち記憶しているものか。

「どれどれ、それじゃあ、おやつタイムだ」石渡はコンビニの袋を開け、中を覗き込んだ。「さて何を食べようか……ああ」

「あん？」その異変に気がついたのは、すぐ横の田沢だった。「どした」

「田沢君……」

「何だよ、怖い声出すな」

「君はスティック型のアイスをスプーンを使って食べる人種なのか？」

「え？」田沢は慌てて袋からアイスを出す。ガリガリ君。ソフトクリーム。チョコバー。雪見大福。雪見大福とソフトクリーム以外はスティック型で、アイスに刺《さ》さっている。そしてソフトクリームはコーンの上に乗っている。故にスプーンは用いない。

「あ、マジだ。あ、でも、雪……」

「雪見大福は専用の楊枝《ようじ》が付属されてるから、スプーンはいらないんだよ。そう云った無駄な弁明は止して欲しいね」石渡は額を押さえている。「全く、これじゃあコンビニの店員もスプーンを渡さない訳だ。おい田沢君、君のはやとちりで島田君は不本意な暴力を受けたよ」

「不本意な暴力なんて、俺達の得意技だろうが」

珍しく技巧的な台詞を吐く田沢。

「これは一本取られた」石渡はそう答えて、アイスの群れに視線を戻した。どうやら追及する気はないらしい。「それじゃあ雪見大福を戴くよ」

「俺は……そうだな、オーソドックスに普通のアイスにしよう。中村、お前は？」

「ガリガリ君」

「へい毎度」田沢は青い袋をしたアイスを手渡した。「ソーダ味の食べ物って、ソーダの味なんかしてねえよな。思うんだけどさ」

殴られ損の島田が酔っ払いみたいに起き上がる様子を視界の隅で確認した。だが中村には声をかける義理はないので、受け取ったガリガリ君の袋を破った。一口齧る。確かにソーダ味と云う表現を用いて販売するにはアンフェアな味。

「君はチョコバーを食べる事になったが、異論はあるかい？」

石渡は大福形のアイスに楊枝を刺すと、島田に視線を向けた。

「ひどいよ……」島田の頬は腫《は》れている。まあ、体格の優れた田沢のメガトンパンチがヒットしたのだ。止むを得まい。「ぼ、僕は悪くないじゃないか」

「いや、悪《わり》ぃ悪ぃ。ほら、人間誰にでも間違いはあるって福沢諭吉も云っていたし」

「云ってないってば」すかさず突っ込む石渡。「天《人》は人の上に人をつくらず」

「それにな島田、俺の勘違いをすぐに訂正しねえお前も悪いんだぞ。そんなビクついた顔になった時点でお前が悪い」

「そんな……」

「はい、この話は終了でーす」田沢はアイスの袋を開けた。「さてと、涼もうじゃねえか。暑くてやってらんねえよ。汗だくだ」

中村はガリガリ君を齧りながら、視線を千鶴に収束させた。

同時に石渡も田沢も、そして島田も彼女を見た。

千鶴は細い木に縛りあげられていた。両腕と足首部分をロープで固定され、木に括りつけられて。生命の繁栄を無言で否定しているのか、その木の枝には葉が一枚もなかった。

千鶴は放課後、中村達に体育館裏に呼び出された。そして炎天下の元、この日干《ひぼ》しの刑を受ける事になったのだ。炎天下だからこそ、と云う表現が正しい。

肩まで伸びた黒髪は熱を吸収して熱いだろう。頭皮は焼けていると思い込めるほどに熱いだろう。頭は朦朧としている筈だ。唇は乾ききっているに違いない。日射病寸前状態。呼吸も荒い。限界は近いと判断。ただでさえ蒼い顔が更に蒼白。可愛らしい顔は汗だらけ。セーラーの夏服は、千鶴自身の汗でぐっしょりと濡れていた。全身を霧吹きで濡らされたみたいだ。ブラジャーの線が透けて見えた。

田沢はアイスを手にしたまま、縛りつけられた千鶴の元へと歩み寄った。そして千鶴の頰を張り飛ばした。千鶴の小さな頭が吹っ飛ぶ。田沢のフライパンみたいな大きな手に張り飛ばされては、ひとたまりもない。アルフレッドの攻撃と一緒だ。

「……ぅぅう」

「ん？」田沢が首を傾げた。「何だ」

「いたい……」それは消え入りそうな声だった。演技でも何でもなく。「い、いたいよ」涙混じりの大きな瞳を田沢へ向ける。虐待《ぎゃくたい》精神に多大なる貢献を果たす、弱々しい瞳。

「当たり前だろ、殴ったんだから」

「やめて……」

「るせ」

田沢はアイスを捨てると、今度は拳を握り締めて頭部を思い切り殴った。千鶴の顔が歪《ゆが》む。汗の雫《しずく》が飛ぶ。また殴った。汗は更に飛び散る。顔は更に歪む。

「女の子に暴力を振るってはいけないよ」石渡が云う。「それと、食べ物を粗末《そまつ》にするのもいけないね」

「うるせえ奥様だな、お前は」

田沢は振り返って答えた。

「僕は口数少ないよ……って、田沢君、奥様って何だい」

「さあな。秘密だ」

田沢は千鶴の腹部を膝蹴りした。それは手足を縛られて裏返った亀よりも無抵抗な千鶴の鳩尾《みぞおち》に入る。ダメージが大き過ぎて、呻き声すら出せないようだ。は、は、と短く呼吸を吐き出すだけ。

「しっかし、酷い汗だね千鶴ちゃん。雨に打たれたみたいだよ」

石渡は空になった雪見大福の箱をコンビニ袋に入れた。

「最良のダイエット法って感じしねえか？　藤木に教えてやりてえな」

「本人の前で云ってみなよ」

「ヤなこった」

「ねえ、日射病になってるんじゃないの？」石渡が千鶴に向けて云った。「咽喉が渇《かわ》いただろう？」

「う……うん」

千鶴はぎこちなく頷いた。こうした、いじらしいほどに素直で従順な反応が悪循環として機能している事を、この女は解っていないのだろうか。

「水が欲しい？」

「欲しい……」千鶴は汗だらけで蒼褪《あおざ》めた顔（しかし頬だけは林檎《りんご》みたいだ）を上げた。「ほしい、ほ」

「じゃあお願いしなよ、僕に」

「くだ……下さい」千鶴は一度口内に溜まった唾液を嚥下《えんか》すると、石渡に懇願《こんがん》した。その声は酷く弱々しい。「私に、水を、下さい。おねがい……」

「良く出来ました。オーケーだ。おい島田君、あのホースは？」

「え？　あ……うん」

心配そうな視線を千鶴に向けていた島田は、グラウンド脇にある蛇口へ慌てて駆け寄り、群れの一つに緑色のホースを差し込むと、その先端を握って戻って来た。そして石渡に手渡し、再び蛇口へ駆けて行く。忙しそうだ。

「こう云うのって……昔、良くやったよね」石渡はホースの穴を、人差指と親指を使って狭めた。「懐古的な気持ちになるよ」そして千鶴の元へと歩き出す。

「お子様だなぁ、お前」

田沢は一歩離れた。

「奥様の次はお子様かい？」石渡はホースを千鶴に向けた。「準備オッケーだよ」

「……え？　あ、嫌ぁ」

千鶴はホースを見つめながら頬の筋肉を引き攣らせている。顔に張りついた髪の毛に、汗の雫が伝わった。

「おい島田、オッケーだぞっ」

田沢が命じた。島田は蛇口を全開に捻る。水がホース内を一気に通過し、それは数秒後には石渡の持つ先端から吹き出した。石渡が指で先を狭めているので、その勢いは壮絶。千鶴の悲鳴も聞こえないほどの。

「ははは、こりゃ凄《すげ》えなあ……」田沢は楽しそうに間近で見学していた。「汗も流れ落ちるってもんだな、おい。水芸だ水芸」

脚を胸を顔を容赦なく圧迫する水圧。痛そうだ。体に穴が開くのではと、中村は一瞬だけ思った。嘘だが。

石渡はホースの先端から指を離した。抵抗を失った水は石渡の足元付近に流れ落ちた。

云うまでもないが、千鶴はずぶ濡れになっていた。嫌々する子供みたいに顔を振っている。その周囲には、小さな水溜りが幾つも出来ていた。

「将来は消防士になろうかなあ、僕。レスキューレスキュー」

「本気か？」

田沢が訊く。

「冗談に決まってるよ」

「うぐ、う、うう……」

千鶴は顔を俯かせていた。嗚咽が漏れる。全身の痙攣。白い肌は青くなり、濡れた制服は肌に張りついて下着がほとんど透けている。

「泣いたって無駄だぞ」田沢が吐き捨てるように云った。「知ってるだろ、その事を」

「どうして泣いたりするんだい千鶴ちゃん。泣くって事は否定してるのと一緒だよ。そろそろ立場を弁《わきま》えたかと思ったけど」

「う、う……だって」千鶴は下を向いたまま答えた。「だって、い、痛い……ううっ」

「ねえ石渡」中村は突然思いつき、水を放出しているホースを指差した。「それ、突っ込んで」

「残酷ー」

石渡はそう答えたが、しかし小さく微笑み返すと、ホースを握ったまま千鶴に更に接近した。

「いや」

千鶴が拒否する。首を振り、紺のスカートが張りついた細い脚をくねらせたが、縄と云う物は古来から束縛のためだけに存在しているので、その程度ではびくともしなかった。

「浄化作業だよ。なんつって」

石渡は勢い良く水の流れ出るホースを、千鶴の口内に押し込ませようとした。

「ん！　ん」だが千鶴は貝殻《かいがら》みたいに口を閉ざして、洗濯機《せんたくき》みたいに首を回して抵抗する。「ふんん、んうっ！」

「早く口を開こうね。君は自分の立場を認識すべきだと思うけど！」

石渡は片腕を伸ばして千鶴の細い顎を摑《つか》み固定させると、上顎と下顎の間に無理矢理指を押し込んだ。あの攻撃は痛い。千鶴も思わず口を開いてしまったようだ。石渡はその隙《すき》を逃さずにホースを突っ込ませた。ごぼごぼと云う音が千鶴の口内から聞こえた。石渡は口を押さえている。全く酷い奴だ。命令したのは自分だが。

千鶴の内部は、あっと云う間に水に侵食《しんしょく》された。腹と咽喉が激しく蠢《うごめ》いていた。この様子では、容量オーバーの水が鼻から溢れているのに気がつく余裕はないだろう。

三十秒ほどして、石渡はホースを抜いた。

「ばぁっ……げほ、げへっ、げほっ」

千鶴は水を思い切り吐き出した。かなりの量を飲んだのだろう。具合悪そうに項垂《うなだ》れている。嗚咽と鼻水を啜る音が交互に聞こえた。

「あ、石渡が更に泣かしたぞ」

田沢が茶化した。

「おいおい、僕は中村君のリクエスト通りに……」

「げは、げ……げはっ。う、ううっ……うう」

「汚ないなあ千鶴ちゃん」石渡は苦笑した。「君ね、男の前で噎せちゃあいけないよ。今後のために云うけど。……おい島田君、もう蛇口を締めなよ。水は大切に。節水しないとね」

「アイスと云い節水と云い、お前はいつからエコロジストになったんだ?」

田沢は徐々に勢いを失う水を眺めている。

「ふん、たった二つの要素だけで僕をエコロジストにするなんて、単純も良いところだね」石渡は頬の筋肉を僅かに上げると、首に浮かんだ汗を思い出したように拭った。「確かに僕は、煙草のポイ捨てはしないし節水もしてるけど、でも空缶は道路に捨てるしバイクに乗って排気ガスだって出すんだよ」

「あっそ」

田沢は低い声で答えた。

「君、最近冷たいなあ」

「気のせいだ」

田沢はそう呟くと、びしょ濡れの千鶴の腹を何度も蹴った。

「きゃ、ぐっ」

「煩《うるさ》いぞお前」

中村は再び空を眺める。気が狂っているのは、こっちの方なのかも知れないと、八秒だけ思った。

4

人に仕事の内容を話すときは、誤解されないようにしたいものだが、王田克秋《おうたかつあき》の場合はそうも行かない。公表すれば一発で怪しまれる、そんな一撃必殺な名称の仕事をしていた。

だから王田は、仕事についてあまり話さないようにしている。どうしても職業の話題が不可避な情況に陥ったら、○○ビルの清掃《せいそう》員とか△△ビルの事務員とか、適当な言葉で誤魔《ごま》化していた。

全く……何故、人の職業なんかを気にかけるのだろう。理解出来ない思考だ。誰がどんな仕事をしていようが一向に構わない。それが王田のポリシー……と云うか基本理念だ。たとえ友人が医大で死体洗いのバイトを始めたとしても、その友人の握った寿司を食べられる。そう信じて疑わない。

まあ、関係ない話だ。

ポケットからショートホープを取り出して一本銜《くわ》えた。これがなくては生きていけないとまでは云わないが、王田にとって煙草は生涯のパートナー候補のナンバーワンだった。女みたいなものだろうか。いや、そんなものと比較するのは煙草に対して失礼だ。煙草は女よりも金がかからないし、何よりスペアが沢山ある。しかも高貴……なんてハードボイルドな思考を巡らせてみたけれど、性に合わないと判断して一瞬で遮断する。

王田はデパートの駐車場にレンタカーを停め、その中で休憩をしていた。本日五度目の休憩だった。休憩と云う単語の誘惑に勝てる奴なんていない。

「ねえ」王田は百円ライター（ライターには金をかけない主義）で火を点《つ》けると、弛緩《しかん》と緊張の狭間を維持した姿勢で助手席に座る少女に向け、煙とともに本日九度目の台詞を吐いた。「大丈夫？」

「……ええ」

一拍遅れて返事が返って来る。前方だけを向き、そこから視線を外そうとしない少女。凍ったように動かない少女。視線の先にはカローラの尻があるだけなのに。一体何を見ているのだろう。

「だったらさ、そろそろ話してくれない？　こんな事はあまり云いたくないんだけど……ここ数日間の食事を買い与えてるのも、寝床を確保しているのも、服を買ってあげたのも、全部僕なんだよ」全く、低収入の身に堪《こた》える仕打ちをしてくれるもんだと頭の中の自分が毒づいた。「君がどんな酷い目に遭ったか知らないけどさ、こんなに誠意を見せてるんだから」

　王田はそこで言葉を切ると、黙って少女を観察した。性別は女。年齢は自分より一回りほど下……つまり十代中頃から後半。長い髪と白い肌。先月……六月二十九日土曜日の深夜、目流《める》川の河口付近にある橋の下に、流れ着いたゴミとともに全裸で浮かんでいた。体は当然の如く冷え切ってはいたが、奇跡的に呼吸運動は行なっていた。背後から刃物で刺されたような切り傷が左腕に一ヵ所ある。それが現在までに判明している、この少女についての全情報。

「私は……」少女は口を小さく開いた。「私は、私」

　どうやらようやくコミュニケーションを交わす気になってくれたらしい。まあ、三日間も行動をともにしていれば、ネズミとだって親友になれるけど。

「それは、そうだね」王田は用心して答える。「君は君だよ」

「だけど……別の、別の私が出て来たの」

「別の私？」王田は顔を顰《しか》めた。それは勿論、煙が目に入ったからではない。「それって何の話？」煙草の灰を窓の隙間から落とす。「意味が判らないよ。君は君だろ？　他に誰がいるのさ」

「別の私が出て来たの」

　その声は震えていた。

「……はあ」会話として成立していない。精神科医でもない王田は、電波をともなう話題は好まなかった。「その、別の私って何だい？」

「だから、別の、私」

　区切るように答えたが、その意味に変化はない。

「えっと……双子とか、そう云う類《たぐい》の事じゃなくて？」

「私は一人っ子。一人なの」

「あ、そう」

「でも二人」

「だから」苛々《いらいら》する。冷静になろうとして、煙を大きく吸い込んだ。少しむせた。「その別の私ってのが、一体どうしたって云うのさ」

「取られたの」

「え？」

「別の私に、『私』が取られたの」

少女は固い表情を動かさない。

「取られたってのは、具体的にどう云う事？」王田は追及した。「戸籍とか、そうした問題？　それとも名札でも盗まれたのかな？」

「そうじゃなくて……私自身を取られたの」

「だって」本当に腹が立つ。王田はこうしたはっきりしない、或いは外堀ばかりを話す人間が好きではなかった。しかし二十八歳の自分が、その程度の理由で少女に暴力を行使するのは大人気ないので止めた。「君はほら、ちゃんとここにいるじゃないか。それとも幽霊なのかい？　今、僕が見ている君って云う存在は」

「違うの。もう、私は『私』じゃないの。私に取られたから」

己の発言が王田の逆鱗《げきりん》に触れかけている事など知る由《よし》もない少女は、相変らずの返答を行なった。

「私に取られたなんて云うけどね……でも君って存在は、この世に一人しかいないんだよ。知ってるの？　その事を」

「私もそう思っていた」少女は包帯の巻かれた左腕を青白い手で押さえた。「だけど違ったの。……私自身が、私の目の前に立ったの」

……私自身？

「えっと」何だか怪しくなって来た。「それって、怖い話？」

「怖い」

「君の目の前に、君が出現したって云うんだね？」

王田は少女の言葉を要約し、そう問うた。

「ええ」

……あほくさ。

信じられる話ではなかった。王田はそう云った類のものは一切信じていない。理由は一度も見た事がないからと云う、極めて即物的なもの。大体、物理的に有り得ないじゃないか。全く……皆、勘違いしている。この世は楽しいファンタジーなんかではないのに。飽《あ》くまで現実は現実であり、税金も払わなければならないし、家賃も納めなくてはならないのに。

いや……一割くらいはファンタジーがあるか。王田は思い直した。その一割には、自分の仕事が含まれている（のだろう）。このファンタジー要素がなかったら、自分は今頃本当に〇〇ビルの清掃員をしていただろう。これはビルの清掃員を見下しているのではない。念の為。

「本当に見たの。私の姿を」

少女は真剣だ。

「ふうん」

王田はリクライニングシートを倒した。腰が少しだけ楽になる。

「嘘なんかじゃない」

確かに嘘を吐いているようには見えない。この少女の中では、自己の分身と遭遇した事件が真実として実在しているのだろう。しかしそんなものが有り得ないと云うのも事実であり真実。そう簡単に現実が空想を超えたりするものか。

……錯覚《さっかく》に決まってる。

ミステリのトリックと同じく、己の姿を目撃したとか云うその奇妙な現象も、目撃者や当事者（今回の場合は、この少女）の錯覚に違いない。どうせそんなものだ。

「錯覚じゃないの？」

だからそう尋《たず》ねた。

「違う」

「そう云うと思ったよ」煙草を窓の外に放り投げた。「精神を病《や》んだ者の最初の作業はね、錯覚の肯定なんだよ。それ知ってた？」

「私の頭は正常」

少女はまだ視線を真っ直ぐ前に向けていた。王田の姿を見ようともしない。哀しいもんだと一瞬だけ思った。

「正常な頭の人は、自分の分身なんて見ないよ」

「私は見た」

「君……名前は何て云うの？」王田は訊いた。三日間も一緒にいるのに互いの名前を知らないと云うのは心地が悪いものだ。「僕は王田克秋。王様の田んぼって書くんだ。気に入ってはいるんだけど、でも王様って部分が……」

「私の名前は、もうない」

「もうないさん？　えっと毛無って書くのかな？　そりゃあハゲにはうってつけの名前だけど、でも君は綺麗《きれい》で長い髪を持ってるじゃないか」

事実、その少女はシャンプーのCMに出ても良いくらいに美しい髪の毛を備えていた。まるでエナメルでも塗ったみたいに。

しかし少女は王田の褒《ほ》め言葉に対する反応らしい反応も示さず、無言で前方を見ているだけ。

「まったく」

王田は窓を閉めるとエアコンを点けた。嫌な臭《にお》いと冷風がブレンドされたものが顔に当たって極めて不快だが、しかし不快なものにいちいち構っていては人生を乗り切れない。それからリクライニングを戻すと、レンタカーを発進させた。駐車場を抜けて国道に出る。行く当てはない。現在は、彼が探している目標の情報が少な過ぎて、どうにも出来ないのだ。

「まったく！」

意味不明な仕事を引き受けた上に、意味不明な少女の面倒まで見なきゃならないとは。どれも自業自得と云えばそれまでだが、それにしたって不幸じゃ足を滑らせない程度に。


ないか。

本当に不幸だ。王田は己が歩んだ二十八年間の人生を恨んだ。人生を恨むと云う行為に価値や打開策がある訳ではないのだが、それでも恨まずにいられなかった。幼少の頃の熱が原因で右手の小指は今も動かないし、実家は火事になるし、以前勤めていた会社は倒産するし、四回も泥棒に入られるし、去年は財布を二度も落とすし、こんな仕事をする人間になるし……。

「私は私を見たの」隣の少女が不意に呟いた。「本当なの」

まあ、人生の回想は今際《いまわ》の際にやるとしよう。車と同じく、思考もシフトチェンジだ。せっかく生きているのだから、今は前向きな発想をしようじゃないか。

前さえ向いていれば何とかなる。

今までだってそうだった。

取り敢えず向いておこう。

2

Tuesday

第二章　重ねたい火曜日

1

脆弱《ぜいじゃく》で気の弱い私は、千鶴ちゃんが苛められている場面に遭遇しても何も出来ません。もし意見なんて口に出したら、私まで苛めの対象とされてしまいます。村八分《むらはちぶ》は嫌です。これ以上、皆よりも離されてしまうなんて、想像しただけで吐きそうになります。

教室に入ると、机の上に消しゴムをかけている千鶴ちゃんが視界に入りました。目が腫れぼったいです。恐らく泣いた後、あるいは泣き出す寸前のどちらかでしょう。

千鶴ちゃんの机には、色とりどりのマジックで文字が書かれていました。それはまるでお経のように、びっしりと。

人殺しの子供人殺しの子供。罪人はくたばれ。ねえ、何で学校にいるの？　死ね死ね団。生きる価値ないぞお前。犯してやるよ好色女め。消えてウザイ、ってか臭いし（笑）。ブルセラ直行便。お前は死刑だ学校に来る資格はないぞ。いつか殺す。バカバカバカバカ。この女を犯したら十円あげる。川に沈めるぞカッパとして。泣き虫。ゴキブリ。ブザマな奴だな～あ。くたばれコノ……エトセトラエトセトラ。

千鶴ちゃんがこちらを向きました。私は慌てて視線を外すと、自分の席へと急ぎます。関わり合いにはなりたくないと云うのが本音でした。ごめんなさい。私は弱い人間だから、何もしてあげられないの。期待しないで……ごめんなさい。

私は落書き一つない自分の机を眺めて、大きな溜息を吐きました。

2

抵抗を諦《あきら》めるのは、生を喪失したも同然だ。外敵を排除出来なければ、後は死が待っているだけ。それは人間だけではなく、地球上に生息する生命全体に当て嵌まる言葉だろう。諦めが生み出す、弱さと云う名の世界。

換言すれば、自分を食物連鎖ピラミッドの最下層に位置する虫ケラと思い込んで、支配や食われる事に慣れようとする姑息《こそく》で無様《ぶざま》な精神。

それは……結局は逃げだ。

浅ましい。汚《けが》らわしい。反吐《へど》が出る。

福沢諭吉の言葉を引用するまでもなく、人間は生まれながらにして平等だ。地理的な差異、経済的な差異、政治的な差異、身体的な差異などは勿論あるが、それは大した事ではないし、ここで云う平等とはまた違う問題だ。土俵が違う。

平等。

それは人間としての位置。人間としての価値は一緒だ。天皇もホームレスも、人間としての価値は一緒天皇だからと云って空が飛べる訳でも、分身の術が使える訳でもない。ホームレスだからと云って見下される理由もない。この意味が解らない人間は、さすがにいないと思いたい……いや、信じたいが。

勿論……これは極めて少数だが……弱者を演じ続け、最後の最後にどんでん返しを行なう者もいるので、弱者（と思い込んでいる者）全員を貶《けな》す訳には行かないのもまた自明だ。その点には非常に警戒している。上に位置する者にしてみれば、どんでん返し以上に迷惑なものはない。教室でコンビニ弁当を食べながら、中村はそんな思考を巡らせていた。

「どうしたのよぉ千鶴」秋川《あきかわ》が残忍な表情を懸命に隠そうとして裏目に出ている顔を隠そうともせず、教室内を徘徊《はいかい》する千鶴の元へ寄って来た。この秋川と云う女は、間近で見ると細野晴臣みたいな顔をしているなと中村は常々思っている。「弁当の時間にキョロキョロと鬱陶《うっとう》しいんだけど。何か探してるの？」

「え、あ、あ、あの」

千鶴が大きな瞳を伏せて身構えたのを確認した。幾らその精神が諦観に支配されているとは云え、やはり危険を察知する本能までは消えないらしい。

「あ、あ、じゃ解らないわよ」秋川は苛立った大声を上げげた。クラスの連中は、その声で千鶴の危機を知ったらしい。次々と顔を向けた。大半は笑顔。

「あのさ……あんたは、どうしてどもるの？　気持ち悪いから止めて頂戴《ちょうだい》」

「あの、あの……」

千鶴は線の細い体を縮めた。セーラー服のスカーフが揺れる。危《あや》うげな双眸《そうぼう》も揺れていた。

「だから……あの、じゃ解らないでしょ。どうしたのかはっきり云いなさいよ」

「あ、あの」千鶴は更に視線を下げた。「お弁当が、なくなってるの」

「まあ。それは大変」秋川は大根役者だった。「ってか、あんた食べたんじゃないの。無意識のうちに」

「そんな事は」

「馬鹿、冗談に決まってるじゃない。本気と冗談の区別くらいつけなさい。高校生でしょ」

ならば秋川の千鶴に対する行為は、一種のジョークなのだろうかと云った野暮《やぼ》な思考は無用だ。自戒に繋がる。

「あら、どうしたの二人して」女子連中を仕切るボス猿……訂正、ボス豚に位置する藤木が缶ジュースを手に現れた。本人はチャームポイントを脚だと思っているのか、短いスカートから伸びたそれを見せつけるように晒《さら》しているが、しかし第三者から見れば、完全武装のリックドムだ。って云うかデブ。それが中村の、いや全人類の総合評価だった。「ねえねえ何の話？」

「千鶴が弁当をなくしたんですって」秋川が教室中に聞こえるくらいの声で告げた。「間抜けよね。本当に」

「へえ、誰かに食べられたんじゃないの？」

藤木はジュースの缶を、他人の机の上に置いた。

「まさかぁ、誰も食べないわよ。人殺しの子供が作ったお弁当なんてさ！」

二人は笑った。クラスの連中も忍び笑いを行なっている。

「あ、私見たよ。お弁当」桜江《さくらえ》が入って来た。これもシナリオ通りなのだろう。「それって赤と緑のハンカチで包んでるやつでしょ？」千鶴にそう確認した。「クリスマスみたいな」

「そ……そうだけど」

千鶴はぎこちなく頷いた。

「さっき、トイレに行ったら落ちてたよ」

「トイレ？」秋川が訊き返す。「ちょっと千鶴。あんたトイレに弁当を持って行く馬鹿はいないって」

「トイレに行った時に落としたの？」

藤木がケタケタ笑う。

「まあ良いわ。行ってみよう。まだあるかも知れないし」

「良かったじゃん千鶴。お弁当が見つかって」

秋川はそう云ったが、千鶴は全然嬉しくなかっただろう。こんな意図的な発見なんて。

「じゃあ、早速お弁当を取りに行こうよ。多分、まだあるから」

桜江の言葉を合図に、三人は動き出した。千鶴は引き摺《ず》られる仔犬のように連れて行かれる。

「あ、待って待って」購買で買ったメロンパンを窓の下で頬張っていた石渡が立ち上がった。「僕も行くよ」

「はぁ、あんた男でしょう」

藤木が振り返って云う。

「おいおい、それって差別だと思うな。掃除のおばちゃんは堂々と男子便所に入るじゃないか」

石渡は食べかけのパンを自分の机に置いた。

「何ちゅう論理だ、それ」

桜江が可笑しそうに笑った。

「まあ良いじゃん」秋川は些細《ささい》な抵抗を行なっている千鶴の腕を引っ張った。「皆でやった方が面白いわ」

……面白い、か。

面白いから壊すなんて、まるで子供の論理だ。何の責任も思想も感じない、単純で幼稚な行為。まあ、五十歩百歩なので文句は云わないけれど。

そうだ。

結局は、ただの苛め。

その一言で終る。

「さあほら、中村君も行くよ」

「え?」

石渡がそう云って自分を誘うので、中村は少し驚いた。

「え、じゃなくてさ」口だけで笑う。「中村君も参加するんだよ。決まってるだろう」

「どうして」

あいにく今はそんな気分ではない。

「理由なんて知った事じゃないよ。ほら早く」

「僕は良い」中村は断った。「田沢か島田でも連れて行きなよ」

「島田君は図書室かどこかに行ってるから無理。田沢君のクラスは遠いから呼ぶのが面倒。さあ行こうじゃないか中村君。一日のうちで一番良い時間をこんなところで浪費するのは止そうよ」

「あら何よ。中村も来るの?」藤木が呟く。「エロッティね、あんた達。全くエロッティだわ」

「えろってぃ? それ造語かい?」

「女子トイレは聖域なんだよー」桜江は諦めて抵抗しなくなった千鶴と、仲良さそうに手を繋いでいた。「男のトイレにはさ、ボタンを押したらジャーッって音の鳴る機械すら設《つ》いてないじゃん」

「だって不必要だからね。なあ中村君?」

「いや」中村は弁当の処理を終えると席から立った。「一部には必要だよ。じゃあ、行こうか」

その声が合図だった。藤木率いる女子一味と石渡は、千鶴を引き連れて教室を出た。中村も後に続く。千鶴は振り返り、無駄と知りつつも周囲の人達に救助の視線をかなり露骨に送ったが、しかしクラスの大部分は敵だし、僅かな味方(と云うか中立者、或いは愛すべき弱腰部隊)には、大声で交わされているこの会話は聞こえない事になっているので、やはり無駄だった。

女子トイレに入る。勿論、中の作りに大差はなかった。便器が露出しているか否か。違いはそれだけだ。そして……これは当たり前なのだが、別に女だからと云って臭《にお》いがない訳でもない(こうした異性への神秘と云うものは、どんなに年を重ねても消えないだろう)。男性性と女性性なんて、サイコロの目みたいなものだと、中村は改めて思った。トイレの中にいた女子数名が中村と石渡の姿に驚き、逃げるように出て行った。

「ねえ、中村君……」石渡は逃げ去った女子の後ろ姿を見送っていた。「何だか、変質者の気分になるよね」

「変質者なんだよ」

藤木は桜江から場所も聞いていないのに、奥から二番目のトイレのドアを開けた。そして千鶴をその個室に押し込む。桜江も中に入った。藤木と秋川はドアの外に立っていた。

中村は秋川と藤木の隙間から内部を覗き込む。

便器の中に何か浮いていた。

赤と緑のハンカチ。弁当の蓋《ふた》。キャベツ。鶏《とり》の唐揚げ。ミニトマト……。

「ほらね、あったあった」桜江が遺跡を発見した学者みたいな笑顔になった。「これだよね、千鶴のお弁当って」

便器の前に正座を強制された千鶴は小さく頷い

た。哀しい顔をしている。拳を握り締めた白い腕は、小刻みに震えていた。

「うわ汚い。ミニトマトが浮いてるし」

「何かさぁ、ひょうたん島みたいだね」

「何さそれ」

「さあさあ……ほら千鶴、早く救出しなさいよ」秋川が嫌な声で強制した。「せっかく見つけてあげたんだからさ。それとも私達の努力を無駄にする気なの？　それって酷いんじゃない友達として」

何が友達だと思うが。

秋川がほら、と再度促《うなが》す。千鶴は覚悟を決めて、便器の中に浮いている弁当を手で取り出した。良くやるものだと、中村はつくづく思う。

取り出した水浸《びた》しの弁当箱に、キャベツと鶏の唐揚げとミニトマトを添える。水を吸った白米が肥《ふと》ったウジ虫みたいで気持ち悪かった。

「良かったわね。これで食べられるでしょ」

千鶴の背後に立つ桜江が明るく云った。


食べられる？

面白い。面白過ぎる。中村は吹き出しそうになった。そして、これがジョークではないところも面白い。

「どうしたのさ千鶴。ほら、さっさと食べなさいよ。あんたの探してた弁当が見つかったんだから」

「でも、で」

千鶴は双眸を潤《うる》ませてこっちを見る。

「何よ」藤木が無駄にでかい図体《ずうたい》を威圧的に膨《ふく》らませてトイレのドアを殴った。さすがボス豚。「でもって、どう云う事さ。おい」

「どうしたの？」まずは汚れた弁当箱を、次に千鶴の泣き顔を眺めて石渡が訊いた。彼は藤木の横から顔を出している。ここからだと浮遊する生首に見えた。「何で泣いてるんだい？　そんなに嬉しいの？」

「食いしん坊なんだわ、きっと」

千鶴も、藤木にだけは云われたくないと思っただろう。

「早く食べなさい。食べ物を粗末にしちゃいけないわ。恵まれない子供達に申し訳ないもの」

秋川が最後通告を行なった。ここで抵抗すればこの面子《メンツ》にリンチされる事態は避けられない。そうなった場合、中村も参加しなければならないだろう。だが中村はそれについて、一切危惧をしていなかった。何故って、この女に抵抗する勇気など存在しないのだから。

千鶴は濡れた弁当の蓋から箸《はし》を取り出して、唐揚げに突き刺した。衣《ころも》に染み込んだ便所の水がじわりと溢れる。一瞬の躊躇《ちゅうちょ》。口に含む。再び一瞬の躊躇。しかし咀嚼《そしゃく》を始めた。見ているこっちの方が気持ち悪くなる。

「美味しい？」石渡は笑いを嚙み殺していた。「ねえ、それって美味しいの？」

千鶴は答えない。いや答えられない。

「きっと、喋れないくらい美味しいって事よ」

藤木が見当外れの解釈を行なった。じゃあお前が食べろよオデブさんなんて言葉を千鶴が吐くのを期待したが、勿論そんな事を云う人格ではない。

「じゃあもっと食べなよ」桜江は笑っていた。「千鶴、今度は御飯を食べてみて」

「…………」

千鶴は無言で背後の桜江を見上げた。双眸を潤ませて。

「早く」

苛立った声。危険信号。泣き落としは無駄に終る。

千鶴は再び眼前の弁当に視線を戻すと、白米……とは最早《もはや》云えないもの……を箸で摑もうとした。しかしプランクトンみたいに水中を浮遊する米粒を摑むのは難儀だ。何度も試みたが、やはり無理だった。

「どんくさいねえ」

「あ、じゃあさ、お茶漬けみたいにガーッて搔き込んだら？」桜江は相変らず壮絶な提案をする。「ほら、弁当箱を唇につけて。大丈夫だよ、男の子には見られてないから恥かしがる必要はないよ。ここは女子トイレなんだし」そう云う問題ではない。しかも男子は、眼前に二名もいる。「ささ、お食べ」

「一気に食べるのよ」

「豪快にね」

二人が追い討ちをかけた。千鶴は涙を堪えながら、トイレの水を吸ってふやけた白米を口内に掻き込んだ。

五口目でむせた。

動きが停まる。千鶴の胃が逆流しているのが、胸の上下運動で解った。

「げぁ」

そして一気に吐いた。吐瀉物《としゃぶつ》が全開した水道水みたいに口から流れ出た。便器の前が汚物だらけになる。それは千鶴自身の制服にもかかっていた。臭いが立ち込めた。

「汚い！」

秋川が飛び退く。中村の肩に激突した。

「あーあ、吐いちゃったよ」桜江は千鶴の背中を蹴った。千鶴は前のめりになるのを必死に堪えていた。「ばっちい奴ね。アンタは」

「人前で吐かないでよ」

「貰いゲロするから？」

「私はそんな事しないわよ、失礼ね」

「勿体ない事をしたら駄目でしょう、千鶴」

秋川は千鶴の頭を吐瀉物に押しつけた。そして擦る。吐いた物が目に、鼻に、口に入る。止めてと云いたいのだろうが、口を開けば更に吐瀉物が入り込んでしまうので開けないのだろう。それに懇願して止めてくれるほど、この秋川は良心的な人間ではない。

「今吐いた物を食べなさいよ」背後の桜江が鋭い声で命令し、背中を蹴った。白い制服に靴底の跡がついた。「ほら！　早くそれを食べろって」

「世の中には食べたくても食べられない恵まれない

子供達がいるんだからね」

秋川が押さえつけていた頭を離す。

「い、いやっやめて……」

千鶴は顔を上げた。悲惨な顔。

「汚い顔を上げないで欲しいね」

石渡が強引にトイレの個室に入り、その爪先を顔面にめり込ませた。そのまま頭を踏みつけられる。容赦なく。吐瀉物に赤い色が混じった。

「うげ、あんた良くそんな顔を蹴れるわね」

秋川は目を細めた。

「あちゃ」石渡は困った声を出す。「ついつい反射的に」

「食べたら許してあげるから」藤木は優しい口調だった。女の優しい声ってのは、どうしてこんなに気味が悪いんだろうと、中村はそれを聴くたびに思う。「だから食べましょうね。人殺しの娘さん」

選択肢は、あってないようなものだった。千鶴は数十秒前に自分で出したものを食べ始めた。

犬みたいな奴だ。中村は思った。

「ねえ千鶴、今日は教室に戻って来ないでね」桜江が目尻を下げた。「あんた凄い臭いだよ。判ってるの？　その事を」

3

気がつくと街を歩いていた。

いや、訂正しよう。気がつくと……なんて、夢遊病患者じゃあるまいし。

そう……ちゃんと解っている。

これは私の意思。

時刻は午後八時五分。ネオンライトが原色の光を放っている。人の群れが交差。彼等は多様な色のライトを浴びていたが、それでも今の私より青い顔の人間は存在しなかっただろう。

食べたい。

食べたい。

空腹の限界は、昨日……七月一日の時点で既に迎えていた。今は臨界点を越え、感覚の麻痺《まひ》が始まっている。胃液が胃を消化しそうで怖い。ミイラへのカウントダウン。生温い夜の風に当てられただけでも風化しそうな自分の体。

……嫌だ。

視界のぼやけ具合は、より進んでいる。ここは都会の真ん中なのに、霧の中を歩く探検家の心境で歩みを進めなければならなかった。それほどまでに、私の瞳に映る世界は曖昧だった。ぐにゃりと歪んでさえいる。しかし歪みの原因が、私なのか世界にあるのかは解らないけれど。

……もう嫌だ。

何でこんな目に遭わなければならないのか。もう、昔みたいにチョコレートパフェを食べる事も、ラーメンを啜る事も、焼肉屋へ足を運ぶ事もかなわない。

摂取可能なのは人間の肉だけ。

何て下らない設定なんだ。泣きそうになって来る。この奇怪な偏食のせいで、私は家族から見放された。そして唯一優しく接してくれた倉坂先生は、もうこの現象世界には存在しない。心の中で生きているなんて言葉もあり、またそうした精神には実は私は賛成なのだが、しかし実体を伴わない生は歪んだレコードプレイヤーのように酷く不安定だ。それは気がつかない間に、自己の内部に巣食ってしまう。

無駄な考えだね。

まだ食べないの？

私に巣食ったこの右半身も、恐らくそうした過程の元で生まれたのだろう。勝手に動き、思考し、私の人食を唆《そそのか》し、嘲笑《あざわら》う右半身。

この右半身は一体何者なのだろうか。誰かの心が棲み着いた？　あるいはジキルとハイドの二面性？　何とでも云える。それが言葉だ。

私は餌……じゃなくて、人の流れから外れようと小道に入った。これ以上雑踏の中に身を置いていたら、包丁を振り回して周囲の人間を殺害し、その肉を頬張《ほおば》っていただろう。

……え？

包丁だと。

それは一体何の事だ私には判らない。

畜生。包丁なんて用意してないのに。

用意してないしてない。

私は頭を何度も振った。

何度も何度も振った。

腹の虫が限界を訴えてるよ。

そろそろ食べないと死ぬね。

右半身が嫌な声で囁く。

でもあなたの餌は売ってない。

だったら、狩るしかないよね。

止めろ。それ以上云っては駄目。私の内面は唾を飛ばして言葉を否定した。もう聴きたくない。聴いてはいけない。


蓋が開きかける。封印していた筈の少女の記憶が甦って来る。

人気のない公園。

炎天下。

赤い洋服。

少女が、しょうじょが……。

だめだかんがえるのはよすんだもうおわったこと。

過去の話。もう済んだのだから。

抵抗なんて無駄無駄。

どうせ食べるんだし。

右半身が嘲《あざけ》る。

私は否定した。そんな事はないと否定した。我慢出来るんだと否定した。

しかし右半身は笑うのを止めようとしない。そして笑いながら、馬鹿にした口調でこう云い放った。

嘘ばっかり吐いて。

死ぬ気もないのに。

その言葉は……悔《くや》しいけれど、その通りだ。

私は死にたくなかった。

生物が生きるには生命を犠牲《ぎせい》にしなければならないのは必然だ。一般的な人間ならば卵や牛なんかを屠《ほふ》るが、だが私の場合は再三云うが人肉だ。犠牲の度合が違う。命の重さは決して平等ではない。ウズラのヒナと人間の赤ん坊の命を天秤にかけて考える奴は狂っている。

重くても軽くても関係ないんだよ。

命は消費されるためにあるんだし。

右半身は私の思考を完膚《かんぷ》なきまでに叩きのめした後、決まってそんな優しい言葉を放つ。それは作戦なのだろう。飴《あめ》と鞭《むち》……いや、厳密には少し違うけれど……とにかく、私を人喰いにするための作戦に決まっている。頭では、そう理解しているつもりなのだが、しかしクモの巣にかかったチョウみたいに、その優しい言葉から逃れられなくなるのも事実だった。


別に、気に病む必要なんかないよ。

ライオンは平気で狩ってるじゃん。

甘い言葉を投げかける右半身。その言葉は私の体内を流れるので、耳を塞いでも効果はない。

そして……抵抗を諦めつつある己を自覚した。

私は獲物を狩る。

それは本能に通じる行為。

そして、私が生きる唯一の道。

縄文時代の人間みたいに、
狩って屠る。

選択肢は、死ぬか狩るか。

だったら勿論、後者を選ぶ。

ああ……そんなものなのか。その程度のものなのか。私の否定と云うものは。情けない。でも仕方ない。仕方ないと思う思考も情けない。

じゃあ頑張ってみたいな捨て台詞を残して、右半身は再び精神の奥の奥へと沈んで行った。

そして、自分がスポルディングの大きなドラムバッグを肩にかけている事をようやく自覚した。この中には、包丁と解体道具が入っている。ああこれは私ではなく右半身が用意したんだそうに違いない。

私は霞む双眸を擦りながら、再び人の群れの中へ舞い戻った。そして太古から培《つちか》った狩りの知識を表層へと引き戻し、獲物を探し出す。引っかかりやすそうで、殺しやすそうで、それでいて良い肉を所持した人間はどれだ……。

しかし酒と煙草に侵された中年や、脂肪の割合が多いファットママばかりで、私の求める獲物はなかなか見つからない。勿論、若者だっているけれど、しかし肉のない骨みたいな者や増強剤で作った張り子の肉を誇示している者ばかりなのだ。私は姿形を詳細《しょうさい》に検査しなくても、その人の匂いや顔つきだけで肉の比率と状態がある程度なら解る。伊達《だて》に何年も人肉を食べてはいない。

獲物を追い求めているうちに、いつの間にかビル街に入っていた。残業から解放されたサラリーマンが多い。だらしない足取りで歩く女の人も多く見受けられた。そして……。

そして私は一つの奇妙なカップルを見つけた。いささか装飾過剰な衣服を着込んだ二人の男女。私は朝もやみたいな視界を凝らす。アニメの国から出て来たような露出度の高い服を着た私と同年代くらいの少女と、緋色のペンキを頭から被《かぶ》った鎧《よろい》武者みたいな格好をした、二十代くらいの男性の二人組が、大きなビルの玄関前に立っている。その奇怪な服装は私を混乱させた。

……何だあれ。

あの二人はどこか遠くの星からやって来たのだろうか。少なくとも現実世界で着用すべき服（男の方に至っては鎧だ）ではないと思った。

だが私はそんな服装についての考察など、真面目《まじめ》に行なってはいない。服なんて二次的なものに、今の私は関心を示さない。私が必要としているのは装飾の内側……そう、肉なのだから。

……あの男。

無骨な鎧に隠されてはいるが、彼の筋肉は高レベルだ。精悍《せいかん》な表情を見るだけで、それは手に取るように解る。合格ライン。どうやら右半身も喜んでいるらしい。肩の辺りが痙攣していた。

食べたい。

意識して口元を締めていないと、涎が流れそうだった。私はこの時点で、鎧を着たあの青年を食物として認識した事になる。そうだ、今更内面を誤魔化したって遅い。私は彼を食べたかった。彼の肉を取り込みたかった。栄養素として活動させたかった。

私の食人の行為には、霊的な獲得も宗教的な思想も何もない。

ただ食べたいだけ。

露出度の高いワンピースのような服を着た少女と鎧の青年は、どうも誰かを探しているようだったが、二言三言会話をすると少女はビルの中へ入って行った。

外には……鎧の青年一人。

これが、チャンスと云うものだね。

くれぐれもヘマったりしないでよ。

私の右半身が、冷静に忠告した。

熱気みたいな夜風が、私を煽《あお》る。

街の音は私の耳には聞こえない。

理性なんて、レゴブロックの城を壊すみたいなものだと実感。

腹の音が鳴る。

早く満たさなければ……本当に餓死《がし》する。

私は生き延びるための第一歩を踏み出した。

鎧の青年に近づく。

「あの……」何の作戦もなかった。行き当たりばったりだ。「済みません」

「はい?」鎧の青年は関節の少ないロボットみたいに、ぎこちない動作で私を見る。「どうし……」

私は彼の前で思い切り倒れた。三分の一は演技。

三分の一は本気。三分の一は本能。

「だっ、大丈夫かい？」

鎧の青年は慌てて私を抱えようとしたが、相変らず関節の少ないロボットなので、そうする事も出来ないようだ。青年は上半身の鎧を急いで……だけど丁寧に……脱ぐと、私の頬を叩いたり肩を揺さぶったりした。

「あ」私は薄目を開ける。華奢《きゃしゃ》だが肉づきの良い腕が私の首に巻かれていた。「あの」

「君……おい大丈夫か？　おい」

青年は再び私を揺さぶった。包丁の入った馬鹿でかいドラムバッグが肩から滑り落ちる。金属と金属が触れ合う音が響いてしまった。眼前に青年の厚い胸板。彼の体臭が鼻腔《びこう》をかすめる。肉の匂い。涎が溢れそうだ。性的とも換言出来そうな食欲が湧き上がった。

「だいじょうぶです……」

私は意識的に小声で答えた。

「今すぐ、あの、医務室に」

そう云って担ごうとする手を私は制した。

「ごめんなさい、あの……大した事じゃないんです。ただの貧血ですから」

私は彼の手から離れる。青年は、ああと生半可《なまはんか》な返事をしたが、でも本当に大丈夫かいと再度問うた。

「はい、もう大丈夫で……」

今の私は演技派女優だ。一歩踏み出そうとして、わざとよろけてみせた。そして青年の左腕に自分の胸を押しつけてしがみついてみせる。

「ぜっ、全然大丈夫じゃないじゃないか」青年は純な子供みたいな反応をしている。全く胸が触れたくらいで。まだ童貞なのだろうか。「やっぱり医務室に」

「……あの」私は伏目がちの瞳で彼を見つめた。「家に送って戴《いただ》けませんか？　迷惑でなければ」

色好い反応が返って来なければ諦めようと思って

いた。しかし青年は少しの躊躇も見せずに頷いた。

全く、本当に男と云うのは単純だ。どうして男性性は女性性よりも性行為を好むのだろう。まあそのおかげで、獲物の獲得が容易に行なえるのだが。

「あ、待ってて。ちょっと皆に断って来るよ」

「黙って行きましょう」私は青年の腕を強く握った。勿論、胸に押しつけて。「誰にも云わないで……。ね？」

「あ……ああ」青年は驚いた表情で私を見ていた。恐らく、誘惑なんて目に遭った事など一度もないのだろう。それほど悪い顔には見えないけれど……女運がカラキシ駄目なのだろうか。まあ、どうだって良いけど。「あ、待ってて。車のキーと財布を持って来るから」

そう云うと青年は私の腕を振りほどき、鎧を担いでビルの玄関とは反対側の方向に走って行った。きっと裏口を使ったのだろう。

へえ、娼婦《しょうふ》の腕があったんだ。

この方法で餌を戴けるじゃん。

右半身が冷たい口調で私を評価する。こいつは何て失礼なのだろうか。女が女の武器を異性に対して使用する際、そこに罪や恥なんてものは生じない。そんなのは自明の筈だが……。私は右半身の教養のなさに幻滅した。

五分くらいビルの前で待っていると、青年は急ぎ足で戻って来た。シャツにデニム姿。

「車は、向こうの駐車場に置いてあるから」青年は落ち着かない様子だった。「えっと、それじゃあ……行こうか」

ああ、どうしてこんなに上手く行くのだろう。

きっと神様か何かが、私の運命を導いている。

そうとしか考えられないじゃないか。

私と青年は駐車場までの道程を、ほとんど黙って歩いた。会話と云えば、自己紹介をし合ったくらいだ。この青年は年齢は二十二歳。天秤座だそうだ。

私は自分の名前だけを公開した。

青年の車はブルーバードだった。私は助手席に乗り込むと、解体道具の入ったドラムバッグを足元に置いた。座席の硬さが最悪で酷く気が滅入る。車が発進するのと同時に、スプリングの効果が薄い事が発覚し、尻や背中が痛くなる。しかも胃に響く。倉坂先生のメルセデスとは比較にならないくらいの激悪な乗り心地のせいで、私は更に気の滅入る思いになった。

「それで、君の家はどこなの？」

「取り敢えず豊平《とよひら》区までお願いします」

「豊平ね。はいはい、豊平豊平……」青年は横目で私を盗み見ている。「えっと、あの、一人暮らしなの？」

「はい」嘘ではなかった。「実家が十《と》勝《かち》なんです。だから私、アパートに一人暮らししてるんです……」これは嘘。両親も札幌に住んでいた。しかし私は一人暮らしを強制されている。生活費は全額払うから、だから出て行ってくれとストレートに云われたのだ。

「あ、そうなんだ。へえ……」

「それが何か？」

「え？　あ、ああいや、何でもないよ」

青年は大袈裟《おおげさ》にハンドルを切った。遠心力で空の胃が揺れた。私は苦痛から逃避するため、ハンドルを握る彼の腕を霞む視界で眺めていた。

ああ、早く食べたい。あの腕を咀嚼して嚥下《えんか》したい。消化したい。取り込みたい。したいしたい。唾液が溢れるのを感じた。それに……新鮮な肉なんて二年ぶりだ。私はここ数年間、冷凍食品と保存食しか口にしていない。生命を失ったばかりの、まだ内臓が機能している若くて新鮮な肉を食べられるなんて……。これ以上思考すると、腹の虫が騒ぎ出しそうだったので慌てて遮断した。

おんぼろのブルーバードは豊平区に入った。街の中心部と較べると、ビルも人も極端に減少して本当に田舎。ネオンもないので、夜空の星が確認出来るほどの暗さ。

　殺人には持って来いの環境だ。

「あの……」

　私は決断を行為に移した。

「え？」

「この先の道を少し走ったところに公園があるんですけど、そこでちょっと休憩しませんか？」

「ああ……うん。良いよ」

　彼は不器用に頷いた。不器用な人格は扱い易くて助かる。

　私は彼を公園へと誘導した。

　到着。

　車から降りる。

　周囲に人影はない。

　相変らずの生温い風が私を包む。夜の空気が情緒を安定させる。目が闇に慣れて来た。霞む視界が妙に心地良い。上手くやれそうな気になる。それは錯覚かも知れないが、しかし自信に繋がるものであれば、この際錯覚でも構わない。

　小さなアスレチックの小屋に入った。バッグを傍らに置いた。冷たい床が緊張を緩和させてくれる。周囲を囲む壁が精神を安定させてくれる。そして充満する闇が覚悟を決めさせた。右半身が何か云っていたが、今はそれどころではない。私はバッグのファスナーを開け、包丁を確認した。いつでも取り出せるように。

「はいこれ」

　青年はアスレチックの小屋に入ると、私に缶コーラを渡した。公園前の自動販売機で買ったのだろう。

「どうも」

「休むって、こんなところで？」青年が尋ねた。アスレチック小屋は夜空よりも暗く、青年の輪郭を確認するのがやっと。私のぼやけた視界ならば尚更だ。「ブランコは嫌なの？」

「はい。目が回るから」

「ザックのレスポールを見るよりも？」

「はい？」

「じゃあベンチにしよう。ベンチで目を回す奴なんていないから」

「ごめんなさい。夜風が嫌いなんです」

外は目撃される恐れがある。

「まさかコーラも嫌いだった？」

「あ、いいえ、今は飲みたくないだけ」

「そのバッグ……車の中に置いておけば良かったのに」青年の輪郭が僅かに動いた。「何か大事なものが入ってるの？」

「ええ」

私は頷いた。

その瞬間、突然……手が震え出した。

勢いの良い痙攣。

ぶるぶるぶるぶるぶるぶる。

えっ？　何なの、これ。

「あの……」


青年が静かに呟いた。私の異常には、まだ気がつかないようだ。

「はい？」

「君さ、あれ、気にならなかったの？」

「あれ……って何でしょう」

手の震えは止まらない。まさか……理性が抵抗しているのか。これから行なおうとしている行為に対して。一線を越えようとしている私の最終防衛ライン。それはありがたいような、ありがた迷惑なような。

「あれはあれだよ」青年は何だか恥ずかしそうだ。

自己の汚点を発見された時のように肩を竦《すく》めているのが輪郭だけでも解る。「ほら、さっきまでの僕の格好」

「ああ……」納得した。「鎧ですね。確かに気にはなりましたが」

「うん、あれはね……コスプレって云うんだ」

「こすぷれ？」

そんな事はどうでも良い。それよりも重要で何よりも最優先なのは、私に宿ったこの困惑だ。一体何故？　命の重さは関係ない。何故なら食す物体としての価値は平等だからだ。肉は肉。そう定義したばかりじゃないか。

「うん、アニメとか小説のキャラのコスチュームを作って、それを着用する事を云うんだよ。で、さっきのはサムライトルーパーってアニメで、僕はその中の……」青年はそこまで云うと、不意に言葉を止めた。「あ……変な奴とか思ってない？　僕の事を」

「え？　いえ大丈夫です」

「そう？　いやあ、それは良かった……。コスプレってのはさ、世の中には、まだ全然認知されなくってね。たまにテレビに出ても色物扱いだ。芸能人の格好を真似するのだって、大差ない癖に」

「そうですね……」

相槌が辛いから喋らないで欲しい。私は自分を説得するのに忙しいのだから。間違ってはいない……そう間違ってはいないんだ私の思考は。獲物を狩る事の何が悪いんだ。獲物は狩られるためにあるんだぞ。

「しかも東京ならともかく、北海道じゃあ、まだまだマイナーだからね。いや、世間にはって意味でだけど。まあ近いうちに、もっと広く認知されるとは思……」

私の耳が遠くなった。

青年の声が聞こえなくなる。

そして……。

右半身が出現した。

私の抵抗を破壊しに来たのだ。

右半身は云った。

食べちゃいなよ。

食べちゃいなよ。

あの時みたいに。

食べちゃいなよ。

「どうしたの」青年の輪郭が接近するのを気配で感

じた。「今、何か震えてなかった？　気のせい？」

「あ、ええ大丈夫です」

私は歯を食い縛りながら頷き、ゆっくりと答えた。

「そう？　あ……ねえ、君もコスプレとかに興味ない？　きっと似合うと思うんだ」

「私はアニメとか、良く知りませんから」

「いいよいいよそんなの詳しく知らなくても。えっと、じゃあさ、何か着てみたい服とかないの？」輪郭だけになった青年は、勝手に盛り上がり始めた。

「やっぱ王道としては、チャイナドレスとか白衣とかだよね。だけどナースってのは個人的に……ん？　ねえ、今……頭を振ってなかった？　どうしてそんなに振ってるの？」

「何でもありません。興味もありません。着たい服もありません」

私は頭部を両手で押さえながら素早く答えた。

「あらあら、そうなのか……。だけど興味ないなんて勿体《もったい》ない。……あ、ああ、いや別に変な意味じゃないからね。誤解しないでよ……うん？」訝《いぶか》しそうに声を上げた。「……ねえ。やっぱり君、頭を振ってるじゃないか。どうしたのさ、そんなに震えて……」

私は包丁で青年の咽喉を一閃《いっせん》した。

カハア、だかグブウだかうめいて彼は勢い良く倒れた。生温い液体が、物凄い勢いで私の顔に飛び散る。それは確認するまでもなく血液だ。頸動脈《けいどうみゃく》の完全な切断に成功したらしい。ならばこの青年は、じきに死ぬ。

私はバッグに入っていた懐中電灯で青年を照らす。白目を剝いた、感情のないその顔は自身の血で真っ赤に染まっていた。私の服や髪にも、青年の顔を染めたものと同じ液体が貼りついている。帰ったらシャワーを浴びよう。

ぐずぐずしてはいられない。私は早速、獲物の解体にとりかかった。

まずは青年を全裸にする。思った通りの素敵な肉体。均整のとれた肢体。

最高だ。

青年が咽喉を損傷して声を出せないのを確認すると、臍《へそ》の下を包丁で突き刺し、少しだけ裂いた。

生々しい。とても懐かしい感触。何故か泣きそうになった。それから自分の右腕を彼の内部に入れて内臓の位置を確認。まだ暖かい。私が腕を動かすたびに、死体になりかけの彼は小刻みに痙攣した。私は鮮度を見せつけるようなその反応に満足して、腸《ちょう》を引き擦り出した。何かの触手を思わせるそれは、外の世界に驚いたのかビクッと大きく波打った。

私は彼の腹を、更に縦に裂く。バッグから金槌《かなづち》を取り出すと、それで肋骨《ろっこつ》の根元を渾身《こんしん》の力を込めて何度も叩いた。ミシッと云う音が体内から聞こえる。脂肪《しぼう》や血液が皮膚の破れた部分から流れ出た。そして折ると云うよりも、もぐと云った感じで左右の肋骨を外すと、小型ナイフで中をまさぐった。そして心臓と繋がった血管を丁寧に切断し……そっと取り出した。

赤黒い肉塊《にくかい》が眼前に。

ああ！

心臓だ。

腹が鳴る。

涎が溢れる。

食べたい。

食べたい。

獲物を手にした。

その実感がようやく湧く。

ひさしぶりの食事。

そして二年ぶりの新鮮な肉。

血の匂いや肉の匂いが、アスレチック小屋に充満している。

周囲は肉。

肉。

肉だ。

私は内臓……肝臓《かんぞう》やら腎臓《じんぞう》やら……を一つ残らず摘出《てきしゅつ》すると、次に四肢、それから首の切断に取りかかった。小型ノコギリを太腿《ふともも》に当てる。やはり冷凍されていない肉を切断するのは難儀だった。肉が柔らかい上に黄色っぽい皮下脂肪が溢れて、ノコギリの歯が上滑りを起こしてしまうのだ。この作業の肉体疲労ランクは、丸太を切るのと同レベルに位置する（いや、丸太を切った事はないのだが）。汗が流れ落ち、腕が痺《しび》れた。それでも私はノコギリを引く手を緩《ゆる》めたりはしない。何故って、肉の味は鮮度で決まるのだから。

両手両足と頭部を切断するのに、ノコギリを二本消費した。それから腹や胸や尻の一部を切り取ってビニール袋にしまう。切断した四肢と頭部をドラムバッグに突っ込む。解体道具を片づける。作業時間は一時間弱。アスレチック小屋に残されたのは、胴体部分の肉片のみ。少し欲張りすぎたかも知れない。

私は替えのシャツに着替えると、血の滴る服をしまった。ドラムバッグを持ち上げる。当たり前だが酷く重かった。やはり欲張り過ぎた。

私はアスレチック小屋から顔だけ出して周囲を確認する。大丈夫だ人の気配はない。安全だし安心だ。バッグを肩にかけ、鈍臭い亀の足取りで公園を出た。彼の車に指紋はつけていない。幾ら何でもそれくらいは考えてある。

アパートに帰ってシャワーを浴びたら、新鮮な心臓を早速頂くとしよう。心臓を食す自分の姿を思い浮かべるだけで、私の精神は上映前の映画館みたいな雰囲気を醸《かも》し出す夜空の果てへと飛翔しそうだった。感激。有頂天。物を食べられる歓び。その他諸々……。

……現金なもんだ。

私は苦笑した。狩る直前まで、脳髄の内部でああだこうだと論争していたのに、青年の咽喉をかっ切った以降は、肉を食えると直感したのか、反応らしい反応は皆無だった。

咽喉もと過ぎれば何とやら。そう云うものか。ならば私の葛藤は無駄だったのか。十日間の苦痛は無意味だったのか。

呆気ないような、味気ないような。

4

私は綾波レイ。

……本当に？

疑問が生じる。

それで終わり。

……ああ。

全然駄目です。

どうも最近、キャラになりきれません。やはり設定が架空過ぎるからでしょうか。それとも夢見る少女の時間は、もう終っているのでしょうか。どちらにせよ困りました。これは私の唯一とも云える逃避作業なのに。

私は東区《ひがし》にある、第三木島《きじま》ビル内にいました。水色と緑の中間色のブレザーに、細くて赤いリボン。眼帯も忘れずに。いつもなら恥じるべき黒ソックスも、今日は装飾の一部です。まあ、今回は比較的ライトな衣装でしょう。本当は真っ白なプラグスーツを着たかったのですが、何度挑戦しても胸の部分が上手く製作出来なくて、仕方なくブレザー姿で妥協したのです。

私はコスプレイヤーです。

アニメーションやゲームなどのキャラクターの衣装に身を包み、自己を他者に投影する事を生甲斐《いきがい》とした種族……こう云うと誤解がありそうですし、事実そこまで思い入れのない、ただ着飾りたいからと云うだけの理由でコスプレする人もいるでしょう。しかし『着飾り』には、古来から変身と云う本質が含まれています。それも他者の衣装ならば、その色は非常に濃いでしょう。起源は忘れ去られ、残ったのは最早《もはや》手法だけですが、それでも私はコスプレを続けます。

これは私にとっては、一種の……葉巻（別に喫《す》いませんけれど）のような精神安定剤、あるいはガス抜き作業なのです。現実の、香取羽美とか云う劣った存在からの一時的な解放。そして（今回は）綾波レイへの依存……投影。さらに綾波レイとしての再起動……。

しかし最近は、それを行なうのも困難なものになって来ました。数年前なら完璧にキャラになりきって、そのキャラの思考や人生をトレースするのは容易だったのに、近頃はどうにも上手く行かないのです。それでも何とか自己と自我を彼方《かなた》へ追いやり、そのキャラになって人生のリスタートを試みますが、しかしすぐに現実に戻ってしまうのです。原因は定かではありません。一体どうしたのでしょうか。やはり前述したように限界が生じたのか、私の精神が『私』として成長したからかの、どちらかでしょう。その両方かも知れません。

綾波レイとしての私は、常時とは違う足取りでビル内を進みます。このビルは四階建てになっており、一階と二階はコスプレの撮影会。三階は同人誌の即売会になっています。私のいる一階は多種多様な衣装に身を包んだ少女や、少女とは云えない年齢に達した人、微妙な年齢の男性コスプレイヤー、それ等を撮影（と云っても、撮影を所望される九割は少女ですが）している男性でひしめき合っていました。

首に数珠《じゆず》を巻いた赤とピンクの衣装をした子。花束を握ったメイドちっくな子。髪の毛を左右に分けてオレンジ色のスカートを穿《は》いた制服姿の子。形容不可能なフリフリロリロリの衣装を着た簡易式小林幸子みたいな子。そして……恐らくガンダムなのでしょう、白く塗ったダンボールを全身に装着した年齢性別ともに不詳の人もいました。数え上げればきりがありません。元ネタの解らない衣装も沢山あります。あの大きな歯のついているトンガリ帽子を被ったキャラは何者なのでしょうか。

私はローファーを鳴らせて歩きます。片方の目に眼帯をしているので距離感が摑めません。何人かの素人カメラマンが歩み寄り、私に撮影許可を所望《しょもう》しに来ました。快《こころよ》く引き受けます。ポーズ（と云っても、綾波なので突っ立ってるだけですが）をとって、カメラ目線。心地良いフラッシュ音と断続的な青い光が、私だけに浴びせられました。私だけに……と云う点が、一番重要です。

注目されている。

注目されている。

私が。この私が。

学校では全然冴《さ》えない、いてもいなくても誰も気にしない、価値としての個性を喪失して久しい私も、ここでは注目を浴びる……。

そう、香取羽美としての記号さえ消去すれば、私は一般的な人よりも上位に位置するのです。容姿も悪くないし、スタイルも……胸はそう大きくはありませんが……結構自信があります。体も至って健康で病気も持っていません。勉強だってまあまあ出来ます。そして何と云っても、美しい髪の毛を所持しているのですから。

だから……だから、香取羽美さえ壊せば。

壊せば。

「おうい、そこのレイちゃん」

背後から聞こえる、高いのか低いのか判別の難しい声で我に返りました。素人カメラマンは既にいなくなっています。振り返ると、宝仙青威《ほうせんあおい》さんが如月《きさらぎ》ハニーの格好をして立っていました。ミニスカートから伸びた細い脚が相変らず綺麗です。金髪のウイッグが似合っています。この人はコスプレを行なう際、必ずウイッグを被《かぶ》るので（今回は私も被っていますが）私は青威さんの本当の髪の毛を知りません。

云うまでもありませんが、宝仙青威と云う名は本名ではありません。そんな珍名さんは、この現実世界にはそうそう出現しないものです（まあ、私は青威さんの本名を知らないので何とも云えませんけれど）。それに年齢も通う学校すら知りませんし。そして、これまた云うまでもありませんが、青威さんには私の情報を一切明かしていませんでした。知る必要も、教える必要もありませんからね。

何故って……私は香取羽美を脱ぎ去るためにコスプレをしているのです。それなのに私の素性を明かすなんて、愚かな行為じゃないですか。醜《みにく》い部分を露出して得られるものなんて絶対に認めません。

「あ、青威さん……」知り合いと接すると、やはりどうしても香取羽美が出てしまうのです。「こんばんは」

「もう、相変らずポーッとしてるんだから」青威さんは頭のヘアバンド……現実でそれをつけている人は、もうさすがにいないでしょうが……の位置を確認しながら私に近づいて来ました。「そのうち車に轢《ひ》かれちゃうぞ、真面目な話」

「あ、大丈夫です」

「大丈夫だったら忠告しないよ」青威さんは微笑みました。小さな唇が上がります。身長が高く、（百六十八センチはあるでしょう）目元が妙に男性的ですが、それ以外は本当に可愛らしい人です。「北海道は交通事故死者数ワーストワンなんだからね。気をつけなよウミちゃん」

ちなみに私の名前は、ここではウミです。安易ですよね。

私達は人の流れの邪魔にならないように、壁際の方へと移動しました。

「あの、青威さんはもう買ったんですか？」

「何をだい？」

「同人誌」

「おう、バリバリ激買いしただわよ」青威さんは左手に大きな紙袋を握り締めていました。「しっかし大漁だったな。えっとね……アスカ×シンジ本を二冊でしょ。セーラームーン本が三冊に、それから微妙な線で舞×アンディ本と、あっ、そうそう、それから東方不敗がね……」

「ああもう、はい。解りましたから」

私は制しました。これだから筋金入りは恐ろしい。

「ウミちゃんは買ったの？」

「いえ、まだです。到着したばっかりなので」

「あら、それは大変。急がないと売り切れるよ。ドラクエみたいなもんだからね。北海道は供給が少ないから大変だよ、こう云うの」青威さんは上半身を屈ませ、お手製の白いブーツをいじり始めました。

「ああもう、サイズを間違ったな。キツくてしょーがないもん」

「えっと、じゃあ今から買いに行って来ますね」

急がなくては、お目当ての勇者シリーズ本が売り切れてしまいます。

「無駄無駄無駄無駄」青威さんは体勢を戻すと、首を小鳥みたいに小刻みに振りました。「今頃行っても、兵《つわもの》どもが夢の跡だって。僕ちんが行った時点で、半分近くのサークルが品切れだったもん」

「……そうですか」

確かに、ピラニアの群れにかかれば、牡牛一頭だって三分と持たないでしょう。

「まあ、気にしない。何だったら僕の奴見せてあげるよ」青威さんは太腿を見せつけるかのように仁王立ちになると、元気に笑いました。周囲にいた男性陣の視線が一気に向けられます。「ウミちゃんの好きな、やおい系の同人誌はないけどね」

「おいおい、パンツが見えるよ」

奇妙な鎧を装着した男性が、ロボットのような動作でこちらにやって来ました。私達の共通の友人である、有川亜栗鼠《ありかわありす》さんです。これが本名だったら、彼の親はとても勇気のある方々ですが。

「やっほ有川さん。こんばんは」

「……あ、こんばんは」

私と青威さんは挨拶をしました。

「こんばんは。やあウミちゃん、おひさだね。って……ほら青威ちゃん、好い加減に脚を閉じなよ。皆の視線が釘づけだよ。知ってるのかい、それを」

「知ってるよ」青威さんはようやく脚を閉じました。「見えそで見えないチラリズムだから大丈夫だって。あ、じゃあ特別に有川さんには全部見せてあげようか?」

「馬鹿!」

「きゃあ、何ムキになってんのさ」

「別に……」

有川さんは発泡スチロールか何かで作った鎧を軋《きし》ませて否定しました。それにしても、この鎧は誰のコスプレなのでしょう。戦国武将のような兜《かぶと》(それは有川さんの頭よりも一回り大きく、首を動かすたびに傾いて行きます)が印象的でした。

「あの、有川さん」私は気になって尋ねました。

「……それって、誰のコスですか?」

「え?」有川さんは驚いた表情を形成し、兜の角度を調整しました。「あれ、解らないかな。ウミちゃん、サムライトルーパーって知らない?」

「さあ」

聞いた事があるような、ないような。

「全く……相変らず古いんだから、有川さんのネタは」青威さんが困った奴だと云う表情を意図的に作ると、いつものように有川さんをなじり始めました。「それ伊達征士でしょ? どうして伊達征士なんて持って来るのさ。前回は鉄人26号だったし。28号ならともかく、26号だよ。誰も知らないって」

「そっかなあ。でも、サンダーバード2号よりマシだろう?」

「それはコスプレ出来ないよ、物理的に」青威さんは笑顔を見せます。「でもバージルなら出来るね。口の端に黒い線を引いてさ。まあ、どっちにせよ古いけど」

「君だって古いじゃないか。キューティーハニーなんて」

　有川さんが反撃しました。

「ハニーは良いんだもん。コスプレの定番だしさ。それに可愛くて良いじゃん。ほらほら」

　青威さんは胸を張ってコスチュームを見せつけます。すると有川さんは、でも胸のない人がやっても面白くないよと答えました。詰めれば良いじゃんと、青威さんは云い返します。事実、青威さんの胸の膨らみには違和感がありました。お饅頭《まんじゅう》でも入れているみたいです。

　……ああ。

　この人達は、何て幸せそうな顔をしているのでしょう。恐らく青威さんと有川さんは、この空間から出て日常に埋没しても、今と変わらない人格で、今と変わらない対応をするのでしょう。羨ましい限りです。私なんて……コスプレをしても綾波なのに。

「あ、そうだ。ねえねえ有川さん」青威さんは思い出したように訊きました「琴美《ことみ》ちゃんは？　一緒じゃないの？」

　琴美ちゃんと云うのは、北海道版の高坂れんむみたいな方です。確かに、今回はまだその姿を見ていません。琴美ちゃんはとても目立つ方なので、私みたいに人混みに埋もれたりはしない筈ですが……。

「え？　来てないの？」

　有川さんは高い声を上げました。

「うん。まだ見てないから多分ね。ウミちゃんは？」

「あ、私も見てないけど」

「おかしいなあ……絶対来るって云ってたけどね」

　有川さんは琴美ちゃんとプライベートでもつき合っています。とは云っても……まあ当然ですが……男女関係はゼロです。「あんな楽しみにしてたのに。たとえ同じ日にレディオヘッドが来日コンサートを開いても、こっちを選ぶとか云ってたもの」

「連絡とったの？」

「いや、ピッチの電源切れてたから」

「家の電話は？」

「それは無理」有川さんは首を振りました。「琴美ちゃんは家に電話を置いてないいんだよ。笑えないでしょ？」

「したっけさ、ちょっと探してみようよ。もう来てるかも知れないじゃん」私もそうですが、青威さんはそれ以上に、琴美ちゃんのファンでした。「今回こそはサイン貰うんだからね。んでもって一緒に写真なんか撮っちゃったりして。きゃあ」

「相変らずの妄想癖《へき》だね」有川さんが小さく呟きました。「じゃあ探しに行こうか。僕も琴美ちゃんに用があるんだ」

「きゃあ、デートのお誘い？」

「まさか。そんな勇気は僕にはないよ」

「あらあら、じゃあボクちんが慰めてあげようか？」

「変な冗談は……」

「はいはい」青威さんは有川さんに向けて右手を振りました。その動作に何か意味があるのでしょうか。「ウミちゃんも一緒に探す？」そう尋ねて私に向き直ります。

「え、あ……ごめんなさい。私、あのやっぱり同人誌を見て来るから」

わざわざ探しに行くのは面倒なので、そう答えました。ちゃんと断る勇気すら、私は持っていません。

「そっか。そんじゃね」

青威さんと有川さんの二人は去って行きました。あっと云う間に雑踏に紛れてしまいます。私はしばらく、その様子を眺めていました。それと云った意味もなく。

私は眼帯を外すと（この時点で綾波レイとしての記号を七割喪失しました、今回は思考のトレースを諦めたのです）三階の同人誌売場へ足を運びました。青威さんの情報が正確なら、今更行ったところで目的の本があるとは思えませんが念の為です。それに、いつまでもここに立っている訳にも行きませんん。青威さんと有川さんに見つかると面倒ですから。

同人誌売場は、確かに兵どもが夢の跡でした。人はまばらで、サークルのほとんどは完売していました。撤収作業を行なっているところもあります。それでも祭りの後が嫌いではない私は、残ったサークルを眺めたり、客の戦いの成果を盗み聴きしたりと、余韻《よいん》を感じていました。

私には祭りなんて似合いませんから。どちらかと云えば、やはり祭りが終った後の売れ残った林檎飴みたいな気分で佇《たたず》んでいるのがお似合いでしょう。卑屈《ひくつ》でも何でもなく。

どんなに好景気でも潰れる会社があるように、大盛況の中でも成果のあげられなかったサークルが、やはり幾つかあるようでした。客もほとんどいないと云うのに、バナナの叩き売りみたいに、どんどん本を山積みにしているところもあります。

……え。

私はその中の、一つのサークルに目が釘《くぎ》づけになりました。五、六人くらいの集団。小学生くらいの男の子が一人混じっています。しかし気になった理由はその男の子ではなく（だって、私はショタ好きではありませんから）、見知った顔があったような気がしたからです。

……あれは。

「本当に惨劇だわ！　これって、酷よコク」

「煩いなあ。そんなに怒鳴らないでよ……」

「え？　何ですって？」

「聞こえないのかい？　怒鳴るなって云ったんだよ」

「えっと、それって、怒鳴るなって意味かしら」

「当たり前だろ姉ちゃん」

「やっぱガルキーバなんか描くんじゃなかったわ」

「後悔先に立たずだよ。諦めよう」

「だって、云ってみれば獣姦《じゅうかん》だし、アレ」

「じゅうかん？」

「やっぱガンダムＷ《ウイング》にすべきだったわね」

「だから後悔……」

「トロワ×ヒイロ本なら五十部はいけたわね。個人的にはカトルだけどさ。ねえ皆、そうよね？」

そう云って鏡さんは、仲間に挑むような目つきを投げかけました。同人仲間達は困惑気味の表情ですが、鏡さんの弟さん（姉ちゃんと呼んでいるのだから恐らくそうなのでしょう）だけは、呆《あき》れたような瞳で鏡さんを眺めています。この年齢にして、これほどの諦観を顕《あらわ》にするとは。過去の私を見ている錯覚に陥ります……。

いいえ、そんな事はどうだって良いのです。過去なんて知った事じゃありません。

……どうして。

どうして鏡さんが？

「あれ？　アンタ……へ？　羽美ちゃん？」

しまった見つかった。気がつけば、鏡さん達のいるサークルの、ほとんど真正面に立っているじゃありませんか。これでは見つからない方が不自然です。

「あ、あ、あ」

急に恥かしくなる自分がいました。あまりに高密度の羞恥《しゅうち》に、顔から溶岩が流れ出しそうでした。いや比喩《ひゆ》ですけど。

「何してんのよアンタ。きゃあ、綾波だわ綾波。嫌だもう微妙に似合ってるじゃないのよ。どうしてくれるのさ。え、ちょっと。でも何で委員長じゃないのよ。岩男潤子なのに。ガンちゃんよガンちゃん」

鏡さんはテーブルを跨《また》ぐと、エントロピーの散かり具合を揶揄《やゆ》する数学者のように、一気に言葉を飛ばして来ました。それにしても、褒めているのでしょうか。怒っているのでしょうか。

「……あ、あの」私は赤らんでいる可能性が極めて高い顔を下げました。「どうして、あ、あの……鏡さんこそ」

「見りゃあ一目瞭然《りょうぜん》でしょ、このザマを」

そう答えてテーブルに山積みにされた同人誌を指差します。

「鏡さん、同人描きなの？」

それはとても意外でした。生きたドードー鳥が発見されたとしても、ここまで驚きはしなかったでしょう。

「見りゃあ一目瞭然でしょ、このザマを」

「売れなかった……んだね」

私は恐る恐る尋ねました。見りゃあ一目瞭然でしょこのザマをと云う返事が返って来ないのを祈りながら。

「見りゃあ一目瞭然でしょ、このザマを」祈りなんて誰にも届かないものです。「全く、皆……見る目がないわ。ないったらありゃしないもの」

「……ねえ、何冊売れたの？」

「知るもんですか。十二部よ」

私は平積みされている同人誌の山を一瞥しました。私はその番組を見ていなかったので詳しくは解りませんが、表紙は確かにガルキーバです。線は意外に綺麗。誰が描いたのでしょう。しかし色塗りが適当過ぎるのがネックでした。

「絵は上手いのに」

これは正直な感想です。

「獣姦モノは駄目ね」

私は何て返答すれば良いのか判らないので黙っていました。まあそんな事よりも、この場から……鏡さんの前から逃げ出したいと云うのが本音ですけれど。

ああ、こんな情況が待ち受けていたのなら、青威さん達と一緒に琴美ちゃんを探しに行けば良かった。未来を見る事が可能ならば、こんな失態は回避出来るのに。

「でもまあ、本が売れようが売れまいが、私の人生には一切影響を及ぼさないわ。届くところに届けば良いのよ」鏡さんはサークルの面々に首を向けました。「って訳で、私は羽美ちゃんと一緒に下に行ってるから、片づけお願いね」

「……お、おいちょっと待ってよ姉ちゃん」代表して弟さんが口を開きました。「片づけくらいやって行けよな。常識として」小学生の癖に、言葉の端々に微弱な殺意を込めています。末恐ろしいです。将来はきっと、人殺しになるでしょう。

「煩いわね、癒奈《ゆな》に教えちゃうわよ」

鏡さんは弟さんを凍った視線で睨みました。

「何を」

「アンタの性癖」

鏡さんは不可解な声色でそう答えると、私の手首を摑み、迷いのない足取りで一階へと降りて行きました。私も強制送還です。

一階は、相変らず人の群れと熱気で猛烈な事になってました。このエネルギーの有効活用が可能であれば、地球の寿命も二年は伸びるでしょう。しかし無駄だからこそそのエネルギーです。それに価値や理由を付属させれば、このイベントの熱気は一気に冷気へと変るのは目に見えています。

「どひゃあ、本当に凄《すご》いわね。笑っちゃいそうだもの」コスプレイヤー達を眺める鏡さんの視線は、決して温和《おんわ》なものではありませんでした。「相変らず、ブス山さんも多いけれど」

「……はあ」

否定はしません。しかし顔の造りが悪いからコスプレをしてはいけないなんて決まりはありません。この行為は、非常に簡素な言葉への換言を許されるのなら、ただの自己満足（私だってそうです）にすぎないのですから。他者の視線は必須としても、感想は基本的には不要です。真似るだけで昇華する感情なのですから。

「それにしてもたまげたわ」鏡さんが云いました。

「たまげるって、魂が消えるって書くのよ。魂なんて存在しないのに」

「あの、たまげたって私の事？」

「他に何があるの」鏡さんは例の如く冷たい双眸でした。恐らく、これが基本形なのでしょう。「まさかコスプレ好きとはね。同じクラスメイトとして嬉しいわ。まあ、クラスメイトって事は昨日知ったんだけど。ねえねえアンタ、サナリーの由来知ってる？」

「はい？」

「知らないんなら良いわ。しょせんマイナーユニットだもの。それより、結構似合ってるじゃないの、その格好」

鏡さんは立ち止まると、改めて私を眺めました。忘れていた感情が甦《よみがえ》ります。私は慌てて顔を下に向けました。

「どうして恥かしがるの」鏡さんは不思議そうに訊きます。「恥かしいんなら着なければ良いのに」

「あの……いえ、そうじゃないの」

そうです。これはただの羞恥ではありません。鏡さんの視線が、私を酷く困惑させるのです。何故でしょう。見抜かれるから？　何を？

「まあ良いわ、似たような趣味を持つ者同士、仲良くしましょう」

鏡さんはそう云うと、ようやく笑顔になりました。綺麗な笑顔。常にこうやって笑っていれば良いのにと私は思いました。鏡さんはいつも、隠れた国連軍を探すゲリラ兵みたいな目をしているのです。一体この人は、何を警戒しているのでしょうか。

「あ、うん。こちらこそ」

あの鏡稜子さんに仲良くしようと云われたら、私みたいな下の人間は無条件で喜ぶしかありません。だって……多少ではありますが、認められたんですよ、その存在価値を。それって嬉しいですよね、凄く。この気持ち判りますよね？　判らない筈がないでしょう。

「羽美ちゃん、コスプレ歴は何年？」

「ええと、六年くらい」

子供の頃からやっていました。

自分からの逃避のために。

両親が離婚して札幌に住んでいる従兄弟の家に預けられたのは、私が九歳の頃です。境遇は決して良かったとは云えません。恐らくそれが転落の始まり……逃避の原体験だったのでしょう。今なら、その過程すら辿《たど》れます。

従兄弟の家に預けられて半年も経たない内に、私は脳内に空想の世界を創り上げていました。誰もが一度は想起するであろう『あの場所』を、私は誰よりも克明に思い描いていました。仮想世界こそが現実で、現実は一瞬の悪夢に過ぎませんでした。そんな夢想を、怒鳴られたり殴られたりするたびに行なって来ました。

恐らく……これが基盤でしょう。

そんな夢心地の仮想世界を、端的に、そして露骨に伝達してくれたのがアニメーションでした。アニメ。それは自分が脳裏で描いていたもの以上の完成された架空世界を、視覚や聴覚と云う感覚器官を通じて私に与えてくれるもの。

それは衝撃でした。

何せ架空の世界が、二次元として眼前に出現したのですから。

アニメーションは、少なくとも三十分間は私をあの場所へ連れて行ってくれました。そして完璧なキャラ達に己を投影して、香取羽美と云う不必要な存在から解放させてくれました。

それから先の説明は不要でしょう。二次元の概念を三次元に持ち込む行為は、画期的でも独創でもありません。二次元の存在が着用していた衣装を着て、三次元として固体化させる。獲得のために。まあ、聞こえは良いかも知れません。行為としてコスプレを選択したのも正解でしょう。

しかし、そう……しかしなのです。まあ、この辺の問題は解釈によって答えも異なるでしょうから省略しますが。

「うへえ、六年か。長いもんだわアンタ」

「……そうかなあ」

私はブレザーの位置を直しました。

「筋金入りよ」鏡さんは頷きながら答えました。

「だってさ、六年前ったら九〇年くらいよね。その頃と云えば何やってたかしら。確かパトレ……」

「うぉーい」鏡さんの言葉は、私の名を呼ぶ青威さんの声で中断されました。「やっと見つけちゃっただわよ。ウミちゃんウミちゃん」露出した白い太腿を見せつけ、金髪を靡《なび》かせながら、こちらに向かって来ます。「ふう、探したよう。同人誌はもう見終わったの？　僕はドラゴンレーダーを持ってないんだからね……あ」そして私の前に立つ鏡さんを発見しました。「こちらさんは？」

「あ、ええと……鏡さんって云うんです。私の、友達」それから鏡さんに向き直ります。「えっと、この方は宝仙青威さん。私の仲間です」

「あ、よろしくピョン」

青威さんはそう云って、軍人のようにビシッと敬礼しました。

「あらあら、マニア受けしそうな人だわねえ、アンタって」鏡さんは愉快そうです。「何かの伏線なの？」

「うっひゃあ……面白い人だね！」青威さんは大きな瞳を一層広げました。「専門は？」

「同人関係を少々」

「キューティーハニーは好き？」

「サイコジェニーの方が好きよ」

「うっひゃあ」

「あれ……青威さん、有川さんは？」

私は不毛で不可解な会話を終らせるために、そう質問しました。別に有川さんの行方などに興味はありません。

「え？　あ、そうそう。本来の目的を忘れるところでございましただわよ。えっと……って事は、ウミちゃんは有川さんには会ってないんだね？　したっけ、山口《やまぐち》さんにでも聞いてみるかな……」

「一緒にいたんじゃなかったんですか？」

私は尋ねました。

「途中までね。僕と有川さん、外で琴美ちゃんを待ってたんだ」

「……その格好で？」

あっさり頷く青威さん。奇抜な緑の鎧を着た有川さんと、レースクイーンみたいな服装をした青威さんの二人組は、事情を知らない周囲の人には、さぞかし奇異なカップルとして映っていたでしょう。

「だけどさ、僕がちょこっと……ちょこっととは云っても十五分くらいだけどさ……目を離したスキに、有川さん、いなくなってやがんのよう」

「どっかにいるんじゃないですか？　二階とか」

「控室に行ってみたら、伊達征士の鎧が置いてあった」青威さんは静かに答えました。「んで、駐車場に行ったら車もなかったの。あのオンボロボロボロの車が見当たらないんだ。ったく、どこで油売ってんのかねえ。僕ちゃんと云うものがありながら。いや冗談だけどさ勿論」

「私は伊達征士は好きじゃないわ。ぶってるもの」

鏡さんが冷たい声で呟きました。

「うっひゃあ」

5

友人と云うには交流が浅いけれど、知人と云うには親交が深い人物に、ドッペルゲンガーなる現象を調べて貰った。報酬が昼飯の弁当一つで済んだのは、低収入の王田にとっては幸いだった。

その調査でドッペルゲンガーと称される現象は、もう一人の自分自身に会ってしまう一種の心霊（心理？）現象と云う事が判明した。そしてそれを見てしまった者は、心筋梗塞《こうそく》や体調不良などで、目撃直後、あるいは数日、数年以内に死に至る事も。何故己が死んでしまうのかと云うと、ドッペルゲンガーは自己の肉体から抜け出した魂なので、それが分離する事により肉体が衰弱するからだそうだ。意味の判らない理屈だなと、王田は報告書を読みながら思った。

そして……ここまでなら、あっそうの一言で済ませられるが、困った事にこの現象はゲームや小説の中だけの出来事ではなく、どうも実在するらしい事も判明した。精神医学界でも古くから話題になっているらしく、論文も残されているらしい。

ドッペルゲンガーの典型的な例を挙げてみると……。

・目の前数十センチないし数メートルのところ、あるいは側方に、はっきりとした自己自身の像が見える。
・多くは動かないが、時には歩行、身振りに合わせて動作する。
・全身像は少ない。顔、頭部、上半身などの部分像が多い。
・一般に、黒、灰色、白などモノトーンである事が多い。
・平面的で立体感を欠き、薄いと云う場合もあれば、時にはゼラチン様ないしガラス様に透明な姿で見える事もある。
・自己像は自己自身の姿と必ずしも似ておらず、表情が異なったり、衣服が異なったり、更には若かったり甚《はなは》だしく老《ふ》けて見えたりする。

そして自分の姿を視認する場合は自己像幻視。もう一人の自分から干渉《かんしょう》を受ける場合は二重化体験と呼ぶらしい。

基本的には精神分裂病や脳器質疾患《しっかん》の者が見るのだそうだ。健常者でも、疲労状態や偏頭痛《へんずつう》の際に見える事があるらしい。

そして何より重要な点は、どんな姿で現れても、その人物が自己自身の像であると直感的に確信して疑わないのが、この現象の特徴。

実例……これも例の友人と知人の中間みたいな人物に調べて貰った……を挙げると、とある二十六歳の女性患者は、ある時『就寝して間もなく、壁際に黒い洋服を着ている人物が見えた』だの『その人物はまるで影のようで、顔は見えなかったが、それは自分であるとすぐに確信した。自分を見つめているように思えた。夫に伝えようと視線を逸らしたところ、その影は自分の視界に入ろうとするかのように移動した』と云った目に遭遇したらしい。

その患者が十八歳の時に最初に目撃したドッペルゲンガーは、『夜間に突然、向こうに歩いていく裸《はだか》の人物が見え、誰？　と声をかけて振り返った姿が自分であった』と云うものだったらしい。しかしどうして裸なのだろうか？　王田のその疑問に、友人と知人の中間をした人物は、銭湯の帰りだったんだと簡素に答えた。それが本当なら、湯冷めは免《まぬが》れないだろう。

例の患者は『電車の中からホームを見ていて階段を降りて行く自分が見えた』とか『ショーウィンドウに映る自分を見ながら髪を整えていた時、隣で同じ事をしている自分が映っており、何か話しかけてきたが間もなく消えた』とか『出前を取り、お金を払おうとしたところ、先に払おうとするかのように玄関に向かう自分の姿が見えた』などなど……日常生活がドッペルゲンガーのバーゲンセールだったらしい。他にも『歩いていると、自転車に跨《また》がるようにして壁に寄り掛かりながら自分を見ている幼い頃の自分が見えて、近寄ろうとしたら躓《つまず》いて、顔を上げた時には既に消えていた』と云った、年齢の違う自己を目撃した事もあったそうだ。

先述したように、このドッペルゲンガーとやらは、自分にそっくりだから自己自身と云う訳ではない。幼い姿でいようが年老いていようが、それを自分だと確信してしまうのだ。根拠や理由や理論は知らないけれど。

王田はその友人とも知人とも云えない間柄の人物に、つまるところドッペルゲンガーとは何なのかと尋ねたが、彼の回答は、恐らく脳が見せる幻覚みたいなものだと思うなどと云った、何とも曖昧なものだった。どうやらこの現象は、骨がパキパキ鳴るのと同じく、完全には解明されていないらしい。現代科学なんてそんなものだ。王田はそこまで期待していない。

まあ何にせよ、心霊現象なんてこの世にある訳がない。今、ベッドで横になっている少女は、恐らく精神が相当に参っているか、脳の一部を病んでいるのだろう。それがドッペルゲンガーを幻視する理由だ。王田はそう信じて疑わなかった。

「……とまあ、そんなとこかな」王田は報告書を置いてド派手なベッドに腰かけると、テレビの下の冷蔵庫からジンジャーエールを一本取り出した。ビールもあったけれど、生ビール以外のビールを邪道と信じて疑わない彼には用のない代物。「どうだい、これで納得した？」王田は腰を回転させて、少女の方へ向いた。

ベッドに横になっている少女は、こくりと首を頷かせた。一種の心神喪失状態に陥っていた彼女も、少しずつだが己の奪回を開始している。

「何か質問は？」

「ない。でも……私が見た私は、今の年齢の私だった。あと、ちゃんと動いてたし、色もあった。本物の私に近い」

「違いは見られた？」

「いいや、私にそっくりだった」

シャワーを浴びたばかりの少女の頬は、上気して僅かに赤らんでいた。良く見ると結構美人。胸元の開いたシャツから弱々しい鎖骨が覗いている。しかし年齢が十以上も離れているので性的興奮は湧かなかった。ラブホテルの一室に二人きりと云う、この情況下であっても。人畜無害なものだと思わず苦笑する。

「なるほどね」王田はジンジャーエールのプルトップを開けた。プシュッと云う擬音が当て嵌まらない音の缶はないのだろうか。「あ、何か飲む？」勿論これも経費で落とす。何千円もする缶ジュースを自腹で飲む気にはなれない。

「いらない」

少女は首を横に振った。

「この報告書を踏まえた上で君の話を鑑《かんが》みると、君が目撃したもう一人の自分って奴は、このドッペルゲンガーだと思えない？」

「判らない」少女は視線を天井……恐らく一昔前のディスコにありそうな照明を眺めているのだろう……に向けたまま答えた。「でもドッペルゲンガーって云うものは、結局は幻なんでしょう？　私のは違った」

「根拠は？」

「もう一人の私は、私に触れた」

「ふうん……」そいつは凄い。「だけどさ、それは君の主観の話だろう？　触られたと思い込んでいるだけかも知れない。いや、きっとそうだ」

「判らない」

「それじゃあ、僕が幻だって事を実証してあげよう」王田はジンジャーエールを口に含んだ。想像していたものとは、味が微妙に異なっていた。こんな味だっけ。「じゃあまず、君が最初に自分のドッペルゲンガーを目撃した時の様子を話してよ」

「……一度だけなの」

「え？」

「もう一人の私を見たのは一度だけなの。今のところ」

「ああ、はいはい」そう云う事か。ならば症状は比較的軽いのかも知れない。「いつ見たの？」

「刺された時」

少女は思い出したように左腕の包帯に触れる。

「……じゃあその傷は自分のドッペルゲンガーに刺されたってのかい？」

少女は天井から視線を逸らさずに、小さく頷いた。

その発言には少なからず驚いた。自己の分身が攻撃をしかけてくるとは。それは自殺願望の顕れ……なんて言葉で片づけて良いのか否かは、素人の王田には解らない。とにかく、俄然《がぜん》興味が湧いたのは確かだ。

「えっと、君がドッペルゲンガーに刺されたのがいつだったか記憶してる？」

少女はたっぷりと考え込んでいたが、やがて口を開くと、先週の土曜日と答えた。先週の土曜日。それは王田が橋の下でこの少女を発見した日……六月二十九日だ。詳しく話してくれと王田は促した。

「その日は、皆でキャンプに行ったの。知ってた？目流川の上流の岩場には、開けた場所があるの。私達はそこでキャンプをしてたの」

「皆、って云うのは友達？」

「そう」

「何人いた？」

「三人」

「名前を云える？」

「……浦野宏美《うらのひろみ》、森口博絵《もりぐちひろえ》、堀井良子《ほりいよしこ》。目流川へは博絵さんのワゴンで行った」

「後の二人は学生？」

「博絵さん以外の二人は、私と同級生なの。博絵さんは学校の先輩」

「君が刺された時、皆はどこに行ってたの？　助けてくれなかったのかい？」

「……お昼時で、博絵さんと良子はテントの前でご飯を作ってたの。それで私は料理が苦手だから、ご飯が出来るまで下流の方に行って川を眺めてた。私が立ってた下流は、テントから百メートルも離れてなかったと思う」少女はそこで言葉を止めると僅かに背中を丸め、首を窄《すぼ》めた。「そしたら突然、後ろから包丁が……」

「……え？　いやちょっと待って」王田は体勢を戻して煙草に火を点けた。「浦野宏美はどうしたの？この子も料理？」

「ひろみ……宏美は」少女は数秒間、沈黙した。

「違う。宏美と私は一緒に下流に行った」

「君が刺された時、浦野宏美は助けてくれなかったの？」

少女は双眸を固定させて暫《しばら》く思案していたが、思い出せないと吐き出すように呟いた。

浦野宏美。こいつには何かある。直感。少なくとも鍵を握っているのは確か。素早く脳内メモにインプットする。このメモのメリットは持ち運びがホイポイカプセルよりも楽と云う点。デメリットは、書いた文字が勝手に消える。

「なるほどね」王田は煙を吐くとジンジャーエールを飲んだ。気体と液体を交互に堪能《たんのう》。「あ、ごめん。話を続けて」

「いきなり腕を刺されて、驚いて、そして振り返ったら……私が立ってた」少女は口元を小さく開けていた。「見間違いなんかじゃない」声が痙攣している。「あれは本当に私だった」

「落ち着いて」

「無理よ」少女は血走った目を王田に向けた。「それで慌てて逃げたの。上に昇って皆のいるところに行こうとしたけど、もう一人の私が立ち塞がってたし、叫びたくても咽喉が引き攣《つ》って声が出せなかったから、だから下流に沿って逃げたの。だけど途中で砂利に突っかかって転んでしまって……そう、サンダルだったから……そして追いつかれた」再生テープみたいに言葉を流す少女の瞳に色はない。「包丁を握った私は笑っていた。そして、今日から私があなたになるねって云った。私は止めてって答えた。そんなのは嫌とも云ったかも知れない。そんな憶えが……ある」

「会話したの？　ドッペルゲンガーと」

王田は質《ただ》した。

「した」

少女は小さく頷いた。

「で、君のドッペルゲンガーは何て答えた？」

「何も。ただ笑ってただけ。くすくす笑ってるの。

包丁を手にしたまま」それは怖い。「そしてしゃがみ込んで、倒れた私の頬を撫でながら、じゃあねって云って、包丁を振り上げて……その後の記憶は全然ない。多分、自分から川の中に飛び込んだと思う。川はすぐ後ろにあったから」

王田は想像する。

周囲は岩と砂利。

川の音。

笑う自分が眼前に。

手には包丁。

それは自分の血で汚れている。

「今日からあなたになるね」

もう一人の自分が、自分に向けてそう告げた。

止めて、そんなのは嫌。

だが自分の瞳に映るもう一人の自分は、笑うだけで答えようとしない。

くすくす。くすくす。

その、異形。

もう一人の自分はしゃがみ込むと、倒れている自分の頬に手を当てる。

そして……、

「じゃあね」

そう呟いた。

……妄想だ。

そうとしか考えられなかった。こんな現実があるものか。ある筈がない。って云うかあり得ない。王田はジンジャーエールを一気に飲み干した。濁《にご》った火薬みたいな二酸化炭素が胃に充満して不快だ。だが女の子の前でおくびを出すのは美学に反する。いや、美学なんてあってないようなものだけど。

「どうして浦野宏美は助けてくれなかったんだ?」取り敢えず質問した。「君の側に、ずっといたんだろう?　刺される直前まで」

「……そうだけど」少女は呟くように答えた。「どうしてだろう。逃げたのかも知れない」

「浦野宏美とは仲が悪かったの?」

「いや……良かった」

「親友って奴かい？」

「判らないけど、だけど、一番仲が良かったのは宏美」

「ふうん」こんな素っ気ない女と仲良くなるなんて奇特な奴だなと王田は思った。「親友なのに助けてくれなかったなんて、薄情者だね」

「そんなものでしょう」

「誰だってそうだと？」

「そうかも知れない」

「あのさ」王田は煙を吐く。「君と浦野宏美は、顔とか似てる？」

「全然似てない」即答だった。「髪の長さが全然違うし、それに宏美は不細工」

「はっ、それはそれは」王田は苦笑した。「なるほど……似ても似つかないのか」

「そう」

「ねえ、君を刺した奴って浦野宏美なんじゃないの？」

そんな気がする。現実的な解釈としては、これが一番妥当だ。

「違う」だが少女はあっさりと否定した。「髪も顔も違うから見間違えなんてない。大体……自分の顔と他人の顔を見間違える人間なんかいないもの」

「そりゃそうだ」

「それに宏美とは、服装も全然違ったし」

「服装？」

「私は紫のワンピースを着ていた。お気に入りだから憶えてる。でも宏美は……憶えてないけど、でも全然違う。確か下は、普通のズボンだった気がする」

「でもさ、僕が橋の下で君を見つけた時、君は全裸だったよ。紫色のワンピースなんて着ていなかった」王田は云った。「ねえ、ワンピースと下着をどこかで脱いだ？」

「脱いでない」

ならば水に揉《も》まれている間に脱げたのだろう。或いはどこかの変質者が水面に浮かんだ少女を死体と勘違いし、犯した際に脱がしたのだろうか。だが少女には暴行の形跡など全く見られなかった。勿論、膣《ちつ》の中までくまなく調べた訳ではないが、一見した限り彼女の体は、腕の刺し傷以外は本当に綺麗なものだった。

解らない。

何が解らないのかも解らない。

解らないと云うのは非常に嫌な感覚だ。不安感と不快感を煽る。王田は煙草の灰を指の腹で叩いて落とした。それから少女に視線を戻す。

この少女とドッペルゲンガーとやらの正体が知りたい。そんな欲求に捕われている自分を自覚した。だけど仕事がある。それをないがしろにする訳には行かない。しかし依頼主からの情報がない限り、どうにも動けないのも事実だった。現在王田は、待ち惚《ぼう》け状態だった。北海道まで足を運んだのは良いが、何もする事がない。ススキノで豪遊する金は、あいにく持ち合わせていない。だったらその間に興味を充足させても、バチは当たらないだろう。

「ねえ」王田は少女の白い素足を眺めた。「自分の家に戻ってみないか？」

「嫌」少女は視線を天井に戻した。「絶対に嫌」

「どうして？」

「だって、きっと、取られてるから」

3

Wednesday

第三章　死にたい水曜日

1

胃が満たされたので、これでようやく学校に行ける。空腹の状態でこんな閉鎖空間に幽閉されたら間違いなく倒れてしまうだろう。それに私は、昔から集団生活がどうも苦手なのだ。

しかし文句を云ってはいられない。せめて高校は卒業しなければ……。そうしないと就職先が見つからない。幾ら学歴至上主義が過去の遺物になり始めたとは云え、世間ではまだまだ学歴が物を云うし、それに高校卒業は最低条件でもある。その上……私は女。心配だった。途轍《とてつ》もなく。

社会に出れば、生活スケジュールは高校生活よりも遥かに大変なものになるだろう。果たしてそれを克服出来るのだろうか。人を食べながらのＯＬ生活……。無理っぽい。絶対無理だ。

だが人喰《ひとく》いは仕事をしなくても良いと云う法律は、六法全書を炙《あぶ》り出しても出てきやしないだろう。まあ、（頭の方の）病院に行けば仕事をしなくても済むだろうが、しかし身の保障はない。精神科の医師全員が、倉坂先生のような人ならば話は別だが、現実はいつだって、そう甘くはない。

どうして私は人しか食べられないのだろうか。私は数億回目の疑問を廻《めぐ》らせた。理解不能だ。助けて欲しい。治療して貰いたかった。

……先生。

日の当たる窓側の席に座る私は机に突っ伏し、雲の中みたいな視界を塞《ふさ》いだ。

過去の記憶が脳裏で逆回転する。

「多分……君の欲求は、食欲だけだ」倉坂先生は椅子を反転させ私と向かい合った。蛍光灯《けいこうとう》の光がサングラスに反射している。確か、その日も雨だった筈。「そう、きっとそうだよ」

「はあ」

「山本さんは、カニバリズムと云う言葉をご存知かな？」

「蟹《かに》？」

「人の肉を食らう風習だよ。簡単に云えば」先生は指のつけ根部分に巻かれた包帯を撫でながら説明した。「だがカニバリズムの行為には、根底部分に死者の解放だの一体化だのと云った思想が流れている。君はそんな風な考えを持った事は？」

「ありません」

私は間を置かずに答えた。たかが食に、そんな面倒な思考を行なう筈がない。

空腹だから食べる。

それが食の本質だ。

「……だろうね。君は己の食欲を満たす食料として、人間を見ている」そして何故か困った声で笑った。「霊的な恩赦《おんしゃ》など関係なくね」

「ええ……」

「で、どうだい？　まだ他の食品の代用は利く？」

「いえ。あの、それが」私はリノリウムの床に歪んで反射する自分の顔を眺めながら正直に話した。現状から救出してくれるのは、もう先生しかいないのだから。「実は三日間、何も……食べてません」

「ほう」

先生は短く息を吸った。

「もう、何も食べられません……」

病院に訪れる三日前、無理して胃に詰め込んだ肉を吐いた。それ以来、水分の補充以外は恐ろしくて、固形物は一切口にしていない。

「思ったよりも早かったな。症状は進む一方と云う訳か」

先生は他人事みたいに云う。まあ、他人事だけど。

「あの、先生」切羽《せっぱ》詰った声になっていた。「私はどうすれば」

「……食べようか」

「え？」

あまりの直接的な言葉に、私は思わず訊き返した。食べる？

「山本さん、君は僕の指を齧った」先生は包帯の巻かれた指を伸ばし、天井に向けた。だって齧っても良いと云ったのは先生じゃないか。私を責めないで欲しい。「何の抵抗もなく齧った。もう準備は出来ているよ。きっとね」

「準備？」

「心の準備だよ」

「え」

その言葉を聞いた途端、名状しがたい寒気に襲われた。夜の海のように漠然とした、しかし確実的に襲う恐怖。そして幾許《いくばく》かの期待。胃が鳴りそうになるのを必死に堪える。額にはうっすらと汗が滲んでいた。

「山本さん」

「あ、はい」


「君は僕の職業をご存知かな？」

「お医者さんです」

猫を指差して、あれは何と云う動物でしょうと問うくらい愚問《ぐもん》じゃないか。

「その通り」先生は頷いた。「そして僕はこの病院の院長の一人息子。その上、部下からの人望も厚い」

「あの、お話が……」

「どんなに手を尽《つく》しても助からない人と云うのは、どこの病院にもいる。それも何人もね。そう、何人も死ぬんだよ。意外と助からないものなのさ、こう云うのって」それは冷たくも暖かくもない声だった。「ああ安心してくれ。病気でボロボロになった老人や怪我でズタボロになった人間なんか食べたくないだろう？　ちゃんとした、新鮮な若者の健康体を用意したからね。何、手に入れるのは簡単……いや簡単でもないけど、そう難しい事じゃあないよ。ちょっと投薬の量を多くするだけで良いんだ。ばれはしないさ。街中の人を狩るより、よほど安全だ。え？　勿論、遺体は遺族に渡すよ。そうしないと葬式が出来ないからね。そんなのは、表面と骨格さえあれば何とかなるじゃないか。肉や内臓は予《あらかじ》め抜いておくんだ。さて、今日は君のために美味しそうな子供を用意した。性別は男。年齢は八歳。名前は……云わない方が良いのかな？　肺炎だから他の器官や肉に、さしたる影響はない。彼を殺した薬も中和されてるよ。投薬した僕が云うのだから間違いない。お腹空いてるんだろう？　そりゃそうか、三日間何も食べていないんだったら嫌でも空くよね。どうだい山本さん、今……食べるかい？」

私の脳髄は、先生の言葉を受けつけられなかった。恐らく何枚もの緊急シャッターが閉ざされ、壮絶な情報に思考スイッチがショートしたのだろう。一体この人は、さっきから何を云っているのだ。子供を用意？　肉？　食べる？　私が？

腹の虫が鳴いた。

これが、私の返答なのだろうか。

「ほらね」

先生が笑う。

恥かしくはなかった。

先生が笑う。

私も笑いたい。

でも唇が痙攣。

「食べる？」

私は頷いた。

だって、お腹が空いたから。

先生は立ち上がった。

そう云えば、

診察室の隅にクーラーボックスが。

あれって、

まさか。

先生はクーラーボックスに歩み寄り、

ガチャ。

蓋を開ける。

ああ……肉の匂いだ。
良い匂い。
再び腹が鳴る。
胃が痙攣。
ぴくぴくだ。
ぴくぴく。
先生が肉片の一つを取り出して、私の前に差し出した。
赤黒い塊が、ビニール袋に入っている。
「生は嫌だ？」
私は頷いた。
生肉なんて、食べられたもんじゃない。
「じゃあ焼こう」
先生はガスコンロを持ってきた。
準備が良い。
フライパンと、サラダ油もある。
準備が良い。
先生はエプロンをすると、
調理を始めた。
火を点けて、
油を敷いて、
袋から肉を出して、
焼く。
肉の焼ける音が、
肉の焦げる匂いが、
私の空の胃を刺激した。
ああ……美味しそうだ。
焼く。
「味つけは塩コショウで良いね？」
頷く余裕などなかった。
じっくり、じらすように、
先生は肉を焼く。
じっくり。
じっくり。
そして焼き上がった。
先生は銀のナイフで肉を切った。

肉汁が溢れ出す。
ミディアム。
良い焼き上がりだ。
先生は一口サイズに切った。
私の顔の前に差し出した。
涎が垂れそう。いや、もう垂れていた。
初めての……人肉。
これからは、ずっとこれを食べるんだ。
その覚悟。
私は口を開けて、それを食べた。
ゆっくりと、
味わうように、
咀嚼する。
良く噛んで、
胃に落とした。
美味しい……。
「……どう？」先生が静かに訊いた。「美味しいかい？　砂絵」

しかし幸福な記憶の連続は、藤木の粘っこい癖にハッキリと聞こえる声で中断された。

私の視界はぼやけているのに、しかし聴覚に異常はない。それどころか、喪失しつつある視覚のフォローのために、より精度を増していた。

「あらあら、どうしたのさ千鶴」ひさしぶりに聞く藤木の声。それは相変らず不快だ。「あんた、上靴はどうしたの？」藤木の巨体が千鶴の背後に岩のように立った。「それ、来客用のスリッパでしょう？」

「…………」

窓側中央に位置する私の席から、一列挟んで右隣と一つ後ろの席に座る千鶴は、自分の机の上に消しゴムを走らせていた。一心不乱に。きっとまた悪口でも書かれまくったのだろう。ぼやけた視界で彼女を一瞥すると、確かに茶色のスリッパだった。

まだ……苛められているのか。

私は一瞬で気が滅入った。全く、どいつもこいつも千鶴を苛めて。彼女が何かをした訳でもないのに。悪いのは彼女の母親じゃないか。千鶴が責められる問題ではない。まあ……連中には、そんな理屈は通じないのだけど。

「ほら答えなさいよ。友達でしょう？」

「そうだよ、友達なんだから」秋川が教卓の正面にある自分の席から振り返って大声で云う。「どうしたか云ってごらん？」そして汚く笑った。

他のクラスメイト達の大部分が陰湿な忍び笑いを行なっているのを、私は霞んだ視界で確認した。教室前方のドア前の席に座る石渡も、口元を歪ませてこちらを見ている。中村の席は窓側……私のいる列だ……の一番後ろなので、振り向かない限りその様子は判らないが、きっとポーカーフェイスを維持したままこの光景を盗み見ている筈だ。それ以外の人達は、馬鹿みたいに聞こえないふり。しかしそれを憤慨する資格など私は持っていない。何故なら私も、その脆弱で情けない連中の一人なのだから。あの日の私と同じように、リノリウムの床に映る歪んだ自分を見るだけの存在なのだ。成長がない。哀しいけれど。

「……靴に」

俯いて、消しゴムのカスだらけになった自分の机を見つめる千鶴の声は、今にも消えてしまいそうだった。そして泣き出しそうな表情。そんな顔をしたら駄目だって云ってるのに。彼女の憂いを帯びた幸《さち》薄そうな横顔は、サディストに好かれるのだ。

「えっ？　靴がどうしたって？　聞こえないんだけど」

藤木が自分の耳に、丸っこい手を当てる。

「靴に何か変なものが入ってたの……」

「へえ……変なもの、か」秋川はわざとらしく首を傾げた。「それってどんなの？　ほら説明しなさいよ」

「……説明？」

千鶴は消しゴムを置いた。

「ほら早く」

「あ、えっと……」千鶴はネズミのクシャミみたいに小さな声で、命令された通り説明した。「……白くてネバネバしてて、何か変な臭いがするの。で、あの、それが靴の中に」

男子の八割と女子の五割が、教室中に笑い声をばら撒いた。私は驚いて、思わず席から立ち上がるところだった。異常だ。狂ってる。一体誰が、そんな馬鹿げた発案を。

「ぐっ……っははは。へえ、ネバネバしてたんだ？あははは」

藤木は懐妊した牛みたいな図体を揺らせて笑っていた。殴りつけてやりたかったが、そんな真似をすれば、私も千鶴と同等の扱いを受けてしまう。それは避けたい。

「ふうん、気になるね。その白くてネバネバしたものって、一体なんなんだろう。ああ気になるー」秋川は学校指定の緑色の鞄からソックタッチを取り出しながら呟いた。「ねえ、島田君も気になるでしょう？ネバネバって何だろうねえ」

秋川の発言と同時にクラス中の目が、石渡の後ろの席に座る島田君を捉えた。これは好都合。私はごく自然な動作で島田君に視線を向ける事が出来た。

島田君は酷く慌てた様子で、知らないよ全然知らないってばと舌を噛みながら必死に弁明する。彼の露骨な反応に、男子の七割と女子の六割が笑った。彼も千鶴とは違う意味で、クラスの皆から攻撃の対象として見られているのだ。まあ……あんな中学生みたいに小さな体に、あんな気の弱そうな表情の張りついた顔があれば、誰だって苛めてみたくはなるだろう。しかも、のび太君みたいな眼鏡だし。

「本当に知らないの？　何か知ってそうだなあ、そこら辺が」

そう云って、彼の股間を指差した。

「しし、知らないよっ」

だがその反応は、自分が関係している事実を公表しているようなものだ。

「千鶴、島田君が何か知ってるみたいだよ」

藤木がハムみたいな腕を胸の前で組んで云った。

「ほんとほんと、怪しいぞ」

「しらっ、知らないってば」

島田君は首を振って否定している。

「ねえ千鶴、お願いしてみたら？」

「……え？」

千鶴は困惑気味の表情を、更に困惑させた。だからそんな顔したら駄目だって。

「だからさ、島田君に、その白くてネバネバしたものを、この場で出してってお願いしてみたらどうなのってば」

教室中が笑い声に包まれた。それは私の右半身が多用する、人を蔑《さげす》む嘲《わら》いと同じ周波数だった。

その時、教室のドアが勢い良く開かれた。

私は白くぼやけた視線を向ける。

「朝から良く笑えるわね」鏡さんが鞄を片手に立っていた。クラス全員が、時でも止まったみたいに笑いを停止させた。「先生が来たわよ」そして私の前の席に座った。緑の鞄を机の上に乱暴に置く。「転校生だってさ」

2

完璧。

完璧。

完璧でした。

文句なしに。

私が求めていたのは確実にこの人です。

艶やかで青みのかかった長い緑の黒髪。

黒子《ほくろ》や吹出物とは縁のなさそうな白肌。

黒い虹彩に囲まれた大きく柔らかな瞳。

流れるような文字が黒板に書かれます。

「須川綾香《すがわあやか》と申します」落ち着きのある、優しい声でした。「両親の仕事の都合で、札幌の方へ越して参りました。まだ着いたばかりなのでこちらの事は良く判らず、至らない所も多々あるでしょうが、皆様、おつき合いのほどを宜《よろ》しくお願い致します」

　そして小さな頭を静かに下げました。桜色の唇が僅かに上がり、微笑みを形成しました。

　私は女だと云うのに、この転校生……須川綾香さんに見惚《みと》れていました。いえ、私だけではありません。クラスの皆……男子も女子も……まるで天から舞い降りた天使（実在の有無は、この際関係ありません、これは定義の問題なのです）でも見るような表情で須川綾香さんを見つめていました。口をポカンと開けている人もいます。

　不可思議な誘惑。

　それは人喰い花の匂いみたいなものでしょうか。いえ嗅《か》いだ事はありませんけれど。

　先述した天使のような何とかや、そして妖精の如き何とかと云った表現は、この人のためにあるものだと私は直感します。ええ、そうに決まっています。

　ああ……何て素晴らしいんでしょう。現実世界にも、こんな非現実的な存在がいるとは今まで知りませんでした。現実はアニメよりも綺《き》なり。

　感激を通り越して恐怖です。

　私の首筋が痙攣しています。

　担任の先生が、じゃあ香取の隣の席に座りなさいと云って、昨日までは何もなかったのに今日登校すると突然私の机の隣に存在していた座席を指差しました。この学校は学生の個性と意見を尊重すると云う名目で、座席は男女の入り混じった自由な形態をとっていました。勿論……私の隣に座りたいなんて奇特な人はいません。そして一人ぼっちの席は廊下側の一番後ろだけ。だから私の位置は入学した時から必然なのです。動かないのです。恐らく私は、三年間を同じ座席で過ごすのでしょう。

　だけど……そんな私の隣に、あんな素晴らしい人が座ってくれるなんて。どうしましょうどうしましょう。まだ心の準備が出来ていません。心臓が一度、大きく波打ちました。

須川綾香さんは落ち着き払った足取りで、着実にこちらへ向かって来ます。女子生徒は横目で、男子生徒は振り返って、横切る須川綾香さんを眺めています。どうしましょうどうしましょう。私は異様な、一種強迫的とも云える焦りに苛まれていました。須川綾香さんはどんどんこちらに接近して来ます。私は目を合わせられません。

それにしても、何故……これほどまでに焦《あせ》っているのでしょうか。

理由が判りません。全く。

そしてとうとう、須川綾香さんが私の隣に座りました。柔らかで清楚《せいそ》な香りが鼻腔《びこう》を擽《くすぐ》り、緊張感を煽《あお》ります。須川綾香さんは、宜しくお願いしますと、私なんかに向かって小さくお辞儀しました。私は、こちらこそお願いします須川さんと舌を噛みながら答えます。

「綾香で宜しいですわ」

須川……いいえ、綾香さんはそう云ってくれました。ああ、本当に素晴らしい。完璧、正に完璧です。火の打ちどころがないでしたっけ? 国語は得意ではないのですが。

その日の授業は上の空でした。私の教科書……落書きしなくて正解でした……を読む綾香さんの存在に気をとられて、勉強どころではなかったのです。

私は教科書の文字を追うふりをして、綾香さんを盗み見ます。肌理《きめ》細かい皮膚の粒子や、日光を反射した美しい髪や、白くて綺麗な首筋が、いちいち目についてしようがありません。この人はデパートで並んでいるマネキンなんかよりも数段精巧な、一種の芸術品でした。海洋堂が十分の一スケールの綾香さんを製作しても、酔狂だとは思いません。

私は理由の判らない溜息を吐きました。

綾香さんは休み時間が訪れる度に、クラスの皆に囲まれて質問責めされていました（輪の中に入らなかったのは、鏡さんと千鶴ちゃんと、一部の消極的な私みたいな人達だけでした）。どこから来たのとか家族構成はどうなのかとか趣味はあるのかとか彼氏の有無はとか生年月日はとか好きな食べ物は何だとかエトセトラエトセトラ……。

数ヵ月間も一緒にいる私にはそんな質問を一度もしなかった人が、転校して来たばかりの綾香さんに尋ねている……。悔しいような、悲しいような、仕方ないような心境に陥ります。

綾香さんは大勢の質問に、一つ一つ丁寧に答えていました。物静かな外見とは裏腹に、お喋りの方も出来るようでした。綾香さんを囲む輪が尋常ではないくらいに盛り上がっているのが何よりの証拠。素晴らしいです。

さすがにお昼休みまで、綾香さんの隣に座っている訳には行きませんでした。さっさとその席から退《ど》けと云う幾人もの視線を背中に感じていたからです。それに綾香さんを見ようと他のクラスの人達もやって来ていたので、教室が満員電車みたいになり、気持ち悪くなったのもあります。

私は例の如《ごと》く、逃げるようにして図書室へ向かいました。そして廊下の向こう側からやって来る相葉君を見つけます。相葉君は彼女と会話しながら歩いており、私の存在になど気づきもしません。私は急いで（それでも周囲の人達に不審と思われないように）Uターンを行ないました。どうしてどうして。彼も中学時代までは私と同じように、うだつの上がらない人だったのに。高校デビューとか云う例のアレでしょうか。

私だけが、昔のまま。

変化の生じない人生。

……早く変わりたい。

脱皮。

飛翔。

願うだけでは叶わないのは知っています。かと云って、努力次第で成就するとも限りません。どんなに努力しても犬は脱皮出来ないし、どんなに努力しても兎は空を飛べません。それと同じです。

遠回りしてようやく到着した図書室のドアの前には、石渡君と数人の男子がたむろしていました。一般的に不良と称される人達です。不良と云ってもシンナーや恐喝のような、まるで昔の学園ドラマに出て来る、微笑ましいくらいに常軌を逸したステレオタイプ的行為は(恐らく)行なってはいないでしょうし、横切ろうとする同級生に何か危害を加えるとは思っていませんが、それでも私は図書室のドアを潜《くぐ》れませんでした。このように、私は誰かを横切るのにも、これほどの神経を使うのです。

結局、気の滅入る教室に戻ってきました。綾香さんを囲む輪の面積が、教室を出た時よりも広がった気がします。まるで人気アイドルが、少年院の一日所長になったかのような騒ぎです。

当たり前ですけれど、自分の席には戻れませんでした。パッとしない友人達……綾香さんがキュベレイなら、この人達は旧ザクです……のところへ行く訳には行きませんでした。もし綾香さんにそんな人達とダべっている姿を目撃されたら、私の価値を誤認されてしまいます。いえ……誤認ではないのかも知れません。それが私の真実《ほんとう》の価値であり位置。それを認めるのはとても恐ろしい事ですが。

「えー、そんな事ないですよ」秋川さんの声が耳に飛び込みました。どうやら藤木さんや桜江さんも輪の中に入ってるようです。「私はどっちかって云うと、最初の方が好きですもん」

「あ、こいつ猫被ってます」藤木さんが忠告しました。あの藤木さんの口から敬語が出ると妙に新鮮です。「ほんとは鬼畜なんですよ、こいつ」そう云って桜江さんを指差します。

周囲がドッとウケました。何が、ドッなのでしょうか。意味不明ですね。

「あらあら、猫を被るのは感心しませんわね」ここからではもう、綾香さんの姿は確認出来ませんでした。「人間正直に生きなくては。己から逃げるのは罪です」

　自分の存在意義や心理的側面を軽視されているような気になり、私は赤面してしまいました。綾香さんの言葉の通り、自己からの逃避は罪なのでしょうか。しかし己に満足する人間なんて一握りでしょう。

「誰だって逃げますよー」猫を被った藤木さんの声。「ねえ」

「私は逃げないよ。だって自分が好きだもん」

　桜江さんが答えました。

「良い心がけですわね」

　綾香さんが評価しました。桜江さんの照れるような笑い声が、輪の中から聞こえます。

　凄いと云うのが正直な感想です。クラスの主要グループと、たった数十分で仲良くなるなんて。私なんかには、とても真似出来ない芸当です。

　……真似。

　ああ、とても素敵な発想です。少なくとも、綾波よりは現実的でしょう。髪の毛が水色ではありませんし……。

　午後からの授業も、当然集中出来ませんでした。それどころか本日の授業が全て終了し、階段下の掃除を終えて帰り支度を済ませても、綾香さんと相葉君と停滞する自分を比較するのに忙しく、世界の全てが上の空でした。上の空なんて表現は、何かにつけて希望的な感じがします。まあ錯覚でしょうけど。

「香取さん」

　廊下を歩いていると、羽毛のような声が私を呼び止めました。

「……須川、さん？」

　振り返ると、綾香さんが窓から差し込む陽《ひ》だまりの中に立っていました。天使みたい……いえ、ですからこの人こそが天使です。

「綾香で宜しいですわ」綾香さんは同じ返答をしました。「私、そう云いましたでしょう？」

「え？　あ、はい。すっ、済みません」吃りながら何とか返答します。「あの……まだ帰ってなかったんですか？」

「ええ」綾香さんは驚異的なくらいに優雅に頷きます。美しい髪が流れるように揺れました。「靴箱がいっぱいなもので」

「イッパイ？」

「はい、恋文で」

……何の用なの？

こんな私なんかに、何の用でしょう。どうして綾香さんほどの方が私程度の人間に話しかけて来るのでしょうか。読めません。判りません。

「今、お暇ですか？」

「あ……はい。ええ」

「もし宜しければ、学校を案内して戴けません？」

「案内？」

声が裏返りそうになりました。

「校内の図面は戴いたのですが、一人で歩き回るのも何ですし、それに校内に詳しい方がいた方が良いと思いまして。私……恥かしい話ですけど、方向音痴なんです」

そう云って、静かに微笑みます。

「あ、はあ」

お嬢様モード全開の言葉と予想外の展開に、私は酷く狼狽《ろうばい》していました。

「宜しいかしら？」

「あ、ええ」

私は慌てて頷きました。願ってもない事です。私みたいな者が綾香さんの学校案内を手伝えるなんて光栄の極みです。大袈裟でも冗談でもなく。

「感謝しますわ、香取《こうべ》さん」

綾香さんは深々と頭を垂れました。高ランクの人に頭を下げられるのはとても嬉しいです。

そして私と綾香さんは、生徒達にとって主要な場所……音楽室や理科室なんかを、一つ一つ回りました。綾香さんは興味のあるようなないような判別の難しい視線で、私の案内する部屋の標札を黙って眺めています。

誰かにこの様子を目撃されたいと心底思いました。しかし下校時の学校には、部活動に勤《いそ》しむ真面目な生徒ぐらいしか残っていませんでした。それが残念でなりません。私の株が上がるチャンスなのに。

私達は一階へ降りました。

「随分とセキュリティが整っていますね」綾香さんは感心しています。「窓ガラスに防犯装置が設《つ》いていましたわ。あれって、衝撃を与えるとブザーが鳴る仕組みのやつですね」

「良く、ご存知ですね」

私は使い慣れていない言葉で返しました。

「我が家にも設いていますから」綾香さんは落ち着き払った声で答えました。「でもここのは安物ですね。だけどカードキーには驚きました」

「あ、ええ」

心拍数の上昇のせいで思考が回らず、気の利いた返答が出来ません。まあ、ユーモアのセンスなんて元から備わっていませんけれど。

「この学校のドアは、全てカードキーを使って開閉する仕組みなのですか？」

「まあ、特別教室は大体」

「昔からカード式の鍵だったのですか？」

「いっ、いいえ、今年からです」

「まあ。では……突然、防犯意識を持つようになったのね」

「えっと、あの、去年パソコンを盗まれたんですよ。コンピュータ教室のパソコンを全部」

「全部？」綾香さんは口元に手を当てました。「全部って、二台や三台ではないですよね、まさか」

「ええ、確か……三十台くらい盗まれたとか云ってた気が」私は記憶の糸を手繰《たぐ》り寄せました。「外国の、その、プロの仕業らしいですよ」

「まあ、物騒ですね」

「あ、はい」

「それでは、防犯装置やカードキーはそれ以降に？」

「あ、はい。そうです。今年の二月くらいから……」

「用心に越した事はありませんからね……。おや、あそこは？」

綾香さんは奥まった一室に視線を向けました。それは廊下の一番端にある図工室です。

「あ、そこは図工室ですよ」

「図工？　まあ」

何が、まあなのでしょうか。

「どうしました？」

「私……小学生の頃に一番好きだった授業は図画工作でしたの。パズルなんかを作ったりしたわ。ああ、懐かしい」

「パズル、ですか？」

図工をするなんて意外と庶民的です。まあ、小学校は義務教育ですからね。

「ええ。板に絵を描いてから、それを糸ノコで切ってピースにするんです。今でもそれを持ってますわ。私、クリボーを描いたんです」

「クリボー？」

「ねえ香取さん」綾香さんは私の手を握りました。心臓が爆発するかと思いました。それくらいの驚きです。「私、図工室に入りたいわ」

「入るって、そそ、その……中にですか？」

私は手の汗を気にしながら当たり前の質問をしました。声が震えているのが自分でも判ります。

「入れるかしら」

「さ、さあ、どうでしょう……。でもまあ、理由を云えばキーは貸してくれますから、多分入れるとは思いますけど」

「本当ですか？」

更に強く握ります。私の緊張と混乱の度合いが増します。額から汗が流れ出そうです。

「あ、え、ええ」

　私は震えながら返答しました。

「嬉しいですわ……。あ、まあ、ごめんなさい」綾香さんは私の手を急いで離しました。安心したような、悲しいような。「はしゃいでしまいました」そう呟いて照れ笑いを浮かべます。それはとても美しく、同時にとても可愛らしいものでした。

「キーは、あの、しょく、職員室にありますんで……」

　私達はカードキーを取りに職員室まで行きました。カードキー使用申請書に、名前と現在時間と用途理由を明記して付近にいる先生に渡せば、それでオッケーです。私は申請書の欄に、香取羽美。午後四時三十二分。転校生に図工室を見せるためと書いて先生に渡しました。先生は、中の物をいじるんじゃないぞと忠告してから、壁に設置された、カードキーの入っている棚を鍵で開けました。そこには純白のカードキーの群れが表を向いて並んでいます。まるでカードのコレクションを見せられているみたいです。

　しかし先生は、あれとか訝《おか》しいなあとか呟くばかりで、なかなかキーを渡そうとしません。どうしたのか尋ねると、キーがないと云う答えが返って来ました。棚を見ると、確かに一枚空いている個所があります。その下には図工室とラベルが記されていました。

「良くあるのですか？　こう云う事は」

　横に立つ綾香さんが小声で私に訊きます。

「さあ、私の知る限りでは初めてですけど」

　それは事実でした。キーの管理は厳重なのです。

　先生は棚を閉めて鍵をかけると、その右隣にある全く同じ形状をした棚を開けました。中身は同じカードですが、色は全て赤です。これはスペアキーなのでした。

　先生は取り敢えずこれを使いなさいと云って、私に図工室のスペアキーを渡しました。ちゃんと返すんだぞと念を押して。

キーを入手した私と綾香さんは職員室を出ました。去り際に振り返ると、私にスペアキーを渡してくれた先生はパソコンを操作していました。恐らくデータベースを検索しているのでしょう。カードキーは、それを借りた時点で自動的に職員室のパソコンに記録されるのです。先生がカードキーを返却していない犯人を発見するのは時間の問題でしょう。

「真っ赤ですね」

綾香さんはスペアキーを一瞥して云いました。

「カードキーは白地に赤文字なんです。ですからスペアキーは……」

「ああ、だから赤いのですね」

私の言葉が終る前に綾香さんが柔かい口調で云いました。私は自信のない受験生みたいに小さく頷きました。綾香さんの前に出れば、誰だって自信のない受験生……と考えるのは、私が劣っているからですね。


図工室の前に戻って来ました。

私はドアの脇に設置されているスリットにキーを挿し込みました。

ピッと当り障りのない平凡な電子音が鳴り、ロックが解除されます。

小さな赤ランプが青に変わりました。

自動ドアが横に開きます。

異臭が鼻を刺激しました。

図工室の広さは教室の二倍くらいでしょうか。

右手側に糸ノコやハンダゴテなどの工具が整理されて置いてあるスペースがあります。それ以外には掃除用具入れのロッカーくらいしかありません。

そのロッカーは開かれていました。中にはホウキやバケツが無造作に入れられています。

規則正しく配列された机。その向こうには教卓。そして黒板。学生の座る席と教卓の配置は、普通の教室と何ら変わりはありません。

その教卓の上に、何かがありました。

赤い。

真っ赤。

人……です。

あれは。

あれは。

教卓の上に、
人が蹲《うずくま》っています。

黒板を背にして。

血だらけで。

「うわあ！」

私は思わず叫んでしまいました。

ああ……叫ぶなんて。

何てはしたない……。

いや、違う違う。それどころではありません。人が血を流して倒れているんです。叫ぶのは当たり前じゃないですか。小説などで、死体を目撃したくらいで悲鳴をあげるのは不自然だと、二時間ドラマを揶揄《やゆ》する表現を目にしますが、やはりあれは間違いだったようです。眼前に死体が現れたら、誰でも悲鳴を上げるに決まっています。

私は強引な呼吸を繰り返しました。思わず壁に手をつきます。胸が痛いです。

血溜まりの中で丸まっている人は……血に濡れているのでほとんど赤ですけれど……鷹乃羽高校の男子の制服を着ていました。ならばこの学校の生徒でしょう。小さな体。男子にしては白い肌。しかしそれだけではデータ不足で特定は無理です。

……誰なの？

気にはなりますが、しかし私には確認する度胸も余裕もありませんでした。

綾香さんは一歩踏み出しました。

血で染まった人物に真っ直ぐ視線を向け、机を迂回して部屋の端の方から接近して行きます。

一歩、一歩、一歩、一歩、一歩、一歩、一歩、また一歩。

「……あ、あや、あ、あ、ああ」

私は彼女の名前を呼びたくて呼びたくて仕方がないのですが、咽喉が痙攣して上手く行きません。歌を忘れたカナリヤだって、もう少しまともな発声が可能でしょう。

綾香さんは、教卓の上に乗った血だらけの男子を見下ろしていました。

私も一歩、踏み出しました。

しかしこれは綾香さんのそれとは違い、半端な強がりです。壁に手をつきながら、少しだけ進みます。

一歩、一歩、一歩、一歩。

でもそれだけで、足は止まってしまいました。

何だか目が霞んでいます。

自分が涙を流している事を、ようやく自覚。

「そんな……」綾香さんが呟きました。後ろ姿なので、彼女の表情は判りません。綾香さんは血に濡れた男子の手首を摑みました。何と云う大胆な行動でしょうか。私にはとても真似の出来るものではありません。「まだ暖かい。でも脈はありませんわ」

綾香さんは確かにそう云いました。

……え？

脈がないって事は……死んでいるって意味です。

死んでる。

死んでる。

死んでるですって？

視界が揺れました。

頭痛がします。

「香取さん警察を呼んで来て下さい」

綾香さんは早口でした。

「け、けいさつ？」

「ええ」綾香さんは立ち上がりました。「死んでいます」

「しんでる？」

「殺されているんです早く警察を」

「……ころ、こ、ころ」

「何してんのアンタ達」

場違いに陽気な声が背後から聞こえました。

「かっ、鏡さん」

ハッとして振り返ると、鏡さんが立っていました。下校しようとしていたのでしょうか、学校指定の緑色の鞄を手にして。綾香さんとは対照的な冷たい双眸が私を睨んでいました。いえ、本人は決して睨んでいるつもりではないのでしょうけれど、それでも他人にそう思い込ませるのならば同義です。

「まあ、あなたは……」綾香さんも驚いています。下手をすれば死体を発見した時よりも。「同じクラスの方でしたね。ええと」

「鏡稜子よ。ミラーの鏡に稜威《りょうい》の稜に伊布美奈子の子。私の名前を忘れないで貰いたいものね、有栖川さん」

「須川ですわ」

綾香さんは直ぐ云いました。

「あ、あの、どうして鏡さんがここに」

「どうしてって」鏡さんは呆れたような顔になりました。「アンタの悲鳴、廊下中に響いてんのよ」

「あ……」

私は涙を拭う手を、口元に移しました。

「それよりも」鏡さんはズカズカと云う形容がぴったりな歩き方で、死体の前にやって来ました。そして顔を覗き込みます。私はその動作に心底吃驚《びっくり》しました。「ふん、島田君め」

「……しまだくん？」

島田と云うのは、クラスメイトのあの島田君の事でしょうか。苛めっ子グループの中枢にいる癖に、いつも苛められているあの島田君でしょうか。しかし私には、やはり確認する勇気はありません。

鏡さんと同じく私の悲鳴を聞いたのでしょう。体育の顧問をしている先生が駆けつけてきました。通称スパルタカス（物凄く安易ですよね）。出来の悪い生徒に怒鳴り散らすのが生甲斐の教師です。スパルタカスは、誰だ今叫んだのは喧《やかま》しいぞこのクソ馬鹿野郎がオイと大声で怒鳴りながら図工室へやって来ました。

　しかし島田君の死体を見た途端、うひゃあと情けない声を上げて腰を抜かしました。ひ、ひ、ひ、ひと断続的に悲鳴を上げています。スパルタカスの股間部分が湿っているのが見えました。アンモニア臭と死臭が混ざります。

「雑魚丸出しね」

　鏡さんは馬鹿を見る目つきで、スパルタカスの痴態を眺めていました。

　私は島田君の死体から目を逸らそうとして、黒板に視線を移しました。白いチョークで文字が書かれていいます。それは大きな文字で、こう書かれていました。

　すうな

3

私の特異な能力が発現したのは……五人目を食べた辺りからだった気がする。それはもう随分と前の出来事なので、記憶の海に溺《おぼ》れているが。

　それからも倉坂先生は、一週間に一体の割合で私に食事を提供してくれた。その作業は結局、先生が死ぬまで続いた。

　しかし理解出来ない。何故あれだけのリスクを背負ってまで、先生は私を生かす手伝いをしてくれたのだろうか。恋愛感情？　いやまさか……当時の私は十を少し越えたばかりの子供だ。先生には幼女趣味があったのか？　だが先生ほどの人間ならば金もあった筈。金があれば何でも買える国なのだから、殺人まで犯して私一人を餌づけする必要はないだろう。

「砂絵」先生はいつの間にか、私を名前で呼ぶようになった。その理由も意図も、今となっては判らない。「この病院の七不思議って知ってる？」

「さあ」私は首を傾げた。「聞いた事ないです」

「あれ、そうなの？　夜中に現れる４４４号室とか、待合室に並ぶ子供とか」

「さあ」

「そっか……思ったよりマイナーなんだね」

先生は退屈そうに答えると、診察室の天井を眺めながらサングラスを上げた。

「それが、どうしたんです」

「いや別に何でもないんだけどさ」そして小さく笑い、椅子を軋《きし》ませた。「その様子じゃあ、人を消すエレベータの話も知らないね？」

「どんな話ですか」

私は義理で拝聴する事にした。

「とある患者が四階のエレベータに乗った。そして三階へと向かった。しかし三階に到着したエレベータが開くと、そこには誰も乗っていなかった。四階で乗り込んだ患者は消えてしまった……って話」

「それよりも下の階に降りたんでしょう？」

私はすぐに返した。こんなもの、引っかけ問題にもならない。

「それが駄目なんだ」先生は愉快そうに首を振った。「例の患者が乗ったエレベータが三階へ降りて行く様子を標示板が標示していて、それを別の患者が確かに見ていたんだ。だから下にも他の階にも行けない。ほら怖いだろう？」

「あの……」そんな怪談に興味はない。それに現在の私には、そんな話を面白がる余裕なんてないのだ。「先生」私は唾を飲んだ。「そんな事より実は」

「うん、ちゃんと解ってるさ。ほら、今日も肉を調達して来たよ。今回の肉は二十五歳の男性だ。スポーツをしていたらしいから、脂肪分はそれほど多くない。早速食べようか。お腹空いただろう？」

「いえ、あの……」

「毎回ステーキだと飽きると思って……『今日の料理』の、肉の調理特集を買って来たからね」

「そうじゃなくて」私は椅子から勢い良く立ち上がった。だが立ち眩《くら》みが生じて、すぐさま椅子に逆戻り。肉で摂取出来る栄養素以外の養分は点滴《てんてき》で摂取しているが、どうやらそれも限界のようだ。「あの、お話があります」

「話？」先生は机の抽斗《ひきだし》から『今日の料理』を取り出そうとした姿勢のまま停止した。「僕に？」

「はい」

「相談か何か？」

「はい」

「声色から察するに、真面目な内容みたいだね」そう呟くと、回転椅子を回して私と向かい合った。サングラス越しに私を見据える。「恋の話以外なら相談に乗るよ」

「あの」

云うべきか云わざるべきか迷っていた。

私の身に起きた……この異常な展開を。

「どうした？」

「あの」私は口を開いた。今となっては、頼れるのはこの人しかいないのだから。「私、頭が変なんです」


「ほう……それはそれは」

「あ、いや、そう云う意味じゃなくてですね」慌てて否定する。「あの、えっと……何て云ったら良いのかな。えっと、あ、ああええと……」

「落ち着きなさい」先生は優しく微笑んだ。「先にお腹を満たした方が良いみたいだね。食べようか？」

「あ……は、はい」

私は頷いた。事実、空腹だった。

今回、先生はハンバーグを持って来てくれた。せっかく『今日の料理』を購入したのに作るのはハンバーグなのかと一瞬だけ落胆。やはり食材が肉のみだと、レパートリーが限られてしまうのだろう。その点は我慢するしかない。自分は食べられるだけ幸福なのだ。レンジがチンと鳴るまで、私はそんな思考を巡らせていた。

「さあ、ハンバーグの完成だ。遠慮せずにどうぞ」

先生は焼けたミンチの集合を、私の前に差し出した。ナイフとフォークとコップ一杯の水も忘れずに。

「戴きます」

私は心から感謝の言葉を呟くと、ラップを剝がして肉の摂取に取りかかった。湯気が顔にかかる。肉の匂い。一口食べる。肉汁が舌に絡まり、肉が咽喉を通過し、幸福な気分。どうして食事と云う行為は、こんなにも気持ちが良いのだろう。

私は夢中で食べた。

「じゃあ、そろそろ話してくれないかな?」先生は皿が空になったのを見届けると、人差指でサングラスを上げながら私を促した。「その、相談とやらを」

「あ、はい」私は油だらけの唇をティッシュで拭った。「あの、実は……」しかしどこから話せば良いのか。「えっと」

「さっき、頭が変とか云ってたね」

「……はい。あの、頭が……いや、えっと、そうじゃなくて」私は意地で落ち着こうと深呼吸をすると、静かに云った。「頭に、入り込むんです」

「何が?」

「その、例えば……私が先週食べた女の人がいますね?」

「ああ」

「その人には、多分、お兄さんがいます」

「え?」先生の口が小さく開かれる。「うん、確かにいる。だけどどうしてそれを」

「判りません」私は正直に首を振った。「判らないけど、でも判っちゃうんです」

「要領を得ないな」

「ですから……」私は一気に云った。「私が食べた人間の記憶や考えていた事が、自分の頭の中に入っちゃうんです」

「は?」

間の抜けた声が先生の口から漏れた。

「ですから、その人の記憶に残っていた出来事や、強く考えていた事が、ほんのちょっとだけなんですけれど、判っちゃうんです」

「それはつまり……」先生は咽喉の奥を震わせた。

「記憶まで食べて取り込んだ、とでも」

「さあ」

「まさか、そんなのはあり得ないよ。砂絵、それって勘違いじゃないのかい？　大体……」

「今、私が食べたハンバーグ」私は意識を検索に集中させる。「この人は、バスケットをやってました。それで、この人は多分、外国人。それと小さい時に交通事故で右手を……」

「そっ」

先生は驚愕《きょうがく》の表情で私を見つめていた。

「正解……ですか？」

私は恐る恐る尋ねた。

「正解、だ」

先生は恐る恐る答えた。

「あの、先生……」

「正解だ」先生はやはり恐る恐る答えた。「じゃあ、これの名前も解ったりするの？」

「いえ……さすがにそう云うのまでは」

「おいおい、そんな馬鹿な。一体、いつからそんな事を……」先生は、まだ驚いている。「ねえ砂絵。君はさっき、ほんのちょっとだけと云ったけど、一体どれくらいまで記憶を食べられるんだい？」

「あの、ですから……その人が強く考えてた事や、忘れられないくらい強い記憶だったら解るんですけど、ちょっとした思い出くらいのは、ほとんど解りません。声とか音も……ある時とない時があります。あとは……お母さんのお腹の中みたいな映像も見えました。ほらテレビとかで良く見るやつです」

「強く記憶に残ったものや、潜在意識下にあるものなんかが見えるのか？」

「さあ、そう云う事はあんまり……」

「おいおい」先生はサングラスに触れながら呻いた。「有り得ないよ、こんなの」そう呟いて立ち上がると、クーラーボックスの中にある肉塊を取り出す。そしてまじまじと凝視。「これに……こんなものに記憶があるのか？　信じられない。意識なんてものは幻想だ。記憶を貯蔵《ちょぞう》するのは脳の筈だ。いや、筈じゃなくてそうに決まってるんだ。こんな肉なんかに何が宿るって……。こんなのは、違う。きっと変種だ」

そう、最初は本当に驚いた。

自分の思考の中に全く覚えのない記憶が混じり込んでいたら、見た事もない風景や、行った事もない国や、感じた事もない感情が、自分の記憶に混入していたら、誰だって驚くに決まっている。自己確立が曖昧になる以上の恐怖はない。

先生は肉を睨みながら、まだ何かを呟いていた。

「あの、先生」

私は心配になった。

「……ああ」先生は肉をクーラーボックスに戻すと、緩慢《かんまん》な動作で私に顔を向けた。「大丈夫さ。壊れてはいないよ。少し驚いただけだ。なるほど、記憶を食べる……か。それってバクみたいだね」

「バクは夢です」

「しかし不思議だ。仮に肉や内臓が記憶を貯蔵していたとしても、それを摂取しただけでそれを読み取るなんて不可能だよ。口に入って、胃で消化し、最後には排泄《はいせつ》される。その間に、君の体内では何が起きているんだい？　君にはどんな濾過《ろか》装置が設《つ》いているんだい？」

「さあ……」

そんな事云われても答えられる筈がない。

「こんな事は、今までに何度かあった？」

「いえ、初めてです」

「人肉を食べ始めてから、その能力が開花した訳だね」先生は常時腰かけている回転椅子へと戻った。

「いや……逆のケースも考えられるか」

「逆？」

「砂絵が所持しているその能力を活かすために、人喰いとなった」

「そんな」

　本末転倒だ。

「あくまで可能性としての話だよ。いやしかし……本当に面白い、面白いよこれは」

「面白くなんかありません」

　私は抗議した。こっちは恐怖と混乱で、面白がる余裕なんてない。

「ああ、済まない」

　先生は素直に謝罪した。謝って済むのなら警察は不要と云う有名な言葉を、先生は知らないのだろうか。ああ腹が立つ。

「もう、もう嫌だよ……」

　私は空になった皿を、思い切り払った。

　皿の割れる音が診察室に響いた。

　不意に出現する慟哭《どうこく》と絶望。こうしたマイナスのみを内在させた感情は、いつだって不意に訪れ、内面を破壊するのだ。まるでそれが大切な仕事とでも云うように。

「お、おい砂絵……」

「嫌だっ！」気がつくと叫んでいた。遂に内側に設置していた防波堤が決壊したのだ。人食。そして追い討ちをかけるような奇妙な能力。当たり前だけど、それを受け入れる事なんて、子供の私には出来なかった。今だって無理なのだから。「やだ、いやだ、もう嫌だああ！」

　泣きたくなった。死にたくなった。何もかもに絶望した。それは全ての事象に対して平等に分配される……有限ではあるもののアメリカ軍みたいに多大なる物量で迫って来る……絶望。

「大丈夫だよ砂絵」先生は回転椅子から立ち上がると、私の頭を優しく撫でた。父親みたいに暖かい手をしていたと云う表現は、その時の私には思い浮かばなかった。「だから、そんな事したら駄目だ。お皿が可哀想だからさ。ね？」そして先生は笑顔になった。それが笑ってしまうくらいに本物の笑顔なので、私は少し驚いた。「この現象は僕が必ず解決するよ。そして、人食も治してあげるからね」

その言葉を聞いて、私は本格的に泣き出してしまった。

「え、あ、おいおい……いや、泣かないでくれよ。ね、涙は止しなさい」先生は酷く焦っていた。その様子が滑稽で笑えたが、しかし私の涙は止まらない。「全部解決してやるから、だから泣いちゃ駄目だ。ほら……。ね、ねえちょっと」

しかし先生は、その任務を完遂出来なかった。

志《こころざし》半ばで殺害されたのだ。

だから私は、その奇妙で不可思議な能力を、現在《いま》も変化する事なく所持している。食人も治っていない。

しかし、今となっては……もうどうだって良い。

慣れた。

そして諦めている。

勝手に入り込んでしまう記憶だって、最早知った事ではない。獲物の思い出や好きな人を知ったところで、私がどうにかなるものでもないのだから。

それともこの能力は、神様とか云う慈悲深い存在が私に罪悪感を抱かせるために与えたのだろうか。もしそうだったとしたら私ではなく右半身に与えるべきだと思う。だって私は食欲を満たすだけの存在なのだから。

えーっ、また罪を被るの？

悪いのはお互い様じゃん。

ああ……本当に喧しい奴だ。切り離したくなって来る。だが私の半分は、当たり前だけどこの右半身と一心同体の関係にある。もし切り離したりすれば私の生命は終了してしまう。それは困る。

私は鞄を手にすると教室を出た。自分の足音だけがこだまする廊下を進む。時計を確認した。四時四十五分。もうこんな時間。これだから掃除は嫌だ。人類のテクノロジーは日々進歩していると云うのに、どうして黒板消しクリーナーは変わらないのだろうか。

……ん？

女子トイレの方から、断続的な咳が不意に聞こえた。

次いで嗚咽。

それは聞き覚えのある嗚咽。

考えるよりも先に体が反応した。

私は女子トイレのドアを開けた。薄桃色の空間が広がる。嗚咽は大きくなる。声のする方へ歩み寄った。その扉は開いている。一瞬躊躇したけれど、躊躇したところで何かが変わる訳ではないと云う古来からの真理を思い出し、その中を覗き込んだ。

一人の女子生徒が、便座にもたれかかっていた。

千鶴だ。

小刻みに震えている。現象の度合いで行くと、それは痙攣と形容するのが妥当《だとう》な気もするが、その比較には何も意味がないし、感情の乱れが正常値に戻るような建設的な発想とはかけ離れた考察なのも理解していた。

ああ……視界はぼやけているのに、こう云うものは良く見えるなんて。

またあの連中の仕業か。そうに決まっている。

「千鶴」私は震える人物に声をかけた。「千鶴でしょ？　ねえ、ど、どうしたのよ。今度は何されたの」

「……砂絵ちゃん？」

千鶴は蹲っていた顔を静かに上げた。

彼女の顔には、白濁した液体が付着していた。残念な事に、これは私の視界が霞んでいるからそう見えるのではない。

「ち、ちづる」私は驚いて、思わず一歩後退してしまった。あれはまさかまさかまさかまさか。「ちづる、あっ、あな、あなた」

「あのね砂絵ちゃ……けほっ、げはっ」

千鶴は勢い良く噎せ出した。彼女の口内からも白くて粘っこい液体が垂れた。それが糸を引いて便器に落ちる。

まさかまさかまさかまさかまさかまさかまさか。

「……それって」立ち尽くすしかなかった。全く動けない。嫌な異臭が鼻腔をかすめる。血の匂いの方が余程慣れていた。私の眼前に広がるこの情況は、橋の下に落ちている湿った漫画本の中だけで起きているのではなかったのか。「ち、千鶴……」

「ネバネバしたものが何なのか解ったよ」千鶴は涙と口の周りを拭うと、無理に微笑《ほほえ》もうとした。そのぎこちない口元に反して、潤んだ瞳は妙に打算的に感じた。「あれね、これ……今日の上靴だけじゃなかったんだ。ずっと前にも、お弁当や体操服とかにつけられてたの。うん、そうか……あれって、これだったんだ。学校で習ったけど、でも見た事がなかったから」浮遊的な口調でそう呟いている。

「馬鹿！」

私は自分の声に驚いて、ようやく再起動した。素早くハンカチを取り出すと、千鶴の白く汚れた顔を丁寧に拭いてやった。口の中の物も吐き出させた。お気に入りハンカチだったが構うものか。

「ごめんね、砂絵ちゃん……」セーラー服の襟部分に付着した液体をトイレットペーパーで拭きながら千鶴は頭を下げた。「いつも迷惑ばっかりかけちゃって」

「……そんな言葉はね、苛められている現場に颯爽《さっそう》と現れて、苛めてる奴を撃退するくらいの人に向けて云うのよ」

その発言には、己に向けての否定的意見とその自覚、更には滑稽なほどの皮肉と嫌悪感が込められていた。そうだ私は何もしていない。千鶴が苛められている様子を、遠く安全な場所で眺めているだけ。灯台の上の救命士。

「口の中が気持ち悪いよ……」

「全部吐き出して」

私は千鶴の髪に絡まるものを丁寧に除去しながら答えた。だけどそれはガチャポンで買えるスライムくらい取れない。

「吐きたくても、咽喉に引っかかって出て来ないの」

「……飲んだの？」

「口を塞がれちゃったから……」身に降りかかった惨事を思い出したのだろうか、千鶴の声は震えていた。「飲むしかないよ、嫌でも」

「誰にやられたのよ」

「中村君と、石渡君と、田沢君。島田君はいなかった」

「また、あの連中か……」島田君が不在と云う言葉を聞いて、私は少し安堵《あんど》した。「こんな事されたの初めて？」そう尋ねてティッシュとハンカチをトイレに流した。ゴゴゴゴと云う音とともに下水に流されて行く。

「うん、初めて……」千鶴は放心したような双眸で、左巻きの渦を眺めていた。「吃驚したよ」

「立てる？」

千鶴は痙攣する脚を立たせようと試みたが、しかし何度やっても生まれたての仔馬みたいに途中で膝が折れる。

「駄目みたい。……まだ、震えてるから」

「警察に云おう」私は提案した。「これって強姦《ごうかん》よ。もう苛めなんかじゃない、犯罪だもの。洒落になってないわ」

「警察……に？」

千鶴は唇を閉じた。

「ええ」

「警察は、もう嫌だよ」

そう答えて、今度は瞳を閉じた。

「そんな事云ってる場合じゃ」

「もう諦めた」

「諦めたって」

「どうせ、そんなものなんだし」そう答えて無理に笑う。「それに……悪いのは、私だもの」

「違う」

私は間を置かずに返答した。

「違わないよ」千鶴はトイレットペーパーを便器に放り投げた。「私が悪い人間だから、こう云う目に遭うの。自業自得」

「違う」私は再度答えた。「悪いのは千鶴のお母さんでしょ。千鶴は全然悪くないじゃないの」

「そうじゃないの……」

　千鶴は力なく首を振った。

「何、訳の解らない事云ってるの！」何故だろう。私は形容の難儀な苛立ちに苛まれた。「良い？　悪いのは千鶴のお母さんなのよ。あんたには全然罪はないの！　そんなの解ってるでしょう？　あんたのお母さんが自分の夫を殺し……」

　そこで我に返った。

　千鶴を怒鳴ったのは初めてだった。

「あ、あ……ごめんなさい」

「ううん」千鶴はやはり微笑んだ。「大丈夫、慣れてるから」

　私は千鶴を憎んでいるのだろうか。

　彼女に対する優しさは、それを否定するための反動？

　ふと、そんな可能性に思い至った。

　だけど二年前に倉坂先生を殺したのは千鶴の母親……古川美恵子《みえこ》だ。千鶴には罪の要素など皆無。その筈なのに。そうだ、恨むのなら千鶴の母親を恨むべきだ。恨むべきなのだ。恨むべきなのだから。

4

「密室？」

　私と綾香さんと鏡さんとスパルタカスは、警察の事情聴取を受けました。当然ですが事情聴取なんて初めてだったので、物凄く緊張してしまいました。ただでさえ挙動不審と劣等感の塊みたいな私が、そんな場で気丈な態度をとれる筈がありません。既に記憶すらありませんが、取調べ中の私の態度は大層不審だったでしょう。警察の人達に怪しまれてしまったかも知れません。

私と綾香さんは、仮本部となった学校の第二会議室前に立っていました。鏡さんは現在、そこで取調べを受けています。スパルタカスは取調べを終えると、職員室に戻って他の先生達と今後の対応について話し合っていました。スパルタカスのズボンが変わっている事に、何人の先生が気づくでしょう。

「密室って、何です？」

「密室は密室ですわ、香取さん」綾香さんは優しく答えました。本当にこの人は凄いです。あんな事があった直後なのに、表情に変化が見られないのです。「お気づきになりませんでしたか？　島田君が殺害された図工室、あそこが密室情況になっていた事に」

「え？」

「その前に、カードキーについて二、三質問があるのですが」

「あ、はい」

「一つの部屋のカードキーは、スペアキーも含めて二つしかないのでしょうか」

「いえ、マスターキーが一つあります」

「それは誰が？」

「さあ……」私は振り返って窓の外の景色を眺めました。時刻は午後五時二十二分。外はまだ明るさを保っています。「確か、理事長だか会長だかが持ってるとか」

「どちらなのです」

「あ、さあ……ちょっと解らないです」私は正直に答えました。「あの、済みません」

「いえ、宜しいですよ」綾香さんは小さく頷きました。「では次の質問ですが、カードキーと云うのは、誰でも簡単に借りられるものなのですか？」

「ええ……ここの学校の人なら、申請書さえ書けば誰にでも」

「ドアは、スリットにカードキーを挿してから、何秒間開いているのです？」

綾香さんは次々と質問を浴びせます。

「えっと、ドアの反対側にもスリットがあるんです。そこにカードキーを挿し込まない限り、ずっと開いています」

「それでは、反対側のスリットにカードキーを入れなければ、ドアは閉まらないのですね」

「はい。あ……入口側のスリットに、もう一度カードキーを入れても閉まります。ほら、退室する時とかのために」

私は思い出して補足しました。

「ああ……なるほど」

綾香さんはゆっくりと瞳を閉じました。

「密室、ですか?」

「ええ。私と香取さんが図工室に入ろうとした時、図工室のドアはロックされていましたもの。しかしその時は既に、島田君は殺害されていました。犯人は何らかの手法を用いて、図工室から抜け出たんです」

まるで名探偵だと思いました。こんな事を考える種族が現実に存在するなんて。

「だけど、カードキーを使えば逃げられますよ。ドアを閉める事だって……」

「それは無理です」

「無理?」

「カードキーは、島田君の制服の胸ポケットに入っていましたわ」

「見たんですか?」

私は窓から綾香さんへ視線を移しました。綾香さんは余裕の表情でした。

「はい」そして簡単に頷きます。本当に凄い人です。「それには図工室と云う文字がプリントされていました。カードキーが死体の胸ポケットにある以上、図工室のドアを閉めるのは不可能です。まあ、スペアキーやマスターキーを使えば別ですけれど」

「それなら、やっぱりそうやったんじゃないですか。スペアキーでロックをすれば簡単に……」

「早計は禁物です、香取さん」綾香さんは宥《なだ》めるように答えました。「ほら、カードキーを借りれば記録が残るのでしょう？　仮にデータを改竄《かいざん》しても、申請書は消えませんわ。まあ、教師が犯人ならカードキーをこっそり拝借するのも可能かもしれませんけれど」

「えっと……あの、それは出来ません」

「え？」

「あの棚からカードキーを抜き取ると、その時点で自動的に記録されるんです」

「ああ……なるほど。記録はその時にされるのですか。申請書も含めれば二重の記録ですね。厳重なものですわ」その徹底振りに半ば呆れているようです。「まあ何にせよ、記録が残るのならカードキーは使えませんね。それで身元が割れますから」

「それじゃあ、どうやって図工室から出たんです？」

カードキーを用いずにドアのロックされた図工室から出る方法はありません。図工室は空気調整を全て空調機で行なうため、全ての窓が嵌め込み式なのです。

「それは、現時点では何とも申し上げられません」

「自殺かも知れませんよ」

私は思いついた発想を言葉にしました。

「それも無理ですね。お解りになりませんでしたか？　凶器はどこにもありませんでした。少なくとも目につくところには」

「え」

全然気がつきませんでした。

「凶器がないと云う事は、島田君以外の誰かがあの部屋に入った証明になります」綾香さんの美声が廊下に響きました。「その誰かと云うのが、島田君を殺害した犯人でしょうね」

「殺害……」

島田君は殺された。

ああ、そうか。殺されたんだ。

私はそれを、ようやく実感します。殺人なんて、ニュースとドラマの中だけで起こるものだとばかり思っていました。これは常套句。

……殺された。

しかし何故でしょう。クラスメイトが殺されたと云うのに、涙も出なければ悲しい気持ちにもなりません。確かに私は島田君とは、特に親しい仲でもありませんでした。いえ、それにしたって……こうも感情が乱れないとは。私は薄情な女なのでしょうか。そうに違いありません。こんな不道徳な議論を真顔でしているのが何よりの証拠です。

「それにしても、一体どうやって図工室から出たのでしょう。不思議ですね。それに、あの黒板の文字」

「すうな、ですか？」

私は記憶を想起します。

「あれはどう云う意味なのでしょう」

「どう云う意味って、あれに意味があるんですか？えっと、ダイイングメッセージとか」

「まあ、良くそんな言葉をご存知で」

「あ……はい。テレビで憶えました」

「しかしそれも違うでしょうね。島田君は黒板に背中を向けて亡くなられていました。犯人に致命傷を負わされた後、黒板に文字を書き、振り返ってから倒れると云うのは些《いささ》か不自然な気がしませんか？」

「じゃあ、あれは何なのです？」

「現時点では明言出来ませんね。不確定過ぎますもの、何もかもが」

「密室……も、ですか？」

「ええ。条件が全く限定されていませんので、仮説なんて幾つでも作れます。例えば……島田君の胸ポケットに入っていたカードキーは果たして本物なのか、とか」

「え？」

「まあ、考えるのはもう少し情報が集まってからにしましょう。死体は逃げませんから」

澄ました顔で物凄い言葉を云う人です。まあ確かに、死体は逃げませんけども……。

取り調べが終ったのでしょう、鏡さんが部屋から出て来ました。何だか怒った顔をしています（まあ、この人は常に怒っているような表情ですけれど）。鏡さんは学校指定の鞄を勢い良く回転させながら、私達の横を通過しようとしています。

「あの」私は呼び止めようとしました。「鏡さ……」

「心の底から虫唾《むしず》が飛び散ったわ！」

「声を荒らげてはいけませんわ」

綾香さんはいつもの調子で云います。

「せんわ？　訳の判らない言葉ですだわよ」

「ねえ……」

「何よぉ羽美ちゃん」

鏡さんは私の方を向きました。やはり怒っています。

「どうしてそんなに怒ってるの？　警察の人に何か云われたの？」

「どうもこうもないわ。どうもこうもないのよ」

「それじゃ意味が判らないけど……」

「鞄の中を検査されたの」鏡さんは、ようやく真面《まとも》な返答をしました。「凶器が見当たらない上に、死体発見者の中に凶器を隠せそうな物を持ったのが私だけだったからさ」

「それで、凶器を入れていたのですか？」

綾香さんがとんでもない質問をしました。

「ええそうよ」しかし鏡さんは、怒鳴るどころか逆に機嫌を良くしたみたいです。「私の鞄は四次元ポケットなの。ほうら、見るが良いわ」

鏡さんはそう云うと、勢い良く緑の鞄を開けました。中には一冊のノートと、小さなペンケースと、数冊の漫画本がありました。

「教科書は？」

私は当然の質問をします。

「机の中に決まってるでしょ」鏡さんは当然のように答えて鞄を閉じました。「で、アンタ達はそんなところで何を喋ってたの？」

「……あ、えっと」

　私は綾香さんを一瞥しました。

「この事件が密室殺人と云う事を話していたのです」綾香さんはあっさり答えます。「あなたも、興味があるのですか？」

「全然」

　鏡さんはそれだけ呟くと、廊下の奥に消えて行きました。しかし突然立ち止まると、不意にこちらを向き、どうしてアンタ達はあんなところにいたのと質します。疑っているのでしょうか。

「私が香取さんに頼みましたの」綾香さんが答えました。「図工室の中を覗いてみたかったものですから」

　鏡さんは僅かに目を細めると、再び踵《きびす》を返して去って行きました。

「面白い方ですわ」綾香さんは廊下の果てを眺めています。「あの人も、良いかも知れませんね」

「え？」

「何でもありません」

「あの……綾香さん」

　私は意を決して尋ねました。

「何ですか」

「……どうして私を、学校の案内役に選んだんですか」これは最初から気になっていました。「私と綾香さんは一言くらいしか言葉を交わしてないじゃないですか。それなのに、どうして私に？」

「ああ、そんな事ですか」綾香さんは私を見据えました。「名前を気に入ったもので」

「名前？」

「香取羽美。素敵ですわ」こっちまで幸せになりそうなくらい幸せそうな口調でした。「だから、あなたとお近づきになりたかったのです。これって不純な動機かしら？」

　私はあまりの嬉しさに、泣き出しそうになりました。

5

「ほお」田沢は煙草の吸殻を灰皿に押しつけた。吸殻と云うのは総じて押しつけられる運命にあるらしい。灰皿の中にある、フィルターが噛まれて潰れた吸殻の数は、僅か一時間弱で十二本。「それじゃあメチャメチャ美人さんなんだな、その転校生ってのは」

「君の云うメチャメチャの定義は不明だけど、まあ壮絶に綺麗だったよ。男も女も吃驚するくらいね。名前もカッコイイし。須川綾香だよ、芸名みたい」

石渡はハウリングを防止するためにマイクの音量を絞った。仄暗い照明に支配された個室に充満する慢性的な金属音は、それで幾分和らいだ。

……へえ。

石渡が、あんな感じの女を好みとしているとは思わなかった。やはりこの男は解らないなと中村は改めて思う。

「ああ畜生……学校さぼらなければ良かった」

「残念だったね田沢君。まあ、放課後に登校するなんて愚かな真似をした罰さ。君は千鶴ちゃんを苛めるためだけに学校に来てるのかい？」

「うるせえなあ」田沢はリモコンを手にする。「くそ、俺も二年B組だったら良かったのに」そして手際良く番号を入力し、転送した。

「どうして？」

「どうしてって……そりゃあ、その転校生とお近づきになれるかも知れねえだろ」

「仮に君が二年B組にいても、事態は変わらないと思うけどね」

「殺すぞ」

「冗談さ」

「お前の冗談ほど、癪に障《さわ》るもんはねえな」

田沢はニタニタ笑う。中村は反射的に画面を見る。ブラ曲が始まった。

ウン管に、『君待てども』なんて明らかに演歌なタイトルが現れ、次いで明らかに演歌な伴奏が流れ出した。

「おいおい田沢君……」石渡は固いソファに、のけぞるように凭れた。「君、いつから演歌を歌うようになったんだ」

田沢は慌てて中断ボタンを押した。曲が停止する。沈黙。

「歌わないの?」

中村が云った。たまにはジョークも必要だ。

「間違ったんだよ。見れば解るだろうが」

「ボタンを押し間違えるとは、田沢君もお疲れモードかな?」

「あ? 何で俺が疲れなくちゃならねえんだ」

「だって、君が一番頑張っていただろ」石渡はマイクを自分の股間部分に立てた。これが何を象徴しているかなんて幼稚園児でも一発で解るだろう。「いや、発射量の見事な事。感服しました。千鶴ちゃんもさぞかし悦《よろこ》んでいただろうね」

千鶴を性的な意味で犯したのは、今回が初めてだった。今までやらなかったのが不思議なくらいだ。恐らく、この最終ラインは暗黙の了解として侵害しなかったのだろう。だがプロレスのルールと一緒で、そんなものはいつか破られる。

破壊の意志さえあれば。

「うるせえなあ」田沢は再びニタニタした笑いを浮かべた。「本当に癪に障る奴だ」

「君の笑顔の方が障るって」石渡は間を置かずに答えた。「そんな事より……今日は結局、島田君来なかったね」

「けっ、怖気づいたんだよどうせ」

「そう云う君も」石渡はマイクを定位置に戻した。「ご子息さんが大きくなるまで、随分と時間が経ったじゃないか」

「ばっ、馬鹿あれは違う」田沢は手を振って否定した。「別にびびってた訳じゃないぞ。今日は、ちょっと調子が悪かったんだ」

「メンソールなんか喫《す》うからさ。ねえ、中村君？」

「煙草の事は良くは知らないけど」中村は正直に答えた。煙草なんかを人生の幸福の一つとする連中の気が知れない。「でも癌《がん》になるよ」

「はん、癌が怖くてイチ喫煙者でいられるかっつうの」

田沢は煙草を銜え火を点けると、見せつけるようにして煙を吐いた。

「君ねえ、僕達がいる前で喫煙するなと再三云ってるだろう。教師に見つかったら、こっちにも迷惑がかかる」

「旅は道連れだ」田沢は再度煙を吐く。「一緒に停学しようじゃねえか」

「縁起でもない事を云わないでくれないか。僕は意外と迷信深いんだからね」

「そんなの初耳だぞ」

「そうだっけ？　墓地を横切る時には必ず親指を隠してるじゃないか。どうして気がつかないんだ」

「お前の親指なんざ誰も見てねえからよ」田沢はそう云うとカラオケ帳を開いて再確認した。「しっかし、何で番号間違えたかな……」

「田沢君、君は何を歌う気だったの？」

「RC」

「わあお」石渡は大袈裟に反応した。「それは参ったな」

「何で？　お前ロック嫌い？」

「女性を軽視する歌詞が多く見られるからね」

「あの娘《こ》、とか？」

「はあ……それにしても綺麗な人だったなあ。須川さん」石渡は田沢の愚かな発言を無視し、その顔を天井の隅に設置されたスピーカーに向けた。「しかもさ、お嬢様言葉を使うんだよ。それを使う人間が現実世界にいるなんて、今日まで知らなかったよ」

「お嬢様言葉って……ですわとか、何かそう云う奴の事か？」

「そうだよ」

「うわあ、駄目だ。俺パス。その転校生は諦めた」

田沢は外国人みたいに両手を上げた。その率直なリアクションが愉快だったが、口にする価値はないので黙っていた。

「え？」石渡は顔の位置を戻した。「どうして諦めるのさ」

「俺……そんな喋り方する人間とはコミュニケーション取れない気がする」

「まあ確かに。育ちが違うからね。松茸《まつたけ》とジャガイモくらい」

「ぶっ殺す」

「中村君は、その転校生に興味はないの？」

「あんまり」

中村は唇を開いた。それは正直な感想だ。

「でも綺麗なんだよ」

「顔が全てじゃない」

「おお、それは意外な意見だ」


石渡は驚いたように答えた。

「ふん、石渡は面食いだからな」

田沢が睨んだ。まだ根に持っているらしい。

「おやおや、面食いの何が悪い？」石渡は開き直っている。「顔はその人を規定する際に用いる大切な要素だ。性格なんかは会って数時間じゃ全貌を摑めないけれど、顔は一発だ。つまり個性の象徴みたいなもんなんだよ。君はそれを否定するのか？」

「喧しい」

田沢は灰を落とした。

「おやおや、君は僕の言葉も通じない程度の脳味噌をお持ちなのかな？　言葉が騒音に聞こえるなんて、犬や猫……」

「やっぱ、ぶっ殺す」

「受けて立とうじゃないか」

「そうは云うけど、君達は一度も喧嘩をしないよね」中村が仕方なく突っ込んだ。「それが不思議だよ、本当に」

「僕は身のほどを知ってるからね」石渡はテーブルのカラオケ帳を膝に置いた。「これでも他人との距離は測っているつもりなんだ」

「それでか？」

田沢は煙を吐くと、険悪な声で云った。

「喧嘩なんてするものじゃないよ。後始末が大変だからね。それに、主人と奴隷の関係は維持しなければならない」

中村は云うと、カラオケボックスの小さな窓から空を見上げた。辛うじて浮かび上がる月が見える。

「何見てんだ？」

「かぐや姫なのかい？　中村君は」

田沢と石渡が問うた。

「ねえ、君達はさ……」中村は視線を戻さずに訊いた。「現状が嫌になった事とかって、あるかい」

「はあ？」露骨に驚く田沢。中村がそんな台詞を吐く人格ではないと、今まで思っていたのだろう。迷惑な話だ。内面を他者に規定される以上に迷惑な話はない。「何云ってんのお前。頭でも打ったのか？　それとも千鶴に吸い尽くされて疲れてんのか」

「それは君だろ」石渡がすかさず云った。「それに中村君はヤってない」

「あ、そうか」

頼まれたって性交渉なんか持つものか。中村は中高生なら誰しもが抱いている発情を微塵《みじん》も所持していなかった。かと云って不能者ではない。同性愛者でもない。全く珍しい奴だと自分でも思っている。性的な衝動に対する、ストイックとさえ云える無関心さは、中村本人も不気味なものとして捉えていた。

「僕は現状に満足しているよ。だって、本能に忠実な行動をしているからね」石渡はそう答えて意味ありげに笑う。「中村君は違うのかい？」

「満たされていない事もない」

「曖昧だなあ」

「どんな凄い行動をとったとしても、飽きが訪れるのは必定《ひつじょう》だって意味さ」

「あ？　じゃあお前、千鶴を甚振《いたぶ》るのに飽きてんのか？」

「どうだろうね……」

「じゃあ千鶴以外にも興味を持てば良いじゃねえか。何も千鶴を行為の全てにしなくても良いんだからよ」

「おいおい田沢君」石渡が小さく笑った。「意味を判って使ってるのかい？　その言葉を」

「うるせ」

「うるさいのは君だよ。黙ってくれないか、僕はこれから歌うんだからさ」

石渡は呟くと、リモコンを操作して曲を入れた。短調なリフが大音量で流れる。だがこれはカラオケのために再編成したレプリカなので、緊張感は孕《はら》んではいない。

「お前ロック嫌いって云っただろ！」

田沢が音量に負けない大きな声を出した。

「何？　聴こえないよ」

「これは、誰の曲だ？」

「ミッシェル」

「俺はブランキーの方が良い」

「そう？」石渡はマイクを握り、口元に接近させた。「どっちにせよ、ロックなんてフリッパーズギターの三枚目で終ったよ」

「うるせえっ」田沢は耳を塞いだ。「マイク離せよ馬鹿！」

全く同感だった。それに中村は、フリッパーズもミッシェルもブランキーも、さほど評価していない。中村のロックは、ビートルズでもヘッド博士でもなく、『爆裂都市』そのものなのだから。いや、別にコント赤信号が好きと云う訳ではないけれど。

6

メールを閲覧《えつらん》すると、一通の添付《てんぷ》ファイルが送信されていた。アドレスは契約の際に聞かされたものと一緒。ファイルを開くと、待ちに待った目標の姿が液晶画面に現れた。正面を向いたバストアップの写真。

……やっとかよ。

それが王田の正直な感想だった。普通こうした物は一番最初に見せるのが常識の筈。今回の依頼人がどれだけ大物なのかは知らないけれど、そうした最低限のルールはちゃんと守って貰わないと、仕事がやりにくくてしょうがない。

王田はノートパソコンを膝から机の上へ移した。そして本日四十一本目の煙草に手を伸ばし、十二インチの液晶ディスプレイに映る写真を観察した。

年齢は十代中頃から後半。セミロングの黒髪。顔の形は……まあ、可もなく不可もなくと云った感じか。悪くはないが、際立った美人でもない。どこにでもいそうな個性のない顔だ。こんな凡百に埋もれた顔を北海道全土の中から見つけ出すなんて……まあ、ツチノコよりは発見する可能性が高いだろうけど。

王田は煙草の煙を少女の写真が映《うつ》る画面に吹きかけた。どうやら顔写真以外の情報は一切ないらしい。せめて名前くらいは教えてくれても良いと思うけれど。

全く……どうして今回の依頼人は、これほどまでに情報公開を拒んでいるのか。理由が解らない。

王田のような職業の人間に物事を依頼する場合、ある事ない事教えまくるのが一般的だ。重要な秘密だって、口外しない事を条件に公開してくれる場合もある。それにどんなに秘密の漏洩《ろうえい》を恐れる者でも、任務を果たすための最低限の情報くらいは教えてくれた。

しかし今回の依頼人は、この顔写真一枚だけで見つけ出せと云っている。無茶だ。あまりのお手上げさに、アメリカに渡ってダウジングして貰おうかとまで考えた。冗談だけど。

だが文句は云っていられない。何故ってこれは仕事なのだから。仕事に文句を云うような人間にはならない。それが王田の幼い頃からの大人のイメージだ。

背後で小さな呻き声が聞こえた。どうやらお目覚めらしい。

「やあ、おはよう」王田は煙草を銜《くわ》えたまま振り返った。「とは云っても、まだ夜の十一時だよ。ほら外は真っ暗だ。君、朝と勘違いしてない？」

「……お腹が空いたの」少女は目を擦るとそう答えた。「何か食べたい」そう云ってタオルケットを剝ぐ。

「このイヤしん坊め」王田は小さく笑った。「僕の財布を空にするのが目的かい？」

「経費で落とせば良い」

「え？」

「探偵さんなんでしょう？」

「……探偵」

「さっき、あなた電話してたから」少女は緩やかな動作で上半身を起こした。寝癖はない。「依頼人とか、人を探すとか話してたし」

「起きてたのか」

少女は悪びれた様子もなく簡単に頷いた。全く、少女って生物は本当に抜け目がない。それにしても……探偵か。笑いが込み上げそうになる。この誤解は、誤解のままで通すとしよう。

少女は立ち上がると、不安定な足取りで浴室に入った。一日に二度もシャワーを浴びるとは裕福なものだ。王田はシャワーの爽快な音を聞きながら、しばらく目標の写真を眺めていたが、しかし煙草を消費するばかりで、一歩も進展しなかった。つまり時間と資源と金の無駄だ。かと云って他に手はない。写真をプリントアウトして街を出歩いたって、どうせ無駄足に終るだろう。そんな事は解りきっている。

四十六本目の煙草を銜えたところで、少女が戻って来た。既にワンピースに着替えている少女は、ベッドに座るとバスタオルで髪の毛をぐしゃぐしゃした。その作業を終え、ふうと溜息を吐く。それは最初に発見した時からは想像出来ない人間的な動作だった。快復スピードは早まっている。

「煙草、喫い過ぎじゃないの？」

「君は呑気《のんき》だねえ」

王田は呟くと煙草に火を点けた。

「何か食べたいんだけど」

「そうだね……。僕もお腹が空いて来たよ。コンビニ行って来るか。何かリクエストある？」

「ケーキ食べたい」

「夜中にケーキだって？」どんな食生活をしているんだ。「そりゃあ凄いな」

「何が？」少女は濡れた髪の間から覗く瞳をこちらに向けた。「……あ」

「ん？　どうしたの」

「それ」

少女はそう呟くと、机の上にあるパソコンを指差した。画面にはまだ、目標の写真が映っている。

「ああ……これかい？　僕は明日から、こいつを探さなきゃならないんだよ。だけど手がかりは、この写真一枚だけでね。この調子だと期限までにはとても……」

「それ」少女は画面に指を差す。「宏美」

「ひろみ？」

「浦野宏美」

「なあ……君」王田は笑顔になると、煙草を灰皿に押しつけた。「チーズケーキでも食べる？」

「イチゴショートが良い」

少女は真顔で答えた。

4

Thursday

第四章　消えたい木曜日

1

殺された。

島田君が殺された。

登校した途端に知らされた事実。

火曜日に殺害した、あの青年の残りの肉を朝食として摂っていなければ、確実にショックで倒れていただろう。

私は席に座ると、周囲に悟られないように、何度も何度も何度も浅い呼吸を繰り返した。視界が猛烈にぼやけているのは、いつもの栄養失調のせいだけではない。

島田君の殺害現場を発見したのは、転校生の須川綾香さんと、クラスメイトの香取さんらしい。二人の周りにはクラスの皆が、ゴミステーション前の蝿《はえ》みたいに集《たか》っていた。嫌でも耳に入る断片的な大声から、島田君が図工室の教卓の上で殺害されていた事が判明した。

……島田君。

恐らくクラスの誰一人として知らないだろう。

私の島田君に対する感情を。

確かに彼は冴えない人格だった。容姿は平均的だし、身長なんて平均以下だ。眼鏡も大きい。千鶴を苛めている癖に彼自身も苛められていた（まあ、無理矢理苛めに参加させられていただけなのだろうけれど）。島田君は、そんな人間だった。その程度の人間だった。

しかし、人が人を好きになるのには理由など要らないとか云う、あの無敵の言葉をここで発揮させたい。そう、どんなに下っ端の存在でも、私は島田君が好きだった。同情や哀れみなんかじゃない。本気で彼を好きでいたのだ。

それなのに、

……殺された。

殺されたなんて。

私の幸福を根こそぎ奪おうとしている奴がいるに違いない。そいつは、私の健全な食生活と正常な視覚を既に奪ったのに、それだけでは飽き足らず、まだ奪う気でいたのか。畜生畜生。もう嫌だ。助けて。助けて下さい神様。

神様に頼ってるー。

本当、ずるいねえ。

こいつは……この右半身は、こんな時まで私を愚《ぐ》弄《ろう》するのか。本当に殺してやりたくなって来た。この右半身の肉体の半分は私の肉体であり、右半身の思考の半分は私の思考だ。だから私の精神さえ確《しっか》りしていれば、この忌《い》まわしい右半身も自然消滅するのだろうけれど。

それは無理。

出来ないよ。

右半身は笑った。いつか殺してやる。


担任の教師が入って来た。後方で展開されていた噂の輪が散会する。担任は、皆も既に知っていると思うがと前置きをしてから、島田君が何者かに殺害された事実を告げた。教師の口から出た言葉は真実味と重みがあり、私の気を更に参らせた。やはり島田君の死は現実なのだ。もう少しで泣くところだった。

殺害。

そうだ……島田君は殺された。

殺されたのだから、殺した人間がいる。

だが一体誰が島田君を殺したんだ。それに何のために。理由が判らない。

島田君が恨んでいそうな人間は腐るほどいるけれど、しかし島田君本人は恨まれるような行為なんてしていない。する勇気もない人なのだから。

授業は常時以上に身が入らなかった。ノートを写す根性も、教科書を開く気力もない。これでは畑に立ってるカカシと同じではないか。オズの魔法使いに登場したカカシが何を求めていたのかを一分くらい考えたが、結局思い出せなかった。何だっけ？

……どんなに存在感のない人間でも、やはり死ねば注目される。しかし所詮は下っ端だ。午前の授業が終了して休み時間に入る頃には、誰も島田君の話を口にしなくなった。私はそんなものだと予想していたし、寧《むし》ろ興味本位だけの言葉に辟易《へきえき》していたので、話題の終了はありがたかった。

だが安堵の息は吐けなかった。島田君の話題が終ったのならば、スケジュールが戻るのは必然。今度は千鶴への執拗《しつよう》な苛めが行なわれる。

「ちょっと千鶴」

須川さんを中心とした大きな輪（それは今日も出来ていた）の中にいた秋川が、突然振り返って云った。

「え」千鶴は秋川の声に小さく反応した。「あの、な、何？」

私は千鶴の顔を見られなかった。

話しかける事さえ出来なかった。

昨日の惨劇を思い出してしまうから。

己の駄目加減を確認してしまうから。

汚された顔。

汚されたセーラー服。

汚された精神。

「そんなものだから」

それでも千鶴は、そう答えて笑う。事実、昨日も震えながら笑っていた。

……どうして笑えるんだ。

私には理解不可能だ。あんな絶望的状況が何年も継続されているのに。彼女は……何かを諦めているのだろうか。そう云えば、昨日も諦めたなんて言葉を口にしていたっけ。

千鶴の諦めたものを取り戻してあげたかったが、私には無理。陰で慰める事くらいしかしてやれない。それで充分だと千鶴は感謝してくれるけれど、だけど……だけど、私の位置は一番卑怯《ひきょう》だ。

中途半端な偽善だけが目立つ、とても汚い位置。それは嫌と云うくらい認識している。でも動けない。動かない。

それは、千鶴ちゃんが嫌いだから。

特等席から見物したいんでしょう？

黙れ。

違う。

断じて違う。

倉坂先生を殺害したのは千鶴の母親だ。だからって、その娘が苛められる姿を見て快感を覚えたりなんかはしない。私は千鶴に恨みなど持ってはいないのだ。断じて。

「あのさあ」秋川の腐った声。「島田を殺したのって、あんたなんじゃないの？」

その一言で、教室にいる人間の目が一斉に千鶴に向けられた。

「……えっ？」

「アンタは昨日、例の上靴の事で頭に来てたでしょう？　だから島田を殺したんだ。そうなんでしょう？」

「そんな」

「あり得るわ」藤木が参加する。「そっか、千鶴が島田君を殺したのか。それなら筋が通るわね」

「ち、ちが」

「だったら誰が殺したってのよ。島田君は恨みを持たれそうな人間じゃないでしょ。少なくとも学校内では」

「でも、でも私じゃないよ……」

千鶴は弱々しい声で、それでも懸命に否定した。

「証拠はあるの？　あんたがやってないって云う証拠」

「しょ、証拠は、しょうこは」

「ほら見ろ」桜江も輪の中から離れて、千鶴に畳《たた》みかけた。「証拠なんてないんだ。やっぱり千鶴が犯人なんだ。この人殺しっ」

「お止しなさい」

天使の声が厳《おごそ》かに響いた。

それは須川さんの声だった。

クラス全員の動きが停止。

須川さんを取り巻いていた人達は凍りついている。

私も驚愕していた。この、思いも寄らない展開に。

「すっ、すがわさ……」

「感心しませんね」須川さんは輪から出ると、射竦《いすく》めるような瞳で藤木達を捕らえた。ナイフの先端を想起させる、正《まさ》に刺すような目。罪のない私も（本当に？）罪悪感に苛《さいな》まれそうな正当な輝き。それでいて嫌味もなく高貴な風格が漂うのが不思議だった。何なのだこの目は。須川さんは、こんな目つきも出来る人なのか。「古川さんが犯人ではないと云う証拠がないのと同時に、犯人だと云う確固たる証拠もありません。それなのに犯人扱いするなんて……あなた方、これは冤罪《えんざい》ですわよ」そう云って藤木を睨みつけた。鋭い瞳だった。

「そんな、冤罪だなんて、そ」

藤木は予想もしていなかった方向からの襲撃に、酷く戸惑っていた。攻撃的な視線を床に下げている。万引きのバレた小学生みたいだ。

「冤罪です」須川さんは固く冷静な声で続ける。「犯人は論理的証拠を構築してから告発するのが、古来からの常《つね》ではありませんか？」

「あ、あ……あの」

「判りましたか？」

「……は、はい」驚愕と困惑の表情を隠せない藤木は、慌てて頭を下げた。「すすす、済みません」

「あなたたちも、解りましたか？」

次に桜江と秋川が睨まれる。

「あ、あ……ええ。はい。済みません」

「え？ ごめ、ご、ごめんなさい……」

中心格の藤木が最初に謝罪したのが大きかったのか、それとも単なる恐怖からか、二人はあっさり謝り、頭を下げた。

須川さんは、宜しいでしょうと呟くと、表情をいつもの温和《おんわ》なそれに戻した。

表情の緩和が合図であったかのように、再び時が流れ出した。クラスの皆が自分の時間に戻って行く。藤木と秋川と桜江の三人以外。

……すごい。

私は素直に驚嘆した。あの苛めっ子連中を一撃で撃沈してしまうほどの能力を持っていたなんて。超絶美人お嬢様と云う範疇からは出ない存在だと思っていたのに。人は見かけによらないものだと心底思った。

うっわあ、凄いなー。

誰かさんとは違うね。

一言多い。しかし的を射た言葉だ。千鶴を心配している、それだけでは彼女を助ける事には繋がらない。そんなのはとっくの昔から判っている。だけど、力のない私に一体どうしろと云うのだろう。


腹の虫が鳴いた。幸い、誰にも聞かれていない。全く、空腹と云う感覚は、いつだって不意に訪れる。あの青年の肉は今朝食べ尽くした。しかしまさかこんな早く消費してしまうなんて……。幾らひさしぶりの食事だからって、火曜日の時点で消費し過ぎたのがそもそもの失敗だった。もう少し自制しておけば良かった。しかし、止《や》むを得ない気もする。胃の中を十日間も空っぽにしていれば、理性なんて誰だって消し飛んでしまうだろう。

そう云えば、あの青年の死体は発見されたのだろうか。私は新聞をとっていないしテレビもあまり観ないので解らなかった。まあ、常識で考えればもう見つかっているだろう。

放課後、私は帰り際に図工室へ立ち寄った。廊下には人垣が出来ていた。後方からではドアが見えないほどに。私は体を潜り込ませて前に進んだ。霞む視界を凝らす。図工室のドアはロープと制服の警察官によって塞がれており、当たり前だが中には入れない。開け放たれたドアを覗くと、スーツ姿の警察官や鑑識の姿が少しだけ見えた。

私は思う。

あの中で、島田君は死んでいたのか。

血だらけになって殺されていたのか。

花でも供えたくなって来た。しかし図工室の中には入れて貰えないだろう。ドアの前から冥福を祈る事しか私には出来ない……。

私は、お悔みモードに陥った己自身を嘲け笑った。供物。冥福。一体何をほざいているのだ。死を軽く考えて、己の行為を正当化しようとしている癖に、供物だ冥福だなんて都合が良すぎるんじゃないのか。それに人間を食べて生きる私には、人の死に関してどうこう言及する資格などない。

でも……でも涙が。

左目から一筋だけ涙が流れた。

その現象に、少しだけ驚いた。

どうやら私は、まだ人間でいられるようだ。

私は涙を拭うと踵を返した。これ以上この場に留まっていたら、一筋の涙では済みそうにないと判断したからだ。目を擦りながら駆け足で玄関へと向かう。

「わあっ」

「ふげっ」

ちゃんと前方を確認していなかったので、玄関前の廊下で誰かと衝突してしまった。私は体にかかる反作用を、足に力を込めて相殺《そうさい》した。

私と激突した相手は、廊下に尻をついていた。いたたと呟きながら立ち上がり、スカートに付着した埃《ほこり》を払う。

「あ、あの、ごめんなさい。大丈夫?」

「人が痛がってるのに大丈夫かなんて訊かないで欲しいものね」激突相手は、何と鏡さんだった。私は少しだけ焦る。「ああ……それにしても、たった数日の間に二度も人がぶつかって来るなんて、まるで人間磁石だわ私」そう返答して、どこか冷酷さを感じさせる視線を私に向けた。三秒間、目と目が合う。「ん？　……あれ？　えっと、アンタって私のクラスメイトよね。そう云えば」

「あ……うん」

　鏡さんは顔と名前を記憶しない事で有名だ。

「確か千鶴ちゃんを苛めない子よね」

「え？」

　鏡さんの口から千鶴の名前が出たのは、私の知る限り今回が初めてだった。この人は私と違って力があるのに、苛められている千鶴を助けようとした事は、私の知る限りやはり一度もなかった。こうした発想は責任転嫁《てんか》なのか？　なのだろう。

「うーん、えっと……」鏡さんは指先で額を叩いている。私の名を思い出そうと、思考を巡らせているのだろう。「確か……ええと」

「山本砂絵」

　私は仕方なく名乗った。

「ああっ、そうそう」一瞬の沈黙の後、鏡さんは手と手を合わせた。「うん、そうだ砂絵ちゃんだ。ええ完璧思い出したわ。うん、もう大丈夫よ。砂絵砂絵……良し、もう絶対忘れない」

「あの、鏡さん。本当にごめんなさい。痛かったでしょう？」

　私は謝罪のしるしに、床に落ちた鞄を拾って渡した。

「別に構わないわよ。しっかし、最近良く激突されるなあ」またそんな事を云っている。拘《こだわ》っているのだろうか。「そんなに日頃の行いが悪いかな……」

「私がちゃんと前を見てなかったせいで」

「別に良いわよ。泣いてたんだから」

「え？」

「ま、気にする事はないわ。色んな意味で」

　鏡さんは不敵に微笑む。この人は時折、こうした思わせぶりな言葉を吐くのだ。何かしらの根拠があって云っているとは思えないけれど。

「……あの、それじゃあ」しかし思わせぶりという行為は、人を不安にさせる効果を抱いている。私は急いで立ち去ろうとした。「私は、これで」

「ねえねえ砂絵ちゃん」だが鏡さんは、まだ私を解放してくれない。「アンタさ、サムライトルーパーって知ってる？」

「……サムライトルーパー？」

「ええ、鎧が五色の五人組なの。赤とか青とか橙《だいだい》とか」

「よろい？」

不意に、云い知れぬ感覚に陥《おちい》った。これはどうしたと云うのだろう。何が起きたと云うのだろう。

「ううん、やっぱ何でもない」鏡さんは小さく笑う。「じゃあまた明日」

「え？　あ、うん」

「あ……そうだわ」

「まだ何かあるの」

「そんな云い方しなくても良いと思うけど。ねえ、アンタって藤木さんの事が嫌い？」


鏡さんは低い声でそう質した。

「藤木さん？」何を質問されるかと思ったら。「いえ、別に嫌いとか云う訳じゃあ」これは勿論、嘘だった。千鶴に危害を加える者は総じて敵なのだから。島田君以外は。「でもどうして、そんな事を？」

「うん、これって警告なんだ。まあ、アンタは気がついてないと思うけど」

「あの、それじゃあ本当に……」

私は今度こそ玄関に向かった。呼び止められても、もう振り向いたりはしないと誓いながら。

しかし……鏡さんは別れの挨拶《あいさつ》を告げると、廊下の奥に消えてしまった。私の誓いは意味を喪失した。喪失と云う言葉に内在される成分の七割は哀しみだ。

2

午後のワイドショーを時間潰しのために観ている

と、有川さんの死が報道されていました。市内の公園で、胴体をバラバラにされて殺害されたと云うのです。これには、さすがに驚きました。

ワイドショーの情報によれば、有川さん（本名は、有川高次《こうじ》と云うそうです、やはり平凡でした）の死体は水曜日の午前十時頃に、公園に遊びに来ていた保育園児と保母によって発見されたそうです。死亡推定時刻は火曜日の午後九時から十時半の間。死因は頸動脈を刃物で切断されたショックと出血多量。内臓は腸と胃と肺以外全て持ち去られており、体の肉も切り取られていた……物凄い早口のリポーターの口から語られた、現在までに判明している最新情報とやらは以上でした。画面が切り替わって、テレビや雑誌で良く見るコメンテーターが、良く通る声で発言を始めました。情報を総合した結果この犯人は人肉を食すいわゆるカニバリズムの性質を所持している可能性があり恐ら……。

私はテレビを消しました。

殺された。有川さんが、殺された。

愕然《がくぜん》としている自分に気がつきました。

私の周囲で……こんな短期間に二人の人間が殺害されるなんて。しかも二人ともが私の顔見知り。更に私は、その中の一人の死体を発見しています。唐突に……あまりに唐突に、死が私を通過します。

一体、何が起こっているのでしょうか。

知らぬ間に記憶を逆回転させていました。火曜日と云えば……そう、コスプレパーティの日です。そして死亡推定時刻の午後九時と云えば、有川さんの行方が知れなくなる少し前ではありませんか。

青威さんと、その事について意見を交えたくなりました。しかし私は青威さんの電話番号を知らないし、私も教えていません。次のイベントまで会えないでしょう。

何だか急に、気が滅入って来ました。立ち上がるのも億劫《おっくう》になります。ずっとベッドで横になっていたい衝動に駆られました……いいえ、これは衝動なんて活動的なものではありません。だって、動きたくないのですから。

　私は生前の有川さんの事を考えようとしました。しかし記憶の全てが、昔観た映画のパンフレットを読むみたいに、酷くおぼろげなものになっています。有川さんとはつい先日会ったばかりだし、それに会った総数も決して少なくありません。それなのに……。

　それとも……これが死なのでしょうか。記憶だけの存在に成り下がる、それが死なのでしょうか。まあ、死の本質なんて解りませんが。私は哲学者でも何でもなく、普通の女子高生なのですから。だけど私の脳内は確実に変化を起こしていました。これは島田君の死では起らなかった現象です。

　部屋の時計が午後四時十五分を示しています。約束の時間が迫って来ました。私は出かける準備を始めます。かなり気分が凹《へこ》んでいますが、それでも遵《じゅん》守《しゅ》するのが本当の意味での約束なのです。

　玄関で靴を履いていると伯母が台所から出て来て、どこへ行くのかと問いました。私は友達の家と答えます。伯母はそれについての返答もせず、台所へ戻って行きました。そんなものです。

　外へ出ました。蒸し暑い街を歩きます。

　その時、
　不意に視線を感じました。

　自分の評価が気になる私は、視線には人一倍敏感なのです。

　振り返ってみましたが、やはりそこには平穏な午後の街が広がっているだけでした。名前も知らない沢山の他人が歩いているだけ。異変も違和感もありません。

　まただ。

　誰かが私を見ている。

　この視線を感じるようになったのは、高校に入学してすぐの頃からでした。街に出ると、おおよそ四割程度の確率で、謎の視線に見られているのです。

勿論、気のせいや、思い違いのようなものなんかではありません。背中に感じた視線は本物です。他者の視線をいち早く察知するレーダーを搭載した私が確信しているのだから、それは確かでした。

前に向き直ると、再び強い視線を感じました。それは肩の周囲に注がれています。決して自意識過剰なんかじゃありません。慌てて振り返りましたが、やはり視線の主はいませんでした。遅れてやって来る寒気。

……誰なの？

毎度の事ではありますが、気味が悪いです。変質者でしょうか。全く……女の子の住みにくい世の中です。どうして神様は、男に腕力と精力の二つを同時に与えたのでしょう。男女差別でしょうか。

『喫茶トリミキ』に到着したのは、四時三十分を少し過ぎた頃でした。店内を見回すと、奥まった席に綾香さんが座っていました。

「ごめんなさい遅れちゃって」

「私、待つのは不慣れですの」

しかし言葉とは裏腹に、その表情は優しく微笑んでいます。綾香さんの私服は、黒っぽいチェックのロングスカートに青色のシャツと、一般的な服装でした。

私は綾香さんの向かいに座りました。綾香さんの背後には大きな窓があり、交差点が広がっています。先ほど感じた視線の主が立っているかも知れないと思うと怖くなり、私はメニューを開いて顔を隠しました。

「そんなに急がなくても宜しいですよ」綾香さんは指を組むと、それをテーブルに載せました。「ごゆっくり」

「あ、はい」

私はメニューの隙間から答えました。誤解しているようですが弁明するのも悪いと思い、黙っていました。

「無理を云って申し訳ございませんでした。やはり、迷惑でしたか？」

「いえ、そんな」

学校以外でも綾香さんと接する事が出来るなんて、私にとっては至福以外の何物でもありません。クラスメイトの誰かが、正面に広がる窓の横を通り、この情況を目撃してくれる事を強く望みました。あれ……こんな事、前も考えませんでしたっけ。

「浮かない顔をされてますわね。何かあったのですか？」

綾香さんが首を僅かに傾けました。

「え……そうですか？」

「あ、申し訳ございません。詮索が過ぎたようです」綾香さんは傾けた首を、そのまま小さく下げます。「悪い癖なんです。気にしないで下さい」

「……いいえ」

ウェイトレスがチョコレートケーキとコーヒーを運んで来ました。それを綾香さんの前に置くと、私の方を向いてご注文の方はお決まりになりましたかと尋ねます。私はお金も食欲もなかったのでオレンジジュースだけを頼みました。

「お先に戴きますね」綾香さんはコーヒーに口をつけました。それから私に向き直ります。「では、早《さっ》速《そく》本題に入りますが」

「……ええ」

私は静かに頷きました。

「新たに判明した事実が幾つかあります。島田君の死亡推定時刻は、午後三時四十五分から四時十五分までの三十分間に絞られたそうです」

「はあ」女の子がケーキを食べながら話す内容ではありません。「そんなに限定出来たんですか？」

「ええ。生前の島田君を最後に見た証言が得られたのです」

「あの綾香さん」ふと疑問が生じました。「どうしてそんな事を知っているんです？」

「警察関係者に知り合いがいるんです」綾香さんの

返答は小学校の算数を答える大学生のように簡単なものでした。「便利ですのよこう云う時には。……話を戻しましょう。今云った島田君を最後に目撃した人物と云うのは、西澤《にしざわ》先生と、その他多くの先生方です」

「西澤先生って、あの美術の？」

「はい。三時四十分頃に島田君が図工室のキーを借りに職員室に来た時に対応したのが、その西澤先生です」

「対応って事は」

「申請書を受け取って図工室のキーを島田君に渡したのが西澤先生と云う事ですわ。ちなみに申請書には、三時四十四分と書かれていたそうです」綾香さんは補足しました。「それから、マスターキーは理事長室の金庫の中にあるそうです。そこの鍵は……これはまあ当然ですが……理事長さんが所持しています」

「理事長のアリバイは？」

「その日理事長さんは、教育委員会の会議で釧路へ行かれていたようです。それに、金庫の番号は理事長さんしか知る者はいないそうです。鍵も持ち歩いていらっしゃるようですし」

「でも、それって理事長本人の証言なんですよね？そんなの、確かではありませんよ」

「それはそうです」綾香さんはそう云うと、チョコレートケーキを一口食べました。「情報に確実なんてものはありませんわ。現実世界では、百パーセントの情報なんてあり得ません。不確実と云えば記録のデータだって改竄《かいざん》された可能性もあるのですから……まあ、現在調べているそうですから、改竄記録の有無はじきに判明しますが」

「まあ、そうですけど」確かにその通りでした。情報や証言と云うものは、例外なく先入観に支配されるので、酷く曖昧なものなのです。「だけどそれじゃあ、物事を考える取っかかりが……」

「信頼度の高い情報だけで組み立てましょう。ですから、取り敢えずマスターキーの事は、記憶の片隅にでも留めておいて下さい」そして再びコーヒーを口にしました。「それ以外の目ぼしい情報と云えば、島田君の胸ポケットに入っていたのは、やはり図工室のキーだった事。彼を殺害した凶器は、料理包丁サイズの刃物と云う事。死因は出血死と云う事。黒板に書かれた文字は、やはり島田君の手によるものではなかったと云う事。記録のデータを信じるならば……私達以外で一番最近図工室のスペアキーを借りたのは朝倉幸乃《あさくらゆきの》さんと云う一年C組の女生徒で、借りたのは今年の四月二日だと云う事。図工室の嵌め込み式窓を外すには、特定の工具が必要だと云う事。それくらいですわね」

「犯人は？」

私は言葉にしてから愚問だと気がつきました。

「それが判れば、これから行う議論に意味がありませんわ」綾香さんは阿呆な私に対応します。「まあ警察も色んな説を考えているようですけれど。あ……幾つかある説の中の、とびっきりを披露しましょうか？」

「あ、はい」

「私と香取さんによる共犯説」

「え」

馬鹿な。誤解です濡衣《ぬれぎぬ》です冤罪です。

「私と香取さんがスペアキーで図工室に侵入して、島田君を殺害したと云う説があるんですよ」

「そんな」私は狼狽してしまいました。「確かに一番単純で判り易いですが、でもそんな簡単に犯人が割れる人殺しなんか私は……」

ウェイトレスがオレンジジュースを運んで来たので、私は言葉を停止させました。

「異論はありません」ウェイトレスが去ると、綾香さんが落ち着いた口調で呟きました。「それにこの説は成立しません。私も香取さんも、島田君殺害に使用した凶器を隠せる物を持っていませんでしたからね。死体を発見した直後に鏡さんが現れたので、どこかに移動させる事も不可能です。それにスペアキーの記録とも矛盾しています」

「あの……」私は心配になりました。「警察は、その説の欠点に気づいてるんでしょうか？」

「当たり前です。大人が頭を使っているんですから、それくらいは考えられる筈ですよ。それにこの共犯説は、初動捜査の段階で出たもので現在は却下されていますから安心して下さい」

「ああもう、何だ……」私は唯一の自慢の髪の毛を耳にかけると、ストローでオレンジジュースを吸い込みました。変に甘くて、あまり美味しくないです。色が薄ければアップルジュースとして販売しても通りそうでした。「心配して損しちゃいました」

「申し訳ありません」

「あ、いえそんな。でも確かに、ちょっと吃驚しました。根が小心者なので」

「私と同じですね」

「綾香さんもですか？　あの、失礼かも知れませんけど、全然そんな風には……」

「人は見かけによらないものですよ」

果たしてそうでしょうか。人間は、初めに外見ありきの生物だと私は常々考えています。最初に外見と称される器があり、それに見合った（つまり容量内の）性格が、己の中に生まれるのです。ならば私は花の枯れた冴えない外見をしているのでしょう。

「あの、綾香さんは何か説を考えたんですか？」

私は精神の下降を止めるために、そう質問しました。

「色々と思い浮かびましたが、しかし、どれも決め手に欠けますね。正直、現段階では全く判りません。恥かしい話ですが」綾香さんは視線だけを天井に向けました。お手上げと云う意味でしょうか。

「やはりネックは図工室のドアロックです。あそこのドアをロックするには、キーを使わない限り不可能ですからね。逆を云えば……キーさえあれば、どうにでもなります」そんなのは当たり前です。「キーをスリットに挿した時間までは記録されないみたいですからね。第二第三のキーがあれば……」

「だけどキーは一つ」

「その通り。今のところは」

そうです。ボウガンで図工室の外から殺しても、釣竿を使用してカードキーを死体の胸ポケットに入れても、最後は必ずドアをロックしなくてはならないのです。凶器を持ち去る仕組みは（こじつけに近いですけれど）説明出来ないこともありませんが、しかしスペアキーを用いずに施錠するからくりを考えると、思考が白紙状態になります。

「あの」私は以前から思っていた考えを披露しました。「島田君は、やっぱり自殺したんじゃないですか？」

「それは警察も考えています」綾香さんは即答しました。「しかし室内から消失した凶器や、黒板に記された文字などが、この場合ネックになります」

「消える凶器とかは」

「氷ですか？」綾香さんは古典的で実用性の薄い私の言葉に、僅かに微笑みます。「氷では、あれほどの傷にはならないそうですよ。高いところから氷を目がけて落下でもしない限り」

「それじゃあ……」これは今日思いついた手法です。「どこかでお腹を刺されて、図工室に逃げ込んだ。そして犯人の追撃を回避するためにカードキーでロックしたとか」

「それと似ていますが、図工室内で刺され、犯人が外に出た後で施錠すると云うのもありますね」

「無理ですか」

「無理ですね」

「やっぱり、血が」

「ええ」綾香さんは冷め始めたコーヒーを飲みました。ケーキはもう食べないのでしょうか。「血液があったのは島田君が倒れていた教卓の上だけです。廊下にも、そして室内の床にも、血液は付着していませんでしたわ。あれだけ深い傷を負っていれば、血は必ず垂れます。たとえ、包丁で蓋をしていても」

つまり、島田君が殺されたのは図工室の教卓の上でなければならない訳です。困った限定条件でした。

「じゃあ、犯人は図工室のどこかに隠れていて、私達が開けたドアから逃げたと云うのは？」

「それこそ無理です。犯人に隠れるところはありません。ロッカーも開いていましたもの」

「ああ、そっか……」うっかりしていました。「図工室の中で隠れる場所なんて、ロッカーくらいしかないですもんね」

「それにドアは横に開くタイプですから、ドアの向こう側に身を隠すのも無理ですし、仮にロッカー以外のどこか……例えば机の下や教卓の裏……に隠れていても、当然ドアから出なければならないのですから、その際に私か香取さんに見つかる危険だってある訳です。と云うよりも、確実に見つかってしまうでしょうね」

「じゃあ、全然駄目ですね」

「そうなりますね。ああ……本当に判りません」綾香さんは遠い目をしています。恐らく、思考を高速回転させているのでしょう。「判らないと云えば、黒板の文字も判りませんね。あの……すうな、と云う文字」そう云って口元を歪めます。

「あれは島田君が書いたものではないんですね？」

私は確認しました。

「ええ。筆跡と、島田君の指や衣類にチョークの粉末が付着していないところから、そう断定しているそうです」綾香さんは頷いて、カップから手を離しました。「恐らく、島田君を殺害した犯人が書いたのでしょう」

「前から書いてあったんじゃないですか？」

私がそう答えると、綾香さんは瞳を見開きました。そしてその大きな瞳を私に向けます。

「あなた、凄い思考をされますね」

その表情と口調から察するに、心底感心したか、心底呆れたかのどちらかでしょう。

「そう云う考えは……駄目でしょうか？」

「いえ、駄目な思考などではありません」綾香さんは表情を一瞬で戻しました。「情報を取捨する能力は必須ですもの」

「はあ」

難しい話です。

「しかし簡単に捨てるのは勿体ないですよ。ゴミだと思われていたものが、鑑《み》る人が鑑れば貴重品だったと云う場合がありますからね。情報もそれと同じです」

「はあ」つまり……黒板に記された文字を考察しろと云う事でしょうか。「でも、あの文字が重要とは思えませんけど」

すうな
その一言に何か意味があるとは私には思えません。

「ここではあの文字は犯人が書いたものだと決めつけて考えてみましょう。香取さん、何か思い浮かびませんか？　あ、特に意味はなかったと云うのはなしですよ」

「何かって……大体、あれが日本語なのかどうかも怪しいんですよ。吸引の『吸うな』かも知れませんし、もっと暗号めいたものかも知れませんし」

「暗号？」

「ローマ字で、S・U・U・N・Aとか」

私はアルファベットを区切って発音しました。

「それだけではアナグラムは出来ませんね。う茄子、なんて言葉はありませんし」

「ええ……」卑猥な単語が脳裏で形成されましたが、勿論、口になんて出しません。「でもまあ、日本語の『吸うな』だったとしても、意味が解りませんけど」

仮に『吸うな』だとすれば、何かを吸引するのを止めようとして書かれた事になります。それは誰に対して？　まさか犯人は、喫煙者の告発でもしたかったのでしょうか。

「そうですね……本当に、あれは何なのでしょう。全然解りませんわ」

綾香さんは本気で思案しているようでした。表情が真剣です。

「あの、これってそんなに重要なんですか？」

私にはそうは思えませんが。

「ええ、一番重要なのです」綾香さんは表情を僅かに崩すと、コーヒーカップを口に接近させました。「飽くまで個人的な意味で、ですけれどもね」一口飲み、カップを優雅に下ろします。「……ああ、やはり良い考えは思い浮かばないものですわ」そう云って溜息を吐くと、ようやくケーキに手を伸ばしました。まだ二口目です。「駄目ですわね。もう止しましょう。ディスカッションの刺激で何か得られると思ったのですが、そう都合良くは行かないみたいです」

「そのために私を？」

「いえ、それでは失礼と云うものです。同じ死体発見者の立場から何か見えるものはなかったか、少し気になったものですから」

「あ、あの、それじゃあ期待に応《こた》えられませんでしたね」

ああ……せっかく、綾香さんが私を頼ってくれたと云うのに。しょせん私は駄目人間、使えないキャラなのです。ただの根暗なコスプレマニアなのです。

「いいえ、私の方こそ無理を云って。ご迷惑は承知しています」

「あの、いえ本当にそんな」私は慌てて否定しました。「全然迷惑なんて思ってませんから」

「本当ですか？」

「はい」

「面白い方ですね。殺人事件の話なんて、迷惑の王道ですよ」

綾香さんは誤解しています。私は殺人事件に興味がある訳でも、島田君を殺した者に恨みを抱いている訳でもありません。綾香さんと接して、己のポイントを稼ぎたいだけなのです。私は姑息《こそく》で低俗な精神を持つ臆病者なのですから。

「それはまあ……普通は、殺人事件になんて巻き込まれたくないですもんね」

「全くですわ。私も、一刻も早く忘れたいですもの」

……忘れたい？

一刻も早く事件を忘れたい人が、何故警察関係者から情報を聞き出したり、密室の考察を行なったりなんかするのでしょうか。気になると云えば、それが一番気になります。

「香取さん」

突然、何の前触れもなく現れた厳しい声色。私は驚いて綾香さんに顔を向けます。

綾香さんは澄んだ双眸で私を見据えていました。

何だか、酷く緊張。思い出したようにオレンジジュースを飲みました。あれ、アップルジュースでしたっけ？

「あの……な、何でしょうか」

「古川千鶴さんの事なのですけれど」

「古川？　ああ……」

私は即座に、昼休みの事件を想起しました。いつものように千鶴ちゃんを苛め始めた藤木さん一味を、綾香さんが窘《たしな》めたのです。それを観て私は感動していました。綾香さんは『美』や『優』だけではなく、『力』も備えていたのですから。三つの中のどれか一つを所持している人は多く見かけますが、全てが完璧と云うのは綾香さんが初めてです。

「彼女は、いつからあんな目に？」

「あ、ええ」秘密の公開に一瞬だけ抵抗を感じましたが、鷹乃羽高校の二年生なら誰でも知っている内容だし、それに綾香さんに頼まれたのですから話さない訳には行きません。「……千鶴ちゃんのお母さんが、二年くらい前に殺人を起こしたんです」間を開けてみましたが、綾香さんは反応しません。私はジュースを口に含んでから、言葉を再開させます。「お医者さんをやっている自分の旦那さんを殺したそうです。お腹を包丁で刺されて、腸やら内臓やらも引きずり出されていたらしいですよ」

「それが理由で苛められているのですか？」

綾香さんはテーブルに肘をつくと、手の平に顎を乗せました。

「ええ……まあそうです」私は自分が責められているような感覚に陥りました。「お前は人殺しの娘だとか、殺したのは本当はお前なんじゃないかって」

「あの様子では、クラスのほとんどが苛めに加担していますね」綾香さんが呟きました。「感心しませんわ」

3

「いや、すっげえな。本気で死にやがったよ」

「うん。まあね」

「島田の野郎……。本当に死んだ」

「なあ田沢君、それって同じ意味だけど」

「煩えなあ。んな事はどうだって良いんだからよ」

「良くないよ。言葉は重要なんだから。大体、君はね……」

「一人でやってろ。おい中村、黙ってないでお前も感想を云えよ感想を」

「感想？」

「島田、本当に死んだぞ」

「知ってるよ」

「それってマジで凄いってば。やっぱり藤木の云った事は本当だったんだな」

「おいおい、まさか田沢君は信じてるのかい？　あのね、この世には不思議な事なんか……」

「でも島田は本当に殺されたんだぞ！　しかも図工室で」

「熱くなるなよ」

「お前が冷たいんだこのドライアイス野郎」

「……低温火傷《やけど》」

「中村、ぼけるんならはっきり云えよ」

「別にぼけてはいない」

「そうそう、ぼけてるのは田沢君の方じゃないか」

「一言多いぞ石渡コラ。まあとにかく、これは疑いようがないと俺は思うぞ。本気な話」

「う……ん。僕は認めたくないな」

「現実を見ろよ石渡」

「現実を見てるから認められないのさ。だって、この現実世界に起ると思うかい？　こんな事がさ」

「現実に起こっちまったんだから、しゃーねーだろ」

「だけど、こんな非科学的な……」

「お前は大槻教授か。な？　起こっちまったもんは認めねえと駄目って事さ」

「まあそうだけど……ってこら、校舎の中で煙草を出すなよ」

「こんな時間に誰もいねえって。ほらもう遅い。火が点いた」

「知らないよ……。あれ、中村君どこ行くの？」

「トイレ」

「おやぁ元気だなあお前、一発ヌくのか？」

「え？　何を？」

4

浦野宏美は行方不明になっていた。

王田が警察や雑誌記者のふりをして、周囲に聞き込みを行なったところ、浦野宏美は先週の土曜日、目流川でのキャンプの最中に行方を晦ませていたと云う事実が判明した。

聞き込みや雑誌や新聞から事件の概要を知る。それらは王田が保護した少女から聞いたものと、おおむね一致した。しかしどの情報も浦野宏美の失踪には饒舌《じょうぜつ》（と云うかメイン）なのだが、助手席に座るこの少女についてはほとんど何も記されていなかった。それが意味するところは一つ。

この少女は行方不明になっていない。

……馬鹿な。

自分の思考を取り囲もうとする異様な推測が、その比重を増して行く。王田はそれを考えないようにした。考えないようにしようと考えた。

王田は運転をしながら首に巻かれたネクタイを緩《ゆる》める。昔から、どうもスーツは苦手だった。だが信頼を勝ち取るために尤《もっと》も効果的な服装は、今のところはこれだろう。将来ジャージのレベルが、葬式の際にも着用可能なほどまで上がらないだろうか。

「ねえ、宏美はどこにいるの？」

助手席の少女が訊いた。

「こっちが知りたいよ」王田は車を国道に出そうと、大きな交差点を左折した。「完璧に失踪しやがった」

「見つからないの？」

「女の子一人消えたくらいじゃ警察は本格的な捜査なんて行なわないだろうからね」異臭を放つクーラーを切り、窓を少し開ける。「まあ、警察に頼る気なんて最初からない。見つけるのは僕だ」

「どうやって？」

「そりゃあ、聞き込みに決まってるよ」

王田は胸ポケットから写真を取り出すと、それを少女に渡した。

「宏美だ」

少女は覗き込むように写真を見ると、それだけ呟いた。

今さっき、四パーセントくらいの勇気を振り絞り、浦野宏美の家族に接触してみた。これはその時に貰ったものだった。浦野宏美の両親は、早く宏美を見つけて下さい刑事さんを繰り返すばかりの、針の飛んだレコードプレイヤー状態だった。お気の毒だが、しかし興味はない。

「どこに向かってるの」

少女は写真から目を離し、再び前方に視線を固めた。

「堀井良子の家」王田は即答した。「ちょっと訊きたい事がある」

「何?」

「秘密」

「そう」

警察は浦野宏美の失踪を、どのような位置に置いているのだろう。浦野宏美は生徒会に入っており、学力もあり、悪い友人もいない。だから品行方正だと短絡的に決めつけたりはしないが、取り敢えず表立った悪い噂などは立っていなかった。きっと、何かの事件に巻き込まれた、或いは川に落ちたとでも考えているのだろう。失踪の線でも捜査されているかも知れない。

少女の失踪の動機……悩み事か男関係、そんなものしか王田には思い浮かばない。しかし浦野宏美は周囲にそんな事を洩らしてはいないようだった。まあ、本当に悩んでいる事は人に相談したくないし、それが男となれば尚更な気もするけれど。

……判らない。

そう、結局はそこに収束する。他人を知るなんて基本的に無理なのだ。知ったと思い込むだけ。思い込みだけのコミュニケーション。いや違う。コミュニケーションそのものが、思い込みだと云うべきか。

「あなた、何を考えてるの」

少女を視線の端で捕らえた。王田はこの少女の身元を、短時間ながらも一応調べ上げていた(と云っても、週刊誌で得た知識程度のものだが)。葉山里香《はやまりか》。十六歳。現在、私立千年国学園の二年生。今判明しているのはそれだけ。

王田の運転するレンタカーは、国道を左折した。適当に細い道に入ると一方通行だったので舌打ちして迂回《うかい》する。

「一本行き過ぎ。あっちに戻ってから左に曲がれば、良子の家」

少女……葉山里香が初めて協力的な対応を見せた。

やがて小さなログハウス風の家を発見する。表札には堀井と云う文字が堂々と彫られていた。王田は片輪を歩道に乗り上げて停車させた。他人を考慮している自分の対応に笑いが込み上げる。

「私は行きたくない」

葉山里香は堀井邸を一瞥すると、そう答えた。

「ご自由に」その方がありがたかった。「んじゃ、そこで待ってて。あ、出歩いたら駄目だよ」

「煙草を頂戴《ちょうだい》」

葉山里香がこちらを見る。

「駄目だ」王田は伊達眼鏡をかけ、ミラーで髪型を確認し、自分が別人の衣装を完璧に被った事を認識するとドアを開けた。「子供が喫《す》ったら、肺に穴が開いちゃうんだよ」

そう答えて車から出る。生温《なまぬる》い風が自分を包んだ。王田はネクタイを締め直すと、堀井邸の質素なドアの前に立った。僅かに赤みのかかった空。夕暮れ時の世界。時刻は六時を回っていた。

別に緊張などしていないが、軽く深呼吸を行なう。これは彼にしてみれば、一種の縁起担《かつ》ぎのようなものだ。事前に深呼吸をしておけば、大体は上手く事が運ぶ。だから若い頃などは、発砲するたびに深呼吸していた。まあ、さすがにそれは自分の生命に関わるので、今はその場合のみ特例的な省略が実行されているが。

インターフォンを押した。少し遅れて、どちら様ですかとスピーカー越しに声が聞こえる。中年の女っぽい声だった。ならば中年の女なのだろう。

「道警の辻村《つじむら》と申します」王田は簡単に嘘を吐い

た。こう云う仕事なのだ。「申し訳ございません。浦野宏美さんの失踪について……」

「あ、はい。ちょっとお待ち下さい。良子ですね？」女はすぐに答えた。対応に慣れている。どうやら本物の警察も幾度か訪れてるようだ。何だ、ちゃんと捜査してるじゃないか。「今、玄関に呼び出しますわ。中で待っていて下さい」そう答えて音声は切れた。

王田は云われた通り、玄関の中で待つ事にした。ビニール傘《がさ》が乱立する傘《かさ》立てが目に入った。だがそれとは対照的に、四足置かれた靴はきちんと並べられている。玄関脇に置かれた陶器製の犬の置物と目が合った。サイズは落としているが、良く出来たゴールデンレトリバーだ。それは安らいだような姿勢で横たわっている。高級そうな艶。細かい細工。しかし額の部分には罅《ひび》が入っていた。

「あの、お待たせしました」

顔を上げると、堀井良子が立っていた。特に描写する点のない、一般的な容姿と格好。

「あ、どうも。辻村と云います」王田は答えると、手帳を一瞬だけ見せた。何故一瞬なのかと云うと、それは警察手帳ではなく、東急で購入した六百円のスケジュール帳だからだ。「あの、えっと、良子さんですね？」

「あ、はい」

「何度もお伺いして申し訳ありません」意図的に頭を掻いた。「あの、本当にお手数かと思いますが、浦野宏美さんが失踪した日の事を、もう一度だけ話していただけませんか？」

「またですか？」

堀井良子は鼻を鳴らした。右足だけに体重を乗せている体を僅かに揺らせながら。

「ええ、本当に済みません」露骨に嫌な顔をする女だなと王田は思った。「ただの確認作業ですから。ええ、ええ。恐らく、これで最後になると思いますので」

「はあ。で、何から話せば良いんです？」

「何から……ええ、そうですね。まあ、これも散々訊かれた事だと思いますが、浦野宏美さんの行方が知れなくなった時の様子を聞かせてくれませんか」

「またですか？」

堀井良子は再度呟いた。心底うんざりしている様子だ。知った事ではないけれど。

警察官になった王田は、申し訳ありませんがお願いしますと云った。せっかく国家権力を装《よそお》っているのだから、もっと高圧的な態度で接しておけば良かったと後悔しながら。

「えっと……」堀井良子は傘立てを眺めながら話し始めた。「土曜日の事ですよね？　ですから、友達……森口さんと、宏美と、あと里香の四人で、目流川にキャンプに行ったんです。えっとそれで、お昼時になってお腹が空いたから、私と森口さんとでカレーを作りました」

「何カレーです？」

「どうしてそんな事を訊くんです？」

堀井良子は目を丸くした。

「後学のために」

「キャンプの時は、ノーマルなカレーを作るのがノーマルです」

堀井良子は口元に手を当てた。お互いにとって初めての好感触。

「なるほど、ノーマルね……」王田は手帳にペンを走らせた。レレレのおじさんが完成する。世に遍《あまね》く如何《いか》なる理《ことわり》も、それがレレレのおじさんが箒《ほうき》で道を掃いてくれているからこそ発生すると云うのが、王田克秋小学校二年生の時の持論だった。「あ、どうぞ。続けて下さい」

「私と森口さんはカレーを作っていましたけど、里香は料理が出来なかったから、川を見て来るって行って下流の方に一人で降りて行ったんです。里香ったら、カレーのルーを鍋に入れるのも怖くて嫌なんですって」

「それは重症だ。で、浦野宏美さんは？」

「宏美は……それから十分くらい後に、里香ちゃんのところに行って来るとか云って、下流の方に行きました」

「あなたと森口博絵さんが、浦野宏美さんを最後に見たのは、その場面ですね」

「はい」堀井良子は項《うなじ》に触りながら軽く頷いた。

「それでカレーが完成したから二人を呼びに行こうかなと思ったら、里香だけが出て来たんです。びしょ濡れで」

「えっ？」

「びしょ濡れです。もう何度も聴いてるでしょう？その事は」

「はい」王田は曖昧な内面を隠して頷いた。「それで、葉山里香さんは何て？」

「えっと……私達が吃驚《びっくり》して、どうしたのって訊いたら、里香はいつもの口調で、滑って川に落ちたって云うんです。全身ずぶ濡れでしたから。それで危ないなあなんて云いながら、髪を拭いて着替えさせて……」

「あの、ちょっと良いですか？」王田は口を挟んだ。「その時の葉山里香さんの服装を憶えていますか？」

「服装？」

堀井良子は目を細める。

「憶えてますか？」

再び問うた。

「服装は……」堀井良子は瞳の大きさを初期設定に戻すと、それを右上に上げた。「確か、紫色のワンピースだった気がします。彼女のお気に入りの。それがどうしました？」

紫色のワンピース。

葉山里香も、そう云っていた。

しかし葉山里香は全裸だった。

それじゃあ、

……着ていたのは誰だ？

「それで浦野宏美さんの方は」

　王田は訊いた。

「はい……髪を乾かして服を着替えさせてから、宏美はどうしたのって里香に尋ねました」堀井良子は自分の質問に答えない王田に対して嫌悪を示そうとしたらしく、口元を歪《ゆが》めた。「そしたら里香は、宏美なんて見ていないって云うんですよ。だから宏美が下流へ行った事を説明したんですけど、だけどやっぱり見ていないって。それから皆で下流に降りて宏美を探したんですけど、でもやっぱり見つからなくて……」

「浦野宏美さんとは会っていないと、葉山里香さんは云ったんですね？　それは確かですか？」

「ええ、確かです。疑うんなら森口さんにも聞いてみて下さい」

　疑いたくもなる。王田の知っている葉山里香の証言とは、全く反対なのだから。ならばどちらかが嘘を吐いて……どちらか？

「あの……もう何度も云ってますけど、これが全部なんです。その後すぐ警察に連絡したんですからね」堀井良子は早口になった。「もう私は何も知りません。きっと、他の皆も同じ事しか云わないと思いますよ。何度訊いても」

「あなたはどう考えています？」王田は手帳に描いたレレレのおじさんの出来栄えに満足しながら尋ねた。「浦野宏美さんが行方不明になった事について」

「さあ……」堀井良子は首を傾《かし》げて思案した。「失踪じゃないとは思いますけど。あんなところで失踪なんかしないもの、普通は」

「やはり川に落ちた、と」

「多分」嫌な顔をした。「でもそれは、ちゃんと調べているんでしょう？　あなた達が」

「ええ、勿論ですよ」そうは答えたが、目流川の河口付近に浮かんでいた葉山里香すら発見していないのだから、警察の捜査なんて怪しいものだ。「では仮に失踪したと仮定して……何か思い当たる事はありませんか？　例えば、浦野宏美さんは何かに思い悩んでいたとか、事件に巻き込まれていたとか」

「特に思い当たりません」

嘘を吐いているようには見えない。本当に何も知らないらしい。まあ、期待はしていなかったが。

「そうですか。ええ」王田は手帳を閉じた。「大変参考になりました。ありがとうございます」そして頭を下げる。「それではこれで」

「どうも」

「あ、最後にもう一つ」忘れるところだった。「葉山里香さんと浦野宏美さんは、仲が良かったですか？」

「まあ、悪くはなかったですね。二人だけで遊ぶ事もあったみたいだし」

「では、浦野宏美さん以上に、仲の良い人を他に知ってますか？」

「……さあ。里香って変な子だから、そんなに友達いないし」

「それから、この犬」王田は陶器で出来たレトリバーを指差した。「額に罅《ひび》が入ってますね」

「は？　ええ……」堀井良子は驚いた顔になる。嫌悪の表情が数秒間だけ拡散した。「家の犬がやったんですよ」

「へえ、本物も飼ってるんですか」

「この置物は父が貰って来たんです」

「立派ですね。で、この罅は？」

「家族の皆が置物ばかり気にするから、嫉妬《しっと》したうちの犬が体当たりした時に出来たんです」

「参考になりました」

王田は玄関を出た。

ネクタイを緩めて運転席に乗り込む。隣に座る葉山里香は無言だった。相変らず一直線に視線を向けているだけ。

「君のお気に入りだった紫のワンピースは無事みたいだよ」

王田はおどけて云った。

「そう」葉山里香は小さく呟いた。「誰が着てたの?」そして例の一直線の視線を王田に刺した。睨んでいるように見えたのは、王田の思い込みかも知れない。きっとそうだろう。

「どう云う意味かな?」

王田は平静を装った。

「知ってる癖《くせ》に」葉山里香の声は冷たい。「そのワンピースを着てるのは、私なのよ」

「君の家に行ってみようか」

「嫌だ……」

「どうして」王田はエンジンをかけた。「君になり済ましている奴をこのまま放っておくのか? 自分を取り返さなくても良いのか?」

5

本格的に……お腹が空いて来た。

まあ、過去に十日間の絶食を味わっているのでまだまだ余裕だが、しかしその苦しみを認識しているからこそ、やがて訪れるであろう壮絶な空腹に、言葉にならないほどの恐怖を感じているのもまた事実だった。

スポルディングのバッグを肩にかけた私は、薄ぼんやりとした視界のせいで不明確となった街を歩いている。午後七時の、中途半端に暗い暮天《ぼてん》。目の霞みが悪化して来た。それは空腹の証拠。

……食べたい。

街を行く人達を眺め、服の上から裸を想像している自分に気がついた。おいおい、エロオヤジじゃあるまいし……だがそんな冗談で抑えられる限界点は過ぎつつある。右半身が用意した解体道具の入ったバッグを抵抗なく携《たずさ》えているのが何よりの証拠。

早く殺して食べなければ……。私は溜息《ためいき》みたいな深呼吸を吐きながら鞄の中に入れた包丁やらノコギリやらを外側から撫でた。緊張を自覚。幾ら(完璧ではないにしろ)吹っ切ったとは云え、やはり殺人前の緊張感は変わらないらしい。心地良くもない、重たいだけの感覚だ。しかしそれは、胃が満たされる悦《よろこ》びと交換される。

だが人食の果てに残る感情は、ただの罪悪感。

あの少女を襲った夏の日から。

赤い洋服が……血で更に赤く。

血と悲鳴と太陽が混ざった夏。

倉坂先生の患者殺害作戦の効果が芳《かんば》しくなかった時期が、私が十四歳の時に、一度だけあった。投薬が失敗に終ったり、コネからの供給がなかなかやって来なかったりと、悪い情況に悪い展開が重なって、私の胃袋が満たされない期間……それは一週間も続いた。

私はその時に、やってしまった。

昼時。

一人の女の子が公園の芝生《しばふ》で遊んでいた。

赤い服を着た、幼稚園児くらいの女の子。鍔の広い帽子を深く被っていた。


周囲には誰もいない。

私はやってしまった。

止むを得ない行為だったとは思うが……しかし。

私は女の子の左腕に思い切り齧りついた。

女の子が悲鳴をあげようとしたが手で口を塞ぐ。

私は尚も齧った。肉を引き千切った。咀嚼《そしゃく》した。

女の子は狂ったように暴れ出した。そして私の手から逃れると、叫ぶような泣き声を上げた。

私はそのまま逃げた。

二日後、その女の子の死亡を新聞記事で知った。

野犬に襲われた事になっていた。どうやら私は野犬らしい……。

だが、野犬の私が前回のように殺せるかどうかは、現段階では全く判らなかった。殺せない……とは云わない。そう、殺すのは可能だ。現に火曜日に、例の青年を殺害したのだから。しかし、殺すのに抵抗がないかと訊かれたら……どうだろう。やはり殺人の直前には例の葛藤《かっとう》が起こると思っている。

抵抗だって発生するだろう。だけどそんな葛藤や抵抗は、彼の咽喉をナイフで切り裂いた瞬間、呆気《あっけ》なく消えてしまったじゃないか……。

どっちなんだ？　殺したいのか？　殺せるのか？　殺さないのか？　殺せないのか？

自分の思考も判らないの？

随分と呆れた脳味噌だね。

「うるさい」

声に出した。

気休めに空を見上げる。暗みは増し、もうほとんど夜と云っても差し支えない状態だった。月の輪郭が目立ち始める。生温い風が肌に当たる。だけど私には関係がなかった。何もかもが。

右半身に泣かされつつ獲物を捜し求めているうちに、私は都会から離れて、あまり……と云うか、全く知られていない林道へと入っていた（札幌の都会なんて局地的なもの、何せビル群から少し離れると、スキー場があるのだ）。車一台がやっと通れるくらいの道。左右には木々が鬱蒼《うっそう》と茂《しげ》っており、闇の濃さが街よりも露骨に現れている。暗い上に視界がぼやけているものだから、周囲の情況はほとんど判らなかった。

闇に向かって進んでいる錯覚。

足場の砂利が、鬱陶《うっとう》しかった。

木と木の間から覗く月。

唯一の光源。

それに照らされる、体育館サイズの大きな建造物。

……ああ。

ここは。

私は苦笑せずにはいられなかった。巣に帰って来る本能を何て呼んだっけ？

私は倉庫の前にやって来ていた。

倉坂先生が私のために蓄えていてくれた肉が、十日ほど前までそこには貯蔵されていた。総数は二百四十体。数字だけなら多いように感じられるが、実際はそうでもない。少しずつ摂取《せっしゅ》したのに、たった二年間で食い潰してしまった。

もう食料はない。

倉坂先生が存命なら、このような難儀な行為は行なわなくても良かっただろう。多少の罪悪感を抱きつつも、美味しい美味しい人肉を食べられたのだ。

……先生。

「じゃあこれは？」

先生は肉団子《だんご》を私の口に入れた。この時期の診察室は、私にとっては食堂と同義だった。

「えっと」良く噛み、嚥下《えんか》し、神経を集中する。脳内に憶えのない情景が、ポラロイドフィルムのように浮かんで来た。それは三日前の朝食を思い出した瞬間みたいに、酷く曖昧《あいまい》でおぼろげで自信のないもの。「海っぽいものが見えます。それとも、外国の大きな川か……あ、船だ。ん？　違う記憶も現れま……。あ、この人のお父さんっぽい人が、こっち向いて笑いかけて……犬？」

「じゃあ、これは」

先生はもう一つの肉団子を食べさせた。

「……ええと」私は咀嚼しながら、脳髄の一点を緊張状態にした。こうすれば記憶のトレースの鮮明さが増加する。人肉を食う度に出現するこの不可思議な現象には、この時点である程度慣れていた。このように、多少ではあるがコントロールも可能なほどに。「男の人ですね。会社……サラリーマンか何かで、外国人の人と会話してます。あ、外国人の人が怒り出しました……」まるで紙芝居のように、私の脳裏に浮かぶ景色が変わって行く。「ん？　場面が変わりました。多分、この人が子供の頃の記憶ですね。泣いてる……。ジャングルジムから落ちて泣いてます。あ、血がいっぱい」

「いやあ、本当に凄いよ砂絵」先生はこの現象が、随分とお気に入りだった。「君は記憶抽出機《ちゅうしゅつき》だね、うん」勝手に命名して、サングラスの位置を指で直した。

「もう……」全く失礼な医師だ。「変な名前をつけないで下さいよ。そんなの嫌です」

「あ、いや済まない済まない」先生は己の失態に気がつくと、両手を合わせて謝罪した。「でも、何度見せられても面白いな、この能力」

「そうですか？」

「記憶を喰う少女だね」

「……だけど」私は肉団子に視線を落とした。先生の用意したそれは、一個一個が違う人間の肉なのだ。「あんまり役に立つものじゃありませんよね。むしろ、邪魔ですし」

「役に立つかどうかは判らないけれど、別に邪魔ではないさ」

「そうでしょうか」

「きっとその能力が必要になる時が来るだろうね、絶対」何の確信もないのだろうけれど、それでも先生の言葉は自信満々だった。根拠のない自信ほど、微笑ましいものはない。「まあ、そんな事よりさ……その、家を追い出されたってのは本当なのか？」先生は真剣な表情になった。

「あ、はい」私は軽く頷いてみせた。「やっぱり、両親も私が変な事に薄々気がついたみたいで」

「食べ物が人と違うだけだ。変ではない」

　先生はすぐに云った。

「それって、充分に変ですよ……」

「だからと云って、十三、四歳の女の子を家から追い出すなんて、そっちの方がよほど変だね。正直なところ」吐き出すように答える。「全く……世間の目を気にするにもほどがある」

「ですけど、あの、ちゃんと生活費は貰えますから。必要以上なくらい」

「君が両親をフォローする必要はない」先生は怒っていた。どうして先生が、ここまで憤らなくてはならないのか判らなかった。「全く、実の娘じゃないか……。あのね砂絵、子供を大切にしない親ってのは総じて狂いだよ」

偽善的な言葉も云えるんだなと思い、私は先生に好感を持った。

「先生は……結婚してるんですか？」

私は気になって訊いた。

「突然だな。云わなかったっけ？」

「聞いてません」

「結婚してるよ。子供は二人」少し微笑んだ。「中学生一人と、幼稚園児一人。二人とも女だ。ウハウハだね。いや、冗談だけど」

「結婚してたんですか」少しだけ意外だった。結婚と云う儀式とは縁のない人に見えたからだ。「へぇ……」

「何だい、そのリアクション」

先生は不服そうだ。

「いえ、別に」

私はそう答えて吹き出した。

先生も笑い出した。

別に面白くも何ともないのに、笑える機能が人間にはある。と云うか、地球上に生息する生物で笑えるのは人間だけだ。何故なら、笑う余裕があるのは人間だけだから……。

「もしもしぃ」

今はもう笑わない私は、そんな声で我に返った。

外の暗さと視界の悪さで全く気がつかなかったが……倉庫の前に誰かがいる。

緊張が走った。

誰？

そして何故こんなところに。

相手は電話をしているらしく、周囲には気を払ってはいないようだ。私は腰を屈《かが》めて相手に接近した。腹が鳴らない事を、天の神様に祈りながら。

倉庫の壁に辿《たど》り着く。

相手の会話の声が聞き取れるほどに。

心拍数が増した。何故だろう、右半身は黙っている。

壁から顔を覗かせた。月明かりだけが頼り。その人物との距離は約十メートル。私は靄のかかった視界で凝望《ぎょうぼう》する。

牛みたいな脚と豚みたいな腹をした生物が、辛うじて見えた。膨らんだフグにセーラー服を着せたみたいな女。

藤木だ。

藤木が倉庫のシャッターに寄りかかっていた。誰かと電話で話をしているらしい。しかし、どうしてこんなところに。ここは今時の女子高生が訪れても、決して楽しめる空間ではない筈。レジャー施設もなければカラオケもない。

「……ああ、うん。全然大丈夫」声が大きい。静寂の中では、それはただの騒音でしかなかった。「あ、うん……まあ良いんじゃないの。そう云う事とかは、良くは知らないいけどさ」

どうして藤木が倉庫に？　再度巡る疑問。この配置に何か意味があるのか。運命？　必然？　命令？　誰の？


「うん、大丈夫よ。え？　良く聴こえないって電波が悪いのよ山奥だから……ああ、島田？　うん、まあね、だから云ったでしょう本当だって。まあ殺すんなら、確かにあれだけど」

私は反応した。

島田……殺す？

「ええ、ええ。大丈夫よ私だったら。まあ……全部は判らないけど、だから面白いじゃんか。うん……そうね。島田の方は、もう良いんじゃないの。死んじゃったし」

藤木は一体何を云っているのだろう。私の脳髄には緊急の赤ランプが回っていた。島田。殺した。もしこれが言葉通りのストレートな意味だとしたら……藤木が島田君を殺した事になる。そうでなくても、島田君を殺した犯人について何らかの情報を知っていると云う事ではないか。もしかしたら、その通話相手はそいつなのかも知れない。だけど……だからって、何故藤木なのだ？　混乱は増加するばかり。

「島田の事は良いよ。もう充分愉《たの》しんだし。用はないって」藤木は下品に笑った。「それより早くこっちに来なさいよ。……うん、そう。ええ、だからそうだって。本当にあったんだから倉庫が」

……倉庫？

倉庫って、まさか……ここの事を云っているのだろうか。そこに来い、だと？　冗談じゃない。まずい、まず過ぎる。だってあの中にはまだ……。

私は包丁を取り出し、バッグを肩にかけた。

「うん、だから本当にあったのよ。まじだってば。やっぱり凄いわね私。驚いたもん自分で。あ、場所？　えっとね……ちゃんとメモ持った？　じゃあ云うわよ。ってか、いまどこ？　……そう。そっからなら……うん、東西線が近いかな。えっと、まずは東西線で」

させるものか。

私は飛びかかった。


「があああああッ」

「うわああああああ」

「ひぐぉぉぉうッ！」

「ぎゃっ！　わあ！」

「うがあああああ！」

「ひいいうぅ。ばッ」

「ふ、ふううがッ」

「いやあ……ぎゃ！」

私と藤木は地面を転がる。最終的に上に跨《また》がったのは、当然私だ。不意をついた攻撃以上に効果のあるものはない。

藤木の首元を摑んで固定し、包丁を握り直した。月に反射して綺麗……なんて思う余裕はない。

しばらくの間、沈黙だった。

二人の荒い呼吸音だけが、闇の中を浸透する。

どこか遠くで犬が吠えた。

私の目はギラギラしているに違いない。周囲に鏡がないのが幸いだった。自分のそんな表情、頼まれたって見るものか。だってその行為は、私に宿る獣を認めるのと同じだから。

「動くな」

刃先を藤木の鼻先に当てた。藤木はただでさえ可愛げのないブルドックみたいな表情を更に歪ませて、ひいいいいと咽喉を震わせた。醜い。もっと咽喉を締めつけてやろうかと三秒だけ思う。

藤木が握り締めている携帯電話を強引に奪うと、通話を切った……と云っても、切り方が解らなかったので、緩くなっているバッテリーを外しただけ。

「だ、だだだ、だ、だれ？」

「喋るな」低い声。こんな声も出せるんだなと思った。「質問に答えろ」

「ひ、っひいいいいいいううい」藤木は豚の脂肪みたいな汗を顔中に浮かばせていた。「あが、あがががううあ」

……ああもう。

何て喧《やかま》しい女だろうか。私は月光で包丁を輝かせると、詰問した。

「島田君を殺したのは、あんたなの？」

「ひがっ、じが、はいいあいいいい」

「今、電話をしていたのは誰？」

「ひいいぎい、は、はは、うう」

「この倉庫をどこで知った」

「うううう、あがあううう」

駄目だ埒《らち》が明かない。少し落ち着かせなくては。

私は包丁を藤木の視線から外してやると、咽喉を絞めていた手を緩めた。これは私の知っている藤木ではない。千鶴を苛め抜いて至福の表情を浮かべるあの豚女ではなかった。クラスの中で威張っているあの藤木ではなかった。弱々しい声を上げる一匹の雑魚《ざこ》だ。

ざまあみろ。よくも千鶴を。この野郎。今まで蓄積していた憎悪が爆発する。何故、今まで気がつかなかったのだろう。最初からこうしてやれば良かったのだ。

「立てる?」私は藤木から体を離した。「ねえ、立てるの?」

「うう……う、うあう」

「早く動いて」闇に蠢《うごめ》くどでかい図体に刃物を当てると、それは一度だけ、びくりと震えた。「立ちなさい。殺すよ」

藤木は嗚咽《おえつ》を洩らしながら立ち上がった。私は回り込んで、首筋に包丁を当てる。藤木が息を吸い込む音が聞こえた。

「叫んだら殺すからね」

私がそう宣言すると、藤木は一瞬呼吸を停止させ、吸い込んだ息を思い切り鼻から出した。上等上等。まあ、叫ばなくても殺すけどさ。

「両手を挙げて」

藤木は命令通り震える手を挙げた。良い気味だった。笑いが込み上げて来る。しかし私は笑わない。笑ったところで何になる。

「前に歩いて。……ゆっくり」

私は藤木を伴い、倉庫に向けて歩み出した。そしてシャッターの前に到着すると、ポケットからキーケースを抜き、手探りで倉庫の鍵を探し当てた。それを鍵穴に挿《さ》し、手首を九十度回転させる。ガチャリ。オッケーだ。シャッターと地面の隙間に爪先を入れて一気に蹴り上げた。大袈裟《おおげさ》な音とともにシャッターが開かれる。

倉庫の中は、本当の闇だった。

内部からはひんやりとした冷気が流れて来る。冷凍機の作動する音が唸り、それは獣の声みたいに反響していた。この倉庫には部屋が二つあり、一つは食堂で、もう一つ……それは半分以上の面積を占めている……が、この冷凍庫なのだ。

倉庫にはまだ電気が行き渡っていた。倉坂先生の通帳の残金がなくなるまで、この無人の倉庫に電気は供給され続ける。

「さっ」

「え?」

「さむい」

「そんなのは知ってるって」私と藤木は倉庫内に足を踏み入れた。冷気が充満し、露出した肌を刺激する。息は白い。「当たり前の感想は止《よ》して」

手探りでスイッチを探した。それはすぐに見つかる。私は毎日毎日毎日、生き延びるためにここに通っていたのだ。配置は完璧に頭に入り込んでいる。そして、この中が……どうなっているのかも。

私はスイッチを点けた。幾度かの点滅の後、室内全体に眩しいくらいの光が灯った。

「うひいいいいいいいいいいいいいいいい！」藤木は音量調節の壊れたスピーカーみたいに物凄い悲鳴を上げた。「はああああああああああああああああああああッ？」

「うるさいっ」

私はシャッターを下ろすと、藤木を床に捨ててある凍った大腸目がけて突き飛ばした。藤木は大腸に頭部を強打したらしく、しばらく頭を押さえてうめいていたが、己の頭にダメージを与えた物体に目を向けた途端、うぎゃあと叫んで腰を抜かした。藤木が腰を抜かした地点には腕の骨が落ちていた。周囲には凍った血液がスケートリンクみたいに広がっている。その上には萎《しお》れた眼球が五つ。うち二つは、神経が無理矢理引き千切られていた。五つの眼球は、煙草の煙で真っ黒に汚れた剝き出しの肺を眺めていた。その隣には下顎が落ちていた。白い歯が不自然なくらい健康的に並んでいる。しかし歯茎と下唇は紫に変色していた。その後ろには、ところどころに肉がこびりついた人間の骨が、まるで貝塚のように積まれていた。更にその上には、霜がびっしりと降りた頭蓋骨《ずがいこつ》が五つ、仲良く並んでいた。

藤木はそれらを一通り眺めると、思い出したように悲鳴を上げ、失神した。意味不明だ。どうして失神なんかするのだろう。肉片や内臓を見て気を失っていたらデパートの食料品売り場に行けないじゃないか。デパートでは鶏の肉片や魚の死体が販売されているし、内臓だって売っている。

それが人間になっただけなのに。差異があるとすれば……たったそれだけなのに。

その僅《わず》かな差異が……重要なの。

それが解らないあなたは、病気。

右半身が何か呟いている。しかもいつもの嘲笑《ちょうしょう》を含んだ声は影をひそめ、どこか物憂げな声質。だが私には意味の判らない言葉だったので、充分な効果を与える事は出来なかった。

私は凍った内臓に包丁を突き立てると、機密性抜群のアルミロッカーを開け、中にあるコートを羽織《はお》った。ひんやりしているが、しばらく着ていれば温まるだろう。前のファスナーをきっちり閉める。フードを被るのも忘れずに。ポケットに入れた手袋も装着する。良し……これで倉庫内での活動が可能(と云っても、ほんの数十分程度だが)になった。

私はもう一枚のコートを取り出した。それは袖の部分が赤黒い血で凝固《ぎょうこ》している汚いものだった。

私はそれを藤木に着せた。

凍死じゃあ、不味そうだ。

6

「はい、お電話替わりました。あの、えっと、失礼ですがどちら様……え? あ、青威さん?」

「やっほ」高いのか低いのか判別の難しいその声は、確かに青威さんでした。「ウミちゃん、どうもハローでござんす」

「どっ」驚いて声が裏返ってしまいました。受話器を強く握りしめているのを自覚します。「どうして家の番号を……」

「琴美ちゃんから聞いたんだ」

「ああ」

そう云えば、琴美ちゃんには教えていました。

……どうしよう。

私は電話機前の壁にかけられたカレンダーを、さしたる意味もなく眺めていました。どうしよう。とうとう青威さんに自分の正体（大袈裟な表現ですが）を知られてしまいました。この調子では、私が冴《さ》えない一般以下の女子高生である事実も発覚するかも知れません。それは嫌です。現実の私なんか見せたくありません。見せられたものではありません。

「あ、あの」とにかく、落ち着こうと思いました。電話台に手をついて、二秒間で作戦を練ります。しかし、どれもボツ。「どうしたんです？　何か用なら……」

「有川さん死んだの知ってる？」

青威さんの声音は真剣そのものでした。

「あ、はい……。テレビで観ました」

「殺されたんだって」

「ええ、知ってます」

「会場を出た後に殺されたって事も知ってた？」青威さんは苦しそうな声でした。「……私があの時、ちゃんと有川さんの側にいれば、こんな事には」

「そんな、それは違います」私は青威さんの言葉を遮《さえぎ》りました。「あの、ええと、青威さんは悪くないです。仕方なかったんですよ。だから、その、青威さんは何も……」

「知ってるよ」青威さんは簡単に答えました。「ちょっと悲劇のヒロインを演じてみただけさ。ほら、こう云うどうにもならない事を自分のせいにするとさ、少し落ち着くでしょう？　自分が悪いと思えるから」

「ええ」

気持ちは判ります。とても。

「ごめんね。いきなり電話なんかしちゃってさ。嫌だったでしょう？」

「あ、いえそんな……」

「だってウミちゃん、自分の事を隠したがっていたから」

「そんな事ないですよ」みえみえの嘘。「別にそんな」

「まあ、気にしない気にしない。私だってさ、正体知られたくないもんね」

言葉尻に笑い声をつけて、青威さんはそう答えました。

「青威さんが？」

私は少し驚きます。ならば、あの元気で活発な宝仙青威と云う存在は空虚なのでしょうか？　私にはそうは思えません。あの人は日常生活も、あんな感じで過ごしているんだと、無条件に信じていました。

「そうだよ。僕ちんだってそんなものだよ」青威さんは呟きました。「コスしてる時だけが生きている自分……とまでは云わないけどさ。でも平常時の僕ちんなんか本当に平凡だよ。めちゃ平凡。平凡パンチ。生きてる意味ないもんね、あんなんじゃあ」

「はあ」

……皆、一緒なのか。

そんな事を思いました。

私ばかりが劣っている訳ではないのです。

皆、主観の中では、何かしらの不満、欠点、コンプレックスを抱えて生きているのです。青威さんの自己批判も、こうした感情から発露したものなのでしょう。琴美ちゃんだって、そうなのかも知れません。恐らく有川さんも、自分の中に嫌いな部分を所持していた事でしょう。

その欠点を補う……と云うか、自己から脱却するために、私は他人の衣装を着用し、他人の思考回路と同調します。他者の精神に依存し、『私』を補完するのです。自分の存在が嫌いだからこそ、より一層他者になりきれる。これは悪循環でしょうか。そうは思えません。

誰の胸のうちにも、『憧《あこが》れ』の概念が存在している事は否定出来ません。俳優や歌手やスポーツ選手……もっと身近な人に目を向ければ、会社の上司、先生、先輩……に憧れの視線を投げかけた事は、一度くらいはあるでしょう。別になくても構いませんけれど。

　私達……いえ、少なくとも私の場合は、他人に憧れる。それと同じ感覚でコスプレを行います。綾波に憧れて綾波の服を着る。わぴ子になりたくて、わぴ子みたいに振る舞う。チャチャみたいに元気に笑う。その行為に不自然さは一切感じません。あの歌手に憧れて同じ髪型にする。同じ服を着る。同じ物を食べる。それと一緒じゃないですか。

「んっ？　どしたウミちゃん、黙り込んじゃって。トイレかい？」

「あ、いえ」私は我に返りました。「何でもないです」

「あのね、ウミちゃんに電話したのは、実は連絡のためなの」

「連絡？」

　何でしょうか。

「明日、ほら……ええと何て云ったっけ。ほらあの、レイアースのイベントやった会館」

「ああ、ええと……ビッグマック？」

「うんうん。何か、そう。そんな感じのとこだった筈。あのね、明日そこでイベントあるんだって。琴美ちゃんが云ってた」

「えっ、本当ですか？」

　私は受話器を握り直しました。

「嘘だったら笑うよ。しかもね、参加自由の即売会があるらしいよ。当然、コスプレ可」

「へえ……」

「ねえねえ行かない？　突然なんだけどさ」

「それ、何時からですか？」

「えっと、ちょっと待ってね……ああ、えっとね、朝の十時半から午後三時まで」

「学校がありますね」

「さぼろーよ」

「そうですね」

　私はすぐ答えました。イベントのために学校をさぼった事は、一度や二度ではありません。

「ようし、バリバリやっちゃうぞー」青威さんは張りつめた声で楽しそうな態度をとっていました。「有川さんの分まで頑張ろうね……って、何をどう考えるのだっつうの」空元《から》気丸出しです。

それから他愛のない話を数分間喋り、電話を切りました。

私は受話器を置いた格好のまま、しばらく固まっていました。

どうやら青威さんは有川さんの死に、相当参ってしまっているようです。痛々しい以外の形容が不可能なほど、気落ちした声。まあ、大切な友人が殺害されたのですから、当然と云えば当然の反応でしょうが……。

私は自室に戻り、洋服箪笥《だんす》を開けました。その中にはコスプレの衣装が、カップヌードルの麺《めん》みたいに隙間なく詰め込まれていました（シワが出来たら困る材質の衣装や小物類は、クローゼットに入れてあります）。人間の感情とは素晴らしいもので、悲しみながら愉しむ事が出来るのです。

衣装の一つを抜き取ると、それを体に当て、ホームセンターで購入した大きな鏡に、その姿を映します。リズのメイド服を当てた私の存在は、私であってリズでした。腕も、胸も、そして思考も、私でありリズなのです。同一化。重なる行為。その願望。

……筋金入りよ。

鏡さんの言葉を想起し、可笑しくなって少しだけ微笑みます。確かに他人になり済ます腕は既に一級です。しかし……私自身は未《いま》だに三級。自己レベルは全くと云って良いほど上昇していません。スキル修練の項目を誤っているのは明白ではありませんか。

しかし、その問いを突きつめるのは自爆と同一です。自爆を好まない私は思考を放棄し、明日のイベントで着用するコスチューム選びの作業を行いました。

二十分ほどかけて、ナコルルに決定しました。やはりオーソドックスな方が良いものです。有川さんみたいにマニアックなものばかり着用する気はありません。キャラを理解されなければ、ただの仮装になってしまいます。コスプレはリオのカーニバルのようなものとは、根本から違うのですから。

　私はアイヌ民族独特の、力強い上に洗練された文様をアレンジしたナコルルの衣装に着替えました。全体に白を基調とし、アクセントとして赤のラインが入っているそれは、デザイン的観点から見ても秀逸です。腰帯を締め、チチウシ（と云う名称の短刀）を挿し、赤い帯を頭に巻きます。

　鏡に映る私。

　鏡に映るナコルル。

　どちらが『私』なのかが曖昧になるくらいに同調。

　香取羽美からナコルルへの移行。

　一言で云えば、それは逃げです。逃避です。

　私は逃げている。その自覚は勿論あります。

　でも、別に良いじゃありませんか。逃避を悪と規定する、その一方的な感情こそが悪ではないのですか？

　……あ。

　自己投影の果てとしてナコルルと化した私は、頭に巻いた赤帯を外しました。次いで肉眼で確認を行ないます。やはり帯の端部分が、十センチほど裂けていました。どこかに引っかけたのでしょうか。

　裁縫《さいほう》箱を開けましたが、運悪く赤い糸を切らせていました。時刻は午後八時四十五分。私は街を歩いても違和感のない衣類に着替えると、外に出ました。

　生温く乾燥した風に取り囲まれながら街を歩きます。目的地は『ヘンリー・ダーク』と云う名の裁縫屋です。私はコスチュームのほとんどを自作していました。何故って、コスチュームと云うものは（大袈裟な表現をすれば）己に施すコーティングのようなものです。だから誰かの手で製作して貰った物を着用しても、自分に合致する筈がない。そんな気がしませんか？

目的の店は街の外れに寂しく建っていました。私は品物の物色を始めます。ヘンゼルとグレーテルが迷い込んだ森の中にあるお菓子の家とはほど遠い外観と内装ですが、そこへ向かうまでの道程で何かしらの錯覚を味う私は、赤い糸と毛糸を購入すると、比較的高揚《こうよう》した気分で店を出ました。気分が良いので遠回りして。

月明かりに照らされた夜の街は、いつもとは違う姿を見せるものです（ああ、何て恥じらいを感じさせない発言でしょう）。そして私は見慣れた筈の街に、訝《おか》しな道を発見しました。ビル群の奥に広がる、冬場はスキー場として機能する大きな山を中心として生い茂る木々が形成した林の中に、一本の細い道が。

……あったっけ？

今まで全く気がつきませんでした。まあ、普通は誰も目を向けない地点ですから、知らなくても不自然ではありませんし、不自由でもありませんが。

私は細道の前に立ちました。闇が降りているせいで、さすがに奥の様子は判りません。しかし、かなりの距離があるのは確かなようです。

私は何とも形容しがたい感情で、林道を見つめていました。

何故か……気になるのです。

言語に換言すれば、呼ばれているとでも云うのでしょうか。

それに理由はないのかも知れません。意味だってないかも知れません。

私は一歩踏み出しました。

「はいストップ」

しかし背後からの厳しい声が、私の動きを強制停止させました。事実それだけの力が、その声には内在されていました。

振り返ると、鏡さんが仁王立ちしていました。視線は私を貫き、細道の果てを凝視しているみたいです。白いセーラー服が、闇にポッカリと空いた穴のようでした。

「……かがみさん？」

「家の鍵を忘れちゃって帰れないのよ」鏡さんは金属的な声でそう云うと、風に揺れる前髪を払いました。「全く、鍵なんていらないわ」

「あの……」

「そっちには行かない方が賢明よ」鏡さんは私が抱えている、糸の入った紙袋を指差します。「たとえ、アリアドネの糸があったとしてもね。それとも、ヘンゼルみたいにパンでも撒《ま》く？　うわあ……カッコイイ台詞だわ。惚《ほ》れ惚《ぼ》れしちゃうな」

「は？」

「あれが何かは知らないけれど、入って気持ちの良い場所には思えないわね」闇の中で、鏡さんは何度も頷いています。「さ、帰りましょう」

「あ、でも」

私は未練がましく細道を一瞥しました。両端に連なる木々。心地悪そうな砂利道。圧倒的な不快感です。それでも、妙に気になるのは確かでした。

それに、どうして私が鏡さんの命令を受け入れなければならないのでしょうか。自由意志を束縛する権利は誰にもありません。それに、ここは学校ではないのです。

そんな思考が表情として浮かんでいたのでしょう。鏡さんは私を睨むと、何か云いたそうねと呟き、口元を僅かに緩めました。紺のスカートから露出した膝で、手にしている鞄を蹴りながら。

「え、あ、いやそんな……」頭の中に居座る強気な自分は、そう簡単には表に出現しません。「べ、別に何も」

「今ね……私は、アンタを助けてるのよ。全然気がついていないでしょうけど」

「たすける？」

何の話でしょうか。

「ほら帰るわよ。殺されたくないでしょう？」

「殺される？」

「アンタは鸚鵡《おうむ》なの？　自分の言葉を使いなさいよ」

「え、あ……」そう云われては自分の言葉を用いるしかありません。私は数秒間の猶予《ゆうよ》の間に、質問をひねり出しました。「鏡さん、あの向こうに何があるのか知ってるの？」

「変な倉庫だった。シャッターは閉まってたけどさ」

「どうして、そこに行くと……その、殺されるの？」

「知らないわよ。あれは何だろう」鏡さんは、視線を右上に上げると云う、物事を想起する際に誰もが行なう動作をしました。「復讐なのかな……。いや、それにしては、ちょっとね」

考え込んでいます。

「あ、あの」私は立ち去るべき否か逡巡していました。「それじゃあ私は、もうこれで……」

「羽美ちゃん」

「え、はい？」

「アンタさ、あの転校生と何かやってない？」

「え？」

転校生と云うのは云うまでもなく、綾香さんの事でしょう。

「何かやってない？」

再び問います。

「何かって……何の事？」

私は反射的に下を向いてしまいました。どうして焦っているのでしょうか。疚《やま》しい行為は一切行なっていないと云うのに。

「とぼけるのね。じゃあ云うわ。アンタ達さ、島田君の事件を掘り返しているでしょう？　ザックザクって」

図星でした。

鏡さんは私の薄っぺらな表情を即座に読み取ると、やっぱりそうなんだと云わんばかりの視線を送って来ました。

「……どうして、知ってるの？」

「見えるからよ」

「何が？」

「私はどっちかと云うと、ザ・ワールドみたいな能力が欲しかったんだけどね」鏡さんは噛み合わない返答をすると、理由の定かではない微笑を浮かべました。「あ、でもたった九秒止まったからって、何にもならないか」

「あ、あの」

「別に構う事なんてないのよ、死んだ奴の事なんかさ」

「そんな、だって」

私は冷たい発言に抵抗します。しかし闇の中の鏡さんを直視する勇気はありませんでした。

「だって何？」

「だって、島田君は殺されたんだよ。友達が殺されたんなら、犯人を探し出して捕まえてやろうって気持ちに……」

「羽美ちゃん……本当に友達と思っているんならさ」鏡さんは救いがたい代物を相手にする時のような目になりました。「本当に友達と思っているんなら、どうして島田君が生きている間に助けてあげなかったのよ」

「そ」

言葉に詰まりました。

「アンタがやってるのは、単なる点数稼ぎでしょ」

「そ」

緊張のためか、頬が痙攣しています。

「白々しい発言は止めて貰いたいもんね。心から」

何も云い返せません。お見通しと云う奴です。私の無様な精神を、鏡さんは全て見抜いていたのです。恥かしい。羞恥《しゅうち》と虚《むな》しさが私の内面で増幅しています。悪と云うものは、幸福なくらいに肥大するものなのです。

「自分の立場を、ちゃんと認識出来たかしら？」鏡さんの声が生温い風に運ばれて、耳元で囁《ささや》かれている錯覚に陥ります。「羽美ちゃんはね、どうにもならないくらいに普通の、オーソドックスな人間なのよ。それは知ってるでしょう？　自分で」何て残酷な言葉を吐くのでしょう。「己の限界を超えた活躍は出来ないのよ。それに自分自身の位置を誤認するのはいけない事なんだからさ。だから手を引きなさい。もう、アンタがやれる全ては終ったのよ」

「違うッ」

私は鏡さんに向かって声を張り上げていました。

「虎の威ね」鏡さんは簡単に批評します。「ちなみに私は神の威。神威ちゃんよ。小鳥ちゃんラブラブだわ」

「私だって……私にだって、やれる事はあるもの」

心臓が爆発しそうでした。怒りのせいなのか汚辱《おじょく》が原因なのか判りませんが、未だかつて経験しなかった能動的な衝動が、蒼褪めた芸術家の創作衝動のような勢いで噴出しているのです。

「そりゃあ、あるわよ」鏡さんは大きく頷きました。「このまま回れ右をしてお家に帰る。それから明日のイベントを期待しながらベッドに入る。これが羽美ちゃんの……まあ取り敢えず、今やれる事ね」

「馬鹿にしないで！」

「びくびく逃げて強い者に諂《へつら》うのは、別に悪い事なんかじゃないわ。極めて社会的な生活よ」

「何を……」

「だからって、己の実力を勘違いするのは悪なの。それに迷惑だしね。羽美ちゃん、スネ夫を知ってるでしょスネ夫を」

「どうして」私はカチカチと歯を鳴らせていました。拳を握り締めていました。咽喉の奥が痛いです。「どうして、そんな事を云うの？」

「私はネズミ小僧みたいに、弱い者を救うなんて真似はしたくないの。チェンジマンみたいに、見て見ぬふりが出来ない奴じゃないんだからね。それに……ホールデンみたいに、崖から落ちそうになった子供をキャッチする仕事なんてのもまっぴら」

「意味が判らないよ……」

「だからさ、自分の身は自分で護《まも》んなさいって云ってるのよ」鏡さんは私に向けた目を細めました。

「ほら、雑魚キャラって大抵死ぬでしょう？　ヌケサクとか」

恥かしい話ですが、私は泣き出してしまいました。涙が勝手に流れたのです。感情ではない何かが、私を泣かせています。その証拠に私の内面は酷く冷静で、現在の感情の温度も、沸点とはほど遠いものでした。じゃあ、私を泣かせているのは、誰？

幾ら暗闇とは云え、涙と鼻水で大洪水になった顔なんか誰にも見せられないので、私はその場にしゃがみ込み、紙袋を地面に置いて両手を顔に当てました。そして堪《こら》えようのない嗚咽に呑《の》まれて行きます。これ以上に、無様な情況があるでしょうか。

「私が悪者みたいね」私の涙に対して鏡さんの放った言葉は、それだけでした。「さあてと」鏡さんは踵《きびす》を返し、私から遠ざかって行きます。「さあ……皆さん、お待たせしました！　遂に私の出陣でございます。長らく待った甲斐《かい》があったわね。さあ、ガリガリやっちゃうわよッ」

憎らしいくらいに軽やかな足取りで……鏡さんは去って行きました。私は一人、取り残されて泣いています。ヘンゼルとはぐれたグレーテル。はぐれるのは嫌です。一人は嫌です。

7

藤木の太腿のスライスを食べながら記憶を抽出した。

私の脳に藤木の思い出が挿入《そうにゅう》されて行く。映像的とも、活字的とも云えない奇妙な感覚。ゆっくりと藤木が入り込んで来る。記憶の部分的共有。藤木の思想が記憶と云う一つの結果として私に重なって行く。藤木と私が同一になる。それって何か嫌だ。

藤木の人生の中で印象的な記憶が次々とフラッシュバックされる。私はその中から高校時代の記憶を選別した。目標を絞り、頭の一点に力を込める。何層もある記憶の棚を探るのも、慣れてしまえば簡単だ。

高校時代の記憶……見えた。千鶴を苛めている映像が脳裏に再生された。

雨の中、水溜りに突き倒された千鶴を見下ろす藤木一味。泥だらけの千鶴が捨て犬みたいな瞳を向けている。赤い傘を差した桜江が笑っている。ビニール傘を差した秋川も笑っている。

何だか……私がこの中に混じって千鶴を苛めているような錯覚に陥った。陥ると云うこの感覚は、酷くリアルを内在したものだ。

関係のない記憶を挟みつつ、千鶴への執拗《しつよう》な苛めが展開される。交通事故に遭った猫の死体を鞄に入れたり、下校中の千鶴に向けてロケット花火を放ってみたり、体操服をズタボロに引き裂いた上に男子更衣室に置かれ、それを休み時間中に取りに行かされたり……。

……何で？

判らない。どうして千鶴に……こんなにも残酷な仕打ちを行なうのだろう。理由が全く判らない。千鶴の母親がその夫である倉坂先生を包丁でメッタ刺しにして殺害し現在も逃走しているのは確かだ。しかしそれは、藤木達には全く関係のない話だ。こんな連中なんかに裁く権利や資格なんてある筈がない。仮に権利や資格があるのならば、対象を千鶴ではなく彼女の母親に向けるのが道理だと思う。

……違うって。

そう、違うのだ。私には解っていた。連中の本能と衝動と不快感を。

この連中は、千鶴を苛める理由など欲していない。

取り込んだ人間の記憶を抽出する際、その人物が当時内在していた感情も一緒に取り込まれる。だから私は千鶴を苛める藤木の感情を完璧に認識していた。藤木の『雑魚は死ね』と云う低俗な思考も、『ただ苛めたい』と云う幼稚な行動原理も。

私は足元に転がる藤木の生首を思い切り蹴り飛ばした。それは切断面から血を飛ばしながら、倉庫内に設けられた食堂の壁に勢い良くブチ当たる。首は驚愕の表情を維持したまま私を見上げている。良い気味だった。

こいつはそれと云った考えもなく、ただ苛めたいなんて理由で千鶴を壊していたのだ。恨みとか、嫉妬とか、そうした感情が前提として存在していた訳でもないのだ。

ただ苛めたい。

平将門を信じない私は椅子から立ち上がると醜い生首へ歩み寄り、髪の毛を摑んで思い切り叩きつけた。ガン。もう一度。ガン。もう一度。ガン。もう一度。ガン。眼球が飛び出し、だらしなく開かれた口から舌が伸びた。折れた歯が床に落下した。汚らしい。さきほど藤木が失神した貯蔵場なら汚れても構わないが、食堂……と云っても倉庫の一部をタイガーボードで囲っただけの狭い空間なのだが……は、文字通り物を食べる場所なので清潔にするように心がけていたのに。後で掃除をしておこう。

藤木の肉は脂ぎっており、決して美味とは云えないものだった。脂肪分が多すぎる。肉を焼く度に油が飛び散って熱い。食物としては適さない体軀だなと、コンソメスープと塩コショウで味つけしてグツグツと煮込んだ藤木の指を食べながら感じた。

新たな記憶が再生される。

窓に映る太陽の傾き具合から推測すると……恐らく放課後。教室のボードに張られた、誰一人として見向きもしない公報にはゴシック体で九六年六月号と記されていた。ならばこの記憶は、先月のものだ。かなり新しい。

教室にはいつもの連中が集合していた。教卓の上に桜江と秋川が座り、黒板の脇に中村、中村の前方にある最前列の席に石渡と田沢、その後ろには島田君。

この六人は全員、窓枠のスペースに無理して座る藤木を注視していた。

それも何故か、困惑した表情で。

「へえ、それは凄い……。テレビにでも出たら？」

石渡の言葉。

「……ってかマジで？　それって冗談なんでしょう。ねっ？」

秋川の言葉。

「そっ、そんなあ。ちょっと止めてよ、変な事云わないで……。縁起が悪いよ」

島田君の言葉。

「本当なんだってば」藤木は妙に自信に溢れた声だった。「だから信じてよ。悪いけどさ」


それ以外の発言は、藤木の脳髄には記録されていないのだろう。あとは放課後の情景が淡々と流れて、終った。

これはどう云う事だろう。

私が読み取れる記憶は、その人にとって印象深い体験や強力な出来事だけであり、今みたいな日常に埋没してしまいそうなものは無理な筈。でも今の映像には、どこにも印象的なものは存在しなかった。千鶴を苛めている訳でも何かをやっている訳でもなく、単なる放課後の雑談じゃないか。いや、それとも。

……あの会話。

恐らくあの連中が交わした会話に何かがある。それ以外に考えられない。だけど……一体何を話したのだ？　島田君の死の謎を解く鍵か？　いや、そう都合良くは行かないだろう。藤木本人には大切な記憶かも知れないが、第三者にしてみればどうだって良い代物と云う可能性だってある。それに……あの場には島田君がいた。殺す相手の眼前で島田君殺害の話をするのは、手の内をさらすのと同義だ。ならば藤木が犯人と云う訳ではないのか。

……そっ、そんなあ。ちょっと止めてよ、変な事云わないで……。縁起が悪いよ。

島田君の言葉が勝手に再生される。

変な事？

縁起が悪い？

藤木に何を云われたのだ？

それに藤木は……どうしてあんなにも自信に溢《あふ》れていたのだ。そう、藤木は自信満々で喋っていた。記憶とともに感情も取り込める私が云うのだからそれは確かだ。藤木は自信を持って何を語っていたのだろう。

気になる。

そして嫌に執着してしまう。

ここがとても大切な部分だと無条件で認識している。直感なんてものが働いたのだろうか。しかし生物として貧弱な私に果たして直感など備わっているのかは怪しい。それに、常に直感が正しいとは限らない。だが……今はこの直感に賭けるしか道は残されていなかった。

油分を抜いても結局は脂身ばかりだった藤木の指を食べ終えた私は、火の元と照明の確認と食堂の掃除を終えて倉庫から出た。周囲の確認。誰もいない。シャッターに鍵をかけ、駆け足で倉庫から離れた。地面に落ちている藤木の携帯電話を拾う。満腹感と疲労と視界の霞み具合が、変に心地良かった。

へえ、心地良いんだ。

それって狂ってるよ。

云わせておけ。しょせん右半身に出来るのは私を惑わし唆《そそのか》す事だけなのだから。私は口内に残る肉の味を、舌を回して再認識しながら細道を歩いた。取り敢えず……これからやるべき事。藤木の発言の内容を知る。それが私の直感通りに、島田君の殺害に関係あるものであれば最高なのだが。

藤木の記憶はまだ終らない。

道を歩いていると、またしても脳内で再生された。記憶の選択はある程度出来るが、しかしコントロールはまだ不完全なものだった。

嫌に暗い部屋の中にある、異様に狭い空間。赤ん坊の藤木はその中に閉じ込められていた。天井から弱々しく注ぐ仄《ほの》青い照明だけが唯一の光源。

それに照らされているのは、カプセルに入れられた赤ん坊が並んでいる映像だった。

縦に七本、横に……約二十本くらいの、満員電車みたいなスペースで壁に沿うように設置されたカプセルに入れられた赤ん坊達。藤木もその中の一人だった。

部屋中に赤ん坊の泣き声が響いていた。うぎゃううぎゃううぎゃううぎゃう。ああ嫌だ……とても嫌な感覚だ。酷く心地悪い。死にたい。死にたい。そう……藤木は死にたいと願っていた。まだ生まれたばかりだと云うのに。

泣き声が反響する部屋の中に、誰かが入って来た。照明が暗いので詳細な部分は判らないが、背丈から察するに男性と思われた。その人物はカプセルの中から二人の赤ん坊を取り出すと、両腕に抱えて部屋を出て行った。

そして記憶が終った。

……何これ。

8

世の中には自分と瓜二つの他人が三人いると云う。仮にそれが真実だとしても、王田の驚きは変わらない。

葉山家は、周囲に建つ家の約二軒分の敷地を有していた。どうやら金持ちらしい。三階建てに緑色の壁。庭に聳《そび》える大きな木。

「だから云ったのに」助手席に座る葉山里香と思われる少女が呟いた。「取られてるって云ったのに」

葉山家の前に車を停めて見張っていた。外はもう、完全な闇に包まれている。葉山家の玄関を監視して二時間。長時間の駐車は人目について危険であり本来は行ないたくないのだが、王田は好奇心に負けた。一刻も早く『葉山里香』の顔を見てみたいと云う好奇心に。プロ失格だなと苦笑したが、こっちの問題は仕事ではないので、深く反省はしなかった。

葉山家の玄関ドアから『葉山里香』が出て来たのは、監視から二時間と七分後……午後十時二十六分だった。『葉山里香』は空の牛乳瓶が入ったプラスチックケースを置きに外へ出て来た。どんな金持ちだって牛乳は飲むらしい。

「は？」

王田は思わず声を上げた。

玄関から出てきた『葉山里香』と、自分の隣に大人しく座っている葉山里香は……紛れもなく同一だったのだ。

顔の造りは勿論の事、髪の長さも動く仕草も表情も足の運び方も何もかもが。牛乳瓶の入ったケースを置く。それは動作としては単調なものだったが、二人の類似を発見するのには、それだけでも充分と云えば充分すぎた。

類似？

そんなもんじゃない。

全てが同じ。

差異がない。

アイデンティティの無効化。

双子とか、瓜二つとか、そうした言葉で一蹴《いっしゅう》するのは既に不可能だった。これは類似なんかじゃなく……同一なのでは。

……クローン？

いささかSFじみた、突飛な癖に陳腐《ちんぷ》な発想。でも違う。『葉山里香』はクローンなどではない。それは王田にも判っていた。幾ら同一のDNAを所持していても、それは身体レベルが同じなだけであり、癖や利き腕や趣味や性格まで一緒になる訳ではない。

　しかしあの『葉山里香』は、全ての意味において葉山里香だった。

『葉山里香』は牛乳瓶の入ったケースを玄関脇に置くと、家の中へ戻って行った。

　日常が不意に戻る。

「……お」しかし言葉など出なかった。混乱に混乱が重なり、更なる混乱を呼ぶだけ。「おいおい」王田は何とかそれだけ云うと呼吸の塊《かたまり》を吐き出した。

「取られたの」『葉山里香』を観察していた葉山里香が云った。「もう、私は私じゃない。私を刺したあの私に取られたから……。もう、諦《あきら》めた」

　冗談じゃない。冗談じゃないぞ。王田は火種がフィルターを焦がしているのにも気がつかないまま、煙草の煙を吸い込んだ。人間は着包《きぐる》みやモビルスーツじゃないんだぞ。いや……仮にモビルスーツだとしても、それを操るパイロットが違えば各々《おのおの》の個性も生ずる。

　……でも。

　あれは違った。葉山里香そのものだった。装飾はおろか、魂すらも。

「ねえ……」王田は窓から煙草を投げ捨てると、自由になった指で目と目の間を揉みほぐして座席にもたれた。それから頭の中でカウントダウンを行ない、それがゼロになると、ゆっくりと助手席に顔を向けた。「じゃあ、君は何なの?」

「さあ」

5

Friday

第五章　飛びたい金曜日

1

今日の青威さんはナディアの格好をしていました。相変らず露出度が高いです。

「うーん、こう暑い日にはぴったりの服装だね」青威さんは細い腕を意味もなく振りながら云いました。相変らず胸の詰め物に違和感が感じられますし、肩に下げた同人誌収納用のトートバッグが浮いていますし、肌の色だって白ですが、それ以外は正にナディアです。青威さんのコスプレは、いつだって完璧なのです。「ウミちゃんは暑そうだけどさ」

「そうですか？　結構薄着なんですよ。ナコルルも」

「そっかなあ」

「まあ、ナディアに比べれば暑いかも知れませんけどね」

私は頭の帯を気にしながら答えました。

札幌ビッグエッグ展示場と云う二階建ての大きな建築物の二階が、今回のイベントの会場でした（一階では、左寄りの思想を所持した人達の演説会が行なわれているようです）。展示場と云うだけあり広さは抜群。壁や床が無機質な部分に目を瞑《つむ》れば百点満点です。こんなに広さがあるのなら、この会場内でサッカーくらいは出来るでしょう。スケールは縮小するものの、的確に情報を伝達出来る比喩を用いるのなら、引越しのために家具を排した際の茶の間を見るような感動がありました。こんな大きな場所でのイベントは今回が初体験です。

両肩に突起物をつけた全身タイツ（何故か胸の部分に日の丸があります）みたいな格好の青年や、桃色のスカートに桃色のオカッパ頭の少女や、胸元にハートマークの穴が開いたビアガールみたいな女の子なんかをかわしながら、私達は目的の同人誌販売会場へ歩きました。

　会場の熱気が天井部分で渦《うず》を巻いています。自分の額を触ると、僅かに湿っていました。空調設備が悪いのでしょうか、どうも暑いです。まあ、こうしたイベントで暑さを感じなかった事など一度もありませんけれど。

「ウミちゃん、今回は何目当て？」

　青威さんが歩きながら尋ねます。

「今日は、ダ・ガーン」

「ゴルドランは卒業したの？」

「いえ、巡り合わせが悪くって」

　高い、置いていない、質が悪いの三重苦なのです。

「あちゃあ、ご愁傷様。まあ、やおいなんてそんなもんだって」青威さんは深く頷きます。「キャプ翼《つばさ》ブームの頃なら、いざ知らず」

「きゃぷつばさ？」

「あとはガンダム……ザビ家とかだね。ウミちゃん、紫十字軍って知ってる？」

「さあ」筋金入りは恐ろしいと感じました。「何の事だか……」

「まあね。知ってたら吃驚だよ」横……つまり私の方を向いて歩く青威さんは、有名な美少女戦士と激突しました。「あてっ、あ、ごめんね」

「青威さん、何でそんなに詳しいんですか？　あの……十代ですよね？」

「君、失敬やなあ。不敬罪で訴えるでえ」

　青威さんは頭を押さえながら頬を膨らませました。

「不敬罪なんて、もうないですよ」

　私は唯一の美点である黒髪を撫でて答えました。

「良いもんねー。法案改正するから」それでも横を向く青威さんは、今度は有名な飛行石の少女と衝突しました。「あたっ、あ、ごめんね」

「よそ見してると危ないです」前を向く私は忠告します。「乱馬みたいになりますよ。電柱にぶつかって」

「水を被ったら女の子？」

「あの……」

そんな声が背後から聞こえたので、私と青威さんは同時に振り返りました。眼鏡こそかけていないもののの、色白で冴えないファッションの集団数名が横に並んでいました。全員例外なく、首からカメラを下げています。典型的なカメコ（カメラ小僧）の登場です。外国の映画に登場する日本人観光客じゃないのですから、もう少し個性と云うものを磨けば良いのにと思います。まあ、私にはそんな発言は許されませんけれど。

「はい？　何だい？」

青威さんはダメージを受けた肩を撫でています。

「あ、あの」青年の一人が代表して、一歩前に出ました。「写真、一枚宜しいですか？」

「おやおや、一枚で良いの？」

「いえ、その、な、何枚でも」

「おー。可愛い反応だねえ」青威さんはカメコに笑顔を向けました。完璧に遊んでいます。「よっしゃ気に入った。僕ちんが一肌脱いであげるよ……」そう云うと、三十八度くらい前屈みになりました。

「って、ホントに脱ぐと思ったら大間違いだよ君達」

「あ、あ、そりゃあ」

カメコの群れはパニクってます。お気の毒です。

「ただのジョークですよー。さあさあほらほらウミちゃんも」青威さんは私の手を掴むと、ワルツの途中みたいな格好で停止しました。これは恥かしいです。「ほら君達、ぼけっとしてないで撮影しなよ。シャッターチャンスの連続なんだから」

カメコ達は慌ててファインダーを覗くと、一斉にフラッシュの嵐を浴びせました。仄青い瞬間的な閃《せん》光《こう》が私達を包みます。この現象は何度味わっても飽きません。自己レベルが上がったような錯覚に陥いるからです。

撮影に満足すると、カメコ達は周囲の喧騒《けんそう》に紛れて聞こえないくらいの音量で礼を述べ、次なる被写体の選別作業を開始しました。

「うーん、やっぱり撮られるのは気持ち良いね」プチ撮影会を終えた青威さんは笑顔でした。「スカッと爽やか状態」そう呟いて腕を組みます。

「そうですね」

私も笑顔になります。

「あらあら、あの連中……」青威さんは笑顔を崩さずに先ほどのカメコ達を眺めていました。「今度は猫耳メイドさんをカメラに収める気だな」

「あ、本当ですね」

やけに短いスカートを穿《は》いた猫耳の女の子に撮影の許可を求めている様子が見えます。

「うんうん、健全だなあ」青威さんは腕を組んで、カメコ達を見守っています。「連中は僕達を、ちゃんと消費しているね。パーツとして見ているね。深入りしてない」

「何の話ですか？」


私は驚いて訊きました。

「大人の意見」

青威さんは簡単に答えました。それから腕を解くと、まあこの考えは怪しいけれどとつけ加えます。詰め物で誤魔化していた胸は組んだ腕で圧迫され、凹《へこ》んでいました。

……パーツ。

カメコ達にとってみれば、私は娯楽としてのパーツと同義。

私はそんな当たり前の事実に今更ながら思い至り、愕然としました。もしそうならば……これでは綾波になってもナコルルになっても、私の価値が上がったとは云えないのではないでしょうか。つまりただの自己満足？　自慰《じい》に過ぎない？　香取羽美から逃げても、私の求めている位置とはほど遠い？

「あれ……どうしたのさウミちゃん、顔が強張ってるけど」私の狼狽など知る筈もない青威さんは、不可解そうな表情を浮かべていました。「トイレに行きたいの?」

「いえ……」

私は何とか返答しました。唇が震えているのが解ります。地面が傾いているみたいな感覚。性急な興醒めがやって来ます。

汚いと感じました。

この場が。この衣装が。

私をコーティングする全てが。

冷めた視線で周囲を眺めます。

仮装の群集。

仮想の群集。

現実にはあり得ない衣装。

思いっ切り浮いています。

だけどそれ等は結集し、違和感を打ち消して、個性を埋没させています。

埋没が個性?

いえ……そうではありません。

あまりに過剰なのです。

過剰が多すぎて、誰も過剰だと気がついていないのです。

過剰を過剰で相殺《そうさい》する。木は森の中に……でしたっけ?

それが仮想世界で仮装を行なう意味なのです。

何て単純なからくりでしょう。しかもそれを、今頃知るなんて。

わたしは……私は、そんな嘘っぱちの世界で目立って喜んでいたのです。青威さんやカメコのように消費するのではなく、本気で取り組んでいたのでした。

なんて、おろかな。

ディズニーランドをリアルに感じる人間がいないのと同じように、この仮想世界をリアルだと感じている人間は(恐らく)いないのでしょう。それなのに私は……ああ、本当に愚かです。井の中の蛙どころではありません。茶壷の中のネズミ。

現実に目を向けろと、幼い頃から云われ続けて来たのに。

私は何をしているのでしょう。ナコルルのコスプレ。別にそれは構いません。だって趣味なのですから……趣味？　本当にそれだけ？　私はこの仮装に、何かしらの大きな意味を込めていた筈。

自己からの脱却なんてものを。

ああ恥かしい……いますぐナコルルの衣装を脱ぎ捨てたくなりました。この嘘ばっかりの会場から逃げ出したくなりました。こんな魔境を普通に消費出来る人の群れから離れたくなりました。

同人誌売り場に到着しました。青威さんはドラララと叫びながら、馬鹿みたいに続く列へ駆けて行きます。ダ・ガーン本を購入する勇気なんて、もうありません。

2

教室に驚異的な異変が起きたのは、昼休みの時だった。

昼休みはどこにも出歩かず教室内に留まって欲しいと云う須川さんの要望を、クラスの全員……島田君と藤木が死に、香取さんと中村が休んでいるので三十七人……が聞き入れ、皆はいつもであればさっさと離れている筈の自分の席に腰かけていた。その光景は第三者の視点で見れば、滑稽《こっけい》なくらい異様に映っていただろう。事実、二年B組に遊びに来た他のクラスの連中も、この光景を一瞥して無言で踵を返したのだから。

授業中以上の沈黙。

壁に設置された時計の秒針。

それが進む音しか聞こえない。

私も酷く緊張していた。乾き過ぎた咽喉が痛い。霞む視界が揺れている。一体……あの人は何をする気なのだろうか。判らない。しかし今日まで二年B組に流れていた大きな秩序を、完全に破壊する気なのは一目瞭然だった。

……選ばないと。

ここでクラスメイト全員に、二つの選択肢が提示されるのは容易に予測がついた。

即ち……須川綾香側につくか、今まで通りの日常を過ごすかの二つ。

私は少しでも精神を落ち着けようと、前方に座る鏡さんを一瞥した。興味なさそうに肘を突き、顎を乗せている。後ろ姿は余裕のポーズ。いつもと変わりない日常を過ごせているのは、クラスの中では恐らくこの人だけだろう。

須川さんは落ち着き払った動作で立ち上がると、教卓の前に立った。机の両端に手を置いて威圧をする訳でもなく、極めて普通の直立。それなのに発せられる強力な磁場。

「聞きましたわ」これが第一声だった。「皆さん、古川千鶴さんに非人道的な仕打ちをしているそうですね？」

クラスの人間のほとんどが、何かしらの罪の意識を発露した。特に誰の目にも明らかなほど、壊れたクルミ割り人形くらいに露骨な反応を示したのは、桜江と秋川の二人だ。視線を落ち着きなく浮遊させたり、両足を扇風機みたいにバタつかせている。しかし網膜の端に映る石渡は、相変らずの飄々《ひょうひょう》とした表情を崩していない。こいつには乱れが起こっていないと云うのか。

「あ、ああの……綾香さん」教卓の正面に座る秋川の声は完全に怯《ひる》んでいた。「だれから、あの、誰から聞いたんですか？　その話を」

「あなたは質問に答えるだけの存在です」それは穏やか過ぎるくらいに穏やかな口調だった。「その自覚はあって？」

「はっ、はい」

怖気《おじけ》づいたらしい。秋川はそう返答すると、冷凍食品みたいに固まった。

「古川さん、これは真実ですね？」須川さんは母親が娘を愛でるような視線を古川さんに向けた。「苛められていると云うのは本当なのですね。これは答えにくいでしょうけれど……」

千鶴はこれ以上の圧縮は海に潜って水圧を受けない限り無理だと云うくらいに体を縮めると、仔猫の欠伸《あくび》みたいな声で、はいと呟いた。

「正直な返答に感謝いたします」須川さんは微笑んだ。しかしその微笑は三秒で消え去る。「聞けば古川さんは、何年も前から苛めを受けているらしいじゃありませんか。それも古川さんには直接関係のない理由で」

そうだ。もう何度も云うけれど……倉坂先生を殺したのは千鶴の母親なのだ。千鶴は悪くない。何も悪くない。立場的には、むしろ被害をこうむっている。

「一体あなた達は何を考えているのですか」須川さんの厳しい声が教室を突き抜けた。それでも優雅さが消えないのが不思議だ。「他者の痛みが判らない……そんな筈はありませんよね？　あなた達は知っているのです。だからこそ、弱者を痛めつける。しかし古川さんは違います。あなた達が勝手に弱者として作り上げただけです」

沈黙。

「集団で、生贄《いけにえ》とされた個を徹底的に潰す。これは卑怯《ひきょう》ですわ。裏を返せば、あなた達こそが弱者です」須川さんの言葉は終らない。「弱者にはなりたくないでしょう？」

沈黙。

「答えなさい、桜江さん」

「え？」

名前を呼ばれた桜江は、そろそろと頭を上げた。

「弱者にはなりたくないでしょう？」

「あ……はい」桜江は小刻みに頷いた。「い、いやです。弱いのは嫌です」

「正直な返答に感謝いたします」千鶴の時と同じ台詞だが、言葉の雰囲気はまるで違った。「その通り。弱いのは嫌なのです、誰だって。だから人は弱者を作り、それを虐《しいた》げて満足する。自分は強いと云う錯覚を求める。その感情の存在は認めましょう」それから一呼吸置いた。「しかし……強者を弱者とするのは如何《いかが》なものかと思いますが」

「強者？」

桜江が不可解そうに尋ねた。

「そうです。古川さんは強者です。少なくともあなた達よりは」

「どっ」桜江は振り返って千鶴を睨みつける。千鶴は脅えて下を向いた。「これのどこが……わ、私達より強いんですか？」

「古川さんは、あなた達の行なう苛めに耐えました。助けてくれる人もおらず、たった一人で」

誰も助けてくれないってさ。

あはは。全くその通りだね。

右半身が騒いでいる。うるさい奴だ。当てつけのつもりか？

……たった一人、か。


確かにその通りだ。私は千鶴を助けてはいない。何もしないで見ているだけだった。そんな事は解っている。とっくの前から。

「孤独と苛めを攻略した古川さんは立派な強者です」須川さんは私達全員を見据えながら云った。

「強者なのだから……虐げられる必要はありません。これでは立場が逆ですわ。もう古川さんは、弱者と云う名の衣装を着なくても良いのです」

ここまで来て、私はようやく須川さんの真意を摑んだ。

「さて……」須川さんは冷然と云い放った。「古川さんの代わりに、この衣装を着たいと云う方はいませんか？」

「あー。全ッ然、駄目だわ！」

そんな声がすぐ前方から聞こえた……鏡さんだ。

「おや、そうですか？」

須川さんは変化のない表情を鏡さんの方へ向けた。

「もうちょっとましな対応をしてくれると思ったんだけど、買い被《かぶ》り過ぎだったみたいね、奈津川さんを」

「須川です」

「どっちだって良いのよ」

鏡さんは勢い良く立ち上がった。すらりと伸びた背中だった。

「私の提案の何がいけないのでしょう」

「全部に決まってるじゃないの！　青いわ。もう最高に青臭《あおくさ》い思考ね。ったく、神経がムズ痒《がゆ》くなっちゃったもの。本心から」

沈黙の教室に、鏡さんの声は良く響いた。

「青臭い……ですか。なるほど」しかし須川さんは乱れない。優しい微笑を浮かべるだけ。「ならば、どうしろと？」

「さあね。知らないわよそんな事は」あっさりと答える。「でもね、アンタがそれを実行したって何も変わりゃしない。それとも……それを知った上で行う気？」

二人は視線を重ね合わせた。嫌な感覚が教室に広がって行く。落ちつかない……ざわざわとした瘴気《しょうき》の拡散。苦しかった。早くこの場から立ち去りたくなった。

「意味が解りません」

しばらくして須川さんが答えた。

「あっそ」

鏡さんは鼻を鳴らすと、緑色の鞄を手にして机から離れた。

「どちらへ？」

「早退。具合悪い」

「お大事に」

「はっ、何を？」

鏡さんは教室を出て行った。

更なる沈黙。

「まあ良いですわ」須川さんはそれでも動じなかった。教室の閉ざされたドアを一瞥しただけ。「話を戻しましょう。古川さんが強者であり、そしてあなた達が弱者の存在を望むのならば……新たな弱者が必要です。そうですよね？　秋川さん」

「えっ？」机の木目でも眺めていたのだろう。秋川は弾かれたように顔を上げた。両足が震えていた。ソックスの片方がずり落ちて行く。「あ……はい。そ、そうですね」

「あなたも同意見でしょう？」

須川さんは桜江に視線を移した。

「ええ、おっしゃる通りです」桜江が嫌に歯切れの良い声で答えた。そして嫌に清々《すがすが》しい横顔。「弱者が欲しいですね」

このヤドカリ女め。私の内面は、この桜江を軽蔑《けいべつ》しまくっていた。こいつは自分が暮らす宿を、藤木から須川さんに移行させる気なのだ。しかし何故、こんなにも簡単に。まさか桜江は、藤木の死を知っているのだろうか。では……あの時、藤木と通話していたのは桜江？

「桜江さん以外の方々は？」

須川さんが問うた。返答なし。

「沈黙は賛成と見なしますが」

返答なし。

「……解りました。全員賛成ですね」教卓に立つ須川さんは、天使の仮面みたいな笑顔になった。「まあ、形式が変わっただけで根本に変化はありませんので安心して下さいね……。それでは、新たな弱者に挨拶《あいさつ》して戴《いただ》きましょうか」そう云うと、一人の女生徒に視線を向けた。「さあどうぞ、秋川さん」

3

王田は小学校の頃から、嫌なものは一番最初に処理する傾向があった。食卓に野菜類が出ていれば最初に食べ、夏休みの宿題は初日に片づける。この反応は二十代後半に差しかかった現在になっても消えない。染みついたのだろう。関係ない話だが。

王田の目標と思われる浦野宏美の行方。それと同一の空間で発生した葉山里香が自分のドッペルゲンガー（としか云いようがないだろう、あの異常なまでの類似を目にすれば）に刺される事件。

関連はあるのだろうか。

ない……とは云えないだろう。浦野宏美を最後に目撃したのは葉山里香だ。しかも証言が曖昧。この時に浦野宏美の身に何かが起こった、或いは何かを起こしたと考えるのが自然な気がする。

何かを起こした？

それは一体……何だ。

王田は当初、葉山里香を刺した人物は浦野宏美なのではと推測していた。情況的に見てもそれが一番妥当だからだ。しかし昨日、自らの目でドッペルゲンガーの実在を確認し、この説を捨てざるを得なくなっていた。

「何を考えてるの」

嵌《は》め込み式の窓から聳えるビル群を眺める少女……葉山里香が問うた。

「奮発したんだ。前回のラブホテルとは大違いだろう？」ベッドの上に座る王田は両手を大きく広げた。この部屋は君のために用意したんだよとでも云うような動きである。「ま、払うのは僕じゃないんだけど」

「ケーキ食べても良い？」

葉山里香は王田が買ってやった紫のワンピースの裾を広げながら振り返った。

「どうぞ」

王田はテーブルの上に置いたイチゴショートを指差す。

少女はベッドを跨いで椅子に座ると、ミネラルウォーターをコップに注ぎ、長い髪の毛を耳にかけてからケーキを頬張り始めた。

「ねえ」王田は体を回転させ、その背中に声をかけた。「君は何者なんだ？」

葉山里香の事は完璧に調べ上げた。一九七九年北海道旭川《あさひかわ》市生まれ。父親は名もない建築家の葉山清時《はやませいじ》。母親の葉山美咲《はやまみさき》は専業主婦。兄弟はいない。学力は中の上。彼氏はいない。友人の数は多くはない。行動や思想が問題になった事はない。三年前に交通事故で右足を骨折し、近くの総合病院に運ばれた事がある。葉山里香を轢《ひ》いた犯人は逮捕されていない。これ以外には特筆すべき事項はなし。

　普通の人生だった。こんなに平凡な人間が、どうして自分のドッペルゲンガーに刺されるなんて奇怪な現象に巻き込まれるのだろう。王田は己の平凡さを棚に上げ、そんな思考を巡らせた。

「私は私」

　思った通りの答えが返って来る。唯一予想と違ったのは、葉山里香がケーキの上に鎮座《ちんざ》した赤いイチゴを真っ先に口に入れた事くらいだ。

「あのドッペルゲンガーに心当たりは？」

「そんなのない」水を口に含んで口内のクリームを除去すると、言葉を再開させる。「ある筈がないでしょう。こっちが知りたいくらいだもの、あれの正体」

「頼むから思い出してくれないかな」

「何を」

「浦野宏美だよ……。そいつの行動を思い出してくれると、とってもありがたいんだけど」王田は灰皿を引き寄せると、煙草に火を点けた。「お互いのためにもね」

「お互い？」

「僕は浦野宏美を探すように依頼されているんだ。それは知ってるだろう？　そして君の事件にも、浦野宏美は間違いなく関わっている」

　王田は確信的に云ってみた。

「思い出せるんなら、とっくの前に思い出してる」

　葉山里香は椅子を動かし、こちらを向いた。何かを隠している顔ではない。こう云う仕事をしている王田は、情報を隠蔽《いんぺい》している人間の表情に、ある共通点が存在している事を認識していた。

「浦野宏美を目撃した、一番最後の記憶は？」

「……やっぱり、二人だけで川を眺めている場面よりも後の事は、全然思い出せない」

「そりゃ参ったね」王田は煙草を銜《くわ》えた。「浦野宏美と君との距離が、そんなに接近していたのなら……普通だったらさ、君が刺された時に何かしらの行動を起こしたと思うんだ。騒ぐとか逃げるとか」

「そうしたのかも知れないじゃない」葉山里香はケーキをちらりと盗み見た。「単に私が覚えていないだけで」

「だけど叫ぶなり逃げるなりすれば、必ず堀井良子と森口博絵がその声を聞きつける筈だ。何せテントから君達のいた下流までの距離は百メートルもないんだから」煙を吐きながら云った。「だけどそんな情報は一つも入って来ない。これって、君が刺されて逃げ出す様子を、浦野宏美は黙って見ていたって事にならない？」

葉山里香は興味がないのか、椅子の向きを戻すとケーキの処理を再開させた。

「君さ、浦野宏美に恨まれるような真似をした？」

紫のワンピースから伸びる腕に巻かれた包帯を眺めながら、王田は尋ねた。

「そんな憶えはない」

「本当に？」

「ねえ、あなた……」葉山里香はこちらを見ようともしない。「私を刺したのは宏美だと思ってるの？」

王田は答えなかった。

「あなたも見たでしょう？　もう一人の私を」少女は構わずに続ける。「私を刺したのはあれ。私を奪った、あれなんだから。そんなに知りたかったら、あれに直接訊けば良いじゃないの」

「親切そうには見えないからね」王田は灰皿を持って立ち上がった。「それに奴は、僕達の行動を知らない。それは立場としては有利だ。だから今接近するのは得策じゃないな」

「用心深いのね」

「褒《ほ》めてるの？」

「いいえ」

王田は窓の側に立つと、そこから昼時の街を眺めた。変化なく、或いは変化の連続で回る社会を。自分が回転歯車の一つとして社会から認識されたのはつい最近だった。年の離れた弟は、それより随分前に認識されていると云うのに情けないなと七秒だけ思う。

煙草を銜えながら振り返った。葉山里香はまだケーキを食べている。王田など眼中にないのだろう。まるで自分は谷崎潤一郎の描く主人公みたいだと卑《ひ》下《げ》したかったが、その思考は自覚と同義であるし、何より王田は谷崎潤一郎を読んだ事などないので、早々に中断した。何にせよ、貧乏クジを引き続ける人生には変わりないのだから。

さて……浦野宏美から攻めるか。

それとも例のドッペルゲンガーに接近してみるか。

どう動いたって、なるようにしかならないのだけど。

4

夕暮れの街をほっつき歩いていると、ポケットに入れてあった携帯が着信を訴えた。石渡からだ。

「どうした」

中村は電話を耳に当てた。

「トラブルが起きたんだ」そうは云うものの、声は弾んでいる。火事を眺める野次馬みたいな声。「君が学校をさぼっている間にね」

「あ、待って」中村は歩みを止め、雑貨屋の壁にもたれた。中村は通話しながらの歩行が苦手なのだった。人にぶつかったり信号を無視したり。自分の頭脳回路のレベルがそう高くない事を思い知らされるのに、それは充分過ぎた。「で、どうしたの」

「お嬢様だよお嬢様。とんでもない事をやらかしたんだ。全くシブいね。あれは策士だよ……」

石渡の披瀝《ひれき》した内容は、中村の予想を遥《はる》かに越えていた。あの転校生……須川綾香が、苛めの対象を秋川に移したと云うのだ。それもクラスの総意として。そしてクラスメイト全員から『最初の挨拶』と云う名の、愛くるしくも容赦《ようしゃ》ないリンチを受けた事も。

……やるじゃないか。

赤々とした夕日がファッションビルの屋上に沈む様子を眺めながら、中村は須川綾香を評価した。

涼しさを含んだ風が、中村と雑貨屋の間を擦り抜けて行く。時刻は午後六時十七分。中村は心地良い風に目を細めたが、そんな表情を想像すらさせないほど平坦な声で、どうして須川綾香の行動を阻止しなかったのかと石渡に質した。

「僕はカリスマじゃなくて側近タイプだからね」簡単に答える。まあ確かに。その自覚は間違ってはいない。「秋川はもう、ぼろ雑巾《ぞうきん》みたいになってたよ。見るも無残な姿って奴。あ、中村君、バリゾーゴンって憶えてる？　あれと語感が似てるよね、ボロゾーキンってさ。いやあ、あの映画は本当、心から愉快で……」

「殴ったの？」

中村は訊いた。

「え？」

「石渡も秋川を殴ったの？」

「勿論だよ」簡単に答える。「文句はないだろう？」

「ない」正直な言葉。「良い、判断だ」

「これからどうすれば良いかな。あのお嬢様を潰《つぶ》す？」

「潰せる？」

「うーん……微妙だなあ。どうだろうね」

利口な石渡は断言しなかった。力だけではどうにもならない場合がある事を知っているのだ。

「別に急いで潰さなくても良いよ」

「そう？」

「興味があるんだ」中村は呟いた。「どうして古川千鶴を援護するような真似をしたのか、気になる」

弱者としての価値しか持ち得ない千鶴の位置を他者と置き換える作業に、果たして何の意味があるのかが疑問だった。何故、そんなお節介を自ら行なったのだろう。それを『正義』の一言で片づけてしまうのは、いささか危険で、そして滑稽な勇敢さを孕んでいる。

そう、凡《すべ》ての行動原理には必ず裏がある。

これは持論ではなく自明だ。

「のし上がるための茶番じゃないのかな。僕はそう思うね」

石渡は云った。

「少し様子を見よう。その結果、邪魔だと判断したら」ファッションビルを再度眺める。夕日は既に隠れていた。「潰そう。まあ、吸収しても良いけれど」

「ラジャ……あ、そうだそうだ」石渡は声の調子を緩めた。「藤木から連絡あった？」

「ない」

昨日の夜から、藤木の行方が知れなかった。

電話も不通で家にも戻っていない。藤木の両親は、警察に届けを出したそうだ。

最後に藤木と（電話で）会話をした桜江の証言によると、午後八時二十九分から開始した通話が突如中断して、それきりらしい。しかも電話の切れる直前に、藤木のものと思われる悲鳴が断続的に聞こえていたと云う。更に藤木は……あの倉庫にいると電話口で云っていたらしい。

藤木自身が探し当てた、あの倉庫に。

「僕さ、これから例の倉庫に行ってみるんだけど、中村君もどうだい？　一緒に行かないか」

「行く」中村は短く答えた。「田沢も来るの？」

「いやそれがね、連絡がとれないんだよ学校が終った直後から。どうもピッチの電源を切っているみたいでさ。ったくもう、どこで何やってるのか」石渡は苛立った声を出した。「島田君は殺されるし……

皆して離れて行くね。冷たいもんだよ、これってさ」

「そうかな」

「今どこ？」

「パルコ前」

「中村君、その近くに『ハカランダ』って名前の喫茶店あるんだけど、ご存知？」

「ご存知」

「じゃあさ、そこで待ち合わせしよう。二十分くらいで到着するから待っててね」

「解った」

「じゃあ」

電話が切れた。

須川綾香の行動。

藤木の失踪。

問題は拡散するばかりだ。中村は五秒間ほど身体を硬直させて新鮮な思考を巡らせていたが、携帯をポケットにしまい、薄暗くなった道を歩く人の群れに視線を移動させ、自分は群集の一人に過ぎないと云う誰でも知っている事実を再認識すると、指定された喫茶店へ歩み出した。

5

クラスメイトの中村君が横断歩道を歩いていました。街を歩く人の群れに紛れ、私の視界からすぐに消えました。当たり前ですが、私は中村君と会話をした事などありません。彼は外見のみで判断すれば平凡な人間ですが、しかしあの石渡君や、他のクラスの人達をも牛耳《ぎゅうじ》っているのです。そんな凄い人と話せる訳がないのです。

それに……仮想世界での逃避に幸福を見出せなくなった今の私には、他者と会話を交わすなんて云う、体力と精神を酷使する作業は行なえません。

私は闇が濃くなりつつある世界を孤独な気分で歩きました。世界に自分しかいなければ間違いなく発露しないであろう嫌な感情に屈服されながら。

ふと、背中に視線を感じました。

ああ……まただ。振り返ります。薄闇の中に浮かぶ幾千もの瞳《ひとみ》がありました。

この中の誰かが……私を注視しているのです。毎回毎回、飽きもせずに。

誰？

一体誰なの？

私を見ているのは誰なの？

……え。

私を見ている。

『私』を見ている？

何を……喜んでいるの？

呑気《のんき》なものですね、私は。

家に到着しました。玄関を開け、ただいまと一応云いましたが、返答はありません。それは家に誰もいないのではなく、誰も返事してくれないからです。まあ、今に始まった事ではないので特に気にはしません。殴られなくなっただけましです。

棚からゴミ袋を抜き取ると、階段を昇って自分の部屋に入りました。そして窓を開けます。平均的な世界が眼前に広がりました。それに意味はありません。平均的だからこそ、世界として機能しているのです。特出の果てこそが平均的であると云う逆説にも、基本的に賛成です。

幼稚園の頃……まだ両親が週末に二人だけのデートを愉しむ間柄であった、幸福で満足出来るささやかな時期……に、縁日か何かの時に、父に綿飴《わたあめ》を買って貰った事がありました（仕事やら運勢やらで約束をいつもはぐらかされていたので、その日はとても有頂天《うちょうてん》だった自分を記憶しています）。私の選んだ綿飴の袋は白でした。店先に並んでいるそれ以外の袋には、白の他にも赤やピンクや黄色もあります。それなのにどうして赤い袋に入った綿飴を買わないのかと、父は何度も問いました。当時の私は、赤い色が大好きだったのです。服も靴もヘアバンドも赤で統一したいくらい好きでした。

　それでも私は白い袋の綿飴を求めました。理由は単純。綿飴自体は白だからです。仮に虹色の袋があっても、綿飴そのものは白。表面ばかり飾っても内面としての魂に変化を及ぼさない事を、当時の私はちゃんと知っていたのです。

　それなのに、

　……今の自分は。

　私はクローゼットを開けると、コスプレ衣装を乱雑に抜き取り、それをゴミ袋に突っ込みました。次に洋服簞笥の中身も押し込めます。

　この行為は『儀式』でも『脱却』でもなければ『卒業』なんかでもありません。単なる衝動……ええ、思いつきなのです。それくらいは認識していますす。悲しいけれど。それでも、砂糖がたっぷりとかけられた据膳《すえぜん》を食し、ぶくぶくに肥《ふと》った自分に気がついたのですから、これは進歩と呼べるでしょう。いいえ、呼びたいものです。

　ただ……進歩が必ずしも成長と直結しているとは限りませんし、果たして今の私が、白い袋の綿飴を買うのかも断言出来ません。

6

　私は小説に出て来る探偵などではなく、ごく普通の一般市民なので、一つの疑問を朝から晩まで追ったりするのは無理だ。学校があり、食事があり、何《な》故《ぜ》藤木がこの倉庫を知っているのかと云う疑問があり、島田君を殺したのは誰なのかと云う疑問があり、藤木の残した不可解な二つの記憶の疑問があり、今日の須川さんの行動に疑問があり、どうして私は秋川の鳩尾《みぞおち》を殴ってしまったのだろうかと云う疑問もある。

　そして、倉庫に田沢を呼び出して、一体何をしたいのかと云う自分自身への疑問も。

　倉庫前に立つ私と田沢は、二人きりで向かい合っていた。時刻は午後七時。

「そんで……」田沢はニタニタと云う形容がぴったりの笑いを口元に湛《たた》えていた。嫌な顔だ。「何の用な訳？　こんな所に連れ込んでさ。期待しちゃって良いのか？」

「知ってる事を教えて欲しいの」

私は嫌悪感を抑えて云った。

「あ？」

田沢は優れた体を左右に揺らせた。

「藤木さん」

「あ？」

「藤木さんの事を知りたいんだけど」

私は決意し、話題を切り出した。

田沢は林の中に向けていた視線を倉庫に移動させると、お前もこの倉庫を知ってたんだなと、私の発言に対する返答とは少し違う言葉を吐いた。

「ねえ、藤木さんの……」

「喫《す》うか？」田沢はポケットから煙草を取り出して一本抜いた。私にも箱を差し出す。勿論、拒否。

「何だよ、お前も喫わねえのかよ」そう云って火を点《つ》けた。しかしライターの炎なんかでは、マッチ売りの少女が見た幻影は望めない。「健康人間ばっかりだな、俺の周りはよぉ」

「ねえ……お願い、教えて」私は田沢の瞳を見ながら懇願した。両手を合わせて。「あの日、藤木さんは何て云ってたの？」

「あの日っていつだよ」

「先月。ほら、石渡君とか桜江さんとか……とにかく皆で教室に集まってたでしょう？　放課後に」

どうしてこんな連中に、さんだの君だのをつけなければならないのか。

「何で知ってるんだよ」

田沢が不審そうに眉を顰《ひそ》める。

「それで、その時に藤木さんが何かを云ったでしょう？」私は無視した。「ねえ、何て云ってたの？　それが知りたいの私は」

「おい。だから何で知ってるんだよってば」田沢は長身を遺憾なく発揮させて私を見下ろすと、もう一度質した。「あ、そうか……お前、覗いてやがったな」そう云って乱暴に煙を吐いた。煙が緩《ゆる》やかに流れて行く。「ってか、どうしてお前がこの倉庫を知ってるんだ？　藤木の会話の内容を聞きたがってるって事は、その時に聞いて知った訳じゃあねえんだよな……。したら、秋川とかが喋ってたのを聞いたのか？」

ああうるさい。立場が逆だ。どうして私が追及されなくちゃならないんだ。

「そんなの関係ないでしょ」

だから私は吹っ切った。そうだ、ここは学校じゃないのだ。だから田沢なんて、ただのデカブツに過ぎない。

「あ？」

「だから関係ないって云ってるのよ。私は藤木さんが何て云ったかを知りたいの」

「何でだよ」

「何だって良いでしょ。教えて」

「嫌なこった」

田沢は上流階級の貴族の真似をして煙草を銜えた。

「藤木は何て云ったの？　どうしてこの倉庫を知ってたの？　島田君を殺した犯人を知ってるの？」藤木を呼び捨てにした事を、言葉にしてから気がついた。だが知った事か。「お願いだから……」

「もう喋んなよ」田沢は静かに宣言した。「殺すぞコラ」

「……ころす？」

コイツ嫌いだな。

殺しちゃおうよ。

右半身が出現し、小さな声で囁いた。

私は緊張状態に陥る。

食べれば記憶が読めるじゃん。

それにお腹も空いたでしょう？

そうだ、私は記憶抽出機なのだ。それを失念していた。ならばこのような詰問など必要ない。時間の無駄だ。それに……新たな肉が欲しいのも事実。脂肪だらけの藤木の肉なんて口にしたくないと云うのが本心。

私は今日の自分の行動を反芻《はんすう》した。部活が終って下校している田沢に声をかけたのは、学校から数百メートル離れた交差点。そこからこの倉庫までは一緒にやって来た。誰かに見られたかも知れない。その可能性は大きい。それでも、まあ大丈夫だろう。遺体さえ見つからなければ良いのだ。そして遺体は見つからない。だって、私の胃で消化されるのだから……。

「ねえ、田沢君」私は田沢を見つめた。「この倉庫が何なのか、知りたいと思わない？」

「何を知りたいって？」

「倉庫」私は自分の左手側に建つ倉庫を指差した。「これ、気になるでしょう？」

「そりゃ、まあな」

「この中、知りたくない？」私は惑わすように云う。「ねえ、中に入ってみたいでしょう？」

「まあ……入れるんなら入ってみたいけど」

「鍵、持ってるよ」

「あ？」

「鍵」私は制服の胸ポケットからキーケースを抜くと、中から倉庫の鍵を取り出した。「ほら」

「嘘つくんじゃねえよ」田沢は睨む。「どうして倉庫の事を知りたがってるお前が、その倉庫の鍵を持ってるんだよ」

倉庫の事を知りたいだなんて一言も云っていない。何故倉庫の存在を藤木が認識していたかを知りたいとは云ったけれど。

私はシャッターまで歩み寄ると、鍵を挿した。捻《ひね》る。ロック解除。私は驚いた表情の田沢に微笑を向けると、一緒に行こうと告げた。田沢はああだか、おうだかと返事をし、煙草を捨てて倉庫へと向かった。

　自分の横に田沢が立ったのを確認すると、シャッターを開けた。がらがらと云う騒音とともに、倉庫内の闇と冷気が露出する。うげ寒いなと田沢が呟いた。藤木も田沢も当たり前の感想しか云えないのだろうか。

　私は瞬間的に皮膚が凍りつくくらいの冷気が渦巻く倉庫へと入った。そして振り返り、ほら早くと立ち竦《すく》んでいる田沢を促す。田沢はやはり、ああだか、おうだかと返事をして、倉庫の中に足を踏み入れた。私は田沢の体が完全に倉庫の中に入ったのを確認すると、自分の体を思い切り激突させて田沢を突き飛ばした。それから急いでシャッターを閉めた。

　完全な闇。

　呼吸を止める。

　耳を澄ます。

「っ痛《て》えッ！」田沢の怒鳴り声が反響した。「おいどこだコラ！　出て来いッ」怒号が響く。「出て来やがれ！　おいさっさと開けろ！　どこにいる、寒いだろっ！　電気を点けろよ！」

　私は望み通りに電気を点けてやった。数回の点滅の後、倉庫内が光りで満たされる。

　田沢が沈黙した。

「あ」首と脚と指を切断された、以前は藤木と呼ばれていた肉を見下ろす田沢は無表情だった。「あ？」

　田沢の背後に立った私は、倉坂先生の遺品である折り畳みナイフをポケットから抜いて刃を出すと、それを田沢の太腿の裏に突き刺した。そして縦に切り裂くようにしてナイフを抜く。

「うあつっ！」田沢は大袈裟に倒れた。「ひぃ、うあ」そして傷口を押さえてのた打ち回る。「ぐううう！　あがう、って……いてぇ……。いてぇ！」

「早く起きた方が良いよ、田沢君」私はロッカーに向かいながら忠告した。「肌が床に貼りついちゃうからさ、凍って」

「てっ、て、てめえ……」田沢の声が怒りと寒さと苦痛で震えているのが判る。「なにをかんがえてやが、やがるんだ」

「図体が大きいから怪我《けが》させないと危ないでしょ」冷たくなった指でロッカーを開けた。「それに、教えてくれないそっちが悪いんだから」コートを着る。手袋も忘れない。どちらもひんやり冷たかった。「さっさと教えてくれたら、こんな事にはならなかったのにさ」私は田沢の元へ戻ると、見下ろして云った。

「……なあ、こ、ここは一体何だ？」床に倒れた田沢が、呻きながら訊いた。藤木の肉片やら肉のこびりついた骨やらを、意外と冷静な視線で観察している。「これ、本物なんだろ？　骨とか内臓とか」

「うん」

「うん、じゃねえよ。これ、お前の仕業なのか？」

私は答えなかった。確かに肉を捌《さば》いて食べたのは私だが、用意したのは倉坂先生。

「お前、頭がおかしいぞ……」

腿を押さえる田沢の手は、既に真っ赤に染まっていた。指の隙間を血が溢れ、凍った床に溜まって行く。

「私は正常だよ」自信を持って答えた。「そんな台詞はベジタリアンになってから云ってね」それにしても……私は嫌な女だ。己の有利を確信すると、まるで人が変わったみたいな対応をする。これが本性だとすれば最低だ。

「けっ、俺はベジタリアンだよ……」田沢は体を震わせながら吐き捨てるように云った。「煙草はベジタブルなんだ。知ってたか？　それを。なあおい、俺にもコートを」

「藤木が着ていた血だらけのコートならあるけど」

「藤木を殺したのはお前か？」

「じゃあ、尋問《じんもん》を開始するよ」

私は倒れた田沢の前にしゃがみ、血のついたナイフの刃先を首に当てた。田沢は白い息を吐き出す作業を停止させた。

「何を、き、聞きたいんだ」

昏を痙攣させながら尋ねる。

「だからさ、あの日……藤木はどんな話をしていたの？」

「は、鼻の穴が凍って気持ち悪いな」

「ちゃんと質問に答えて」

私は苦痛と寒さを堪えている田沢の頭部をナイフの柄で殴った。

「いってえ！」

「早く答えなさい」私は凍った息を吐き出しながら告げた。「放課後の教室で、藤木はあなた達に何を話していたのかを教えなさい」

「……予言だよ、よ・げ・ん」

田沢は口の端を引き攣らせて私を睨んでいる。

「何云ってるの……」

唐突に現れた異様な単語に、私は酷く狼狽《ろうばい》した。

「だから、予言だって云ってるだろ。ノストラダムスって訳さ……」

「何云ってるの？」私は早口で、まくし立てた。

「あなた高校生でしょう、嘘吐くんだったらもっとまともな事云いなさいよ。藤木が予言を語った？馬鹿じゃないの！」

「馬鹿って云うなよ！　これが真実なんだから。ち……近い未来が見えるとか云ってた。いやまじで」

「信じる訳がないでしょう」

ナイフに力を込める。

「おい止せコラ！　本当なんだって」田沢が唾を飛ばす。「この倉庫の場所も、よ……予言で知ったんだとさ。おい何だよその顔は信じてねえだろ」

「馬鹿じゃないの？」私は言葉を返した。「下らない事を云わないで頂戴。こっちは……こっちは真剣なんだからね。殺されたいの？　正直に教えてくれたら助けてあげるんだよ」

「悪いんだけどよお、これ、本気なんだ……」田沢がニヤニヤと笑い出す。「島田が死ぬ事も、予言で知ったらしいぞ」

「え？」

私に生まれた一瞬の隙を、田沢は見逃さなかった。ナイフを握る私の手首を捻《ひね》ると、冷凍寸前の怪我人とは思えないほどの素早さで立ち上がった。そして自由な方の手で私の鼻っ柱を殴り飛ばした。低温のために神経が過敏になった肌に、尋常ではない衝撃が襲う。私は抵抗出来ずに、そのまま倒れ込んだ。凍った藤木の腹が頭にぶつかった。

田沢が首根っこを掴んで、私を持ち上げた。プロレスラーみたいな奴だ……って云うか苦しい。両足をバタつかてみせるが全く動じない。田沢はそのまま腕を回し、私の首を締め上げた。喧嘩《けんか》慣れしている。

「おいコラ」怒りと寒さの混ざった声が、私の耳元に響く。「めちゃくちゃ寒いんだけどさ、何とかしてくれねぇか？」

「……え」


鼻の周辺が酷く痛い。生暖かい液体が口内に入った。これは、鼻血？

「本気で云ってるんだ俺は」更に締め上げる。苦しい。咽喉が潰れそうだ。「この寒さを、な……何とかしろ」そして私の鳩尾を殴る。何度も殴る。

「ぐぇあ」

内臓に衝撃。吐き気が込み上げる。体に力が入らなくなった。意識が朦朧となる。鼻血がしょっぱい。

あーあ、弱いんだね。

逆に殺されちゃうよ。

右半身が他人事みたいに笑っている。こいつには痛覚が宿っていないのだろうか。体の半分を支配している癖に。どうして私ばかりに、痛い目や苦しい目に……。

「何をぶつぶつ云ってるんだ」

「あ、あっち……」本気で観念した私は、冷凍機に掻き消されるほどの声でそう呟くと、食堂を指差した。「あのへやなら、あったかい」

　田沢は私の首を絞めたまま食堂へと歩み出した。距離にすればほんの数メートルだが、しかし痛みと寒さで弱っている上に、弛緩《しかん》した私を拘束《こうそく》したままでの移動なので、それは随分と時間を要した。

　食堂のドアを開けると、私達は倒れ込むように食堂に入った。事実、私と田沢は床に倒れてしまった。食堂とは云え、前述の通りタイガーボードで囲んであるだけなので、実質的な温度はあまり変わらないが、それでもかなり暖かい気がした。呼吸が随分と楽になる。田沢に殴られた鼻の先端に触ると、ぼんやりしている癖に、妙に金属的な痛みが走った。

　先に回復したのは田沢だった。怪我を負った脚を庇《かば》いながら立ち上がると、手探りでスイッチを探し、電気を点けた。蛍光灯が光を放つ。それから一つだけ置かれた椅子に座ってテーブルの上に脚を投げ出すと、太腿の傷の具合を観察し始めた。チャックの壊れた財布みたいにパックリと開いたその傷口からは、まだ血液が流れているようだ。私は田沢の様子を、床に倒れた格好のまま眺めていた。

「そんなに痛い？」

「当たり前だ……」

「傷は浅いけれど」

「黙ってろよ馬鹿」

　田沢は床に寝そべっている私の前へやって来た。そして突然私の胸元を摑んで毛皮のコートを開くと、制服のスカーフを引き抜いた。包帯として使用するらしい。脱がされるのかと思った。こんな寒い場所で強姦されたら、絶対に途中で凍死する。

「後で殺すから待ってろよ」田沢は傷口にスカーフを巻きつけながら宣言した。「体が暖まったら、絶対に殺してやる。てめえを」

「あそこにストーブがあるから」

　私は天井に合わせた焦点を外さずに、キッチン付近の適当な場所を指差した。そこには倉坂先生が買ってくれた、業務用の灯油ストーブが置かれている筈だ。

　田沢は足を引き摺りながら灯油ストーブの方に向かい、お前はここに住んでるのかと問うた。

「まさか」鼻を鳴らして一笑しようかと思ったが、そうした行為に耐えられるほど鼻が回復していないと判断して止めた。「こんな寒いところには住めないよ。イヌイットじゃないんだし」

「じゃあ何で鍵を持ってるんだ」田沢はストーブにスイッチを入れる。「しかも……中は死体だらけ。尋常じゃねえぞ、これって」

　ほら、云われたでしょう。

　狂ってるんだよ、あなた。

　相変らず腹の立つ言葉を放つ奴だ。尋常？　物を食べる事が、そんなに変なのか？　生物として当たり前の行為なのに？

「……お前、何を企《たくら》んでるんだ？　おい、答えろよコラ」

「煩い」

「は？」

　私を見下ろす田沢は、そう大きくない瞳を丸くした。

「黙って頂戴、下っ端の癖に。へこへこした犬が誰に向かってものを云ってるのよ。って云うかさ……犬が喋るのは変だと思うけどね。知ってた？　このクソ犬」床に寝そべる私は、意図的に罵詈《ばり》雑言《ぞうごん》を浴びせた。「さっさと自分の小屋に帰りなさいよ」

　突然の攻撃に驚いた田沢は、口を開けてポカンとした表情を浮かべていたが、その双眸に憤怒《ふんぬ》の色を露骨過ぎるほど露骨に顕《あらわ》すと、ふざけてんじゃねえぞてめぇと怒鳴り、負傷していない方の脚をバネのように駆使して、こちらに飛びかかって来た。ありがたい事に、大人が子供を殴りつける時のように馬乗りになってくれたので、コートに隠していた先端の尖ったナイフを、その腹部に刺すのは容易だった。

「ぎぃあああ！」

田沢は口を限界まで開けると、まるでスローモーションのように、緩やかに後ろへと倒れた。ゴンと云う、頭を床に打ちつける音が聞こえる。私は起き上がって田沢の腹に刺さっているナイフを抜くと、頸動脈を切断した。刹那《せつな》、馬鹿みたいな量の血液が田沢の首から噴き出した。血のシャワー。私の上半身が真っ赤に汚れる。バスタオルを持って来れば良かった。口内に入った血を吐き出しながら、そんな事を思った。

私は全身を痙攣させながら完全に開いた咽喉から呼吸を洩らしている田沢の様子をしげしげと眺めたりはせず、キッチン棚から包丁とノコギリを取り出した。肉は新鮮な方が美味しい。魚貝類だって生きたまま捌《さば》かれるんだし。

シャツを引き千切って田沢の腹を顕《あらわ》にした。肋骨の下に包丁を突き立てる。田沢は驚愕の表情で私と包丁を交互に眺めていた。だが構わずに臍《へそ》まで躊《ちゅう》躇《ちょ》なく切り裂く。田沢は目を見開き、口から大量の涎《よだれ》を流して絶叫しているようだが、咽喉を切られているので声が出せない。手足を動かして抵抗する体力も余裕もない。その姿は、正に生贄だった。

私はコートの袖を捲くると、田沢の体内に手を入れた。腸を掴んで、それをゆっくりと引き摺《ず》り出す。顔を一瞥すると、白目を剝いて舌を出していた。呼吸音が聞こえない。動きも止まっている。どうやら絶命したらしい。

私は腸を完全に抜き出すと、肋骨にノコギリを当てて上下に引いた。骨の削れる音。その感触が腕に伝わる。肋骨の切断を終えると、次に一番の好物である心臓の取り出しにかかった。田沢の咽喉を切り裂いたナイフを使い、繋がっている血管をぶちぶちと切り取る。そして邪魔な血管全ての切断を終えると、心臓を静かに取り出した。それはまだ……生暖かい。

……慣れたもんだ。

私は苦笑した。あの少女の時なんか、手首を食い千切るだけで必死だったのに、今は魚を三枚下ろしするみたいに簡単に解体している……。

「あらまあ、上手ねえ」

そんな素晴らしい解体作業を褒めたのは鏡さんだった。

鏡さんは食堂のドアの前に立っていた。私は包丁を構えて突進する。鏡さんは手にしていた鞄を、私の顔に投げつけた。視界が遮られ、次いで衝撃が顔面を襲う。思わず立ち止まってしまった。重たい衝撃。この人は……鞄に何を入れているのだ。私は突進を再開させた。しかしもう遅い。

鏡さんは私の眼前に立っていた。

静謐《せいひつ》な笑顔。

とても怖い。

鏡さんは私の頭部に向けて、凍った頭蓋骨を振り下ろした。

7

こんな夢を見た。

真っ白な空間。

白以外に、何もない。

本当に白だけの空間。

空も地面も、全部が白。

いや……空や地面と云った境界すらない。

そんな曖昧な空間に、倉坂先生が立っている。

先生は白衣にエプロン、そしてサングラスと云う格好だった。

手には、『今日の料理』を持っている。

私は先生と向かい合っていた。

「どうして、こんなに真っ白なのか解る？」

解りません。

「それは君が原因なんだ、砂絵」

私？

「君が全てを食べてしまったからさ」

食べたって……。

「砂絵は欲張りさんだからね」

私は、そんなに食べてません。

「君は全てを取り込むんだよ。業務用掃除機みたいに」

そんな、違います。

「そのせいでほら、世界は真っ白」

違います、違いますっ。

「そして、取り込み過ぎた君は、やがてパンクする」

ぱんく？

「グリム童話を知ってるだろう？　空気を吸い込んで腹の破裂したカエルの話。あれ、アンデルセンだっけ？」

何を云ってるんですか？

「僕の娘……」

千鶴がどうしたんです？

「あ……いや、何でもないよ。ただの傲慢だったね」

意味が解りません。

「さてと、じゃあ僕はそろそろ帰る」

えっ？

「もう一度云うけれど……カエルになってはいけないよ、本当にね」

まって、待って下さい。先生。

目が醒めた。

どうやら私はまたしても、食堂の床に倒れているらしかった。頭部に触れる。断続的に響く鈍痛が私を襲う。大きな瘤《こぶ》が出来ていた。全くもう……容赦せずに殴ったな。

室内は業務用の灯油ストーブの無駄なまでに驚異的な努力の賜物により暖かくなっていたので、血を吸って重量過多になったコートを脱いだ。顔には田沢の返り血とは別の液体……汗の膜が浮かんでいる。私はそれを拭い、痛みだけが特化してどこかへ飛んで行ってしまいそうな頭痛を堪えながら上半身を起こした。

田沢の死体があった場所に視線を移す。だがそこには、おびただしいと云う表現があまりにも適切なほどの大量な血溜まりがあるだけで、肝腎の体がなかった。その代わりに私を襲った鏡さんの鞄が落ちている……かがみさん？

慌てて背後を振り返る。

案の定、鏡さんの存在があった。

灯油ストーブの前に座った鏡さんは、私を昏倒《こんとう》させた頭蓋骨を、猫がじゃれるみたいに転がしていた。頭蓋骨を回転させるたびに、本来なら眼球が嵌《は》まっているべき穴から、解凍された脳味噌がぱらぱらと零《こぼ》れた。驚きと呆《あき》れが一緒くたになったものが私の内面に出現する。この人は……何なんだ？

「一体この人は何なんだ、なんて思ってるんじゃないでしょうね」鏡さんは冷ややかな視線で私を睨んだ。「当たり前だけど、それはこっちの台詞よ。ねえ砂絵ちゃん、アンタ人を食べてるわね？」そう云うと、眼球の穴に人差し指と中指を入れ、ボウリング玉のように頭蓋骨を転がした。「お鍋に太い指が入っていたわ。良く藤木さんなんて食べられたわね。尊敬しちゃうな」頭蓋骨は食堂の壁に激突し、下顎が外れた。

「どうやって……中に入ったの？」

私は混乱を抑えて尋ねる。

「さらば、しゃれこうべ」

「答えてよ！」

「だってシャッターの鍵かかってなかったもの」

「……あ」

「大丈夫、安心しなさい」鏡さんはセーラーの袖《そで》から伸びる白い腕を抱いた。寒いのだろう。「ちゃんとロックしたから」

私は立ち上がった。殴られた衝撃がまだ蓄積されているらしく、足腰が重たい。しかしそんな苦痛や悪条件を無視して鏡さんと向かい合う。足元を確認したけれど、残念ながらナイフやノコギリは見当たらなかった。

「探してるのはこれでしょう？」鏡さんは立ち上がりキッチン棚を勢い良く開けた。中には血に塗《まみ》れた解体道具が無造作に投げ込まれている。「砂絵ちゃんたら私を本気で殺そうとするんだもの。感動しちゃった。ひさしぶりの命懸けって奴ね」

「私の事を警察に云う気なの？」

私は霞んだ双眸で鏡さんを捕らえた。

「場合によるわ」

「どんな場合？」

「あのね、私はひっそり生活したいのよ」鏡さんは棚を閉めた。「面倒なごたごたは望んでないの。静かに、普通に暮らしたい訳ね」そして架空の眼鏡でも上げるように、中指を眉《まゆ》と眉の間に置いた。「それを乱すようなら警察に突き出すけれど」

「別に……私は鏡さんの生活を乱したりなんかしないよ……」

鏡さんは困った表情で、そう云う意味じゃないんだけどさと呟いた。そして鍋に入った藤木の指を眺めながら、アンタが動くだけで影響があるのと続けた。

「意味が解らないよ」私は正直に答える。「どうして？　別に私が動いたからって、鏡さんには何も関係が……」

「見えるからよ」

「みえる？」

「砂絵ちゃん」鏡さんは鍋を蹴り飛ばした。鍋と水と肉片が飛び散る。短くて太い藤木の指が、私の足元へ転がって来た。「どうしてこの指が藤木さんの指だって事を、私が知ってると思う？」

「え」

確かにそうだ。倉庫内にある藤木の肉塊は首を切断してあるし、生首は既に処理してある。鏡さんがこの指の持ち主を知る術《すべ》はない。

「私には見えるの」

「どう云う意味」

「お願いだから笑わないでね。私は人の未来が見えるの」鏡さんは真顔だった。「いわゆる一つの、予言って奴ね」

「は」

……予言だよ、よ・げ・ん。

田沢の発言を想起した。予言……またしても予言？　馬鹿馬鹿しい。そんな嘘臭くて怪しいものが実在するものか。夢見がちな少女の空想じゃあるまいし。

ねえ、ちょっとちょっと。

自分の事忘れてるでしょ？

右半身が指摘《してき》した。それは私の記憶抽出を指しているのだろう。確かにこれも馬鹿馬鹿しいと云えば馬鹿馬鹿しい。アニメじゃないんだぞ……なんて云う否定的で軽蔑的な視線が派生するのも認めよう。でもこれは私にしてみればリアルなのだ。しかし怪異を体験した者がそれを第三者に語っても、ただの滑稽な茶番として処理される事実を認識しているので強調はしないが。

「へえ、そう」私はそう返事をすると、何故か一歩後退した。理由は解らない。「予言……ね」頭の痛みが増幅する。「それじゃあ、私が藤木を殺して食べる事を、鏡さんは予言で知ったんだね？」

「ええ。だからこの倉庫の場所を知る事も出来たのよ」鏡さんは簡単に頷いた。「だから、ちゃんと忠告したでしょう？　サムライトルーパーの事とかも」

「知ってた？　藤木も予言が出来るんだって」私は額《ひたい》の汗を拭《ぬぐ》った。赤い汗だった。「今際《いまわ》の際に、田沢が云ってたよ」

「……へえ」

鏡さんは感情の読み取れない表情で、藤木の指を眺めていた。

「藤木も倉庫の存在を予言で知ったんだってさ。それと……島田君が死ぬ事も解ったみたい」

「それってブラフじゃないの？」

「藤木の？　それとも田沢の？」

「知らないわよ、そんな事まで」

「あのね鏡さん……私、これからそれを調べるところなの」私は鏡さんを睨みつけながら告げた。間合いを計る。「田沢の云った事が嘘なのかどうなのかをね、私は確認出来るの」現在位置から食堂のドアまでの距離は、約三メートル。「それに……警察なんか絶対に嫌だから」しかし鏡さんとの距離は二メートルにも満たなかった。「警察なんか行かないから。私は何も悪くない」頭部のダメージは足腰まで及び、完全な機能は期待出来ない。転倒はしないだろうが、速度低下は確実だ。「そうよ、悪くないもの。肉を食べる事は悪い事なんかじゃないッ。私は悪い事なんかしてない」

「さっきから何を云ってるの？」鏡さんが不思議そうな表情で私を見つめている。「って云うかさ、砂絵ちゃん、ここから逃げ出そうとしてるでしょう？悪いけどバレバレよ」

「捕まりたくない！」

「だから最初に云ったじゃないの。アンタが私の生活を乱すような事をしないのなら黙ってあげるってば。別に私は、砂絵ちゃんが誰をどう食べようが知った事じゃないんだからさ」

「乱さないから、絶対に乱さないから、見逃してよ……」私は泣き出しそうな勢いで懇願《こんがん》した。勿論、最悪の結果も想像してあるので、逃走経路の確認は怠《おこた》っていない。「お願い……ねぇ」

「それじゃあ、島田君の死をこれ以上追及しないで」鏡さんは冷たい瞳で私を睨んだ。「それを約束してくれるのなら、これを警察に届けるような真似《まね》はしないわ」そう云ってスカートのポケットからインスタントカメラを取り出した。「あと五枚、余ってる」

　島田君の死の真相を知りたい気持ちはある。それが好奇心と称される低俗な感情から派生したものではない事も承知していた。島田君を殺した犯人を捜し出したい。殺害した理由を質《ただ》したい。この欲求はそう簡単に消えるものではなかった。むしろ日を追うごとに増加していると云っても良い。

それなのに、追及を止めるなんて。

背に腹は替えられないと云う精神を忘却している訳ではないが、その条件は飲めなかった。

「どうして？」私は鏡さんを睨み返した。口内が不快なくらいに乾燥している。「どうして駄目なの？ 私が島田君の死を追及したって、鏡さんには何も関係がないでしょう？ それとも……島田君を殺したのは鏡さんなの？」

「それ挑発？ それとも単なる思いつき？」鏡さんは真剣な表情で返す。「私が島田君を殺す筈がないでしょう。島田君は勝手に死んだのよ」

「……勝手？」

意味が解らない。

「そう」鏡さんはカメラをこちらに向ける。「それと私が危惧《きぐ》してるのは、島田君の死を起点として動き出したアンタ達なの」シャッターを押した。フラッシュが眩しい。あと四枚。

「私が何をするって云うの」

「知らないわよ。だから困ってるんじゃないの。さあほら、どうするの？ 島田君の事を諦める？ それともワイドショーのネタにでもなる？ テロップは、人喰い女子高生の異常な実情。きゃあ、マニアに大受けだわ。じゃあこの写真も売れるかも知れないわね」そう云ってインスタントカメラを指の間に挟んで、ひらひらと揺らした。「倉庫の画像を世界にバラ撒こうかなー。いや、テレビ局に売った方がお金になるわね」

「……解ったよ」私は観念した。「島田君の事は、これ以上追及しない」

「嘘じゃないでしょうね」見透かすような視線が私を通過した。「私は虚言も暴力も交渉の一手段と云う事を知ってるのよ」

「嘘なんかじゃない」

「万が一、砂絵ちゃんが私との約束を反故《ほご》にしたら」鏡さんは再度カメラを向けた。カシャッ。「和製ジェフリー・ダーマーの誕生よ」

「嘘なんかじゃない」

私は繰り返した。今……自分の口から出たこの言葉は果たして本当なのだろうか。私は島田君の死の調査を完全に諦め切れるのか。解らない。己の本心が解らない。

しかし鏡さんの目を盗むのは難儀な気がした。この人を幻惑するのは私なんかには無理。何せ……真偽は不明だが……予言者なのだから。ならば従うしかないだろう。少なくとも今は。

「オッケー、信じるわ」鏡さんはカメラをポケットに戻した。それから不意に優しい表情になる。「アンタさ、島田君の事が好きだったのね?」

「は?」突然の攻撃に私は驚いてしまった。どうしてこの状況下で、そんな発言をするのだ。しかも当たってるし。「……あ、いや、あの。そんな」思わず顔を背ける。これが一番の動揺だった。

「隠しても無駄よ。私は弟の性癖まで見破ったんだから」

「どし、ど……」心臓の鼓動が馬鹿みたいに高鳴っている。私は胸を押さえた。「どうしてそんな」

「愛した男を殺害した犯人を捜《さが》す一人の少女」鏡さんはおどけた口調になる。「美しいなあ」

「何を……」

「でもね、世の中には知らない方が良い事もあるのよ。あ、ちょっと違うな。知っても無意味な事、ね」

「鏡さん……何か、知ってるの?」

「そんな訳ないでしょう。知ってたら、こんな面倒な事はしないで諸悪の根源を叩き潰すわよ」鏡さんは険悪な声で吐き捨てるように云った。「周りでは事件がいっぱい起きてるってのに、真ん中がさっぱり見えない。きっと諸悪の根源は、その見えない真ん中に隠れて事件を操作してるんだわ」そして抱いた腕を解き、僅かに波打つ髪を撫でた。「いや、それとも……真ん中が見えないのは隠れてるんじゃなくて、本当に空っぽなだけかも」

「……ねえ、鏡さん」私は落ち着いたふりをして訊いた。「田沢の肉はどこ？」

「あっち」そう云って、食堂のドアを指した。「ちゃんと凍らせてあるから食べられるわよ」

「私が切り取った心臓は？」

「元の位置に戻しておいた」

「ありがとう」

8

　心臓を一口サイズに切る。肉厚なので雰囲気としてはサイコロステーキのようだ。キッチン棚からフライパンを出して加熱する。充分に熱が伝わったのを確認してからサラダ油を注ぎ、まんべんなく広げる。そして血の滴る赤々とした心臓の切り身をフライパンに入れた。じゅうと云う心地良い音が食欲を促進させた。味つけは醤油《しょうゆ》と味醂《みりん》。少々の塩も忘れてはならない。

　心臓の表面に焼き色がつき始めた。ミディアムが一番美味しい。コンロの火を消し、余熱で焼き加減の仕上げを行なう。完成するとフライパンから皿に移した。

　返り血だらけの顔を洗浄した私は、テーブルに出来立ての御馳走を運ぶと、早速食べ始めた。

「うへえ」私の背後に腕を組んで立っている鏡さんが声を出した。「砂絵ちゃん……美味しいの？　それ」

　私はそれに答えずに食べ続けた。田沢の心臓は一般のそれよりも幾分歯応えがあり、なかなか美味しい。やはり心臓は男の物に限る。図体が大きくて頑丈な男の心臓は、とても美味だ。

「鏡さんも食べる？」

半分以上平らげたところで、私は鏡さんに皿を差し出した。鏡さんは口元を嫌そうに歪めると、いらないと云って首を振った。しかし表情に驚きや脅《おび》えは見られない。やはり……この程度のデモンストレーションでは、鏡さんを参らせるのは不可能らしい。立場を逆転させるには至らない。

「どうして人を食べるの？」

鏡さんはテーブルを迂回《うかい》して私の前に立った。

「違うの。人しか食べられないの」心臓を咀嚼しながら正直に答える。「理由は解らないんだけど、何年か前から」

「じゃあ今日まで、こうやって人を殺して食べて来たのね」

「ううん、ストックがあったから……」

「肉のストック？　誰が用意したの？」

私はその質問を無視して目を瞑った。田沢の記憶が浮かび上がって来たからだ。私は手馴れてしまった記憶の選別作業に取りかかった。脳のヒダを裏返して注視するような感覚が続き、その果てに映像が……見えて来た。テストをカンニングしている田沢。学校をさぼる田沢。島田君の顔面を殴る田沢。喧嘩をする田沢。隠れて煙草を喫う田沢。千鶴を凌《りょう》辱《じょく》する田沢。

そして……見つけた。例の光景。

私は全神経を集中させる。

夕日。

六月。

放課後の教室。

田沢は席に座っていた。隣に石渡。前方には中村。その左側……窓枠に座っているのは藤木。教卓の桜江と秋川のコンビと背後に座る島田君は、田沢の視界からは確認出来なかった。

「本当なんだから。今のところ、全部的中なの」藤木が太い腕を振って云う。「間違いなく予言って奴だよね、これ。超能力だ」

「うわ、くだらねー」桜江の呆れるような声が聞こえた。「そんな事を云うためにわざわざ私達を集めたの？」

「信じてよッ」藤木は口調を強めた。「映像が頭に浮かぶの、ポンって感じでさ」

「へえ、それは凄い……。テレビにでも出たら？」

石渡が揶揄するように提案した。

「どいつもこいつも信じてないなあ……」

藤木は天井に視線を向けた。田沢も一緒に顔を上げる。ただの天井が視界に広がるだけだった。

「誰も信じてないよ」

中村が呟いた。

「あ、何さ……中村も信じないって云うの」

「ノストラダムスの再来って奴か？」中村ではなく田沢が口を出した。「面白そうだな。なあおい、本当にそんな倉庫があるのか捜しに行こうじゃねえか。もしそれで藤木の云うような倉庫があったら、藤木の云う、予言って奴の実在が立証されるんだからさ。それによぉ……」

「この呑気者。あのね田沢君、必ずしも立証にはならないよ」石渡が口を挟んだ。「藤木が下調べをしている可能性がある。その倉庫を予言のみで発見したと云う証拠はないだろ」

「相変らず理屈っぽい奴だなお前は」

「全くね。田沢の云う通りだ」藤木は窓枠から降りた。見たくもないものが見えそうだったので、田沢は慌てて視線を外す。「ねえ石渡、それじゃあ島田が死んだら認めてくれる？」

「うん、まあそうだね」石渡は頷いた。「君の予言通りに、島田君が図工室で何者かに殺されるような事があったら、信じるとしよう。そのオカルトめいた話を」

「そんな事云わないでよ……」

島田君の弱々しい声が後ろから聞こえた。懐かしい声だ。

「藤木」桜江は困ったような口調だ。「あんた、いつからそんな事出来るようになったの？」

「それがいきなりなのよ」藤木は腕を組んだ。「数ヵ月くらい前から頭に映像が突然浮かぶようになって、しかも頭に浮かんだそれは必ず実際に起こるのよ」

「……ってかマジで？　それって冗談なんでしょう。ねっ？」

　秋川が笑いながら云った。

「だから私は本気なんだって！　失礼ね」藤木は大声で怒鳴った。秋川は驚いて背中を丸める。「そりゃあ嘘っぽい話だけどさ、でも本当なんだから。こんな嘘を吐いたって何もメリットないじゃんか」

「それは確かに」石渡は机に肘を突いた。「狼《おおかみ》少年みたいな趣味は君にはないもんね」

「じゃあこれは本当なの？」秋川が訊いた。「島田、本当に殺されるの？」

「そっ、そんなあ。ちょっと止めてよ、変な事云わないで……。縁起が悪いよ」

　島田君が狼狽《ろうばい》しながら云った。

「本当なんだってば」藤木はやはり自信たっぷりだ。「だから信じてよ。悪いけどさ」

　そして映像は終了した。

　私は遠くに置き忘れてしまった冷静さを取り戻そうと、必死に呼吸を整える。

　田沢は嘘を吐いていなかった？

　じゃあ真実？　そんなまさか。

　だが……この倉庫の場所を発見したくだりはともかくとして、島田君が図工室で殺害される事を六月の時点で知っている。

　これは何を意味しているのか。

　予言？

　しかし実は予言などではなく、藤木の発言に触発されたこの中の誰か、或いは藤木本人が島田君を図工室で殺害したと云う可能性もある。だけど、もしそれが真実ならば誰もが怒り出すだろう、私だってそうだ、そんな展開は推理小説だってやらない。

　……本当に予言？

私は正面に立つ鏡さんを一瞥した。

高等な心理学者ですら見抜けなさそうな表情の鏡さんは、無言で私を見つめている。この人も予言者なのだそうだ。

「ちょっと何、その放心した顔は」

それにしても予言者が多過ぎる。

そんな突飛で無敵な存在は、一つの物語に一人いれば充分だ。それなのに……どうして二人も。しかも地理的に接近した場所で。

田沢の記憶はまだ終っていなかったらしい。脳の裏の奥深くに隠された、小さくて強烈な記憶が不意に再生された。

暗い部屋にある、異様に狭い透明な空間。赤ん坊の田沢はその中に閉じ込められていた。天井から弱々しく注ぐ仄青い照明だけが唯一の光源。

……これは。

この記憶には見覚えがあった。そんなのは当たり前だ忘れる筈がない。

異様に狭い透明な空間……カプセルに入れられた赤ん坊が並んでいる景色が、周囲に広がっていた。縦に七本、横に……約二十本くらいの、満員電車みたいなスペースで壁に沿うように設置されたカプセルに入れられた赤ん坊達。田沢も、その中の一つに入れられていた。泣き声が響く。うぎゃううぎゃううぎゃううぎゃう。

……どうして？

驚異的な混乱が私を襲う。どうして赤ん坊時代の田沢がここにいるんだ？　これは藤木の記憶と同一だ。間違いない。でも何故、田沢までもが。

こんな奇怪な情況は、一つの物語に一つあれば充分だ。それなのに……どうして二つも。しかも地理的に接近した場所で。

9

「あったね」

懐中電灯の頼りない光の先にある、学校の体育館ほどの建物。これが藤木の予言した倉庫なのか否かは不明だが、しかし目立たない細道の奥に秘密基地のようにして建ったこの建造物は、限りなく怪しい。

「藤木から大体の場所を聞いておいて助かったよ」

薄闇に紛れた石渡は数十メートル先にある倉庫を眺めて呟いた。

「意外だ」

「えっ？」

「だってさ、君が一番疑ってたじゃないか」

中村は倉庫よりも地面に視線を向けていた。それは中村が猫背だからと云う訳ではない。

「別に疑ってた訳じゃないよ」石渡は懐中電灯の光を倉庫に向けながら返事をした。「信じてなかっただけさ」

「同じだよ」

そう思ったので云った。

「そう？　全然違う気がするけど」

「ねえ」中村は石渡に渡された懐中電灯で、地面に落ちている物体を照らした。銀色の小さな板が、その光を反射させる。「あれ、何だろう」

中村の言葉に反応し、石渡も自分の懐中電灯の光を向けた。石渡はしばらく思案し、さあと答えた。それから、あれがどうしたのと訊き返す。

その問いに答えず、中村は物体へと歩み寄った。石渡もその後を追う。中村は物体の前にしゃがむと、それを手にした。懐中電灯の明かりを照らして観察する。正体はすぐに判明。

「バッテリーだ」

中村は呟いた。携帯なのかＰＨＳなのかはこれだけでは解らないが、裏面にはリチウムイオン何とかだの、バッテリーの頭文字であろうＢＡと云う英語が記されていた。

「藤木のピッチだね？」背後から覗き込む石渡がバッテリーを中村の手から抜いた。「ああ、やっぱそうだ。ほら、プリクラに可愛らしい豚さんが写ってるよ」そう云ってバッテリーの表面に貼られた色褪《あ》せたプリクラを指差す。そこには確かに可愛らしい豚さん……藤木が写っていた。

「藤木との通話は、突然途切れたんだよね」中村は桜江の発言を思い出していた。「しかも藤木はその時、自分は倉庫の前にいると云ってた」

「そして途切れる寸前に聞こえた藤木の悲鳴みたいな声」石渡が言葉を受ける。「もしかしてビンゴ？」

「多分」

中村は立ち上がった。そして威圧的と云うより陰鬱に佇《たたず》む倉庫を眺めると、それを見据えたまま歩き出した。空の色は既に大部分が黒。星の輝きが鮮明になりつつある。

中村と石渡は倉庫の前に到着すると、ほぼ同時に懐中電灯の光を翳《かざ》した。軽トラック程度の車両ならば楽に入れそうなサイズのシャッター。あるのはそれだけ。ここから観察する限り窓らしきものは一切ない。石渡の提案により倉庫の裏側にも移動してみたが、周囲を囲うのはやはり壁だけで裏口はおろか窓すらない。

石渡はシャッターを開けようとした。意外と大胆な奴だ。

「あちゃあ、鍵かかってるね」

しかし施錠《せじょう》されている事が判明すると潔く諦めて引き返した。

「中に誰かいるのかな」

中村はしゃがみ込むと、再び地面に視線を向けた。

「さあね。ここからじゃ解らないよ、それすらも」

「インターフォンある？」

「おいおい、呼び出すのかい？」石渡は小さく笑いながら、中村の隣に立った。「どう云う名目で？回覧板を届けに来ましたとは云えないよ」

「近くに引っ越したので挨拶に、って云うのも苦しい」

「建築基準法違反で強制捜査って云うのは？　使えないってね」

「これがあるよ」中村は手にしていたPHSのバッテリーを振った。「用件は、人捜し」

「ストレートだなあ」

「下手な変化球よりもずっと強いさ。二階堂みたいなもんだね」

「何それ？」

「ねえ、これって……」中村は地面に落ちていた煙草の吸殻《すいがら》を摘《つま》むと、それを石渡に手渡した。「誰のだと思う？」

「……マルボロライトメンソール」石渡は顔を接近させて銘柄を呟くと、小さく溜息を吐いた。「あのね中村君、マルボロライトメンソールを喫う人間が全国に何人いるのか知ってる？」

「その吸殻は、フィルターが噛まれている」

中村は指摘した。

「それじゃあ訂正しましょうね」おどけた口調だが、しかし石渡の表情は真剣だ。「マルボロライトメンソールを、フィルターを噛みながら喫う人間が全国に何人いるのか知ってる？」

「僕の周囲には、田沢しかいない」

「おいおい……」石渡は吸殻と倉庫を交互に見比べた。「洒落《しゃれ》になってないよ、これ」

「洒落なんて云ってない」

「はっ、そんな事は解ってるさ名探偵さん」石渡は吸殻を投げ捨てた。そして眼前の倉庫に視線を移した。「猶予《ゆうよ》はないね……一秒も」

「もう遅いかもしれない」

中村は立ち上がった。

「縁起でもない事を云わないでくれ。僕は迷信深いんだ。知ってるだろう？　それを」

石渡は一瞬だけ中村を睨んだ。中村は彼の新鮮な行為に驚いた……と云うよりも、酷く感激した。

「インターフォンがないようだから……」中村はシャッターの周りを一瞥した。「ノックをしようか」

そして思案にくれた顔つきの石渡に、そう提案する。

石渡は一度だけ、しかし強く頷いた。

10

ガンガンガンガンガンガンと云う衝撃で我に返った。

「何っ？」

私は慌てて立ち上がった。その拍子に田沢の心臓が入った皿を引っ繰り返してしまったが、それを勿体ないと思う余裕はない。

「シャッターの方から聞こえるわね」食堂の壁に体を預けている鏡さんは動じていない。「誰かノックでもしてるんじゃないの？　それにしても大きなノックねえ」

「ノック？」

「開けてやったら？」

「馬鹿な事を云わないで！」

倉庫の中を覗かれたら、私の人生はおしまいだ。

冗談に決まってるでしょ開けたら承知しないわよって開けないだろうけどさ……鏡さんは一気にまくし立てると、嫌にゆっくりとした足取りでキッチンへと歩み寄った。シャッターを叩く……と云うよりもシャッターの破壊を試みている音は止む気配がない。ガンガンガンガンガンガン。

「ど、どっどど」私は焦っていた。自分の両脚が初めて乗った竹馬の上よりも震えているのを自覚する。「どうしよう！　ねえ、ど、ど」パニックは冷静さを奪うだけ。今の私は食堂内を右往《うおう》左往《さおう》するだけの存在だった。「ども、ど……どっ、ども」

「ドモン？」鏡さんはキッチン棚を開けた。そして上半身を潜らせる。「だったらゴッドフィンガーを使うまでだわ。あ、石破天驚拳の方が強いか。いやいや、一番強いのは石波ラブラブ……」

「なっ、なに、訳の解らない事を云ってるの！」

私は食堂のドアへ駆け寄り慌てて開けた。冷気が気管に入り込むが構ってなどいられない。ガンガンガンガンと云う音が大きくなった。シャッターを観察すると、下の部分が僅かに膨らんでいるのが見えた。そこを破壊して潜り込もうと云う作戦か。あんなぺコペコのシャッター、壊されるのは時間の問題だ。ああもう、どうして機密性抜群で頑丈なシャッターにしてくれなかったんだ倉坂先生はと理不尽な怒りが湧《わ》き起こったが、この倉庫が最初から冷凍庫として建設されたものではなく、冷凍機などの設備は後から増設したものと云う事を思い出して、怒りの矛先《ほこさき》が向けられなくなった。

また、殺したら？

食べちゃおうよ。

右半身は簡単に云うけれど、しかしシャッターの向こう側にどれだけの人数がいるのか全く解らないので、藤木や田沢の時みたいな行き当たりばったりの行動は控えたい。包丁やノコギリを持っていても、大人数が相手ではただの無謀だ。一人でも逃したら致命的。やはり……ここは逃げるのが賢明だろう。でもどうやって？　この倉庫に出入り口は、あのシャッター一つしかない。ならばどこから逃げれば良いと云うのだ。

無理。

……逃げられない。

冷静さを取り戻した途端に認識した最低の事実。ガンガンガンガンガンガン。シャッターは確実に凹んで行く。底の部分が捲れ上がって来た。逃げられない。私は些細《ささい》な抵抗として食堂のドアを閉めた。

振り返ると、鏡さんが壁……食堂として仕切るためのタイガーボードではなく倉庫の方……を何度も蹴っていた。ガシガシガシ。

「鏡さん？」私は呆れた。「……何やってるの？」「苛々《いらいら》するわ！」鏡さんは壁を馬鹿蹴りしながら叫んだ。ガシガシガシ。「どうして私はこう云う事態は予言出来ないのよ！　このヘッポコニャンポコ」

「にゃんぽこ？」

「ねえ砂絵ちゃん、この倉庫にはアンタの指紋がべたべたついてるんでしょう？　指紋を残さないように……なんて用心はしてないんでしょう？　どうせ」

「え……うん」

手袋を用いる場合もあるが、しかしそれは専《もっぱ》ら防寒のためなので、私の指紋はいたるところに付着している。

「仮に脱出に成功しても、でもシャッターをこじ開けた連中が、この中に入ったら……」鏡さんは壁への攻撃を中断すると、私の瞳を鋭い双眸で捕らえた。「間違いなく警察に通報するでしょうね。刑事事件よ。殺人事件」

「さつじん……」

「そして砂絵ちゃんの指紋が検出される」

「で、でも……」

私の思考は空白になった。事件。指紋。私の行為が現実の延長だと云う事を、今頃になって思い出す。

「確かにすぐに砂絵ちゃんに結びつく訳じゃないけれど」鏡さんは額を拭った。「でも死体の身元、この倉庫の持ち主、それに管理者なんかから、アンタの存在を知られる場合が絶対にないと云い切れる？　そこまで徹底してやってるの？　知らないけどさ」

この倉庫は倉坂先生の父親のものだった事を生前に聞いた事がある。現在の持ち主は誰なのだろう？　私が知っているのは、倉庫の維持費が倉坂先生の口座から引き落とされている事だけ。

死体の身元。

その大部分は恐らく、いや間違いなく……倉坂先生の勤める病院の患者だろう。それ以外の死体も、入手経路は病院関係の筈。倉坂先生の容疑はこれで確定。

私が警察の網にかかる可能性は、果たしてどれくらいあるだろう。指紋から発覚はしないだろうが、しかし倉坂先生の行為と私の存在が結ばれたら、その時点でお終いだ。先生が私の存在を周囲に吹聴《ふいちょう》していたとは思えないが、隠し通せはしなかっただろう。診察は院内で堂々と行われていた。それも何度も。不審に思われていたかも知れない。普通の診察ではない事に気づかれていたかも知れない。

不確定。

それが結論。

私は安全とは云えない立場にいる。

「豊平区の公園で男を殺して肉を持ち去った犯人も、アンタなんでしょう?」鏡さんは確信的な口調だった。「あのサムライトルーパーの人」

「……ええ」

今更隠しても無駄だ。私は認めた。

「やっぱりね。で、あっちは巧くやったの?」

「指紋は残してないよ」

「目撃はされた?」

「されてな……」

私は言葉を止めた。判らない。私は鎧を装着したあの青年と接触する際、少々目立つ行為を行なった。誰かの記憶の片隅に留められている可能性がないとは云い切れない。

「まあどっちにせよ、砂絵ちゃんはピンチって訳ね」

「え……い、嫌だよ、そんなの」

依然続くシャッターの破壊音を気にしながら私は答えた。脚の震えは、今や体全体にまで達している。脇の下が気持ち悪い。

「嫌だと云っても、巧く立ち回らなかったアンタが悪いんだからしようがないじゃないの」鏡さんは顔の向きを壁へと戻した。「あ、そうそう。私の脅迫の効果は消えてないからね、島田君の事には首を突っ込まないように」そう云ってカメラの入ったポケットを軽く叩いた。

「判ってるよ……」

あのカメラには倉庫内部の写真とともに、私の姿が写っている。完璧な証拠物件だ。仮に警察の捜査が頭上を通過しても、それを渡せば私の犯行が露見《ろけん》する。

絶望。

「ねえ砂絵ちゃん、あのシャッターは突破されると思う？」

鏡さんは再度、壁を蹴り始めた。今度は先ほどよりも威力は弱い。ガシガシ。

「うん……」私は唇《くちびる》を震わせながら頷く。「あんまり厚くないから、多分。ねえ、ど、どうしよ……ねえ」

「良い事を一つ教えてあげましょうか？　行為に及ぶ際は、常に最悪の結果を想定するの。そうすれば色んな突破口が浮かぶのよ」

「え？　なに？」

説教なんて後にして欲しい。それどころではないのだ。どうしよう、どうやって逃げよう。いや……仮にここから脱出出来たとしても、警察の目をかわさなければならない。どうやって？　ああ駄目だ、もう駄目なんだ……逃げても逃げても逃げてもッ。

「つまり、慢心は駄目だって事よ」

「ね、ねえ鏡さん。早くにげっ、にげ、逃げようよ。にげ」

解ってるわよと鏡さんは答えたが、相変らず壁を蹴り続けるだけ。ガンガンガンガンと破壊音が響くたび、シャッターの寿命が縮んで行く。助からない。舌を噛んでやろうかと本気で考えた。

「うーん、なせばなるかもね」

鏡さんは不意に呟くと、壁への攻撃を止めてこちらへ向き直った。そして床に落ちている自分の鞄を開け、中を漁《あさ》り始めた。

「あの、何を……してたの？」

「何って、強度の確認に決まってるでしょう」鏡さんは肩で息をしている。「私は壁を蹴る趣味なんて持ってないわ、悪いけど」

「強度？」

「砂絵ちゃん」

鏡さんは私を見上げた。

真摯《しんし》な表情だった。

「……なに？」

私は戸惑いながら訊く。

「シャッターを破った連中が倉庫から離れるような事があったら、火を点けて倉庫《ここ》を燃やしなさい。全焼よ」

「もや……す」

「ここは唯一の証拠だもの」真剣な表情。「だから、倉庫さえ消えてしまえば問題ないわ」そして鞄から何かを抜き取ると、急いで立ち上がった。「私は別に、砂絵ちゃんを嫌ってる訳じゃないんだからさ。人を食べるのを責めたりはしないわ。ただ、私の日常を乱されたくなかったから脅迫したの。それだけよ……。さ、逃げましょう」

「逃げる？」私はその言葉で我に返った。「ど、どうやって？」

「出口がないんなら、自分で作るの」

「は？」

「私はずっと、そうやって生きて来た」

鏡さんはキッチンに移動すると、棚の中に上半身を入れた。

「……何してるの？」

「元栓の破壊と細工」

鏡さんが答えた途端、シューッという音が聞こえた。ガス臭が食堂に充満する。一体何をする気なのだ……まさか。

ふひゃあと叫びながら、鏡さんはキッチン棚から飛び出すように体を出した。何度か咳き込む。それから急ぎ足で引き返し鞄を掴むと、ほら早く出るわよやってらんないわと叫びながら食堂を出て行った。私は慌ててその後を追った。

ガスの臭いからは逃れられたが、今度は寒さが私を襲う。呼吸するのが痛い。思わず露出した腕を抱いた。照明に思い切り照らし出された骨や食べカスの群れが視界に入る。藤木の肉から生えた包丁がギラギラと輝いていた。シャッターを観察すると、凹みは相当なものになっていた。ガンガンガンガン。底の部分など十センチほど開いている。ガンガンガンガン。破られる寸前。

「か、鏡さん……」

私は耳を塞ぎたくなる衝動を抑え、教祖に縋《すが》る信者みたいな声でその名を呼んだ。

「大丈夫よ」鏡さんは白い息を吐いて笑顔で答えた。「大丈夫だからね」

良く見ると、鏡さんは手に二重になった赤い糸を握っている。目で追うと、それは半開きになった食堂のドアの隙間へ伸びていた。

「それ」思わず糸を指差す。「何？」

「糸」

当たり前の返答をし、シャッターの方へ小走りで駆ける。鏡さんの手の中にある赤い糸は、意志でも獲得しているかのように揺れていた。そして食堂から二十メートル程度離れると、鏡さんは停止した。

「あの……」

「あれからずっと鞄の中に入れてたみたい。うーん、幸福幸福ぅ」

本当に幸福そうに云った。

「あの……」

「ほらほら、テレビドラマなんかで良くあるでしょう？」鏡さんは猫撫で声を出した。「こう云う手法を知らないかな」そう云って伸ばした二重の糸を波打たせて遊んでいる。何なのだこの余裕は。全然解らない。

「手法って、何が……」

「ガスを室内に充満させておいてから、テープ式の留守電やレコードなんかに発火装置を結んで、それを外から作動させてドッカンさせる方法よ。はいどうぞ。あげるわこれ」

不敵と云うよりも愉快そうな微笑を口元に湛え、赤い糸を私の前に差し出した。それは鏡さんの人差し指に絡まっていた。

発火装置？

ドッカン？

「こ、れ」私の視線は寒さと恐怖で凍結した。食堂に充満したガスの臭いを思い出す。「あの」

「あいにく……あの部屋には糸を巻き取る装置がなかったから、手動するしかないのよ」

「ちょ、本気なの？」

「他に方法があるの？　そりゃあアンタが、どこでもドアや通り抜けフープでも持ってるんなら話は別だけどさ」

「だって」今頃になって頭の痛みを思い出した。鈍痛の発生個所を右手で押さえる。糸を受け取れないと云う身体の抵抗なのかなと漠然と思った。「爆発の威力がどれくらいなのかとか、そう云うのは全然解らないんでしょう？　そんな場当たり的な……」

「大丈夫」

「でも」

「ああ喧しいわね。私が大丈夫って云ったら大丈夫なのよ。もう大丈夫って何度口にしたか忘れたわ、本当に」鏡さんは兎みたいに跳ねた。「ほら、寒いんだから早くしなさい」

「だけど……ほらあの、ストーブだってあったし、それに絶対に壁が破れるとも限らないよ」

私はまだ決断出来ないでいた。赤い糸を眺めているだけ。

「それじゃあ、良い事を教えてあげるわ」鏡さんは糸を絡めた指を、魔女が呪文でも唱える時のように回転させた。「ウォルトがストーブの爆発で死んだ時、一緒に作業していたもう一人の兵隊さんは片目失明で済んだのよ」そして糸を、再び私に差し出した。「全く、創士《そうじ》のせいでロクな文学経験してないわ、私って」

背後からはガンガンガンガンと云うシャッターを壊す音。

そうだ、失念していた。

猶予がないと云う事を。

だから、選択肢もない。

と云うか……猶予や選択肢なんてものは、人を食べた瞬間から消失しているじゃないか。今更覚悟だなんて、ナンセンス。右半身が何も囁いて来ないのが、その証拠。

私は鏡さんの指から赤い糸を抜いた。その指は氷の彫刻のように冷たかった。

私は糸を握ると、自分でも驚くほど簡単に引っ張った。

11

体を這わせれば倉庫内に侵入可能なくらいの空間が出来たのと、鈍い癖に豪快な爆音が響いたのは、ほぼ同時だった。その音は中村の体を揺らせるほどのものではなかったが、しかし三半規管を数秒間は狂わせるほどの効果はあった。鼓膜が少し痛い。


「何……だ」

肩で息をしている石渡が、動きを停止させて呟いた。

「……さあ」

中村は全身に噴《ふ》き出た汗を気にしながら答えた。

「今の音って」

「爆発音だね」

「ばくはつ……」石渡は言葉を繰り返すと、思い出したように汗を拭った。「何が爆発したんだ？」

「そんなの解らないよ」

「とにかく、中に入ろう」石渡は提案すると、しゃがみ込んでシャッターの隙間を覗いた。「……ん？」

そして訝しそうに眉を顰める。

「危険じゃないか？　爆発したんだよ」

しかし石渡は中村の言葉を無視して体を潜り込ませた。そして匍匐《ほふく》前進の要領で倉庫へと侵入して行く。しかし、うおっと短く唸り、その移動を途中で停止させた。

「どうした？」

返事はない。

「どうした？」

もう一度訊いた。

「……こりゃ、こりゃあ凄い」石渡のくぐもった声が倉庫の隙間から漏れた。「来てごらん中村君」

「そのつもりだよ」中村は内部で反響する耳を引っ張りながら答えた。「だから早く入ってくれ。僕が入れない」

石渡は自分の体を、妙にゆっくりとした動作で侵入させた。中村も後に続く。しゃがみ込むと、冷たい空気が流れているのが良く解った。倉庫の中に顔を突っ込む。異臭を感じる。

中村は顔を上げた。

内部の異様な景色が広がった。

「うあ」

そんな声が勝手に咽喉から漏れた。しかし周囲に落ちている骨や霜《しも》の降りた肉片や頭蓋骨や凝固した血液を、すぐにそれと認識した訳ではない。最初……骨はただの白い棒だったし、霜の降りた肉片は黴《かび》の塊だったし、頭蓋骨はバレーボールだったし、凝固した血液は床に零れたオイルだった。中村の安全弁が、そう思い込ませようとしていた。

しかし……眼前にある、腹部に包丁が刺さった首と指のない肉塊。

錯覚が不可能。

それが安全弁をショートさせ、現実に直結した。

……何だこれ？

「こっ、これは凄いよ」

そして石渡の声で完全に己を取り戻した。石渡を一瞥する。石渡は腕を擦りながら体を上下させていた。倉庫内の気温が著《いちじる》しく低い事を思い出した。

「これ……本物？」

そんなものは一目瞭然だが、しかし中村は敢えて訊いた。本物だと思うけどと、石渡は呟くように答えた。

中村は倉庫に体を入れると、改めて周囲を見回した。体育館の半分程度の面積を有する倉庫内には、骨や肉片が散乱している。まるで食べカスのような欠片《かけら》。

……食べカス。

それが理性を取り戻しつつある中村の最初の感想だった。まあ、こんな獣が食い散らかした後のような情況を見れば、誰だってそれを連想するに決まっているが。

中村は唾を飲み込み、一歩進んだ。冷凍機の唸《うな》る音と妙に大きな自分の呼吸音が重なる。床には……と云ってもほとんど氷みたいなものだが……千切れた内臓や凍った眼球なども落ちていた。理科室の人体模型を百体くらいバラ撒けば、こんな光景になるかも知れない。

「これは何だよ、ねえ」石渡は訳が解らないと云った口調を露骨に示した。「何？　……どうしてこんな事になってるの？」

「知らないよ」中村は白い息とともに言葉を吐き出す。「知るもんか」

「例の事件の犯人の隠れ家かも知れないよね……」

石渡は頭を割られた頭蓋骨を覗き込みながら云った。

「例の事件って？」

「ほら、豊平区のやつだよ。死体をバラして持ち去ったとか云う」

「ああ」

中村は軽く頷いた。確かに犯人像が一致する。一致し過ぎだ。

「……良く判らないけどさ」石渡は唇を震わせている。「とんでもないところに来てしまったみたいだね、僕達」そして目を逸らすように天井を見上げた。「死体だらけだよ。全く、寄生獣じゃあるまいし」

「寄生獣を知ってるの？」

中村は驚いた。

「僕はミギーの大ファンさ。知らなかった？」

「知らなかった」中村は鼻を啜りながら答えた。人は見かけによらないものだ。「ねえ、まだ臭うよね」

「ガスだろう？」

「爆発が起きたのは、多分……あの部屋だ」そう呟いて、倉庫の壁よりもやや白みがかった色の壁で囲まれた一室を指差した。「行ってみようか」

「おい……止めときなよ、まだ誰か中にいるかも知れない」

石渡は危惧している。

「だったら好都合」

「でも」

「今更引き返せないだろ」

それだけ云うと中村は小走りで部屋に接近した。

石渡は逡巡を諦めたように打ち消して後ろからついて来る。中村は石渡が自分の隣に到着したのを確認すると、一気にドアを開けた。

中は真っ黒だった。


焦げとガスの容赦ない悪臭が鼻腔《びこう》を貫く。石渡は口元に手を翳した。

幸い火の気配はないようだ。だが爆発の直後と云う事もあり、未だに立ち昇っている煙が目に染みて気管を侵食する。外側から見れば白だった壁は、煤《すす》と焦げのせいで黒一色。その被害は天井にすら及んでいる。模様のような細かい罅が、壁全体にびっしり走っていた。焼け焦げた床には脚の曲がった椅子と、数分前にはテーブルと呼ばれていたであろう木の板が四方八方に飛び散っていた。それらと混じるようにして、黒くくすんだ鉄板のようなものが床に落ちている。そして……。

「あそこから逃げたのかな」

口元を押さえる石渡は、倉庫側の壁に開いた空間を睨んでいた。

ひときわ破壊程度の高い壁には、爆発の衝撃で出来たと思われる七、八十センチほどの穴があった。その向こうには外の景色が広がっている。

中村は数秒間、心地良いくらい強引に開けられた穴を眺めていたが、ゆっくりと歩み寄ると、穴の中に首を突っ込んだ。顔だけが外に出る。生温い風と澄んだ空気が心地良い。中村は木々によって充分過ぎるほど充分に浄化された新鮮な酸素を何度も肺に取り込んだ。周囲の観察を開始する。しかし案の定、木だの月だの地面だの夜空だのと……そんな当たり前で単純な風景しか中村の視界には映らなかった。

「やっぱり誰もいないね」中村は顔を戻した。室内の惨劇が一瞬にして甦《よみがえ》り、何故かその事に違和感を感じる。脳髄に仕組まれた連続線なんて適当なものだ。「もう逃げたみたい」そして評価する。「賢い」

「爆発で壁に穴を開けて、そっから逃げた、と」石渡は視線を下げ、固い声で呟いた。「おいおい……ボンバーマンじゃないんだよ、犯人さん」

「どうして怒ってるの？」

「中村君……」石渡は顔を上げると、笑えるくらい大袈裟に肩を竦め、再び視線を床に向けた。「君も気づいているんだろう？」やはり固い声だ。「これさ……今まで見ないふりをしてたけど、やっぱりそうも行かないみたいだ」

そうだ。中村も知っていた。この部屋に入って一番最初に目に入ったのもそれだった。だが敢えて何も云わなかった。云わないようにしていた。その手法は漫画や小説の中では可能かも知れないが、しかし現実には通用しない。

床には……黒焦げになって下半身を喪失した、田沢の死体があった。

制服は爆風で破れ、髪の毛はドリフのコントみたいに縮れ、吹き飛んだ下半身からは溶けた内臓と血液が流れている。デビルマンのラストみたいだと思ったが、それを口にする勇気と余裕は中村にはなかった。

田沢が死んだ。

そうだ……冗談を多用した表現を脳内で繰り返し

ても、その事実を否定する魔法めいた思考や感情はやって来ない。こう云う時に現実主義者は損をする。だからって、幻想を持ち込むのは容易ではない。中村は田沢と称されていたものを見下ろしながら、そんな無駄な思考を行なっていた。

「警察に連絡しよう」

それしか云えなかった。

6

Saturday

第六章　犯りたい土曜日

1

尾行は昔から得意だった。最盛期は野良猫《のらねこ》の後をつける事だって出来た。それは嘘だけど。

王田は葉山家の前にいた。勿論、普通に突っ立っているのではない。向かいの家の塀の裏に、夜も明けないうちから身を潜めていた。缶コーヒー四本と煙草一箱を消費して。こうした消費行為を完全に断《た》って張り込みを行なうのは仕事の時だけだ。以上の観察から、葉山里香に関する自分の行為は単なるボランティアなのだと自覚する。

午前三時頃に、最近はあまり見かけなくなった虎柄の毛並みをした猫が王田の前に現れ、鳴き声をあげた。ピンと張ったヒゲがキュート。愛らしい口元に緑の目。明るくなり始めた空から降臨したのではと思い込みたくなるくらいに格好良い尻尾《しっぽ》。恐らくこの猫の前世は、ロシアの貴族か何かだったのだろう。王田は気さくで立派な彼と、唯一無二の親友になった。機会があれば酒を飲み交わそうと約束もした。

しかしその親友は、つい数分ほど前に人生の最期を迎えてしまった。道路を横断する乗用車に撥ねられたのだ。王田は塀の裏から彼の死の瞬間を観察していた。彼は尻尾を痙攣させていた。ピンと張っていたヒゲも弱々しく垂れている。王田は己に課していた禁忌《きんき》を破り、親友の許《もと》に寄った。猫は王田を見上げもせずに小さく鳴くと、そのまま絶命した。

現在……時刻は午前七時十八分。親友の死骸は王田の横で眠っている。死体に対して『安らかな眠り』と云った表現を用いるのを何よりも嫌う王田だが、しかし今回は特別だ。何故って王田の親友なのだから。

王田は塀の隙間から道路を観察した。ケチャップの染み程度の汚れなど、ジョギングをする出勤前のサラリーマンや通学途中の学生は気にもとめていない様子だ。それが妙に嬉しい。王田は小学生の時、学校の裏の雑木林の大きな木に、鳥の巣を密《ひそ》かに建設した事がある。その際に浮かび上がった喜びと現在のそれは類似していた。理由は知らない。

こうした仕事を通して知り合える人間の大部分は、心を許せる連中ではなかった。自己と周囲にとりとめない磁場を張り巡らせ、裏の裏の裏を常に先行して読み、言葉の端々に洒落た冗談と適度の緊張を混ぜなくてはコミュニケーションがとれない、愛すべき、そして許しがたいほどの幸福な強者ばかりだった。勿論……そんな相手と友人関係など築けたものではない。それは孤独が苦手な（少なくとも、自分ではそう認識している）王田には難儀な情況だった。

またしても関係ない思考。王田は苦笑して、冷たくなった死骸を撫でる。最近、どうも脱線して困る。今回のこの行動だって、脱線しまくりじゃないか。自分は浦野宏美を見つけなければならないのだ。葉山里香など、本来はどうでも良い筈。いや浦野宏美が失踪して行方が知れない以上、失踪時に最も接近していたらしい葉山里香の近辺を調査するのは解決に繋がる可能性だってあるじゃないかと云う弁明も可能だが……。

七時二十四分。葉山家に動きが起こった。玄関から『葉山里香』が出て来たのだ。

赤いチェック柄が鬱陶しいスカートと、黄土色のブレザー……千年国学園の制服だ……を身につけて。

……やっぱり同じだ。

今、ホテルで眠っているであろう葉山里香と、十数メートル先にある玄関に立つ『葉山里香』には、一切の差異が見られなかった。少なくとも外見上は。

一体、あれは何なのだ？

あれが、本物の葉山里香なのではないか？

自分は偽者に騙されているのではないか？

どっちが本物なのだ。

葉山里香を奪ったのはどっちなのだ。

いや……そもそも、真偽を追及する必要性があるのだろうか。仮に眼前の『葉山里香』が偽者であっても、その周囲の人間が気づいていないのならば（恐らく気づいていないだろう、堂々と家に住んでいるのがその証拠だ）、偽者であっても構わないのではないだろうか。金メッキの指輪だって、それを本物と信じている人にとっては価値は同じ。そのメッキが剝がれない限り。

……剝がれそうにもないね。

王田は門を出、道路を右折する『葉山里香』を眺めながらそう直感した。そしてコンビニ袋に煙草の吸殻が詰まった空き缶を入れ、親友に別れを告げてから行動を起こす。塀と隣家の間を擦り抜け、反対側の通りに出た。幸い誰もいない。ゴミステーションに袋を投げ捨て、表側の道に駆け足で回った。

『葉山里香』の背中を確認する。その距離約二十メートル。王田はその距離を維持して『葉山里香』の後を歩いた。煙草が喫いたくなったが我慢。『葉山里香』がこちらの様子に気がついている様子は見られなかった。まあ当たり前だと王田は思う。こっちはプロなのだ。そして小娘に見破られるような駄目野郎でもない。その上、外を歩く人の数は決して多くはないので見失う心配もなかった。運は全てこっちに向いている。

『葉山里香』が立ち止まった。交差点の信号が赤になったのだ。『葉山里香』の周辺には数人の学生と仔犬を連れた老人がいる。充分なカモフラージュ。王田は『葉山里香』の右隣に立った。そして横顔を盗み見る。その顔は……やはりどう見ても葉山里香そのものだ。まるで葉山里香の全身を精巧に模《かたど》った衣装を身に纏ったみたいに。

信号が青になる。王田は『葉山里香』の後ろを歩く学生達の後ろについた。距離は十メートルもないだろう。道は曲がり角に差しかかった。『葉山里香』は右折して視界から消えた。しかし学生達は直進。王田はバリケードを喪失したが、構わずに右に曲がった。

「は?」

思わず声が漏れた。

一瞬……意味が解らなかった。

いや……意味は今も解らない。

『葉山里香』の姿が、忽然と消えたのだ。

人込みに紛れた可能性なんてある筈ない。何故なら……角を曲がった先には、千年国学園の制服を着た『葉山里香』ではない女子高生が一人と、ゴミ出しをしている主婦と、煙草を喫っている中年男性しかいなかったのだから。道路には車すら通っていない。確かに隠れるような場所は至るところにあるが、しかし王田が目を離したのはほんの数秒間だ。忍者でもあるまいし、その間に身を隠すなんて早業は不可能に決まっている。

王田は思わず前方を歩く女子高生の顔を回り込んで覗いた。しかし訝しそうな表情で王田を一瞥する女子高生の顔は、やはり『葉山里香』ではなかった。第一、髪の長さが違う。葉山里香はロングだった。こんなショートヘアではない。

王田は立ち竦《すく》んだ。

2

一日でこんなに変化が起きるのも珍しいです。社会主義国の崩壊だって、それが突然発生したのではなく、前兆などはありました。予測もされていたでしょう。しかし……私の眼前で起きている事象には、そうした順序や過程が完全に欠落していました。勿論、これは私の認識不足でしょうけれど、しかし私自身がそう感じたのですから、それは仕方のない事実となってしまうのです。

学校に来てみると、教室の後ろの方で秋川さんが倒れていました。苦しそうな表情で腹部を押さえています。その後ろには椅子が落ちていました。どうしてこんなところに椅子があるのでしょう。

そして……クラスの皆は、そんな秋川さんの存在に気がついていないみたいに、普通に自由時間を過ごしています。電話をしたりお喋りをしたり居眠りをしたり……。

「あ、まだ寝てるの？」席に座っていた桜江さんが、思い出したみたいに振り返ると、倒れている秋川さんに笑顔を向けました。「早く起きなさい。先生が来るでしょ？」

「ぐっ、が……う」秋川さんは瀕死《ひんし》の病人みたいな咳《せき》をしながら、弱々しい視線で桜江さんを見つめます。「さく、さくらえ……」

「何？」名前を呼ばれた桜江さんは立ち上がり、秋川さんに接近します。「あんた大袈裟だよ。そんなに痛いの？」

「いたいよ……」

「椅子で腹を殴っただけじゃん」

桜江さんは秋川さんの前に立ちました。薄《うす》ら笑い。今にも唾を吐きかけそうな表情です。クラスの皆も、冷淡や失笑を内在させた歪んだ口元を露骨に見せています。

桜江さんは横に倒れている椅子を掴むと、それを秋川さんの腹部に打ちつけました。秋川さんの咽喉の奥から嫌な声が漏れました。しかし桜江さんは構わずに攻撃を続けます。それから本当に唾を吐き捨てると、自分の席に戻って行きました。

私はこの唐突で異様な展開について行けず、未だに教室のドアの前から動けませんでした。これは、これは……一体どうした事でしょう？　何が起きたのでしょうか。意味不明です。確かにこうした場面は嫌と云うほど見て来ました。飽きるほど展開されて来ました。しかし被害者は、全て千鶴ちゃんの筈です。それなのに加害者である秋川さんが何故。

視線は自然と千鶴ちゃんを捜していました。被害者としての千鶴ちゃんが存在しない教室は、変に不自然だったからです。千鶴ちゃんは窓際近くの席に座っていました。今回は机に消しゴムをかけたりはしていません。涙で目を腫《は》らしてもいません。スリッパではなく、ちゃんとした上靴を履いています。たまに申し訳なさそうな視線を、首を丸めながら後ろに向けていました。

「あら、香取さん」自分の名を呼ばれて横を見ると、綾香さんが立っていました。「おはようございます。お風邪の方は、もう宜しいのですか?」

「……え? あ、はい」

仮病を使って学校を休んだ事を思い出して、私は慌てて頷きました。

「そうですか。それは良かったですね。どうして教室に入らないのです?」綾香さんは優雅に首を傾げました。

「あ、いえ……あ、あの」私は思わず、涙声で悲鳴を上げる秋川さんを指差しました。「これは、あの……一体」

「ああ、秋川さんは新たな弱者になったのです」綾香さんは良く解らない言葉を吐くと、優しい双眸を秋川さんに向けました。「古川さんは強者と認定したので、今はもう無事ですわ。ですから香取さんも安心なさって下さい」

「……え?」

「詳しい説明は後でしますわ」

綾香さんは微笑むと、長い髪とスカートを揺らせながら、思い切り苦痛を主張している秋川さんの許へ歩いて行きました。そして見下ろします。

「す、す、すが……」秋川さんが顔だけを上げました。涙と涎と桜江さんの唾で、その顔は汚れています。「す、すっ」

「どうですか秋川さん、弱者の気分は」

「い、い……」

「え?」

「いやです……」

　ガンと云う鈍い音が私の耳に入り込みます。

　次いで絶叫。

　綾香さんが、秋川さんの頭を思い切り踏みつけたのです。

「お黙りなさい」自分が行なっている行為とは対極に位置する綾香さんの素晴しい美声が教室中に響きます。「あなたには現状を拒否する権利などないのです」

「ひ、ごごぎぉぉっ」キリキリと音が鳴るのではと思われるほどの力で頭部を踏まれる秋川さんは断続的な悲鳴と体の痙攣を交互に行ないました。「いいいやぁ！」

「そろそろ立場を認識した方が、お互いのためだよぅー」

　桜江さんが大きな声で云いました。教室中がウケます。何がそんなに愉快なのでしょう。事態を把握《はあく》出来ていない私には全く判りません。


「そこ、どいてくれない？」

　背後から声をかけられ、私は反射的に振り返りました。声の主は鏡さんです。鞄を振り子のように揺らせて背後に立っています。私は慌てて教室に入りました。鏡さんの姿を認めると、クラスの皆は声量と度胸を減少させました。

「おはようございます」ただ一人余裕の綾香さんは、秋川さんへの攻撃を停止すると、優雅な動作で鏡さんへと向き直りました。「お体の方は、もう宜しいのですか？」

「最悪に決まってるでしょう、千歳川さん」

「須川です」

「早速《さっそく》、権力を行使してるのね」鏡さんは須川さんと秋川さんを見比べていました。口元だけが微笑んでいます。「アンタも、私の幸福な日常を脅かそうとしているの？」

「何の話でしょうか」

「あんまり目立つ真似はしないで欲しいのよね。物語が終っちゃうもの。それだけは避けたいところなの。この意味、判るでしょう？」

「いいえ」

綾香さんは笑顔で答えました。

「アンタ辛そうね」鏡さんは床に蹲《うずくま》っている秋川さんを見つめました。「ま、日頃の行いが悪いからこんな目に遭うのよ。だから同情はしない」

「い、ひ……うぅ」

秋川さんは頭を押さえたまま嗚咽を洩らしていました。

「ねー、鏡さんもやろうよ」桜江さんが云いました。気軽な感じを演出しているようですが、声の中域に乱れが感じられます。緊張状態である事がばればれでした。「面白いよ」

「遠慮しとく。そんな暇はないの。出来れば止めて貰《もら》いたいくらいだわ。まあ、ほどほどにしてくれるんなら、諦めてあげるけどさ」

「鏡さん」綾香さんは注視して観察しなければ気がつかない程度に胸を張り、やはり注視して観察しなければ気がつかない程度に目を細めました。「こんな当たり前の事をいちいち口にしたくはないのですが、最早《もはや》あなたの存在は、何の効力も所持していないのですよ。ですからそんなあなたが、私の行動を制限するのは不可能なのです」

「構やしないわ。私は孤独な一匹狼ですもんねー」

その表現は嘘ではありません。鏡さんは勿体ない事に、これだけ特異な人格を所持し、これだけ優秀な精神を披露し公認されているにも拘わらず、基本的に一人で行動していました。私程度の存在から見れば、それは宝の持ち腐れです。

「だから……他者の行動の制限や洗脳は無理だと？」

「興味ないのよ」

確かに鏡さんは、千鶴ちゃんへの仕打ちに関しても全く興味を持っていないような素振りでしたが。

「では制限を受ける事に興味はおありですか？」

「まさか」

「しかしあなたも二年B組の一員です。そこから逃れる事は出来ません」

「何云ってんの？」鏡さんは自分の席へと向かって行きます。「だから私は無関心だっての」そう云ってクラス全体を冷たい瞳で見回しました。「アンタ達がどんな法律を施行しようが、私はどうだって良いのよ。弱者とやらを作り上げようがさ」

「ならば何故、私の行為を止めるような発言を？」

その背中に向けて、綾香さんが言葉を放ちます。

「云っても判らないでしょう？　それともアンタが敵なの？」

「はい？」

「ほうら、云っても判らないじゃん」鏡さんは振り向きもせず、椅子に腰かけました。そしていつものように、窓に映る景色を眺め始めます。「まあ……ほどほどって云う言葉は、お互いのためにあるのよ。アンタ達はそれをすぐに超えるから、ろくな結果にならないだけ。知ってた？　それを。私は知ってたわよ。そして千鶴ちゃんも知ってた。ね？」

鏡さんは首を反対方向に回し、千鶴ちゃんを一瞥しました。千鶴ちゃんはいつものように挙動不審に瞳を揺らして、頷くようにも傾げるようにも見える角度に首を振りました。

「自覚があるからって、それが強者だとは限らないのにね」

鏡さんは静謐な口調でした。しかし背後に目を向けた途端、あら砂絵ちゃんは来てないのねといつもの適当なそれに戻ります。私は山本さんの名前を鏡さんが知っている事にショックを受けました。私は自分よりも影の薄いと思っていた山本さんよりも認識されていなかったなんて。

「鏡さん、続きは後《のち》ほど」綾香さんは余裕な声でそう告げると、美しい微笑を鏡さんの背中に送りました。「さあ」しかし次の瞬間、それは一瞬で消失します。黒板の上に設置された丸い壁かけ時計を一瞥すると、体を反転させて、まだ倒れている秋川さんを見下ろします。「お休みの時間がいささか長いようですわね」秋川さんの髪の毛を掴むと、慈悲も容赦もない勢いで引っ張りました。秋川さんは悲鳴を上げ、否応《いやおう》なく立たせられます。まるで獲物のように。「それでは席にお戻り下さい。今日も長い一日になるでしょうから」

いつの間にか、クラス全体は沈黙に支配されていました。そりゃそうですよね。

チャイムが鳴るまで、私達は沈黙していました。時折、鏡さんの欠伸《あくび》が聞こえるだけです。

先生がやって来ました。それでもまだ教室の後ろに突っ立っていた自分に気がつき、急いで席に着きます。隣の綾香さんがその様子を見て、小さく微笑みました。

先生は教卓の前に立つと、皆も知っている事だと思うがと、以前聴いたような言葉を前置きし、藤木さんと他のクラスの田沢君と云う男子が殺害されたと云う事実を発表しました。そして豊平区で起こった人肉持ち去り殺人……有川さんが被害者となったあの事件です……と同一犯の手による疑いが極めて強い事も。

驚愕で目が眩《くら》みそうになりました。確かに、藤木さんの席が空いています。今朝はニュースを見ませんでしたし、教室もこのような異様な状況下だったので、今までその情報が私の耳に入って来なかったのでしょう。

どうしてこんな短期間（そう、島田君の死から一週間も経っていません）に、二年B組の生徒が次々と殺されて行くのでしょうか。この密集度の高さには意味があるのでしょうか。いえ……そもそも、何が起きているのでしょう。私の視界には映らない場所で、大きな歯車が回っているとしか思えない情況でした。

恐ろしいですわね……。綾香さんが私に向けて、小声で呟きました。それに関しては、五十歩百歩だと思いますが。

3

どうして皆、自分の前から消えてしまうのだろう。王田は誰もいないホテルの部屋で、煙草を口に運びながらそんな事を考えた。

もう一人の葉山里香も消えてしまった。

テーブルの上には置き手紙と云う古典的な存在が一枚置いてあり、そこにはケーキに対する礼が簡素に記されている。

……何のこっちゃ。

妙に腹が立ったので、王田はそれを丸めてゴミ箱に投げ捨てた。丸めた紙切れはゴミ箱の縁に当たって床に落ちた。

それから二人分の昼飯……単なるコンビニ弁当だが……の入った袋をベッドに置き、ノートパソコンを起動させた。OSが立ち上がる間に煙草を灰皿に押し潰し、新たな一本を銜えて火を点けた。それから大きく吸い込み、いささか乱暴に吐き出す。そしてあの親友はどうなったのだろうと漠然《ばくぜん》と思案した。

メールの確認を行なった。だが期待していた依頼人からのメールは来ていない。仕方がないので浦野宏美の顔をディスプレイに出す。それからポケットに入れてあった浦野宏美の写真を机に置いた。平凡な顔が二つ。そうだ……自分はこの女を見つけなければならないのだ。それが仕事なのだ。そう自覚させる。

しかし葉山里香の謎は、そう簡単に頭を離れたりはしない。まさかあれは本当にドッペルゲンガーなのだろうか。いや馬鹿な。それは単なる病気だ。周囲の人間にまで見える訳がない。それとも集団催眠みたいなものか?

あいつは葉山里香になり済まし、葉山里香として家に住み着いている。周りの人間……家族や友人は、その事に気がついていないのだろうか。まさかドッペルゲンガーと云う存在は思考のトレースすらも可能なのか。いやだから違うって……あれはそんな幻想の産物なんかじゃなく現実的な……だが、それならどうやって王田の前から姿を消したのだ。尾行中の王田が目を離したのは、曲がり角に消えた瞬間……長くても四、五秒だ。そんな短時間にどこかに身を隠すなんて不可能に決まってる。蜃気楼《しんきろう》じゃあるまいし。ならばコピーロボットなんてどうだろう？　いや……馬鹿馬鹿しい。今は一九九六年だ。二〇一五年ならともかく、こんな限りなく平凡な現代に、そんな技術があるものか。

……あれ？

何だろう。何かが引っかかった。どこだ、どの部分だ？　とりとめもない思考の中に、盲点を破壊するほどの威力を内在させた何かが確かにあった。自分は今、何を発見したんだ。一体……。

しかし海底に沈んだ潜水艦を引きずり上げるのと同じくらい、過ぎ去った思考を再び摑むのは難儀だ。だから王田は諦め、ゴミ箱を逸れた葉山里香の置き手紙を拾いに行った。

4

小説やドラマや漫画やマスコミや世間からは、愚《おろ》か者の烙印《らくいん》を押されている警察だったが、現実は相当賢いらしい。まさか、たった一日で私の身元が割れるとは……。確かにそんな情況を想像はしたが、しかし予想まではしなかった。

時刻は午後三時四十一分。今日は学校をさぼった。一日中家の中で蹲っていた。そんなのは当たり前だ。中村と石渡は現場を離れずにその場で携帯電話を使って警察に連絡したために結局燃やせなかった倉庫を空撮する映像が映るテレビを一日中注視していた私の内部に不意に嫌な感覚が生じたので、玄関を僅かに開けて外の様子を観察した。乗用車から背広姿の二人組の男が出て来る姿が見えた。男達は表に出てきたアパートの大家さんを引き連れ、馬鹿みたいに足音を響かせてアパートの階段を昇って来る。

……警察。

そう直感した。冴えない衣装を被ってはいるが、あの二人の内部から冷たい迫力が立ち昇っているのが私にははっきりと判った。日頃から人肉を食していれば、その人間の能力など筒抜け……とまでは行かないが、大体は見破る事が出来る。

階段を昇って来ると云う事は、一階の住人に用があるのではない。残されたのは二階と三階。ちなみに私が暮らす部屋は、三階の一番奥にある。

警察官らしき二人組は二階を通過し、三階の階段に差しかかった。これで確信。あの連中は三階の人間に用があるのだ。私は玄関ドアを閉めると鍵とチェーンをかけ、テレビを消した。鼓動が増幅する。耳の後ろの血管が爆発的に脈打っていた。どくどく。ばくばく。冗談じゃない……いや、冗談ならどれだけありがたい事か。

それにしても、どうやって私に辿り着いたのだろうか。やはり倉坂先生か……。まあ良い。今更どうしようもない。後悔先に立たずだ。

私はベランダの窓に駆け寄った。しかしここが三階だと云う事を思い出し、足を止める。怪盗でも怪人でもない私に、そこから飛び降りて逃亡するなんて不可能だ。当然だがロープなんて用意していない。カーテンを結んで地面まで垂らす……下らない。それにそんな時間があるものか。

ピンポーンとチャイムが響いた。

私は凍りつく。冷汗《ひやあせ》が毛穴と云う毛穴から噴き上がった。一瞬で背中がびしょ濡れに。ピンポーン。もう一度。ピンポーン。もう一度。ピンポーン。もう一度。

どうしよう。何か行動を起こさなければならない。籠城が不可能なのは知っている。マスターキーを持っていない大家さんなど、この地球上に存在しないのだ。

どうするの？

逃げられる？

右半身は愉快そうな口調。まるでマリンパークスで遊んだ感想を訊く子供みたいに。こいつは私が警察に逮捕されても良いと思っているのか。一心同体の癖に、私の味方ではないのか。

味方な訳がないでしょう。

敵なんだよ、最初からね。

「ちくしょう！」

私は思わず叫ぶ。嫌だ。いやだいやだいやだ捕まるなんて嫌だ。警察なんてぜったいにいやだ。私は一度、警察に逮捕される夢を見た事がある。罪状は強盗殺人……旅館の女将《おかみ》みたいな人間を殺して現金を奪ったのだ……だ。逃避行の果てに、私はどこかの民家に隠れる。しかし警察が現れ、窓から逃げようとする私の前にパトカーが何台も停まった。そして警察官が私の前に立ち塞がった……。あの時ほど、覚醒した瞬間に夢で良かったと心の底から歓喜した夢はなかっただろう。思わず頬を抓《つね》って痛覚の確認を行なったくらいだ。

その時より何十倍もの恐怖が私の全身を駆け巡っていた。膝と顎が、ナマズが棲《す》みついたみたいに震え出した。視界の霞みが増幅する。脂汗が目に入った。部屋の全景が曖昧。全身が熱い。でも首と背中だけが妙に冷たい。嫌な感覚。

夢の中の私は追いつめられ、素直に警察に両手を差し出した。しかし現実世界の私はそんな簡単には諦めない。当たり前だ。幾ら未成年とは云え、私は四人の人間を殺害した。そして数え切れない人数の人肉を食べた。奇異の目は免れない。更に……きっと、善意と正義と知る権利をストレートに行使した、愛らしい聖人達による実名入り報道がされるだろう。これは間違いない。

……どうして。

どうしてこんな目に遭わなくちゃならないんだ。私だって普通の物を食べていたかった。チョコレートやスニッカーズや刺身やグラタンや牛丼や鈴カステラやピザや大根サラダを食べて生活したかった。人肉なんてもう嫌……大嫌いっ。

五度目のチャイムが鳴らされる。

それでも私は、玄関を開けない。

「山本さん、山本砂絵さん？　おられますか？」玄関ドアの向こうから男の野太い声が聞こえた。「山本さん？」

勿論、私は返事をしない。

「山本さん」再び呼ぶ。今度はノックつきで。「山本さん」コンコン。「山本さんっ」ゴンゴン。

私は顔面に浮かぶ汗をシャツの腹で拭うと、キッチンから包丁を一本抜き取った。そしてこれから部屋に侵入する警察と闘うため、戦闘態勢をとる。

さあ、どうする？

やっぱり殺すの？

この情況をアクション映画か何かと勘違いしている私の右半身が尋ねた。煩い黙れ。こっちは本気なんだ。

「……入りますよ」

男は大家さんの名を呼び、行動を促した。次いで鍵の挿し込まれる音。遂に大家さんの本領発揮と云う訳か。くそっ、逮捕状も持ってない癖に家に入るなんて不法侵入と同義だ。

だが私の正当な主張を聞いてくれる人など誰もいない。

そしてドアが開けられた。

5

「私の右腕になる気はありませんか？」

学校のグラウンドにはサッカー部の人達が懸命にボールを追う姿がありました。その横の狭いスペースでは、陸上部の選抜隊がハードルを飛び越えています。

私と綾香さんと千鶴ちゃんは、ネットの裏にあるベンチに座っていました。外の気温は高いのですが、涼しい風がそれを追いやってくれて、今日は大変に過ごし易いです。こんな放課後ばかりなら大歓迎なのですが。

左隣の綾香さんと右隣の千鶴ちゃんに挟まれた私は、突然の言葉に驚いて、何ですってと訊き返してしまいました。

「私の右腕になる気はありませんか？」

綾香さんは再び云いました。優しい笑顔でした。

「あの、右腕って？」

「安心して下さい。私は悪の秘密結社の親玉ではありませんから」

「でもそう云うのは、あの、桜江さんとかに……」

「あの方ではいけませんわ」綾香さんは青い空を眩しそうに見上げました。「桜江さんはヤドカリですもの」

「ヤドカリ？」

何の話でしょうか。

「でも香取さん、あなたは違います」

そう云って、空から私へと視線を移しました。

「あっ、あの……」私は自分の足元に目を向けて、指と指を絡めました。「でも私なんかが綾香さんの」

「自己を卑下してはいけません」綾香さんは言葉を被せました。「あなたは立派な人格ですのよ」

「私が……」

「そうです」

ボールを力強く蹴る音が、空に吸い込まれて行きました。次いで男子達のかけ声。渦を巻いた風が、グラウンドの砂埃を巻き上げています。

「古川さんは如何です？」綾香さんは上半身を前に出し、千鶴ちゃんの方に視線を向けました。「私の右腕になるつもりはありますか？」

「どうして……私の事を庇ってくれたの？」

それはとても小さく、今にも消えてしまいそうな声でした。千鶴ちゃんの内面が、脆弱《ぜいじゃく》な精神ばかりが総合した感情に冒されている様が容易に推し量《はか》られます。

「苛められているクラスメイトを助けるのは当然です」柔らかな口調で綾香さんは答えました。「それに……あなたは本来被害を受ける立場の人間ではありませんもの。間違った位置にいるなんておかしいですわ」

「でも、私は須川さんが云うほど」

「綾香で宜しいですわ」

「あ……綾香さんが云うほど、そんな……立派な人じゃないよ」

「いいえ」綾香さんは静かに首を振ります。風に運ばれる綾香さんの麝香《じゃこう》が私の鼻腔を擽《くすぐ》りました。

「私の目に狂いはありません、誓って。ですからあなたは素晴らしいです」

ならば綾香さんからお誘いのある私も、素晴らしい人間なのでしょうか。もしそうだとすれば、コスプレを止めた後の存在意義にも困らないのですけれど。

私の隣に座る千鶴ちゃんは、感情の読み取れない瞳をグラウンドに向け、涼しげな風に流されるまま髪を揺らせていました。己の立場の認識でも書き換えているのでしょうか。

「香取さん……」

綾香さんが私の手の上に、自分の手を重ねました。柔かくて冷たい手でした。鼓動が高鳴ります。

「は、はい?」

声が裏返りました。

「あなたの決心を教えて下さい」

綾香さんは、互いの吐息がかかるほどの距離まで顔を接近させて来ます。

「……決心?」

「私の右腕になって戴けますか?」

「もっ、もちろん」

私は急いで答えました。

「ありがとうございます。……それで、古川さんは？」

しかし千鶴ちゃんは答えません。口元が僅かに痙攣。瞳の色が不鮮明。斬新で未知の感覚に戸惑う子供のような目。

「まあ、即答して戴く必要はございません。ただ、私はあなたの味方です。裏切るような真似は絶対にしませんわ」

「…………」

千鶴ちゃんは特別な反応を示さずに顔を下げました。

「私はあなたの正当さと無欲さを知っていると同時に、狡猾《こうかつ》さや貪欲《どんよく》な面がある事も認めています。その上で、私とともに動いて欲しい、そう願っているのです」綾香さんは誠実な表情を維持したまま、とんでもない台詞を吐きました。「私の誘いを断っても、私はあなたに怒りや不快感は覚えません。それを知って貰いたかっただけです。あなたのお父様を殺したあなたのお母様が……」

「綾香さん」

私は驚いて綾香さんを見ました。綾香さんは私の存在が目に入っていないかのように、視線を千鶴ちゃん一直線に向けています。一体、どうしたのでしょうか……この熱っぽさは。

「あなたのお母様が誰を殺そうと、あなたには関係がないのです。あなたとあなたのお母様を繋ぐ連続線など幻想なのです。この言葉が通じていますか？古川さん」

「……うん、わかってる」涙声でした。「わかってるよ」スカートの上に乗せた両手を握り締めています。それは小刻みに震えていました。

「ちづるちゃん……」

馬鹿な私は、取り敢えずその名を呼びました。そうする事しか出来ませんでした。陸上部のかけ声が、沈黙を通過して行きます。

千鶴ちゃんは項垂《うなだ》れたまま立ち上がると、項垂れたまま去って行きました。言葉もなしに。

「あ……綾香さん」

馬鹿な私は、やはりこんな事しか云えません。

「安心して下さい」綾香さんは私の肩に手を置きました。「大丈夫ですわ。古川さんは必ず私達に同意し……そして協力してくれます。絶対に」それは確信的な口調でした。

「あ、の、わっ、私も協力します」

私は急いで云いました。千鶴ちゃんに負けたくないと云う愚かな精神が働いたのです。

「ありがとうございます。頼りにしていますわ、香取さん」

他人に頼られる感動を、生まれて初めて味わいました。

私は綾香さんを見つめます。

綾香さんが見返しました。

瞬間……優雅で力強い磁力が私を捕らえます。

私はその視線を……ようやく受け止めました。

6

「山本砂絵さん？」

野太い声の男はマリオみたいな顔とヒゲを備えていた。その横にはまだ若い、ゴボウみたいにひょろっとした青年。絵に描いたような凸凹コンビ。腰の曲がった大家さんはその横に立っていた。

「……いませんねぇ」ゴボウの刑事がドアを閉めながら云った。「本当に留守なんじゃないですか？」

「靴がある」マリオの刑事が短く答えた。「ほら」そう云って玄関に脱ぎ捨てられた何足もの靴を顎で示す。

「そりゃありますよ。女の子なんですから。それに靴を一足しか持ってない人間なんて、そうそういません」

「うるせえな。俺は常にこれだけだ」マリオは色褪《あ》せた革靴を履いたまま部屋に上がった。「山本さん、いるんでしょう？　出て来て下さい」そう云って風呂場を覗きに行った。

「どうです？　隠れてましたか？」

「いや、いねえ」

マリオはそう答えると、今度は早足で茶の間へと上がり込んだ。落ち着きのない奴だ。

「やっぱ留守なんですよ」

「いや」マリオは首を振った。「お前も触ってみろ。テレビが暖かい」

「あのですね」ゴボウは溜息混じりに答える。「湯気の立ったコーヒーならともかく、テレビが暖かいからって……」

「うるせえな」

マリオは怒鳴ると、和室の襖を一気に開けた。押し入れを開いて布団を引き出す音が聞こえる。

「どうです？　いましたか？」

茶の間に立つゴボウが尋ねた。

「いねえ」マリオが叫んだ。「くそ！　どこだ出て来いっ」

「言葉が乱暴ですね」

「オイ聞こえてるぞ」

ゴボウは、地獄耳って怖いなあと呟くと、足音を立てずにどこかへ消えて行った。そして今度は足音をバタつかせて戻って来る。何だよ慌しい奴だなと云ってマリオが茶の間に戻って来た。ゴボウは今までとは違う精悍《せいかん》な声で、トイレに鍵がかかってますと答えた。報告を受けたマリオは豚の駆け足みたいな勢いでトイレに向かった。

「さあ……その包丁を貸して」ゴボウはゆっくりと接近すると、テーブルの下に隠れている私に向かって小声で囁いた。そして手袋を装着した手を、私の前に置いた。「早く」

……は？

私は理解不能の展開に周章した。

この刑事は、一体何を云っているのだ。

全身に、緊張以外の戦慄が駆け抜けた。

歯の根が噛み合わなくなって来る。

「安心して。僕は味方だ」ゴボウは小声で続けると、私と視線を合わせた。とても強い瞳をしていた。「早く」

私は魔法にでもかかったみたいに、ゴボウに包丁を差し出した。包丁を受け取ったゴボウはスクッと立ち上がると、疾風《はやて》のようにと云う表現が適切なくらいの速度で、トイレの方向へ消えて行った。

「ぇ」

声になる寸前の声を私は聴いた。

人が崩れ落ちた音も聴いた。

「もう出て来ても大丈夫だよ、砂絵ちゃん。邪魔者その一は消えたからさ」ゴボウの足が見える。その横には赤い液体がポタポタと垂れていた。「では、その二」

ヒュンと風を切る音。

「ぁ」

再び、声になる寸前の声を聴いた。

勿論……人が崩れ落ちた音も。

「ほうら、邪魔者その二も消えたよ。刑事も大家も包丁には敵《かな》わないって訳さ」ゴボウの刑事の両足が眼前にあった。「どうだい、早いもんだろ？」

私は顔中に脂汗を浮かばせながら、恐る恐る顔を出す。

「初めまして」そう挨拶し、ゴボウは片膝をつく。「僕の顔は記憶しない方が良いよ」そして私に手を差し伸べた。

私は汗でベタベタになった手で彼の手を掴む。ゴボウは私を優しくテーブルから引っ張り出してくれた。立ち上がろうと試みたが腰が抜けており、起き上がろうとしたら手に力が入らなかった。ただ痙攣し、弛緩し、発汗するだけ。

「よほど緊張していたんだねぇ」ゴボウは私を見下ろしていた。「ま、そりゃそうか。誰だって逮捕されたくないもんね。怖かっただろ？　もう大丈夫だよ。まあ、一時的って意味だけどさ」そして汗で濡れた私の頭を三回だけ撫でた。

「……だれ？」

私はそれだけ云った。それだけしか云えなかった。

「誰だと思う？」

私は答えない。答えられない。

「この世には、知っても意味がない事なんて沢山あるからねぇ」ゴボウは面白そうに呟いた。「諺《ことわざ》にもあるじゃん。相対性理論よりもスーパーの特価品って」

「だれなの」

あいにく、そんな諺は知らない。

「それよりさ、シャワーを浴びた方が良いと思うな。それに君、汗でシャツが透けてるよ。気がついてないみたいだから忠告するけど」

「ねえ……誰？」

私は首だけを回してゴボウの刑事の観察を試みた。だが視界が霞んで良く判らない。


「僕の事なんて、これっぽっちも気にしなくても良いんだよ」ゴボウは手袋を脱ぐと、その手を私の顔に重ねた。視界が閉ざされる。「さあ、そろそろ立ち上がってくれ。」

「どうして……」私は顔に乗ったゴボウの手を退かすと、意地で上半身を起き上がらせた。今まで自分が倒れていた絨毯《じゅうたん》は汗を吸収して濡れていた。「どうして私を助けてくれたの？」

「頑張《がんば》って、生き延びてね」

「どうして助けてくれたの？」

「……ごめんね。僕は質問に答える事が出来ないんだ」ゴボウは僅かに目を伏せると、再び私の頭に手をやった。「僕に出来る事は、君にシャワーを浴びさせて着替えをする時間を作り、そして外へ逃がす。それだけなんだよ。それが……僕が今回与えられた役目。いや、もう二つほどあるか」

7

夜は小さな公園にとって孤独の時間。中村は一人ベンチに座って、チーズバーガーを食べていた。マックでもロッテリアでもない、モスバーガーだ。中村はモス以外のハンバーガーを決して口に入れようとはしなかった。要は味と値段の関係だ。

警察の事情聴取を終えた後、やつれた表情を隠そうともしない石渡はすぐに帰宅した。色々と考えたかったのだろう。勿論、中村だって思考回路を最新型の洗濯機みたいに回転させている。しかし子供の時分から虫食い問題が苦手な中村が解《かい》に到達するのは、まだまだ先のようだ。辿り着かない可能性の方が大きいかも知れないとも思う。

チーズバーガーを食べ終えると、包みを横にある大きなクズ籠《かご》に捨てた。こうやって、全てを捨てられたらどれだけ嬉しいだろう。そんな夢想に捕われる。しかし捨て去りたい願望が働くと云う事は、それを捨て去った後の自分の人生を必然的に想起しなくてはならない。それが喜ばしい結果とは云えない事実を認識している中村は無理に鼻を鳴らすと、星の輝きが認識出来るほどの闇に染まった空を眺めた。

抜け出す。

現在中村を悩ませている問題を放棄する。そうすれば自由になれる。しかし自由が必ずしも幸福を産むとは限らない。中村は小学校の頃、学校で飼っていたウサギ八羽を小屋から逃がしてやった事があった。しかしその翌日学校に来てみると、逃亡したウサギは交通事故に遭って全滅した事実を、やるせない口調で語る教師から聞かされた。

中村はこの予想外の出来事を起こして以来、完璧な自由は危険だと思い込む事に決めた。箱庭や鳥籠の内部で満喫していれば良いとさえ思った。だから、だからこそ、中村は自らに囲いを設けたのだ。

檻に閉じ込めたのだ。そう……それが良い事なのだと、信じて疑わなかった。
……信じて疑わなかった？
しかし今は、猜疑《さいぎ》の心境に苛まれている。
猜疑。
猜疑か。
はいはい、猜疑ね。
中村は笑いたくなった。
猜疑なんてものは……もう、しょっちゅうなんだけど。

7

Sunday

第七章　休みたい日曜日（幕間）

※※※

日曜日と云うのは、神様が人類に対して無条件で与えた数少ない特権の一つ。

せっかく貰ったんだから、今からそれを使おうと思う。

だから誰も僕に文句は云えないんだ、決してね。アメリカの大統領にだって、それを止める権限はないんだからさ。いや多分だけど。

え……今までと毛色が違うって？

当たり前じゃん、だって日曜日は特別な日なんだ。特別な日に普通の事をやっても面白くないと思うけどね。違うかい？　何だ違うのか。あっそう。

僕は狸《たぬき》小路にあるアルシェビルって名前の建物へ入った。アルシェって響きさ、何か格好良いよね。フランスっぽくて。え、ドイツっぽいだって？　それは変だよ、うん。

それで、そこの三階だか四階だかにあるアニメショップに足を踏み入れた訳。いやあ……思い返してみても鳥肌モンだよ。君も一度体験してみると良いね。日曜日のアニメショップって奴を。感動しちゃうよ、色んな意味でさ。どこからどう見てもファッショナブルとは云えない服装に身を包んだ、どこからどう見てもマニアックな連中が、そう広くもない店内に犇《ひしめ》いてるんだから。おい、ちょっと誤解しないでくれよ悪いとは云ってないだろ。ほら見ろよ、僕だって決してファッショナブルでは……え、知ってるって？　あっそう。別に怒ってないよ。怒ってなんかいないってば。

君も知ってると思うけど、僕は昔の……と云っても五、六年前だけど……アニメが守備範囲だから、単行本のコーナーは遣り過ごした。同人誌も無視。僕さ、ああ云うの嫌いなんだよね。登場人物を操作する特権があるのは物語の作者のみだから面白いのに。それを他の人がやったからって独創が生まれる訳じゃないしさ。それに、何か健全じゃないよね。こんな考えって、僕だけなのかな？

それから声優のCDが陳列してある摩訶《まか》不思議なコーナーも素通り。全く……皆どうかしてるよね。三半規管が幾つあっても足りないようなアイドルもどき声優の歌なんて、一体どこが良いんだろうか。お金出して買う価値あるの？　あっ、でも岩男潤子は別格。あの人は良いよ。歌が凄く上手い。曲も粒《つぶ》揃《ぞろ》いって感じだし。岩男潤子は良いな。君も一度聴いてごらんよ。いや別に無理強いはしないけど。

しかし、こうした点を考察してみると、僕って結構オールドタイプな人間なんだよね。純粋にアニメーションの本質だけを愉しむなんてさ。これって何か、オールドスミスって感じ。あれっ知らないの？　年の差だねえ。え……何？　思考の差？　まあ、そうとも云うか。

で、どうして僕がこんな嫌悪感を抱きながら日曜日のアニメショップに出向いたかと云うと、それは人探しのためなんだな。誰って、そんなの決まってるじゃん。

そして漫画本とCDを手にしてレジに並んでいる鏡稜子の姿を、人込みの中からようやく発見。七分丈のシャツにデニムのスカートと云う服装だった。うん、なかなか良い感じだったよ。

僕は彼女が本を購入するまで、ぼーっと漫画の背表紙を眺めて暇潰しをしていた。実際、良い暇潰しになるよね。なかなかカラフルで個性的だからさ。それに比べて小説……特に文庫や新書なんてのは、統一していて気持ち悪いよね。まあ、文庫はその存在意義から派生した形態だから別として、新書のデザインに個性がないのは寂しいものがあるな。中途半端に見えるよね。しかもそれが当たり前と思ってる人間が多くて絶望的。これじゃあ閉塞しちゃうよ。だから、そろそろ売れなくなって来るんだろうな。少なくとも二〇〇〇年に入ってもあの調子だったら、それは辛いだろうね。色んな意味で。

「やっほ」

鏡稜子が買い物を済ませてアニメショップを出たところで、僕は声をかけた。

「アンタ誰？」

周囲の喧騒《けんそう》に紛れない明瞭《めいりょう》とした声で、鏡稜子はそう尋ねた。しっかし、どうして鏡稜子の目は、こんなに冷徹なのかね。泣きたくなるよ。

「僕かい？　僕は名乗るほどの者だけど、それでも名乗らないブリ屋だよ」

「コスプレの勧誘なら結構よ」

驚いちゃうな。レベルの高い人間ってさ、こうしたハッタリを絶妙のタイミングで口にするんだよ。それも無自覚に。いやあ参った、ええ参りましたとも。

「そんな事はしないよ」僕は微笑んだ。「僕がやろうとしてるのは、物語の誘導だけ」

「勝手にやってなさいよ」鏡稜子の対応は素気ない。「私はこれから家に帰って、グルグルの第六巻を読むんだから」それだけ云うと、踵を返してエスカレータを降りて行っちゃった。

僕は駆け足で彼女を追った。こんなに冷たくあしらわれると少し寂しいよね、男としては。

「待ってよ」僕は鏡稜子の背中に声をかけた。「僕の動きは制限されているんだ。幾ら幽霊になってもね」

「何の事？　アンタ幽霊なの」

鏡稜子は面倒そうに振り向く。僅かに波打った髪が揺れた。

「まあ、この物語の中ではね」僕は恣意的に口元を上げた。ああそうさ、緊張を隠すためだよ。「だから僕は君達に託《たく》したいんだよ」

「へえ。じゃあ私の味方なんだ」

「そうだよ」長身の上に一段高い位置にいる僕を見上げる鏡稜子の首の角度が可哀想だったので、僕は彼女の隣に立った。「僕はいつだって、力のない予言者の味方さ」

「…………」鏡稜子の首筋がピクリと痙攣した。ひゃあ怖い。「ただの冷やかしじゃないみたいね」

「君はどこまで知っているのかな？　犇くって漢字には、牛が三つも入ってるって事を知ってる？」

「はあ？」

鏡稜子は眉を寄せた。とぼけてはいないみたいだ。って事は、まだ事実を摑んでる訳じゃないんだね。ふう安心安心。いや、嘘だけどさ。

僕達は一緒にエスカレータを乗り継いで、一階に到着した。一階のテナントには結構有名な紳士服のチェーン店が入ってるんだけど、いやあ浮いてるね。そのままビルを出て大きな横断歩道で停止した。こちら側にも向こう側にも、人間がウジャウジャ。うーん、人口が過密してると感じる一瞬だね。

「次はどこに行くの？」

僕は尋ねた。

「家に帰る」

「帰るって、千歳に？」

「ふうん、良くご存知ね」鏡稜子は笑いもせずに云う。だから怖いってば。「一体誰なの？　アンタ本当に味方？」

「じゃあ君は、本とCDを買うためだけに札幌に来たの？」

僕は彼女の行動に驚いちゃって、イカした対応が出来なかったよ。

「喧しいわね。千歳は田舎なのよ」

信号機の点灯が赤から青に変った。人々が動き出す。コントロールされるのって気持ちが良いよね。え？　そうは思わないって。あっそう。

天井のアーケードが消え、日光が直接降り注いだ。僕は夏って嫌いだな。暑いのがそもそも苦手だからね。燃え上がっちゃうよ、ガンダムみたいに。ってうわ古い。萌え上がれは？　え、意味が解らないって？　そっか……いや、知らない方が良い事もあるさ。

　鏡稜子は僕のそんな心境を理解してくれたのか地下街に通じる階段を降りて行った。ありがたい。それに実際、地下街はクーラーが効いてるから涼しいんだ。

「それで、何の用なの？」

　地下街を滑るように歩く鏡稜子が問うた。

「君は今……ちょこちょこと動いているね。色んな人間の物語に入り込んでさ」

「ええ」

「それで、事件の核心部分には触れたの？」

「全然」

「やっぱりね」

「訳の判らない事件はいっぱい起きてるんだけど、どれをどう解決すれば良いのかが、さっぱりなのよ」

「なるほど。だから事件を解決するのではなく、事件を起こさせないように努力してるんだね」

「本当に良く知ってるのね……」

　鏡稜子は僕を睨んだ。おいおい、味方を睨んじゃいけないよ。

「僕を睨むのは筋違いってもんさ」優しい僕は、だからそう云ってあげた。「それで、得意の予言はどうなの？」

「パースペクティヴって言葉を知らないのよ、私の能力」鏡稜子は前を見たまま、大袈裟に肩を竦めた。「大切なものを見ようとしてないのよね」

「藤木も予言者だった。これについては、どう思う？」

「わかんない。わかんないけど、人為的だわ」

「おー」僕は歓喜の声をあげた。君も知ってると思うけどさ、やっぱ素晴らしいよこの娘《こ》。「なるほどね。はいはい……人為的か」

「何よ、そのリアクション」

　鏡稜子は訝しそうだ。まあ、無理もないってね。

「僕は君に頼る事しか出来ない」これ以上の接触は

危険と判断。なので本題に入った。「なあ、気がついてくれよ。藤木は予言者なんだ。君と同じく予言が出来るんだよ。あんな普通の人間に、そんな特権的な行為が出来るんだよ」

「だから何」迷惑そうに訊く。「知らせたい事があるんなら、さっさと云いなさいよ」

「うん……それが出来たら苦労しないんだけどね。僕は君が知っている情報以上の情報を口に出す事を制限されているんだ」

いやあ、これって辛い事なんだよ。ほとんどの真相を知っているのに、それを教えられない。口の軽い人間にはこれ以上の罰はないと思うな。

「どうして？」

「それも云えない。これが限界なんだ。判ってくれよ」

「アンタの魂胆は知らないけど、まあ理解はしてあげましょう。藤木さんなんて雑魚にも予言が出来たって部分がヒントなのね？」

僕は返事をしない。答えたくても答えられないんだ。でも聡明な鏡稜子は、それをちゃんと理解してくれたようで、ほんの僅かに口元を上げ、じゃあ頑張ってみるわと云った。

「感謝」僕は軽く頭を下げた。「君は……自分にエナメルを塗ろうとしないんだね」

「はあ？」

「君は素《す》のままで充分に強烈だし、また満足してるんだろう。大人になっても、ずっとそのままでいて欲しい存在だね」

「意味が判らない」

「知ってるよ。そんな事は」

僕は歩みを止めた。

鏡稜子も停止する。

僕たちは五秒間、見つめあった。まるでドラマみたいな光景だったよ。自分で云うのも何だけどさ。

「それじゃあ、これでお別れ」僕は不可解な決意を行なってから云った。「ごきげんよう」そして元来た道を引き返す。いやあ格好良い退場だなあ、我ながら。

「ごきげんよう。ゴボウみたいな顔の人」

鏡稜子は僕の背中に向けて言葉を放った。ゴボウだって？　ああもう……台なしじゃないか。せっかくキマったと思ったのに。だけど引き返してやり直しなんて事はやらない。

これは……人生と一緒なんだ。

リセットもリスタートも無理。

僕たちは直進するだけなんだからさ。そうだろう？　え、その通りだって？　珍しく意見が一致したね。雨でも降るんじゃないの？

さてと……僕の語りはここまでだ。あんまり出しゃばって全知全能と思われるのも癪だからね。尻切れトンボなのは否《いな》めないけど、僕はそれが嫌いじゃないし、嫌いじゃないからこそ尻切れトンボになってやるんだからさ。この意味が解るだろう？　え、解らない。あっそう。

8

Monday

第八章　そして一週間後の月曜日

1

七月十五日。

週末から降り始めた雨はその勢いを減退させぬまま、今日も降り続いています。

それは教室の窓を叩き、外の世界を濡らし、周囲の湿気を増加させ、皆の気分を少なくとも四パーセントは滅入《めい》らせていました（朝の喧騒が常時よりも静かなのがその証拠です）。厚い雲に覆われて太陽光が届かないため、教室には照明が灯っています。まだ朝の八時なのに。

雨の心理的効果など、私にとっては鬱《うつ》を呼ぶだけなので、折れた前歯を探して床に這いつくばっている秋川の腹を思い切り蹴り上げてから席に戻りました。

「板について来ましたね」

隣の席に座る綾香さんは、椅子を動かして私に体全体を向けました。

「何がです？」

「特権階級としての立場に決まってますわ」

「ええ」

私は綾香さんの真似をして静かに微笑みました。そうです……私は遂に、念願の位置に立てたのです。これ以上に感動的な事が果たしてあるのでしょうか。恐らくないでしょう。それでも構いません。私の人生の最も濃厚な部分……それが現在なのですから。

「なかなか染《そ》まり易い方なのですね」綾香さんは眩しそうに瞳を細めました。「羨ましいですわ」

「何がですか？」

「香取さん、インタビューは受けましたか？」

「まさか。ちゃんと逃げて来ましたよ」私は校門前に群がるマスコミを想起し、一瞬の頭痛に苛まれました。「本当にもう、好い加減うんざりですよ。朝からあれは……」

「あ、あの、香取さん」名前を呼ばれたので振り返ると、缶ジュースを胸に抱えた桜江が立っていました。「あの、頼まれてたCCレモンです」覗き込むような視線。顔色を窺うような態度。

「ありがとう」

　私は桜江の胸からCCレモンの黄色い缶を抜き取りました。任務を終えた桜江は安堵《あんど》したような表情になって、自分の席に戻って行きました。あの桜江をパシれるなんて、一週間前の私には想像もつかなかった事です。私は窓の外を一瞥して雨の勢いに減退が見られない事実を確認すると、CCレモンのプルタブを起こしました。

「香取さん、炭酸飲料は体に毒ですわよ。骨が溶けます」

「長生きするつもりはありません」

　私はジュースを一口飲みました。そうです。これから先の人生になんて興味はありません。今が……今だけがあれば、それで良いのです。

「悲観的ですわね」綾香さんは豪雨の中に訪れる一瞬の晴れ間みたいな声で云いました。「刹那《せつな》的とも云えますが」

「あの、綾香さん……」私はジュースを机に置くと、頭を下げました。「本当にありがとうございます。ここまで来られたのも……全部、綾香さんのお陰です」しかしこれでは、結婚前夜の娘です。

「結婚前夜の娘みたいな台詞はよして下さいな」どうやら綾香さんも同じ感想を抱いたようです。「それに私は何もしていません。全てあなたの力です」

「いえ」

　何もしていないのは私です。相変らず力はないし、度胸だって限りなくゼロに近いです。しかし綾香さんの側にいるから、このような態度がとれるのです。綾香さんと云う存在があるからこそ、私がいられるのです。

「あなたは自分が思っているよりも能力があるのですよ」

「そう……ですか？」

私もキュベレイになれるのでしょうか。

「私は嘘は吐きません」

「あ、ええ、そうでした」私は頷きました。そして勇気を振り絞って質問します。「私も、あなたになれますか？」

「なれますわ」

綾香さんは美しい笑顔で応じました。

「ああ……」

嬉しい。

嬉しいです。

私が綾香さんになれる。

『私』が『須川綾香』に。

衣装を纏《まと》うような魂の構築。

飛翔《ひしょう》。展開。

自分の喪失。

他者の生産。

そして生まれ変わる。

……あれ？

それって、コスプレなんじゃあ……。

「どうかしましたか？」綾香さんが不思議そうに私を見ます。「ぼうっとしていますけど。ご気分が優《すぐ》れないのですか？」

「あ、いえ」

私は首を振って、己の正常さを訴えました。

「それなら宜しいのですけど……」

「ええ、ええ、全然大丈夫です」そして話題を戻しました。「あの綾香さん、私……どうやったらあなたに」

「それはご自分で見つけて下さい」綾香さんは嗚咽を吐きながら折れた歯を差し込もうと試みている秋川に視線を向けます。「さあ、どうぞ」そう云うと、秋川に向けて優雅に手の平を返しました。行けと云う意味です。

私はジュースを口に含むと、秋川の前に立ちました。秋川は脅えと諦めがミックスされた視線……以前の千鶴ちゃんと同じ……を、私に向けます。私は秋川の顔面を蹴りました。面白いくらいに吹っ飛びます。せっかく見つけた歯も一緒に吹っ飛びます。そんなのは知った事ではありません。私はひっくり返った亀みたいに仰向けになった秋川の顔面を爪先で何度も蹴りました。クラスの皆が笑顔でこちらを見ています。皆が私の行動を注視している。感激です。陶酔です。鼻血を垂れ流す秋川の顔に、口に含んでいたCCレモンを吐き出して汚しました。周囲から湧《わ》く喝采《かっさい》。

私は振り返って綾香さんを見ました。綾香さんは笑顔でした。右腕として、これ以上の栄光はありません。

千鶴ちゃんが教室に入って来ました。私は秋川から離れて千鶴ちゃんに近づきます。そして、おはようと挨拶しました。千鶴ちゃんは相変らずの小声で返します。

「ねえ……千鶴ちゃんも、やる?」

私はゴミみたいな秋川を顎で示しました。しかし千鶴ちゃんは首を振って遠慮しています。そして逃げるように自分の席に向かいました。

「どうして? 復讐したくないの?」

私は不思議に思い、そう問いました。千鶴ちゃんはまだ、秋川へ一度も暴力を行使していないのです。

「私は、あんまり……そう云うのは」

千鶴ちゃんは立ち止まると、私に背中を向けたまま答えました。

「でも、憎いんじゃ……」

「にくいけど」苦しそうに発します。「憎いけど、でも」

「香取さん」綾香さんが発しました。「無理強《じ》いはいけませんわ。暴力は自然に出るからこそ暴力なのです。そこに強制を持ち込んではいけません」

「でも綾香さん……」

「古川さん」凡《すべ》てをリセットするような優しい笑顔を千鶴ちゃんに向けました。千鶴ちゃんは反対側を向いているのだから、もっと手を抜いた笑顔でも良いのに。「気にする事はないですわ。葛藤する必要もありません。あなたはあなたのペースで、現状を取り込んで下さい」

千鶴ちゃんはそれには答えず、俯いたまま自分の席に座りました。

私は疑問に思います。どうして綾香さんは……千鶴ちゃんに対して、これほどまで優しく接するのでしょうか。確かに私に対しても温厚な対応をしてくれています。しかしそれは上司が部下に対するそれであるのに対し、千鶴ちゃんへの場合は、母親が子供に向ける無条件の愛情のようなものすら感じるのです。これは嫉妬から派生した誤った感情なのでしょうか。嫉妬？

そうです……。私は千鶴ちゃんに嫉妬していました。右腕と云う役割を獲得したのにそれを使おうともせず、苛められている時と何ら変らない反応で世間に対応している千鶴ちゃんを。

私は秋川の腹を力任せに踏みつけました。

2

あまりに明白過ぎて、最早不可解とは呼べなくなりつつある不可解な感情は、先生がやってきて朝のホームルームを始めても、全く収束しませんでした。それどころか増大しているような気がします。それは恐らく錯覚ではないのでしょう。

……貪欲だ。

自嘲気味に思いました。私はどうしようもなく貪欲な人間です。念願の特権階級に立てたのに、綾香さんの右腕になれたのに、コスプレから脱却出来たのに、何一つ満足していないのが何よりの証拠じゃないですか。

私はホームルームの風景を客観的な気分で眺めました。全員が優等生の皮を被って先生の話を聞いています（勿論、それは滑稽などではありません）。机には幾つもの空きがありました。島田君、藤木、中村君、石渡君、鏡さん、そして山本さん。

山本砂絵さんは現在、警察から指名手配を受けています。

勿論、未成年なので名前までは出ませんが、鷹乃羽高校二年の女子生徒と云う情報まで公表されているので、名前の非公開はあまり意味がありません。

先日、田沢と云う二年E組の生徒が殺害されました。その死体が発見された倉庫からは、無数の人骨と藤木の死体らしき肉が出て来たらしいのです。

山本さんは田沢と藤木殺害の容疑で指名手配を受けています。しかもそれ以外の、既に骨と化した人達を殺害していた疑いも濃厚と報道されていました。しかし少女一人で全ての犯行を成し遂げたと云うのはいささか非現実であり、警察は共犯者の存在を疑っているようですが。

更に山本さんには、有川さん殺害の容疑もかかっていました。目撃証言が幾つも出て来ているのです。それはそうでしょう。緑色の鎧なんて云う最高に目立つ格好をした人間と接触すれば、どんなに存在感の希薄な幽霊だって見つかってしまいます。

それにしても……どうして山本さんは有川さんを殺したのでしょうか。どうして死体をバラして持ち去ったのでしょうか。マスコミが云うように、本当に肉を食べていたのでしょうか。マスコミは山本さんのアパートの冷蔵庫に人肉らしきものがあった事から、山本さんが人肉を食べていた可能性を示唆しています。人の肉を食べるなんて、なんて気持ちの悪い……。

私は雨が支配する外を眺めます。そして警察官を負傷させ、もう一人の警察官とアパートの大家さんを殺害して逃走中の山本さんの事を考えました。

ああ、そうじゃない。

私は私の貪欲さを思考していたのに……。

3

倉坂先生の死を看取《みと》ったのは私だ。

いつものように診察室に入った私を待ち受けていたのは、サングラスを持ち上げながら椅子に座る先生ではなく、胸からおびただしい量の血を流して床に倒れている先生だった。

「先生！」

私は驚いて先生に駆け寄った。抱きかかえようとしたが、怪我人を下手に動かすのは命の時間を縮める事になるとテレビドラマの主人公が云っていたのを思い出し、伸ばしかけた腕を引っ込める。全体的に真っ青なのに頬だけが赤くなったアンバランスな顔に汗を浮かべた倉坂先生は荒い呼吸を繰り返していたが、呼吸と呼吸の間の僅かな隙間を見つけ、やあ砂絵と私の名前を呼んだ。悲愴と驚愕と混乱が混ざったものと、血の臭いに触発された食欲が、私の内部を駆け巡った事を記憶している。

「な……あ、何ですかこれは」

私は声を引き攣らせながら、溶岩のように床に広がる血に目を向けた。

「何って、血だよ」感覚が欠落した声だ。「小学生でも知ってるさ、そんな事は」先生は白衣を染める血を噴き出す胸部を強く押さえていた。その手は既に真っ赤。

「どうして、こんな」私の意思とは関係なく、涙が唐突に溢れて来た。「なんで、な、ううっ」嗚咽が漏れる。「う、う、うああ、うっ」涙が粒になって落ちた。「うあ、あふっ……うう」

「泣かないで」

先生は血だらけになった手を私の頬へ寄せようと懸命に腕を伸ばした。震えながら。そして私の頬に触れると、涙を拭った。生温い感触。血がべっとりとついた。

「せんせい……」

「泣かないでくれ、砂絵」先生はサングラスの奥の双眸を、まっすぐ私に向けていた。「済まない。約束は守れそうにないよ。君の他人の記憶を読み取る能力は……」

「そんな事はもう良いですっ」私は叫び、先生の腕を摑んだ。「もう……あうっ、うう」

「しっかし困ったなあ、ザクザク刺されたよ」他人事みたいに云う。「……何度刺されたと思う？　十九回だよ十九回。刺し過ぎだよねこれって。心臓傷だらけさ……。どんな名医でもお手上げ」私に触れていた先生の腕が力なく落ちる。そして咳《せ》き込んだ。口から飛び散った血の飛沫が、私の顔に付着した。

「わたし、あの、あっ……あの」

「僕が死んだら……机の抽斗《ひきだし》の、上から三番目の棚にある封筒を開けてくれ」先生の呼吸が、ただの呼吸音になって行く。「忘れないでくれよ。机の抽斗の、上から三番目だ。何なら……メモでもしておく？　血で」

「せ、せんせ」

「砂絵、本当に済まなかったね。ぼ、僕は……ぼくは……があぇ」血を吐いた。「ぼくは、たぶん、償《つぐな》いがしたかったんだと思う」

「……え？」

償い？　何を云っているのだろう。あまりの苦痛に頭がショートしているのだろうか。私は泣きながら、先生先生と呼んだ。しかし先生はその呼びかけに返事もせず、既に定まっていない……もう私を見る事も出来なくなった視線を僅かに動かしながら、更に言葉を放ち続ける。

「辛い目に遭わせてしまって……ほんとうにすまない。なおしてやりたかったけど、ぼ、ぼくじゃあ無理だった」先生は歯を鳴らし始めた。全身の痙攣が発生する。「やっぱり、あんな事はしない方が良かった……。い、いいわけにもならないかもしれないけど、ぼくはだまされてたんだ」

「何云ってるの？　ねえ」

私は先生の死に行く体を揺さぶった。痛いよと云って先生は笑うけど、私は構わない。

「……参ったな。そろそろ死ぬよ」突然、先生の荒い呼吸が不自然なくらい静かになった。痙攣も収束している。先生の顔を見ると、汗こそ浮かんでいるものの、いつもの表情だった。「砂絵」私の顔を眺めた。「最期の台詞に、こんな月並みな言葉を云うのは非常に不本意なんだけど……君に逢えて良かった」

確かに月並みで、ありきたりな台詞だった。さすがにこれだけでは嫌だと思ったのか、倉坂先生は閉じた口元を再び開くと、僕を食べてくれと云った。それから子供みたいに安らかな呼吸を三度繰り返すと、死んだ。

私はそれから五分間だけ泣き、涙を拭い、ゆっくりと立ち上がった。目眩《めまい》がした。先生の机の前に立つ。机の右側に縦に並んだ抽斗の、上から三番目を開けた。

そこには一つの封筒が入っていた。中の紙切れに目を通す。略地図らしきものが描かれていた。それは黒い線だけで構成されており、線と線が交差する地点には一言、『倉庫』とだけ記されていた。紙切れの隅には、『2（÷）6』と云う記号が走り書きされている。どちらも、情報としては不親切だ。

抽斗の奥に、折畳《おりたたみ》式の小型ナイフが入っているのを確認する。私はそれを手にすると、死体と称される物質になってしまった倉坂先生のシャツのボタンを引き千切《ちぎ》り、ベルトを外し、露出した腹部を片手で押さえてナイフの先端を突き立てた。一気に引き裂く。赤い血と白い油が混じったものが溢れ出る。解体作業が初めてだった当時の私は、体内から流れ出るその油に酷く驚いた。あの少女の手首を嚙み千切った時は、こんなものは出て来なかった……。

困惑を続けている余裕はなかった。いつこの診察室に人がやって来るか判ったものではない。私は先生の体内に腕を突っ込むと、内臓を摑んで引き摺り出した。幸い、腹部に詰まった器官には刃物による損害はないようだ。私は大腸を引っ張る。引いても引いても終わりが見えない。まるで手品師のシルクハットから出て来る繋がれた国旗みたいだなと感じながら、尚も引き出し続けた。

だけど……どんなに引いても、腸の最終地点は現れない。

疲労したので、行為を一時中断した。

腸は私の体に巻きついている。

腕に、首に、蛇のように。

私はそれに、歯を立てた。

血に濡れたそれは、ぬるりとした生暖かい感触。

私にはそれを……嚙み切り、咀嚼し、嚥下する事は出来なかった。

先生の記憶を読み取るのが怖かったし、それに生肉は嫌だ。

再び涙が溢れて来た。

体が震える。先生は死んでしまった。死んでしまった。

これからどうすれば良いだろう。何も考えられない。

だからそのまま眠った。

腸に巻かれて、眠った。

4

島田君の事件の話を始めたので、私はまだそんな事を考えている綾香さんに驚きました。クラスの皆も、そして私も、力関係の唐突の変化や山本さんの食人事件に忙しく、そんな出来事は完全に忘却していたからです。

「まだそんな事を考えていたんですか？」

だからそう問いました。

授業を終えた私と綾香さんと千鶴ちゃんは、雨の降る札幌市内を歩いていました。雨の日は外なんかには出ず、家の中でじっとしていたいのですけれど、綾香さんの発案に逆《さか》らう訳には行きません。頭上に広がる傘の布地が、雨を受けて不規則な音を立てていました。空も街も人も全てが灰色です。濡れた路面が湿っぽいので、具合が悪くなって来ました。風景写真につけられた無数の傷。そんな連想が浮かぶほどの雨です。

「そんな事などと云ったら、島田君が可哀想ですわ」赤い傘の下から、美しい笑顔がこちらを覗いていました。「それとも香取さんは、島田君の存在を、既に過去として処理しているのですか？」

そうだと正直に答えるのは自分が非情な人間と思われる可能性が高かったので、そう云う訳ではないのですけどと曖昧な返答をしました。

……過去。

事件発生から一週間以上が経過したのに、島田君を殺害した犯人は未だに検挙されていません。それについての話題も減り、殺害現場となった図工室も開放され、島田君目当てのマスコミの数も少なくなり、それは確実に、過去の出来事になっています。事実、私も忘れかけていたのですから。浮かない顔で私の少し後ろを歩く千鶴ちゃんは、果たしてどう思っているのでしょうか。

「あれから何か考えつかれましたか？」

綾香さんが問います。それは密室トリックの解決案を指しているのでしょう。

「いいえ、全然」正直に答えました。「いろいろ考えてみたんですが、どれも決め手に欠けて」これは嘘ですけど。

大体……名探偵でもない私が、そんな謎に取り組んだ所で解決出来る筈がありません。カードキーを使わなければ出入りできない室内で、殺害された人物がそのキーを持っていた。しかもドアには鍵がかけられている。さて犯人はどのようにして閉ざされた部屋から脱出したのでしょう。そんなの解る訳な

2006年4月、先端芸術学部が新設されます。
[メディア表現学科(定員60名)]
まんが・アニメーション専攻
映画専攻
写真・CG専攻
[造形表現学科(定員70名)]
現代クラフト専攻
造形美術専攻
芸工大の先端は、かなりおいしい。
神戸芸術工科大学
KOBE DESIGN UNIVERSITY

憧れていたカリスマ達が、あなたの先生になる。

安彦良和　教授（漫画家、アニメーター）

代表作に『王道の狗』『アリオン』他。漫画・アニメ界に幾多のドラマをもたらした巨匠。『ガンダムTHE ORIGIN』連載中。

しりあがり寿　特任教授（漫画家）

代表作に『弥次喜多 in DEEP』他。ギャグを純文学へ進化させたカリスマ漫画家。朝日新聞に『地球防衛家のヒトビト』連載中。

大塚英志　教授（漫画原作者、批評家、編集者）

代表作『多重人格探偵サイコ』（原作）は700万部のベストセラー。『物語の体操』『キャラクター小説のつくり方』他著作多数。

ササキバラ・ゴウ　助教授（編集者）

徳間書店で「少年キャプテン」編集部元編集長。多数のまんが家との広範なネットワークを持つ。著作に『〈美少女〉の現代史』ほか。

＋ ＋ ＋ 神戸芸工大を体感しよう!! ＋ ＋ ＋

■ **オープンキャンパス**　10:00～16:00　8月7日(日)、8月28日(日)

■ **進学相談会**　13:00～16:00　9月17日(土)
10月16日(日) ※大学祭も開催中、11月19日(土)

■ **お問い合わせ先**　神戸芸術工科大学 広報入試課
〒651-2196 神戸市西区学園西町8-1-1　TEL.078-794-5039(直通)
進学相談フリーダイヤル：0120-514-103（平日9:00～17:00）
e-mail：nyushi@kobe-du.ac.jp　ホームページ：http://www.kobe-du.ac.jp/
携帯電話から：http://mobile.kobe-du.ac.jp

いのです。

「お恥かしいのですが……実は私もなのです」綾香さんの声が雨音とともに、私の耳に入り込んで来ました。「一つも良い案が浮かばないのです」

「ねえ」私は歩調を落として千鶴ちゃんの横につきました。千鶴ちゃんの握っていた傘が、ピクリと動きます。傘の下に隠れた表情はここからでは見えませんが、容易に想像がつきます。「綾香さん、どうしてあんなに島田君の事件を追及するんだろう」そう小声で云います。「事件が起きた日から、ずっとあんな調子なんだよ」

「……わからないけど」小さな声が傘の下から漏れます。「何か気になる事でもあるんじゃ……」言葉の後半は雨音に掻き消されて聞こえませんでした。以前の私を見ているようで苛々します。どうして綾香さんは、こんな人に特別な地位を与えたのでしょうか。私一人で充分なのに。

「気になる事って」湿気を含んだ風が私の髪を靡《なび》かせました。「千鶴ちゃん、何か心当たりあるの？」

「あ、いえ、ないんだけど」

「もしそうだとしたら、何を気にしてるんだろう」

「さあ……」

「あれ？」

綾香さんがいない事に気がつきました。

慌てて周囲を見回すと、数メートル後ろに、その姿を発見しました。私達は綾香さんがそこで立ち止まっていた事に気がつかず、しばらく歩いていたようです。

綾香さんは進行方向とは逆に体を向けていました。何を見ているのでしょう。ここからでは店やビルが立ち並んでいる、普通の世界にしか見えませんが。

綾香さんは赤い傘を地面に落としました。

生温い風が、それを壊れた歯車みたいに転がして行きます。

綾香さんは雨に打たれていましたが、そんな事には関心がないように、視線を一点に向けています。まるで着せ替え人形みたいに微動もせずに。

雨を吸い込んだ綾香さんのセーラー服が、肌に張りついています。髪の毛もぐっしょりと濡れています。それでも綾香さんは動こうとしません。半ば放心しているようにも感じられます。

一体、何を見ているのでしょう。私は駆け寄りました。

「あの……綾香さ」

しかし綾香さんは私の呼び声を無視し、脱兎《だつと》の如く駆け出しました。水溜りを踏みつけながら。

「……どうしたのかな」

呟くような千鶴ちゃんの声が背後から聞こえました。

「追いかけよう」

私は提案しました。選択肢はそれしかありません。

5

中村は今、目覚めた。

静かに起き上がる。

腰が痛い。もう年だ。

雨の音が部屋の壁を通して僅かに聞こえる。どうやら今日も雨らしい。まあ、雨が降ろうが槍が降ろうが自分には関係ない。無関心を装うのが一番平和なのだ。

ベッドから出、服に着替えた。支度を済ます。それからベッドの横にある小さな冷蔵庫を開けて牛乳瓶を一本取り出した。それをコーヒーカップに注ぎ、インスタントコーヒーの粉末と砂糖を入れる。レンジでチン。コーヒー牛乳が完成するまでの二分の間に、欠伸《あくび》が三回出た。

壁にかけられたデジタル時計を見る。時刻は午後三時を回っていた。中村は今日、学校をさぼった。

別に須川綾香が再構築した教室に行くのが怖かった訳ではない。単に面倒なだけだ。中村は目を擦りながら携帯の着信を確認する。誰からも来ていなかった。

昨日、石渡に電話をした。彼はやつれた声をしていた。田沢の死がよほどショックだったのだろう。勿論、中村も衝撃を受けている。犯人がクラスメイトの山本砂絵だと云う事にも。

山本砂絵はそれほどインパクトのある人物ではなかった。事実、山本砂絵に関する記憶と云うものを、中村はほとんど持っていない。顔形の明瞭な想起さえ無理だった。

……凄いもんだ。

そう思った。何が凄いのかは解らない。とにかく、凄いと思った。それだけだ。

温まったコーヒー牛乳をレンジから取り出すと、カップに口をつけ、四度目の欠伸をした。ずっと眠っていたかった。

6

体力も胃袋も、そろそろ限界。

何も食べずに一週間の逃避行。そんな事をすれば、どんな人間だって死にそうになるに決まっている。その上、降り続ける雨が私の体力を容赦無く奪う。確かに……確かに雨を望んでいた。だけどこんな形ではない。

傘も持たない私は、ずぶ濡れだった。場所はどこかの細い裏路地。その路地と交差するような、もう一本の路地。私はそこに出来た狭いスペースに、私は捨てられたジャンパーを枕にして横になっていた。前方には忘れ去られたゴミ箱が一つ。

頬に張りついた髪の毛が鬱陶しい。頭痛がする。何より寒い。地面に横たわっている私には、もう動く力など残っていなかった。野良犬が死体と勘違いして私の臭いを嗅《か》ぎに来たくらいだ。

。


……無様《ぶざま》。

悲しいものだ。こんなところで人生の最期を迎えるなんて。ゴミの臭いと冷たい雨に包まれてくたばるなんて。何て救われないのだろう。

あ、もう死ぬの？

じゃあバイバイ。

ざまあみろと云わんばかりの口調。こいつはやはり、私の事を嫌悪しているのだ。しかし嫌われるような真似をした記憶はない。そもそも、こいつは一体何者なのだ。結局、最後まで解らなかった。

また嘘を吐いてる。

知っている癖にさ。

……知っているだと？　私が右半身の身元を認識していると云うのか？　しかし何故。こんな勝手に入り込んだ奴の事なんて知らない……入り込んだ？

雨が私の頬を痛いくらいに打ちつける。思考の停《てい》滞《たい》。まどろみ。呼吸が荒くなって来た。全身が雨に濡れて重い。視界は例の如く霞んでいる。まるで濃霧の只中《ただなか》……とまでは行かないが、それでも歩行に支障を来たすほどのものではあった。

死ぬ。

私は死ぬんだ。

やっと、死ねる。

別にそれを望んでいる訳ではないが、死んでしまうのなら……それはそれで良い。恐怖がないとは云わないが、しかし生の願望が消失しつつあるのも事実だった。

……頑張って、生き延びてね。

ゴボウみたいな顔をした刑事の言葉を思い出す。結局あの人は誰だったのだろう。何故私を逃がしてくれたのだろう。全く解らないが、しかし彼の言葉を、彼の行為を、私は無駄にしようとしているのは確かだ。生き延びる気力は、もうない。

私は空を見上げた。建物と建物の隙間に生まれた四角い灰色の空間から、飽きる事なく雨が降り続けている。ざあざあ。ざあざあ。意志でも持っているかのようにように。ざあざあ。ざあざあ。その中に消えてしまいそうだった。ざあざあ。ざあざあ。消えれば楽になるだろうか。

「砂絵」

そんな声が不意に私の耳元に届いた。聞き覚えのある、とても懐かしい声。それは空耳に決まっている。だってその声の持ち主は、もうとっくに……。

「砂絵」

違うこれは空耳なんかじゃない。私は顔を上げた。そして上半身を起こす。まだ体内に、動ける程度の力が残っていたとは。

声の方向……路地と路地の間に置かれたゴミ箱の前……に視線を向ける。

一瞬、白衣の裾が視界に映った。

私は慌てて立ち上がる。頭痛が酷いが構っている暇はない。

路地を出た。ゴミ箱を引っ繰り返す。私は倒れる。雨に濡れた野良猫が驚いて逃げた。ゴミの中に体を突っ込んでしまったけれど、云うまでもなく構っている暇はない。

私は土中から這い上がるゾンビみたいに、ゴミから体を出した。

誰もいない。

左右の確認。

誰もいない。

「せんせい！」

叫んでみたが、それは周囲に反響し、拡散し、収束するだけ。返事は返って来ない。もう一度試みたが結果は同じだった。

先生に逢いたかった。先生とお話したかった。

だから動き出した。

7

私達は綾香さんの後を追いました。しかし全速力で駆ける綾香さんに追いつくのには、傘の抵抗がどうしても邪魔です。雨に濡れたくはありませんでしたが、しかし傘を放り投げました。千鶴ちゃんも傘を捨ててと、私は数歩後ろを走る千鶴ちゃんに云います。千鶴ちゃんは躊躇しているようでしたが、早くと一喝《いっかつ》すると慌てて傘を手から離しました。恐喝《きょうかつ》は便利です。

ずぶ濡れの私達は、綾香さんとの距離を十メートルくらいにまで縮めました。しかし綾香さんは私と千鶴ちゃんには全く気がついていない様子で、前方だけを注視して猛スピードで走ります。もしスカートが水分を吸収していなければ、今頃パンツ丸見えでしょう。私だって、そうだったかも知れません。「綾香さんっ」私は叫びました。「ねえ、待って、ど……どうしたんですか」

しかし綾香さんは私の呼びかけにも応じず、ひたすら走っています。もう一度呼びかけましたが、結果は同じ。そんな光景を、街を歩く人達が奇妙そうな視線を露骨《ろこつ》に示して眺めています。私は少し恥かしくなり、顔を下げながら後を追うことにしました。

綾香さんは信号が赤なのにも構わず、横断歩道を駆け抜けて行きます。数台の乗用車が急停止しました。ブレーキ音が響きます。しかし雨で滑りやすくなった路面はタイヤを滑らし、幾つかの小さな衝突事故が起きました。綾香さんは罵声《ばせい》も悲鳴も無視して走り続けます。躊躇しましたが、私もその後に続きました。

……どれくらい走ったでしょう。もう時間も距離も不確定ですが、息があがって、汗なのか雨なのか解らないものが額を伝い、制服が重たくなって、それでも雨が体温を奪って唇が震え始めた頃、綾香さんはようやく走るのを止めました。私は綾香さんの後ろに到着すると、苦しすぎる呼吸を何とか整えようとして逆に苦しくなって出て来た咳をしながら、膝を曲げて顔を拭いました。気分が悪いです。頭が揺れ、心臓が馬鹿みたいに躍動しています。早鐘《はやがね》とか云うんでしたっけ？　耳鳴りもします。それは吐き気の前兆でした。

少し遅れて千鶴ちゃんも到着しました。雨に濡れた髪の毛が、蒼白の顔に張りついています。荒い呼吸をする仕草《しぐさ》を見せつけられるのは不快です。ですが私も同じような情況なのだろうと思い、それについての文句は云いませんでした。

私は綾香さんに視線を向けます。驚いた事に、綾香さんは息を切らせていませんでした。肩で大きな呼吸をしてはいますが、私達のように必死に酸素を取り込むような事はしていません。まあ、綾香さんがそんな汚らしい行為に及ぶ姿など想像出来ませんが。何せ綾香さんは天使……神々しい存在なのですから。汚らしく野蛮《やばん》な行為とは無縁なのです。

神々しい綾香さんは、眼前の建物を見つめていました。

大きくて白い建物。

雨に濡れたガラス張りの大きな表玄関の上には、『倉坂総合病院』と大きな緑色の文字で書かれていました。

玄関の前には自転車が引っくり返っています。その車輪はまだ回転を続けていました。

私は何気なく病院の玄関に目を向けました。

「え……」

最初、玄関のガラスに綾香さんの姿が反射しているのだと思いました。しかしそうではありません。良く観察すると、ガラスに映っていると思われたそれは、その向こう側に立つ人間でした。紫のワンピースを着ています。

しかもその人物は……綾香さんでした。

ワンピース姿の綾香さんと、セーラー姿の綾香さんが、玄関ドアを挟んで対峙《たいじ》しているのです。

これは何でしょう？

どう云う事なのでしょう？

……幻覚？

しかし何度目を擦っても、幻覚と思い込みたいそれは消えてくれません。それどころか、姿は鮮明になるばかりです。

綾香さんは、ようやく私と千鶴ちゃんに視線を向けました。そして目にかかる黒髪を払うと、いつもの天使のような笑顔を微塵も現さず、固い表情で、見たねと呟きました。

私と千鶴ちゃんは、どちらともなく顔を見合わせました。綾香さんはそんな私達に構わず、病院へ入って行きます。綾香さん（ワンピース）は口元を歪めて、綾香さん（セーラー服）を凝視していました。鏡合わせの世界を見ているような錯覚に陥ります。千鶴ちゃんは唖然や呆然を通り越して、平然とした表情をしていました。まるでこうなる事が当り前だとでも云うような。恐怖も臨界点を越えると恐怖感として機能しなくなるように、混乱のそれも同じなのでしょう。ならば私も、千鶴ちゃんのような顔になっているのでしょうか。

放心状態の私達は病院に入りました。濡れたルーズソックスは気持ち悪いので玄関で脱ぎました。それから湿った素足のままスリッパを履きます。

「ねえ、千鶴ちゃん」

私はソックスを捨てると、呟くようにその名を呼びました。

「……何？」

「どう云う事なの、これ」

「さあ……」

千鶴ちゃんはそれだけ云いました。

「そう」

「……うん」

無駄な会話です。それはそうでしょう。放心した者同士が建設的な意見を交わせる筈がありません。千鶴ちゃんを見ると、彼女はソックスのままスリッパを突っかけていました。まあ別に良いですけど。

放心状態の私達はロビーに入りました。暖かいのか寒いのか解らない温度が、冷え切った体を包みました。二人の綾香さんは待合室から離れたところを歩いていました。自分達がどれだけ奇異なのか、良く認識しているようです。私達はその後を駆け足で追います。すると足音に反応したのか、綾香さん（ワンピース）がこちらを向きました。目が合います。やはりそれは、どこからどう見ても須川綾香さんでした。

「帰りなさい」

その声も、やはり綾香さんの声でした。

「帰らせるのは、止めた方が良いと思うけど」綾香さん（セーラー服）が云いました。「私達の顔を見られてるんだからね。ちゃんと考えてる？」

「この、ニセモノ」

「本物に何か価値があるのかい？　死に損ないさん」

「あるわ」

「あっそ」

二人の綾香さんはエレベータの前で立ち止まります。それから呼び出しボタンを押しました。数秒後、ゆっくりとドアが開かれます。二人は中へ入って行きました。私と千鶴ちゃんも後に続きました。

綾香さん（ワンピース）はエレベータの階数ボタンを押しました。ドアが閉められ、下降する感覚が足元を不安定にさせます。私は二人の綾香さんを交互に観察しました。やはり……服装以外、全てが同じです。違いが見られません。実像と虚像の関係が破綻《はたん》したのでしょうか。

「下《くだ》らない」綾香さん（ワンピース）が前を向いたまま、突然呟きました。「何がドッペルゲンガーよ」

「誰が云ったの？　そんな事」

「私の知り合い」

「馬鹿だね、そいつは」綾香さん（セーラー服）は濡れた髪の毛を払いました。「どうしてそうやって……不可解なものを、無理に理解しようとするんだろ。そんな変な説なんか持ち出して」

「安心したいからよ」

「馬鹿馬鹿しい」鼻で笑います。「常識では考えられない事を常識を使って考えるのは愚かってもんだ。常識を盾《たて》にして、理として落ちないものに怒鳴る連中は、もっと馬鹿さ」

「そんな事より、あなたは何なの?」

「あ? ……何って、見たまんまに決まってるじゃん」そう云って、自分の胸を軽く叩きました。水を吸ったリボンが揺れます。「私は私」

「あの……」

私は恐る恐る声をかけました。

二人の綾香さんが一斉にこちらを向きました。それはとてもシュールな光景です。それにしてもこのエレベータは、いつまで下降を続けるのでしょう。

「あ、あの」私の咽喉は痙攣しています。「あなた達は、あの……双子なんですか」

「香取さん、違うんだってば」綾香さん(セーラー服)は鼻を鳴らしました。「今も云ったけどね、自分の中の常識を使って非常識を捕らえるなんて事は止《よ》した方が良い」口調が砕けています。いつものお嬢様言葉は完全に影を潜めていました。「まあ……駄目とは云わないけどさ、でも真面目に考えれば考えるほど、馬鹿らしくなるんだ」

「何を云ってるんですか?」

しかしその返答は聞けませんでした。

エレベータのドアが開かれたからです。

ドアの先には、更にもう一つのドアが一メートルほど先にありました。黒いそのドアはとても重厚で、頑丈そうな造りをしています。ドアノブらしきものは一瞥した限り見当たりませんでした。モノリスのように、どこまでも滑《なめ》らかなのです。

綾香さん(ワンピース)が、ドアの前に立ちました。そしてその横にあるキーを慣れた手つきで叩きました。ディスプレイに数字の羅列が浮かび上がります。入力を終えると、ピッと云う電子音が鳴りました。

「確認を行ないます。姓名を名乗って下さい」

どこからともなく女性の声が聞こえました。流れるような声です。しかしそれは、人が発する音声ではないように感じました。

「葉山里香」

はっきりとした発声で名乗ります。ハヤマリカ？　ならばワンピースを着たこの人物は、須川綾香さんではないのでしょうか。

「承認しました」

二秒ほどしてから、音声が再び聞こえました。ドアがスライドします。

二人の綾香さんは中へと入って行きました。私と千鶴ちゃんもその後に続きます。ドアの閉ざされる音が背後から聞こえました。

全体的に灰色がかった色調の空間でした。廊下の天井にある照明は全て埋め込まれており、横断歩道の白いラインを連想させる配列になっています。壁面には電子式のパネル（今は使用されていないのか、明かりは灯っていません）、そして等間隔に並んだ個室のドア一つ一つには、まるで鷹乃羽高校の特別教室のようなスリットが設置されていました。

一般的な病院とは云えない内装。

これはまるで、

……研究所。

アニメや映画なんかに良くある光景です。私は実像と虚像だけではなく、現実と空想の境界までも越えてしまったのでしょうか。

「ねえちょっと」廊下をしばらく進んだところで、綾香さん（セーラー服）が言葉を発しました。「どこまで連れて行く気なの？　私は疲れてんだけど。あんたを追い駆けたせいでね」

「じゃあ、ここで良いわ」綾香さん（ワンピース）が立ち止まりました。「……別にどこだって良いのよ」そして振り返り、もう片方の綾香さんを睨みます。「どうせ死ぬんだから」

「死ぬ？　誰が？」

「死ぬのはニセモノの方よ。決まってる」

そう云って、腰から何かを抜き出しました。

照明に反射して輝くそれは……ナイフです。

綾香さん（ワンピース）はもう片方の綾香さんに向けてナイフを振り下ろしました。綾香さんは上体を逸《そ》らして間一髪でかわすと、綾香さん（ワンピース）に体当たりを食らわせました。二人の綾香さんは廊下に倒れ込みます。

ナイフが一閃。

「ひっ」

綾香さん（セーラー服）が飛び退きました。肩の服がパックリ裂けています。しかし肌には到達していないようでした。綾香さんは肩の状態を手触りだけで確認すると、踵を返して私と千鶴ちゃんの元に駆けて来ました。

綾香さん（ワンピース）がゆっくりと立ち上がります。殺意の漲《みなぎ》る双眸。憎悪を含んだ鈍い光。見てはいけない暗部を見せつけられたような心境。私達の方へ突撃して来ます。ナイフを振り上げながら。

私と千鶴ちゃんの後ろに回りこんだ綾香さん（セーラー服）が、私を突き飛ばしました。私を盾にするなんて！　目の前には、血走った目をした突進中の綾香さん（ワンピース）が。

その綾香さんはナイフを私に振り下ろします。私は反射的に背中を丸めました。重心が前方に傾いて転びます。しかし幸いな事に、それは攻撃の回避に繋がりました。

首だけを振り返らせ、綾香さん（ワンピース）が私を睨んでいます。その向こう側に見える綾香さん（セーラー服）は、とんでもない事に逃走しています。廊下の角を曲がろうとしていました。その後ろには千鶴ちゃんが。待って下さい。置いて行かないで下さい。たすけて……たすけてっ。

綾香さん（ワンピース）は歯軋《はぎし》りしていました。目元が痙攣しています。殺意の総意。憤怒の塊。もう片方の綾香さんを逃してしまった事に、相当怒っているみたいです。その怒りの矛先は……やはり私に向けられているのでしょうか。逃亡を手助けしたと思われているのでしょうか。違う、違うの。私はただ突き飛ばされただけで……。

しかしそんな弁明を聞いてくれるとは思えません。殺意百パーセントの視線。

何も通じない。

「ひ……ひ、ひぃ」私は強引に立ち上がりました。膝が笑っています。「いやあぁぁ！」

そして駆け出しました。

どうして？

何なのこれは。

どう云う事なの？

死ぬの？

殺されるの？

嫌だ！

いやだよう！

8

私はふらつく足取りで倉坂総合病院にやって来た。

ロビーに足を踏み入れた途端、懐かしい香りに包まれる。このまま診察室に向かって行きたい衝動に駆られた。しかし理性をフルに機能させて強引に現実に戻った。そう……倉坂先生は死んだのだ。死んだ。死んだ。

待合室の人達が幽霊でも見るような視線で私を観察していた。それはそうだろう。ゴミを被ったずぶ濡れの女なんかが出現したら、誰だって気味悪く思うに決まってる。

だが私はそんな視線などに構わず、一直線にエレベータに向かった。呼び出しボタンを押して降りて来るのを待つ。体の節々が酷く痛い。視界も最悪だ。靄の度合は酷くなる一方。良くここまで辿り着けたと自分でも思う。

エレベータが開いた。中に入ると、閉めるのボタンを押した。それから記憶の棚を探る。だがどこもかしこも他人の記憶ばかりで、自分……山本砂絵の記憶を引っ張り出すには少々の時間を必要とした。

あはは、他人ばっかり。

自分はどこに行ったの？

右半身の言葉になど構わず、私は二階と六階のボタンを同時に押した。エレベータが下降を始めた。別に確信がある訳ではない。しかし倉坂先生の遺したメモに記された二つの数字に意味を見出すとすれば、これ以外には思いつかなかった。人を消すエレベータがどうしたとかも云っていたし。

エレベータが停止した。

ドアが開く。

……やっぱり。

私の予想は正しかった。その先には黒塗りのドア。そちらへ歩み寄り、仔細《しさい》に観察をしたが、しかしどう開ければ良いのか解らない。

周囲を見回すと、ドアの横にキーと液晶画面が埋め込まれているのを発見した。そのキーは0から9までの数字が横に並んだシンプルなもの。

私は2と6を入力した。液晶画面に赤文字で26と浮かんだが、反応は全くない。だから繰り返す。26226。しかし数字が液晶画面の最後まで到達すると、それは一気に消えてしまった。どうやら間違っていたらしい。今度は62262とキーを押した。だが再び数字は消える。

濡れた髪の毛を掻き毟《むし》りながらしばらく思考を巡らせ、やがて解に到達した。全く……簡単じゃないか。まあ、あそこまでヒントを出されたら誰だって辿り着くだろうけど。私は03333と入力してみた。ピッと音が鳴る。どうやら正解だったらしい。

「確認を行ないます。姓名を名乗って下さい」

機械的な女性の声が聞こえた。スピーカーは見当たらない。

「山本砂絵」

私は正直に云った。

「承認しました」

驚くべき返答。承認だって？

私の混乱になど全く関心のないドアは、プログラム通りに開かれた。

私は全体的に明るい癖に、妙に陰気な廊下を進んだ。歩くたびにソックスが足の裏に貼りついて不快だったので、途中で裸足になる。廊下には幾つもの曲がり角。まるで迷路だった。こう多いと、どこを曲がれば良いのか悩んでしまう。お祭りで出店されている鮫《さめ》釣りの鮫の数を半分に減らして貰いたいと願っているほど優柔不断な私にとって、それは難儀な仕打ちだった。

取り敢えず適当に曲がって適当に進む事にした。どんな危機が待ち受けているのか少しでも予測がつくのなら用心もするけれど、しかし現状は全くの未知数。大体……病院に密かに作られたこの空間の用途すら不明なのだから。従って……びくびくも、おずおずもしていられない。いや、する意味がない。

今の私に出来る事は、霞む眼を凝らしながら道を開拓する事だけ。途中、思いついて個室と思われるドアを押したり引いたりと試みたが、やはりびくともしなかった。

……ここは何だ？

私は思案する。この空間は何を意味しているのだ？　何が目的なのだ？　さっぱり判らない。そして、どうして倉坂先生はこの場所を知っていたのだ。この病院の院長が、先生の父親と云う事に関係しているのだろうか。親子で何かを企んでいた？

一体何を？

「ほら見える？　これが私だよ」

幼い声が、突然背後から聞こえた。

私は驚いて振り返った。

そこには、

……夏。

あの時の、

……食べたい。

あの時の少女が立っていた。

……お腹が空いた。

赤い服を着た、幼稚園児くらいの女の子。

鍔の広い帽子を深く被った女の子。

私が左手を食い千切り、殺してしまった女の子。

野良犬に襲われた事になっている女の子。

その子が……目の前に。

「ほら」

女の子は一歩前に出た。

血の気が引く。

「わあああああああ」私は叫びながら腰を抜かした。「は？　……え？　ちょっ、こ、ここ、こないで。お、お……」逃げたいのだが、膝に力が入らず立ち上がれない。

「ほらってば」

しかし少女は私の懇願になど構わず更に接近する。手首から先は服の袖に隠れていて確認出来ない。しかし……そんな事は、最早どうでも良かった。手首があろうとなかろうと、もう何だって良いのだ。だって、この少女そのものが、存在しているのだから。

「ほら」

帽子の下に僅かに見える口元が、悲しそうに歪んでいた。

「来るなあああああッ！」私はありったけの声で叫んだ。「やめて、やめ、や」両腕を振り回して、これ以上女の子を接近させないようにした。「ごめんなさい、ごめんなさい……ご、ごっ、ごめ……」

「ほらって」

「いやあああ！」

「ほら」

「やめてッ！　ちが、ちがうの……」

「ほらほら」

「何で生きてるのさッ！」許容出来ないほどの恐怖が、怒りへと化学変化を起こしたようだ。私の中で何かが壊れた。「……わた、わ、私は、あなたの左手を食べて、こ、殺した筈でしょ？　ど、どうして生きて」

その時……私の背中を何かが打ちつけた。次いで首。痛い。堪らず倒れ込む。頭を攻撃される。両腕でガードしたら、今度はガラ開きになった鳩尾を蹴られた。苦しい。攻撃の手は止まらない。私の全身と云う全身が滅茶苦茶にされた。痛い。痛い。顔を蹴られて鼻が潰れた。血が噴き出す。何？　何なの？　痛いよ……やめて。痛いってば……誰？

私を血ダルマにしようとしているのは、千鶴だった。

千鶴が……物凄い形相《ぎょうそう》で私を蹴りまくっているのだ。

千鶴？

どうして？

どうし……。

痛いっ！

「……ち、ちづ」

「このっ！」容赦ない蹴りの応酬。「くそ、くそっ。死ね！」そして千鶴は私に馬乗りになった。「死ね！　しねえぇッ！」拳を固く握り締め、私の顔や胸を渾身の力を込めて殴った。防御が追いつかない。「しね！　このぉぉ」今までに聞いた事もない千鶴の声だった。憎悪のみで形成された声。「この野郎オッ！」

攻撃が肋骨を直撃。衝撃が内臓に到達。血を吐いた。霞んだ視界を廊下に向けた。私が殺した赤い服の少女は、既に姿を消していた。

9

ロックされていない部屋を発見しました。ガラスで出来た自動ドアの横を通過した時、それが滑るように開いたのです。このまま当てもなく廊下を走っていたら、綾香さん（ワンピース）と鉢合《はち》わせになってしまう可能性もあります。私は開かれたドアの中へ駆け込みました。

　そこは闇の充満した部屋でした。床と四隅に仄かに光る緑色の常夜灯以外、灯《あか》りはありません。手探りでスイッチ類を探しましたが、それらしきものは壁際には設置されていませんでした。しかし室内の面積を知るのには、常夜灯の光だけで充分です。広さは教室三つ分程度のものでしたが、しかし妙に天井が高く、プラネタリウムを連想させます。そして……壁の両脇には何かがびっしりと埋められていました。それが何なのかは暗くて良く判りません。しかし光の反射から鑑《かんが》みると、それはどうもガラス質の物であるようでした。一体何でしょう？

「それは飼育瓶だよ」前方からそんな声が聞こえました。それとともに照明が点きます。私は驚いて顔を上げました。しかし恐怖感はそれほど湧きませんん。何故って、それは聴き慣れた声だったからです。「まあ、今はもう使ってないけどね」前方にあるドアから、青威さんが現れました。照明のお陰で壁の両脇に並んでいたガラス質の物体が顕《あらわ》になります。それはまるで哺乳瓶の吸い口部分を切り取ったような形状のガラスの筒（サイズは大人の胴体くらいのものです）でした。上下はアルミ製の蓋《ふた》で閉ざされています。そんな物体が設置されていました。それもびっしりと。壁一面に。

「あ、青威……さん？」しかし幾ら恐怖感が少ないとは云え、情況を把握出来ないと云う混乱は、当たり前の如く脳裏を通過していました。「ど……どうして？」さっきから判らない事ばかりが起ります。世界がこれほどまでに混沌としているとは思ってもいませんでした。「どうしてここに……」

「ちょいちょい。別に悩むもんじゃないよ」照明の灯った部屋に立つ青威さんは、いつもと同じ笑顔でした。ただ一つ違う点は、今回は服装がフリルのついた白いシャツに、やはりフリルのついたロングスカートと云う、極めてノーマルなものでした（まあ……平均よりも、装飾過多ではありますが）。コスプレバリバリの青威さんしか知らない私にとっては、私服姿の青威さんの方が不自然なのです。「って云うか、それって僕ちんの台詞なんだけど」

「え？」

「だから……どうしてここに、って云う台詞。それって本来は僕が使うんだけど」

「え？」

「大体さウミちゃん、どうやってここまで来たの？仮にこのフロアの存在を知っていたとしても、声紋検査だってあるし……あ」途端、険しい表情になります。「さてはどっちかを連れて来たのかな？」

「どっちか？」

「でも変だよね。そんな奴とウミちゃんが知り合いな訳がな……」

背後の自動ドアが、豪快で爽快な音とともに一気に割れました。何かがガラスの破片とともに床を転がります。それは……綾香さんでした。セーラー服の方の。

「あっ、あ……綾香さん！」

私は蹲る綾香さんに駆け寄りました。

「く……ちきしょう。ちき、ち」

痛むのか、綾香さんは体を丸めています。今の衝撃で、湿《しめ》ったセーラー服の端々が破れていました。膝からは血を流しています。何て事でしょう。きっとガラスで切ってしまったんです。ああ、綾香さんの美しい肌に傷が……。

「だっ、大丈夫ですか？」

体に付着した細かなガラス片を丁寧《ていねい》に除去しました。それは濡れて艶の消えた髪にもついています。頭皮を傷つけないよう、丁寧に……。

……あれ？

変です。それは変です。変ですよね？

どうして濡れた髪の毛に艶がないのですか？

さっきまでの綾香さんは、雨に濡れた艶やかで美しい髪を。

あれ？

違和感。

私は倒れている綾香さんの顔を掴むと、それをこちらへ引き寄せました。

「ばぁ！」

私が掴んだ顔は須川綾香さんではなく……どこかの見知らぬオバサンでした。見知らぬオバサンが、綾香さんの格好をしていたのです。

「うああっ！」私は反射的に飛び退きました。「いや……」口の端が震えます。「だ……だ、だっ、誰？」

「誰ってかい？」セーラー服姿のオバサンは、目尻に皺《しわ》を刻んで笑いました。年齢は四、五十歳くらいでしょうか。目は濁《にご》り、顔は染みだらけで、黄ばんだ歯をしていました。汚らしいです。「決まってる。わたくしは、あんたの大好きな須川綾香ですわ」

「嘘っ！」

「酷い事云うねえ。別に嘘じゃないさ」ヨロヨロと立ち上がりました。セーラー服から伸びる二本の脚にも、部分部分に染みが見られます。「私は確かに須川綾香だ。それに間違いはないんだ」

「あ……あ、あ」

私は壁に並ぶ大きなガラス瓶で体を支えました。

「失礼な奴だな！　人の顔を見て驚くなんてっ」

オバサンは、汚い歯を見せて笑い出しました。それから肩についたガラス片を、フケでも払うみたいに手でパッパッパッ。云うまでもないですが、綾香さんはそんな行為は行ないません。だって綾香さんは、天使なんですから。

……誰なの？

異常事態のオンパレードに、私の脳髄はついて行けません。

このオバサンは、一体誰なのでしょうか。

どうして綾香さんの制服を着ているのでしょうか。

頭痛がします。

何だか判りませんが……とにかく、早く家に帰りたいです。

「大丈夫？　ウミちゃん、顔色が悪いよ」いつの間にか青威さんが私の横に立っていました。「少し休んだ方が良いんじゃないの？　笑えるくらい真っ青だよ。いや本当に」

「あ、ああ、あおいさん……」

「おお、よしよし」青威さんは私の頭を撫でました。「泣かないでね。大丈夫だからさ。ね？　よしよし」

「おかしいの、青威さん」泣き出しそうな声になってる事を自覚しました。「あの人ね、須川綾香さんって云って、凄い綺麗な人だったの。あんなオバサンじゃなかったのに……」

「本当に失礼な奴だな！」オバサンは怒鳴りました。「オバサンって云うなよ。少し若いからってさ。本当、嫌なもんだ」

「……須川綾香？」青威さんは顔を上げると、オバサンを凝視しました。「へえ、そりゃあ、何とも」

「知ってるの？」

「いや、あんなオバサンは知らないよ。だからさ、完璧に無視しちゃおうぜ」青威さんは笑顔になると、意味のないピースサインを自分の薄い胸の前で行ないました。「だって、こっちは若いんだ。若さは無敵なんだ。絶対無敵ライジンオー。あれってさ、校舎が動く時、絶対生徒死ぬよね」

「おい、誰だよあんた」

オバサンは顔を顰め、青威さんを睨みました。

「誰だと思う？」

「知らないね。それよりさ、助けてくれないか？　私は殺されかけてんだよ」

オバサンは割れた自動ドアの先に視線を向けました。ああ、そうです、ワンピース姿のもう一人の綾香さん……と云うか、最早あれこそが綾香さんです……はどこなのでしょうか。何故か、その姿を無性に見たくなりました。何かを確認したくなりました。

「よくも……」

　そんな声とともに、割れた自動ドアが開きます。ワンピース姿の綾香さんが頭を押さえて立っている姿が確認出来ました。私はその綾香さんに駆け寄って、体を抱き締めたくなる衝動に駆られます。今さっき殺されかけたと云うのに……全くおかしなものですね。

「はっ！　何が、よくもだよ」オバサンは綾香さんを睨み、言葉を返しました。卑屈で陰険な声。どこまでも不潔な人です。「おあいこさ。あんたは私を吹っ飛ばしたんだからね。お陰で足を切っちまった。どうしてくれるのさ。え？」

「ニセモノは死ぬべきなのよ」綾香さんは一度だけ首を振ると、床に落ちているナイフを摑みました。

「しね……」

「ねえ……あのさ、お二人さん、事態は良く解らないんだけど、とにかく、いがみ合いなんて止しなよ」青威さんが、一歩前に出ました。「女の戦いなんて誰も見たくないんだから」

「戦いなんかじゃない。私を取り合ってるの」綾香さんが短く答えました。「あなたは誰？」

「カワイコちゃんだよ」青威さんは自分の服装を見下ろしながら答えました。「それで、そっちのオバサン」そう云って、今度はオバサンの方に視線を向けます。「あなたは何やってんの？」

「喧しいッ。お前は誰だい。不法侵入だぞ」

「ここは僕の家」

「どうやって入った？」

「だから僕の家なんだってば」青威さんは踵を返しました。「さあ行こう、ウミちゃん。僕ちん達には関係ない話だ。勝手に争わせておこう」

「あの……」

　私は潤んだ瞳を拭いました。

「ほれほれ、行くよ」私を促しました。「こっちまで頭オカシくなっちゃう」

「はあ」

本当は綾香さんの姿を見ていたかったのですけれど。

私達は青威さんが出て来た部屋へと向かいました。

おい待てよとオバサンが叫んでいますが、青威さんは無視。

私も後に続きました。

青威さんが部屋のドアを開けます。

開けられたドアの前には、鏡さんが立っていました。

鏡さんは呆気にとられた表情の青威さんの襟首《えりくび》を掴み、自分の方へ引き寄せます。そして果物ナイフをその首に突きつけました。

「全員ストップの時間よ」鏡さんの声が響きました。「動くと死ぬわよ。色んな意味でね」

「……あら、鏡さんじゃんか」オバサンは旧友でも見るような目つきになりました。「学校に来ないと思ったら、ずっとこんなところにいたのかい？」

「どちらさん？」

「あらあら、冷たいな」

染みだらけの顔を歪めます。

「ずっといた訳がないでしょう。ベッドの下に隠れてたのは昨日からよ」

「ベッドの下にいたって？」青威さんはナイフを気にしながら云いました。「きゃあ、嫌らしい」

「何が？」

「僕の一人エッチの声とか聞いちゃった訳」

「録音したわ」

「うっひゃあ」

「何よそのリアクション」

「あのさ、どうやってこのフロアに入ったの？」そう質す青威さんは笑っていますが、しかし声は真剣です。「声紋をどうやってかい潜った？」

「アンタ、喘《あえ》ぎ声大きいわよ」

「なあ答えなよ」

「うるさい。答えるのはアンタの役割なの。さあ、アンタ達の知っている事を包み隠さず話しなさい」鏡さんは鋭い口調でした。そして冷然とした目で私達全員を睨んでいます。「そうすれば命は助けてあげる」

「命って」オバサンが鼻で笑いました。「あのねえ鏡さん、私は別に、そいつがどうなろうが知った事じゃないんだけど。そんな赤の他人なんてさ」そう云って青威さんを、ささくれだった指で差しました。

「勘違いしないで」鏡さんは余裕の返答でした。「命が危機なのは、この部屋にいる全員なの」

その言葉が終るのと同時に、鏡さんの後ろからもう一人、新たな人物が現れました。年齢は二十代後半くらいでしょうか。スーツ姿の男の人です。

「あなたは……」

綾香さんが息を呑みます。

「おひさしぶり」男の人は不器用そうに微笑んで、綾香さんに云いました。「もう逃げないでくれよ。頼むからさ」

「この人は王田さん。この病院の事を調べてたら偶然遭遇したの。誠意はないけど、火力はあるわ。あほら動いたら駄目。一発で飛ぶわよ、頭が」

「僕は誠意だらけだよ」王田と呼ばれた男の人は苦笑しました。「声紋判別システムをバグらせてやったのは誰だか忘れたの？」

「忘れたわ」簡単な返事です。「さて……この人に殺されたくなかったら、さっきも云ったけど、知ってる事を包み隠さず話しなさい。良いわね？　逆らうと即死なんだから」

「ねえ……」青威さんが呼吸を正しながら問いました。「そんな凄い人がいるのにさ、どうして僕だけこんな目に遭わなくちゃいけないの？」頬を膨らませています。「何か不公平だよう」

「アンタは保険なのよ。だから諦めなさい、中村君」

「中村君？」

私は驚いて反応してしまいました。

頭が空白になります。

なかむらくんって……あの中村君？

「何を今更」鏡さんは不思議そうに私の反応を眺めています。「アンタ、今まで気がつかなかったの？どう見ても男でしょう、これ。触ってみる？」

そして髪の毛を引っ張りました。

それは簡単に……スポッと抜けます。

カツラ？

「騙《だま》す気はなかったんだけどさ」そう云って青威さん……中村君が笑います。「ごめんねウミちゃん。いや香取さん」音程が下がりました。普通よりは高いですが、それは確かに男性の声……。

「羽美ちゃん」中村君と体を密着させている鏡さんは、私を一瞥しました。「アンタ、私の忠告を無視したわね」

「あ、えっと」

どうしてこの人は、混乱している人間を、更に混乱に陥れようとするのでしょうか。

「まあ良いけど。こうなったのも自業自得なんだから。さあ皆、話はこっちの部屋で行なうから集まって。飲み物くらいなら用意出来るわ。でもね、さっき冷蔵庫確認したけど牛乳ばっかりなのよ。あ、インスタントコーヒーもあったわね。良し、じゃあ皆でインスタントパーティをしましょう」

「あ、僕はコーヒー牛乳にして」青威さん……いえ、中村君が云いました。「牛乳に、コーヒーの粉末と砂糖を入れるんだ」

「アンタは保険なんだから、飲み物なし」

9

Monday

第九章　ただ壊れるだけの月曜日

1

私達は中村君の部屋に集合させられました。そこはチェック柄のベッドや花柄のレリーフ、冷蔵庫、そして薄桃色の絨毯と云った可愛らしいアイテムで揃えられ、どこからどう見ても女の子の部屋にしか見えません。

私はベッドに腰かけています。その隣にはナイフとコーヒーカップを持った鏡さん。鏡さんの足元には、手足を縛られた中村君が転がっていました。ベッドの横には冷蔵庫と電子レンジ。それから数メートル離れた部屋の中央付近に、綾香さんとオバサンが立っており、王田とか云う人は唯一のドアを体で固めていました。逃げられません。あ……そう云えば、千鶴ちゃんはどこに行ったのでしょうか。


「始める前に一つ良いかな」

中村君が鏡さんを見上げました。カツラが取れて声が低くなってはいますが、それでも違和感はありません。

「どうぞ」

鏡さんがコーヒーを啜りました。飲み物を飲んでいるのは、結局は鏡さんだけです。

「鏡さんはどうやって、この病院に辿り着いたの？」

「徒歩」

「いや、じゃなくてさ」

「二年B組の生徒を調べてみたのよ」

愚問だと云わんばかりの口調でした。

「へえ、良く思いついたね」そして軽く頷きました。「はいはい、了解ですとも。なるほどね」

「納得したんなら、早速始めましょう」

「どこから話せば良いのかな？」

「アンタの行動」

「了解したピョン」中村君は小さく笑いました。「こんな情況で良く笑えるものです。「僕の仕事は、予言者探し」

「やっぱりね」

「予言ってのは便利なものだからね」中村君が当たり前の事を云います。「何月何日に、これこれこう云う事態が発生する。それさえ解れば事態の回避は簡単だろう？　巧《うま》くやれば相手の手の内を見抜く事にも使える。情報って奴は、交渉を成功させる最大の要因だからね」

「交渉って、何の？」

「まあ……そこはそれ」

中村君は誤魔化しました。

「アンタを使ってるのは何者？」

「さてね。雲の上の人。お偉いさんだよ。詳《くわ》しい事は知らされていない。しょせん僕は、中間管理職だからね」

「本当に知らないの？」

鏡さんがナイフの柄を指先だけで摘み、それを中村君の頭上で揺らせました。しかしもう片方の手は、コーヒーカップを優雅そうに、口へと運んでいます。その不自然さ。

「うわっ、ちょ……ちょっと危ないって」中村君は拘束された体を芋虫のようにくねらせました。首を動かしてナイフから避けようとしています。「ホントに知らないんだって。いやホント……」

鏡さんはナイフを落としました。

それは……中村君の首から僅か四、五センチ逸れたところに落下します。

ナイフの先端は、床に突き刺さっていました。

中村君の呼吸音が聞こえました。

「か、か、かがみさん」私は驚いてベッドから腰を浮かせました。遅れて寒気に襲われます。「なっ……あなた一体何を」

「本当に知らないの？」鏡さんは私のリアクション

を無視してナイフを拾い上げると、再び中村君の頭上に翳しました。「次行ってみよう」

「鏡さん！」

「喧しいわね羽美ちゃん」鏡さんはコーヒーを飲み干すと、空のカップをゴミみたいに投げ捨てました。「そんな近くで叫ばれたら、鼓膜飛び散るわ」

「最高だね、鏡さん」オバサンが口に手を当てて、ケタケタ笑いました。「やっぱ凄い人だ。感激だね」

「だからアンタは誰なの？」

鏡さんが問いました。全くです。セーラー服の特権を奪われて何十年も経っているであろう年齢のこの人物は、一体何者なのでしょう。それに、どうしてこんな奇妙な格好をしているのでしょう。まさかコスプレ？　止めて欲しいものですね。

「クラスメイトの顔を忘れないでよ。しかもこんな美人を」

オバサンは染みのある頬に手を当てました。その光景は、とても気味の悪いものでした。

「へえ、クラスメイト……」鏡さんが口を歪《ゆが》めました。「アンタ、何回留年したのよ」

「面白くない」

オバサンは皺だらけの腕を組んで、険悪な声で答えました。そんな光景を、ワンピース姿の綾香さんが睨んでいます。しかし綾香さんの心の半分は、ドアの前に立つ王田とか云う男の人に注《そそ》がれているようでした。先ほどの反応を鑑《かんが》みると、知り合いと思われますが……。

「勝手に怒ってなさい。私は中村君と話をしてるんだから」そう云って、再び中村君を見下ろしました。「さあ答えなさい。アンタは誰の手先なの？」

「だ、だから知らないって……」

「さっさと答えないと、今度は頭上に落とすわよ。さっき外したのはワザとなの。知ってるでしょう？　それくらいは」

「まあ、ね」引き攣った笑い。「重々承知してますとも。ええ、ええ」

「じゃあ答えましょうね」

「トップが誰なのかは、悪いけど本当に知らないんだ。僕が知ってるのは直接の担当だった、倉坂祐介だけだ。そいつは知ってるだろ、ここの病院の院長の息子さ」中村君が慌てて言葉を放ちました。「それが僕の知ってる全部……」

　鏡さんはナイフを落としました。

「うあッ」

　中村君は体を回転させました。一秒前まで中村君の顔があった位置にナイフが落ちます。

　反対方向を向いた中村君は、肩で大きな呼吸をしていました。

「し、死んじゃうでしょ！」

　私の心臓は臨界点を迎えそうです。鏡さんがナイフを落とすたびに、すぐ隣に座っている私の寿命は、確実に十五分は縮んだでしょう。

「見たまんまの事を云わないで」

「殺す気なの……？」

「中村君、無駄なのよ無駄」鏡さんは私との会話を打ち切り、ナイフを摑むと、中村君を引っ張って元の位置に戻しました。「私はね、倉坂祐介が何かをやってるところまでは摑んでるの。だからそうした説明は無駄なのよ。私にとってはね」

「へえ……それはそれは」

　こちらを向いた中村君の額には、大量の汗が浮かんでました。

「まず、予言者が二人も存在する学級なんて異常だと云う考えが起点」鏡さんはナイフの柄を握ると、中村君の鼻先に近づけました。予言とは何の事でしょうか。「そんな素晴らしい能力を持った者は、私一人いれば充分なの。そうでしょう？　予言者が二人も三人もいれば、その価値が下がってしまうわ」

「確かに」ドアに凭《もた》れていた王田とか云う人が口を開きました。「ダイヤモンドが石ころみたいにゴロゴロ落ちていたら、その価値はなくなってしまうものね」

「ダイヤだって石ころよ」鏡さんが即答しました。

「とにかく、予言者が同じ学級に二人もいるなんてのは、偶然にしては出来すぎてると思ったのよ」

「あり得ない偶然の裏には、必ず必然が潜んでいる……って？」中村君は翳されたナイフを睨んでいます。「まあ一理あるね。この場合は特に」

「だから私は鷹乃羽高校を調べてみたの」

「結果は？」

「なーんもなかった。歴史は浅いし、創設者も至って普通の人。いわくの一つもありゃしない。幻滅だわ」

「それで？」

中村君が促します。

「それで次は二年B組を調べてみたの。そしたらもう、吃驚仰天《ぎょうてん》よ」鏡さんは含みのある微笑を浮かべます。「二年B組の生徒四十二人のうち、倉坂総合病院に通院歴のある人間の数が二十八人もいた。その二十八人は、最低でも一週間はここに入院している。私も入院した。背中を痛めたのよ」

「えっ？」

声を上げたのは私でした。私の友人……と云うか、休み時間だけ機能する関係を維持した人達……も、病院に運ばれた経験のある人が多かった事を思い出しました。交通事故で足を折ったり、手を滑らせてブランコから落ちたり。でもまさか、全員が同じ病院と云うのはどうでしょう……。

「羽美ちゃんは違うみたいだけどね。まあ、そりゃそうか」

「……え？」

確かに。私は入院が必要なほどの怪我を負った事など一度もありません。でも……何故、そりゃそうかなのでしょう。

「ふうん。良く辿り着いたもんだね。何か、誰かの意志の介入を感じちゃうけど……まあ良いさ」中村君の表情は落ち着きを取り戻していました。「式さえ解れば後は簡単だね？」

「ええ。この病院の院長……倉坂喜一《きいち》は、現役時代は凄腕と評判だったらしいわね」そして確信的な声になります。「でさ、交通事故でクリティカルな怪我を負った代議士の先生を治療して助けたのが、そもそものキッカケなんでしょう?」

「何だ……」呆気に取られた顔の中村君。「そんな事まで知ってるのか」

「私は馬鹿じゃないのよ」

「知ってるよ」

「だったら観念して黒幕が誰なのかを云いなさい。あんまり惚《とぼ》けるようなら、その可愛いお洋服を切り裂くわよ」

鏡さんはナイフの先端を、中村君の服に這わせました。

「きゃーやめてー」

中村君がワザとらしく腰をくねらせて悲鳴を上げます。

「ふん、似合うわね」

「いや僕もね、自分に衣装を被せたかったんだ」不意に動きを停止させました。「ウミちゃんと同じようにね」そして私に視線を合わせます。その目はやはり、青威さんの目をしていました。「鏡さんの云う通り……倉坂喜一と香取代議士はそれ以降、急速に親しくなって行った」中村君はそう答え、私と鏡さんを交互に観察しました。

香取代議士?

父の事でしょうか?

確かに父は代議士でしたし、私が生まれる以前、一度大きな事故を起こしたと聞きました。

父が……どうしたと云うのでしょう。

「香取晋太郎《しんたろう》代議士の事は調べたわ。いや、私じゃなくて興信所がね」鏡さんは手首を返してナイフの刃を天井に向けました。「そしたらさ……これが良く解らないんだけど、政治とは何の関係もない人間とも繋がりがあったみたいなのよ」そして天井に向けていた刃を、やはり手首を用いて中村君へと戻します。それから恒例の冷たい視線が、隣に座る私を捉えました。「ねえ羽美ちゃん、アンタ何か記憶してない？　政治とは縁のないような人の家に招かれたりとかしなかった？」

「え？」

混乱している私は訊き返しました。

「だから、アンタの父親が政治活動以外に何かやってる現場を目撃しなかった？　さっきの部屋にあったカプセルを見せられたりしなかった？」

2

「香取代議士は占星術やら風水やらに凝っていた。勿論、ラッキーカラー云々《うんぬん》のレベルではないよ。方角、部屋の配置、星の軌道……周囲の人達は大変だったらしい」

中村君が云いました。

「それは知ってる」

鏡さんが答えます。

確かに……父の奇行は記憶に刻まれています。何週間も前から楽しみにしていた旅行の予定を打ち切った理由が……『三月にあそこに行くのは良くない』。こんな事態は日常茶飯事《さはんじ》でした。

「果ては黒魔術なんてものまでに興味を示した。黄金の夜明け団みたいな秘密結社でも作りそうな勢いだったらしい」中村君は小さく笑いました。「クロウリーやメイザースを崇拝するなんて、困ったもんだね」

「それも知ってる」

鏡さんが再び答えます。

「じゃあこれは知ってるかな？」薄桃色の絨毯に寝そべる中村君は顎を引きました。「香取代議士が最終的に望んだもの、それは予言者だった事を」

「まあね、見当はついたわ」鏡さんは緊迫した視線を中村君に注いでいます。「占いにせよ何にせよ、それは己の身に降りかかる災難の事前予測を目的としたものだから」

「黒魔術は別種のものだけどね」

「災難の予測が出来れば、自身の損失を最小限に食い止められるわ。それどころか相手の動きを知り、妨害工作も可能……。政治には、うってつけね」

「便利なもんだ」王田とか云う人が叫ぶように云いました。「一家に一人って奴かな。そんなのがいれば、さぞかし仕事が捗《はかど》るね」それから一歩前に出て、鏡さんを眺めます。「時給八百円で働かない？」

「冗談。最低でも千五百円」

「あのね、僕は低収入なの」

「それじゃあ用はないわね」鏡さんは見向きもせずに答えました。やはり基本的に冷たい人です。「ねえ中村君」ナイフを中村君の首に這わせます。中村君の体が硬直するのが解りました。「二年B組の予言者達を、アンタ達は一体どうやって調達したの？私はそれが知りたいのよ、凄く」

「予言者なんてものは、探して見つかるようなもんじゃないさ。天然ものは滅多《めった》にお目にかかれない。そう云う意味ではダイヤなんかよりも貴重なんだ」

「じゃあどうやって……」

「簡単、作るのさ」即答でした。「君も藤木も……いや二年B組に紛れた二十八人は、香取代議士と倉坂喜一、それから例の雲の上の人達によって生産されたもの、つまり所有物なんだ。それを理解して欲しいもんだね」

「予言者は作り出されたもの、と？……この私も？」

鏡さんは右眉を下げて口元を僅かに開けました。今までに見た事のない表情です。

「その通り。君達予言者は作られたんだ」

「どうやって？」

「それはこんなところじゃ云えないよ……わっ、ちょっ、今……ナイフに力を込めたでしょ？　落ち着いて聞いてってば」中村君はナイフの柄を摑んでいる親指と人差し指を見守っていました。「予言者の作り方をここで披瀝するのは、君と君の家族のプライドを侵害する恐れがある」

「構わないわ」

「僕が構うんだ。まあ、意外とシンプルで原始的な方法とだけ云っておくよ。クローンなんて陳腐なもんじゃないから安心してね。僕達はそうした、科学の最先端を行く技術なんかは使ってな……いや、使ってるか」

「それが、あの部屋ね？」

　鏡さんは王田とか云う人が塞いでいるドアを顎で示しました。大量のカプセル型ガラス製容器が設置された、あの部屋の事を云っているのでしょう。

「予言者は子宮を通過せずこの世に誕生する」中村君が突然云いました。「まあ比喩《ひゆ》的な意味だけど」

「言葉は通じるように使いなさい」

「予言者を孕《はら》んだ女達のほとんどは、それを堕胎させた」

「どうして？」

「どうしてだって？　生まれて来る事を望まれていない子供だからさ」中村君は笑いました。大きな声で笑いました。「そんな子供を産みたがる奴なんていないよ。だからほとんどは中絶され、破棄された」しかし唇を閉じ、笑いを止めます。「その破棄された人間の『なりかけ』を、赤ん坊サイズにまで成長させる装置、それが例のカプセルだよ。まあ、生命を維持させて成長を促進させる具体的な方法や原理までは知らないけどね。別に興味ないでしょう？　そう云う話は」

　あのカプセルの用途が、そんなＳＦ染みたものだったとは。その事実は、ＵＦＯが裏の空き地に墜落したような奇妙な現実感の喪失を私に齎《もたら》しました。

「あの装置が完成したのが七二年。それまでは無理やり予言者候補の子供を産ませていたんだから、全く酷いもんさ」中村君の放った言葉の意味は良く解りませんが、何だかとても嫌な事を云っているような気がしてなりません。「それにあの装置が完成したお陰で、予言者の生産率は飛躍的に上がったしね。この隠しフロアは、その装置を設置させるために作ったんだ。それに病院内に作れば、仮にこの場所を発見されて事態が明るみに出ても……例の雲の上の方々には迷惑がかからないからね」

「何事も慎重にって訳だ」王田とか云う人が茶化しました。「上の連中ほど汚いね。僕は下っ端だから綺麗なもんだけど」

「自分でそう云う事をのたまう奴って、信用ならないわ」鏡さんはナイフを中村君から放すと、ベッドに両手をついて、軽い深呼吸を行いました。「ねえ、私は誰の子なの？」

鈍い私は鏡さんの質問を反芻《はんすう》し、事態の断面をようやく認識しました。孕む。堕胎。生まれて来る事を望まれていない子供。導かれる結論は一つ。そして鏡さんは、いえ、二年B組に集められた二十八人は……。

「君達の親なんて知らない」中村君の返答は簡素なものでした。「僕達によって生産された予言者の一人。解っているのはそれだけさ。って云うか、それだけで充分だし」

「二年B君の二十八人は予言者なの？」鏡さんが問いました。良く良く考えてみると、それは凄まじい情況です。「それと、どうして二年B組に予言者を揃えたの？」

「そんなに沢山質問しないでくれないか。僕の口は一つなんだからさ。見たら解るだろう？」

「じゃあさっさと答えて」

しかし今回は言葉だけで、ナイフでの威嚇《いかく》は行ないません。

「予言者ってのは簡単に生成出来るもんじゃない。確かに大量生産は可能だけど、だけど生まれて来た予言者候補のうち、実際に予言者としての素質を兼ね備えた者は全体の二割にも満たないんだ」中村君は呟くように云いました。「約八割は失敗作……と云うか普通の人間だし、それに予言者となった二割の中で、完璧と云える者に厳選すれば、一人二人……かな。いや、一人いれば良いくらいだ。それだけ貴重なのさ」

「私はどうなの？　完璧かしら？」

鏡さんが自分を指差しました。

「百点満点で云えば、六十五点」

「厳しいわね」

「これでも大目に見たんだけど」

「それで、二年B組に予言者を集めた理由は？」鏡さんが繰り返し問います。「管理のため？」

「それと監視のため。僕は予言者と解り次第、上に報告しているからね」

「それもアンタの仕事なのね」

「ピンポム」中村君は口元を上げて答えました。

「まあ……この程度の役職はごまんといるから自慢は出来ないんだけどさ」

「私の報告はした？」

「勿論」

「どうして私が予言者だって解ったの？」腰を丸めて前傾姿勢になり、手を組み合わせます。「私は藤木さんみたいに口外してない筈だけど」

「予言者の素質を持った者は、どこか普通とは違うからね。だから見破るのは簡単だよ」

「ふうん」

鏡さんは何故か微笑みました。

「実際、君も浮いていた」中村君も笑顔を返します。「だって、授業中に諸星大二郎を読む女子高生なんかいないよ」

「モロボシダイジロウって誰？」

「あら、私の趣味に文句を云う気？」

王田とか云う人の質問は無視されました。私も同じ質問をするところだったのでセーフでした。

「別に文句はないピョン」中村君は軽く首を振りました。「ちなみに僕は『生物都市』が大好き」

「私は『袋の中』が好きよ。それじゃあ私の事を予言者だと判断したのは、諸星大二郎が原因な訳？」

「まさか。君を予言者だと疑い始めたのは、島田の事件以降だよ」

「島田君の？」

私は思わず声を上げてしまいました。ここでその名前が出て来るとは。

「島田の事件は密室状態で起こされたらしいじゃないか」

仰々しい？　中村君は鼻で笑いました。「全く、仰々《ぎょうぎょう》しい」

仰々しくなるのは当然です。あんな不可解な事件が発生すれば、仰々しくなるのは当然です。私と綾香さん……そして警察が頭を捻っても、その謎は未だに解決していませんし。

「本当に単純なのね」中村君はそう云って私を見つめました。「なあウミちゃん……じゃなかった香取さん、思い出して欲しいんだけどさ」

「え？」

「君と須川さんが図工室に入って島田の死体を発見した時、君はどう反応した？」

「反応？」意味が解りません。「別に……ただ吃驚しただけで」

「吃驚してから、どうしたの？」

「どうって、えっと」意図が読めません。「壁に手をついて。それで、死体から目を離せなくて……」

「うんうん、それからどう移動したのかな？」

「……はっ！」中村君がそう問うた瞬間、制服姿のオバサンがそんな声を吐き出しました。そして黄ばんだ歯を見せながら、けたけた笑い出します。不気味な光景でした。「くだらないッ」

「おや、さすがは当事者だ。気がついたんだね」

当事者ですって？　事件の当事者は、私と綾香さんと鏡さんと、それとスパルタカスだけです。あんなオバサンは知りません。

「私はねえ……」オバサンは汚く笑い続けています。「机を迂回して、外回りに島田が死んでる教卓へ向かって行ったよ。それに、死体と……それから黒板の文字にばかり気をとられていたから、周囲の様子なんて全然見てなかった。香取さんはどうだい？」

「え？」何故あのオバサンが綾香さんの移動経路を知っているのかと云う疑問と、突然話題を振られた驚きで、私は酷く焦ってしまいました。「私は、えっと、綾香さんが死体の側まで寄ったから、私もそうしようと思って……壁に手をつきながら歩いて、でも怖くなって、途中……真ん中くらいで止まって、それで、それであの」

「つまりだ」中村君が私の言葉を中断させました。

「二人とも座席を迂回して島田の死体のある教卓へ向かっていた。しかも視線は死体ばかりに向けられていたって訳だ」

「島田君の死体を見ている私達の目を盗んで、そいつは凶器を手にしたまま図工室から逃げたって云いたいんだね？」

オバサンはまだ笑っています。目尻が皺だらけでした。

「……そんなの無理だよ」私は急いで反論しました。「確かに私も綾香さんも島田君の死体にばかり気をとられていたけど、だけど、幾らそうだと云っても、人間一人が動いているんだもの、絶対に視界に入るよ……。大体、あの部屋のどこに隠れるところがあったの？」

「あんたも鈍いねえ。確かに普通の奴ならバレるさ。でもね」オバサンは髪の毛を掻きながら答えました。「そいつが私達の動きを事前に知っていたとしたら？」

「は？」

「あんたが壁に手をつきながら図工室の真ん中くらいまでノロノロ歩く事も、私が直進せずに机を迂回して島田のところに向かう事も、私達が島田の死体ばかりに目を向けている事も、何もかもが事前に解っているとしたらどう？」

「どうって……」

「それなら逃げられるんじゃないかい？」妙に黄色く濁った目が、ベッドに座る鏡さんに向けられました。「あんたの……その予言とやらが、どう脳裏に浮かぶのかは知らないけどさ、少なくとも今回は映像だったんでしょ？」

「ええ」鏡さんが頷きました。「そのとーりよ」

「ねえ、本当に鏡さんが島田を殺したのか？」

中村君が問います。

「失敬な。私は殺さないわ」

「でも……島田は死んだぞ」

「島田君はね、自殺したの」

「自殺？」私は驚いて、そう発言した鏡さんに唾を飛ばしかねない勢いで質しました。「島田君、じっ、自殺だったの？」

「ええ、私の目の前で死んだわ」

「殺されたんじゃなかったの？」

「何よ、アンタも私が殺したとでも思ってるの？　冤罪《えんざい》戦士ね」

「いえ……あの」

「大体、何で私が島田君を殺さなきゃなんないのさ」

「僕もそこが解らなかったんだけど……。そうか、自殺なら話が早いね」中村君は何故か愉快そうに云いました。「まあ……とにかく鏡さん、君は島田が自殺する事と、その直後に須川さんと香取さんが図工室に足を踏み入れる事を、事前に予知したんだね」

「ええ、そうよ」鏡さんは腕を解き、思い出したように傍らのナイフを握りました。「図工室から凶器を持ち出して、島田君の自殺を殺人に見せかけたのは私」

「そんな」

「事実よ」

「そんな……」

私は呆然としていました。島田君は自殺だった？　鏡さんが凶器を持ち出した？　どうしてそんな事を。

「それから私は島田君が自殺に使った包丁を鞄に隠

して、出て来たばかりの図工室のドアから声をかけたの。まるで今……そこに現れたようにね。何か文句ある？　この行為に」

「でも鞄の中は……」

確か事情聴取の際、警察に鞄の中を検査されたと云っていました。

「私は裁縫《さいほう》が得意なのよ。底を二重にして、その中に包丁を隠したの。基本だわ基本」

「ね、単純な話だろう？　僕も色々検討してみたけどさ、島田の死体が発見された状態になるには、島田と一緒に、もう一人の人間が図工室内にいなければ成立しないんだ。どう考えてもね」中村君はいつの間にか真顔になっていました。「だけど、二人の人間の視界から逃れて部屋を出るなんて芸当は、普通は無理だ」

「だから事前に情況を知りえる者……予言者が犯人だと？」

「そう。そして島田の死体を発見した四人の中で、凶器を隠して図工室を出るなんて行為が可能なのは、鏡さん、君だけだ」

「だから私を予言者だと思った訳？」

「ピンポム。どう？　論理的でしょう」

「それが論理的なら、ドン・キホーテの法螺《ほら》話は相対性理論になるわね」

鏡さんはナイフを自分の額に当てました。刃の部分には、鏡さんの鋭い瞳が映っています。

「ねえ鏡さんさぁ」オバサンが汚らしい声で訊きます。「何でそんな事をしたの？」

それは尤《もっと》もな疑問です。手法は理解しましたが、理由が解りません。

「決まってる。アンタに探りを入れるためよ」そう云って、セーラー服を着たオバサンを冷たい目で睨みました。「アンタ、吸血鬼ね？」

「はあっ？」

オバサンは片目だけを大きくします。

「島田君の血を吸う気だったんでしょう？　おとぼ

けは無駄。私にはちゃんと見えてるのよ」

「ねえ、何の話？」

意味が解りません。この二人は何を云っているのでしょうか。島田君の血を吸うですって？　意味が解りません。そんな、吸うなんて蚊じゃあるまいし。

血をすうなんて。

……すうな？

「島田君を自殺に追い込んだのはアンタね」

鏡さんは私を無視して、物凄い発言をします。

「島田から聞いたのかい？」

「勘よ」

「鋭いね。確かにそうさ。日付や場所までは指定しなかったけど、私が第一発見者になるような場所で血を流して自殺しろと指図したのは私」

「どうしてそんな」

私は尋ねました。どうしてそんな事を。

「決まってる……島田、そして中村も」オバサンは奇妙な角度に首を傾け、中村君を睨みました。「千鶴を苛めただろう？　だから自殺して償って貰おうと思ってね。手始めに、一番モロそうな島田から追い込んでやったよ。でもこんなに巧く行くとは思わなかったけどさぁ」

「そんな、酷い！」

「ああ？　何が……酷い、だよ」オバサンの鋭い視線は、次に私を捉えました。「あんたにそんな事を云う資格があるのか？　あんただって、千鶴を助けなかったじゃないか。見て見ぬふりをしてたんだろ？　千鶴がどんな目に遭おうが、自分には関係ないと思っていたんだろ？」

言葉を返せませんでした。全くその通りだったからです。でも、仕方ないじゃないですか。私程度の人間には、どうする事も出来ないのですから。ましてや以前の私なんて……。

「弱い者苛めなんか止めなさいよ」鏡さんが云いました。「それで、図工室で自殺する事を島田君から聴いたのはいつ？」

「自殺当日の午後だよ。教室を去る時にね。で、四時半過ぎに図工室に入るようにとも云われた」

オバサンは答えました。

「羽美ちゃんを図工室に連れ込んだ理由は？」

「決まってる。目撃者をこさえたかったんだ。何も知らない第三者と一緒になる事で、私がただの死体発見者になるためにね」

私は泣きたくなりました。綾香さんは私を認めた訳ではなく、単なる身の保身のために利用しただけだったなんて……いえ、違います。あのオバサンが須川綾香さんである筈がありません。私は何を云っているのでしょう。

「年寄りって狡猾《こうかつ》だねえ」中村君がイモ虫の体勢を維持したまま、首だけを上げてオバサンを一瞥しました。「香取さんを伴って偶然を装い、まんまと図工室に侵入したって訳か」

「年寄りって云うなよ！」

オバサンが金切り声を上げます。ワンピース姿の綾香さんは、その痴態を黙って眺めていました。

「年齢なんてものはどうでも良いの。そしてアンタは島田君の死体を予定通り発見し、これまた予定通りに羽美ちゃんにもそれを見せて、警察に連絡させると云う名目で羽美ちゃんを図工室から追いやろうとした」鏡さんは確認するように云いました。「だけどここで予定外の事態が発生。島田君の周囲に、自殺に使用した凶器がない。そして黒板に書かれた文字……。どうだった？」

「焦ったよ」オバサンの下卑《げび》た、あらゆるものを軽蔑するような笑いが響きました。「あれは本当にビビった。凶器がないって事は、誰かが介入した事だと直感したからね。まあ一番の驚きは、黒板に書かれた文字だったけどさ」

「すうな……」

私は知らず呟いていました。

黒板に書かれた文字。

すうな
　その、意味。

「あの言葉が私に向けられていたのはすぐに解ったよ。だって私は、今まさに島田君の血を吸おうとしてたんだからね。本当に吃驚した。咽喉から手が出るくらい驚いた」

　使用方法を思い切り間違えていますが、誰も突っ込もうとしないので、私も黙っていました。

「別にそんな回りくどい事しないで、アンタ達が図工室に行く前に対応したり、羽美ちゃんを電話をかけさせる名目で図工室から追い出して一人になったところで現れても良かったんだけどさ」鏡さんはオバサンを睨みつけています。「だけど、はぐらかされたらそれで終わりだし、何より私がアンタに注意を向けてる事がバレちゃうもの。やっぱりさ、自分の悪事を知っている誰かがいると思わせた方が、ビクビク度が増すでしょう？　誰かが私を陥《おとしい》れようとしている、みたいな感じで」

「余計な親切をありがとう」

　オバサンは上唇を歪めました。

「それでアンタは、自分の存在を見抜いている者を探すために、羽美ちゃんを引き連れて犯人探しに奔走した」

「はっ、全部お見通しか？　つまらないね」

「いいえ、解ってるのはそこまでよ。私は万能じゃないもの。アンタが何のためにこの学校にやって来たのかは解らない」そして鏡さんは、不意に表情をなくします。「って云うか、アンタ誰なの？」

3

　多分、骨が折れている。

　体中が痛い。痛すぎる。

　口内に異物感を感じた。

　吐き出すと、血の塊と折れた歯が床に落ちた。

私は痣だらけの足を上げ、痛む体を起こした。

内出血でも起こしたのか、異様に視界が赤い。

いつもは白いのに。

何故、こんな目に。

理由が不明だった。

千鶴は私をズタボロに打ちのめした後、どこかへ消えてしまった。しかも異常な上機嫌で。スキップまでしていた。訳が解らない。どうして千鶴がここにいるんだ。どうして千鶴に攻撃されなければいけないんだ。私は今まで千鶴を助けて来た。確かに藤木達の行為を遮断させるような事は出来なかったが、それでも介抱したり、慰めたり……。

それなのに、何だってこんな仕打ちを？

全然解らない。

全身を駆け巡る激痛に耐え切れず、思わず壁に凭れた。頭も首も腕も胸も背中も脚も、肉体と称される部位の全てが痛い。呼吸するたびに肺が苦しくなるし、口からは牛の涎みたいに血が垂れ、脚は意味もなく痙攣。

……千鶴。

千鶴の顔を思い出す。

千鶴は憎しみの表情だった。

……憎しみ？

どうして私が千鶴に憎まれなくてはならないのだ。千鶴を苛めてもいない私が何故。

私は左右を確認した。やはり、先ほどの赤い服を着た少女の姿は見えなかった。

あの少女は……何だったのだ。

死んだ筈なのに。

殺した筈なのに。

生きている筈がない。

大体……私が少女を食べたのは、何年も前の出来事だ。それなのに、あの少女には成長の形跡が見られなかった。私が襲ったあの瞬間と全く同じだった。服装すらも。ショックで成長が止まったとか？

或いは私の幻覚？　どちらも都合の良い話だ。しかし私はそれを望んでいる。理解を渇望している。私の身に降りかかった異様な事態の解決を……。

私は痛む脚を引き摺りながら廊下を歩いた。

4

王田とか云う人が、一歩踏み出しました。ワンピース姿の綾香さんがそちらに体を向けます。オバサンは艶のない髪の毛を掻き上げながら鏡さんを見つめています。ナイフを握る鏡さんも、その瞳を受けて更に強力な呪縛を孕んだ視線を投げ返しています。私と中村君の二人だけが、その情況を客観視していました。

部屋の中には、名状しがたい磁場が渦を巻いていました。そうした磁場なんてものは私の思い込みに過ぎないのでしょうが、このような感情が発露する精神に陥らせる事の可能な雰囲気であるのは確かです。雰囲気と云うものは、どんな影響にも対応し得るバリケード、或いは……『影響』に影響を及ぼす効果を内在しているのですから。

「私が何者かを知ってる人」オバサンが視線を八十三度くらい広げました。「この中にいるのかい？　私の名前を云える人は」

「あなたには、名前がいっぱいあるからね」王田とか云う人が口を開きました。一瞥して安物と解るネクタイを弄《いじ》りながら。「浦野宏美、葉山里香……ああ、この場合は須川綾香だっけ？　全く適当な名前をつけてさ。由来あるの？　須川綾香って」

「あんたは誰だ」

オバサンは体を回転させ、王田とか云う人を捉えました。

「僕の事なんて何だって良いんだよ、倉坂美恵子さん。いや……今は古川美恵子さんか」

古川美恵子とは誰でしょう。初耳です。古川？

「何だ」オバサンが鼻の穴を広げました。「やっぱり知ってたのか」

「厳密に云うと、あなたの顔を見たから解ったのであって、決して僕の頭脳が優れている訳じゃないんだけどね」王田とか云う人は謙遜すると、更に一歩接近しました。「でもまあ……あなたの能力は何となく推測出来たけど」

「血ね？」

鏡さんが口を挟みました。王田とか云う人は頷くと、多分と短く答えました。血がどうしたと云うのでしょうか。

「悪いけど、隅々まで調べさせて貰ったよ」王田とか云う人は言葉を続けます。「あなたは倉坂祐介氏と結婚する前まで、初瀬川《はせがわ》研究所に勤めていたそうだね。羨《うらや》ましいなあ高収入で」

「あらまあ、初瀬川研究所」

「おや、知ってるの？」

鏡さんの発言に反応し、王田とか云う人が尋ねました。

「兄が働いてるのよ。コロ助を造ってるの」

「羨ましいなあ高収入で」

「アンタさ、スーツ綻《ほころ》んでるわよ。知ってた？」

「ね、ねえ」私は取り残されたくないので尋ねました。「ハセガワ研究所って何？」

「頭が良すぎて馬鹿になった人達が働くところ」

「話を戻すよ」王田とか云う人はオバサンに顔を向け直しました。「初瀬川研究所出身のあなたが、倉坂喜一氏の一人息子と結婚した。それについての疑問点は特になかったが……だけど、あそこで横になっている男なのか女なのか良く解らない子の証言が確かだとすると、ちょっと勘繰ってしまうね」

「男だよう」中村君が天井を向いたまま口を尖《とが》らせます。「だから過ちを犯しちゃ嫌だよー。て云うか、誰か解いてよ、この縄」

「勘繰るって……何が云いたいんだ」

オバサンの声は、中村君のそれとは正反対に緊迫したものでした。

「予言者生成に熱を上げている男の息子との結婚。

……倉坂祐介氏とは恋愛結婚なのかな?」

「デリカシーに欠ける質問だな」

オバサンはデリカシーに欠ける声で応じました。

「初瀬川研究所の研究対象の広さは僕も知っている。物理学だろうが国学だろうが量子力学だろうが法医学だろうがロボット工学だろうが……とにかく、『学』と名のつくものは全て制覇するようなところなんだろう? 全く、頭が痛くなりそうだ」

王田とか云う人は、自分の頭に人差し指を当てました。

「その頭痛は、学力がない証拠だね」

「誠意もないわ」

鏡さんがつけ加えます。

「失礼だな。僕は立教出てるんだ」見かけによらず高学歴のようでした。「さて、学問に憑《つ》かれたのか本物の恋愛感情から発露したのかはこれ以上尋ねないが、しかしあなたが倉坂祐介氏と結婚したのは事実だ。そして……僕自身はまだその存在は半信半疑なんだけど……予言者の事を聞き出そうとしたんじゃないのかい?」

「尋ねてるじゃないか」

濁った瞳を伏せようともせず、逆に挑むような視線を放ってきます。

「それじゃあ質問を変えるよ。あなたはどうして倉坂祐介氏を殺したんだ?」王田とか云う人は威圧を無視して質問を重ねます。思ったよりも頑丈で凄い人のようです。人を見かけで判断してはいけません。「その行動のせいで、自分の娘……古川千鶴は、学校で苛められているらしいじゃないか。あなたもその光景を見たんだろう?」

この人は千鶴ちゃんの母親? 鈍《にぶ》い私は、今頃それに気がつきます。旦那《だんな》さんを殺して逃亡している千鶴ちゃんのお母さん。そう、その名前は……美恵子。

「千鶴には悪い事したと思ってる。実際、苛めはかなり悲惨なものだったさ……」オバサンは不意に乱れて、セーラー服から伸びた腕を僅かに震わせました。「本当は全員……藤木とか云う豚野郎や、それと田沢もブチ殺したかったけど、あの人喰いの山本砂絵に先を越されちまったからね」それから目を見開きます。「山本砂絵っ！　ああチキショウ！」床を音を立てて踏みます。何度も何度も。「香織《かおり》を食い殺したのは山本砂絵なんだ……。間違いない。人喰いなんて、そうそういるもんじゃないし」

「香織？」王田とか云う人は顔を顰《しか》めます。「それって……」

「私の娘だ」

「あらまあ、砂絵ちゃんには前科があったのね？」鏡さんが云いました。

「私の娘を殺したんだよ。左手首を食い千切ってね……。鏡さんは知らない？　女の子が左手首を野犬に食べられてショック死した事件」

「知らない」

「あ……私、知ってる……」私は呟きました。あれは幼心《おさなごころ》にも、強烈で恐ろしい事件として刷り込まれていました。「あなたの娘って事は、じゃあ千鶴ちゃんの」

「香織は千鶴の妹だよ」オバサンは目尻の皺を震わせて素直に答えます。やはり実の娘の話題になると、偏屈《へんくつ》な態度を維持出来ないようです。私はその反応に、少しだけ安心しました。「千鶴、あの子の事をあんなに可愛がってたのに……」

「山本砂絵も、予言者として生成された者の一人だ」中村君が静かに発言しました。「そっか……記憶を取り込むタイプの変形だったのか、彼女は」

「倉坂は……」オバサンは、自分の旦那さんを呼び捨てにしました。しかも憎しみの籠《こ》もった声。「倉坂は、香織を殺した奴を知っていた。それでも黙っていやがったんだ。あいつは娘よりも研究を選んだ。狂ってる」

「研究者としては当然だと思うけど」

「うるさいうるさい！」

鏡さんの発言はお気に召さなかったようです。再び床を踏みつけます。ワンピース姿の綾香さんが、心の底から軽蔑した眼差《まなざ》しを向けている事にも気づかずに。

「だから殺したのか？」

王田とか云う人がポケットに手を入れました。

「そうさ」簡単に答えます。「私は間違ってなんかいない。あの人でなしを殺したのは間違いじゃないんだ」

「倉坂先生は、人でなしなんかじゃない」

綾香さんはワンピースから伸びた綺麗《きれい》な脚をオバサンの方に向け、明瞭な声で宣言しました。その声色は、やはり須川綾香さんのものです。

「香織の事を無視するどころか、あんたみたいな小娘と関係を結ぶような奴は、人でなしに決まってるじゃないか」

「関係って何？　きゃあ、美しいわ」鏡さんが情況に相応《ふさわ》しくない言葉を吐きました。今更云う事ではないですが、やはりこの人は不謹慎極まりないです。「倒錯の世界ね」

「ああ、何だ……」王田とか云う人は、わざとらしく肩を竦めました。「既に唾をつけられてたのか。あ、いや、別に他意はないよ、今の言葉には」慌ててつけ加えます。

「誤解しないで」

「は？　五回しただって？」オバサンはすぐ横の綾香さんに向かい合うと、綾香さんの綺麗な顔に自分の顔を接近させました。その距離は約十センチ。私は何故か焦りました。「冗談を云うなよ。もっとヤってんだろ？　おい」

「私と倉坂先生は、そんな事してない」綾香さんは顔を背《そむ》けたりせず、静謐な表情を崩さずに対応しました。「あなたは誤解してる」

「嘘だね」

「倉坂先生は、殺された自分の娘さんを甦らせたかった」綾香さんは続けます。「そのために私を使った。先生にとっては、私はただの道具」
甦らせる。ザオリク？　フェニックスの尾？　それはとても非現実的な響きに聞こえました。まあ、この情況からして、既に非現実的ではあるのですが。

「嘘だね」

言葉は同じでしたが、声の調子が上擦っていました。

「だけどあなたが倉坂先生を殺してしまったせいで、その計画は頓挫《とんざ》した」

「嘘だ……」オバサンは飽くまで否定を続けるようです。接近させていた顔を綾香さんから離すと、ほとんど悲鳴のような声で云いました。「出来る訳がないだろそんな事。出来るとしても……ああ、そうだ、そうだほら。あのカプセル……例の成長促進装置だっけ？　それを使ってクローニングさせようとしてたんだろう？　確かに香織のDNAは残ってるからね。はっ、下らない。悪いけどね、それは復活とは云えな……」

「そうじゃないの」根本を指摘するような声で、綾香さんは答えました。「だったら私を使う必要はないでしょう？　クローンなんかじゃない。私を使うのよ」

「あ？」

「私を使うのよ」

もう一度云います。

「……なあ、ちょっと」長過ぎる沈黙の後、オバサンの嫌に抑揚のない声が響きました。綾香さんを見据える瞳には、光が反射していません。皺と染みで形成された顔には、感情が宿っていません。「あんた、まさか」

「ええ、その通り。あなたの考えている通りよ」綾香さんは小さく頷きました。「私は……」

オバサンが綾香さんに向かって飛びかかりました。

筋の目立つ汚れた腕が伸び、綾香さんの首にかかります。

乾いた音が響きました。

冷蔵庫の上にある電子レンジのガラス蓋が割れます。

「ぎぃっ！」

オバサンが回転しながら床に倒れました。

ドサッと、物凄い音を立てて。

オバサンはうつ伏せに倒れています。頭部を押さえていました。手は真っ赤です。薄桃色の絨毯が、赤黒く染まって行きます。

噴き出した血を浴びた綾香さんの紫のワンピースには、血痕が点在していました。白い頬にも付着しています。しかし綾香さんはそんな事には構わず、眼下に倒れたオバサンを見つめています。

「あ、あ……」

私は声にならない声を上げて、全身を痙攣させながら頭から夥《おびただ》しい量の血液を噴き出しているオバサンを観察していました。体中の血液が下降する気分。酷い頭痛がします。これは何でしょう。これは何でしょう。ドッキリカメラである事を、これほどまでに望んだのは、今回が初めてです。

「うっひゃあ」中村君も首の角度を上げてオバサンを眺めていました。「絨毯が汚れちゃったじゃんか。クリーニング代は誰が払う訳？」

そう云う問題ではないと思いますが。

「経費で落とすよ」

王田とか云う人が小さく笑いました。さっきまでポケットに入っていた手は、いつの間にか露出しています。その手には、黒い物体……銃を握っていました。

「アンタは本当に誠意がないわね」

鏡さんもオバサンを見つめています。余裕があるのか。私と同じく混乱しているのか。その瞳だけでは判別がつきませんでした。

「ううう、ううあぁ、う、ぎぎ……あ」オバサンは血だらけになった頭部を押さえながら、呻き続けています。良く観察すると、指と指の間から豆腐のようなものが零れています。それが何であるかを考察したくはありませんでした。「ばか、こ、ここ……ころすなら、あの女をころせ……はやく」

「え？　聞こえないよ」

王田とか云う人は、西部劇の登場人物みたいに銃を回しています。くるくる。

「ひと……人殺しだ」

私はそう云いました。言葉が口から勝手に漏れたのです。

「そんな事は知ってるよ」王田とか云う人はオバサンに接近しました。そして血で汚れた綾香さんを一瞥すると、その視線を、そのまま私に移動させました。「僕の職業は、殺し屋なんだから」

「ころしや」混乱が感情を突き抜け、思わず笑い出しそうになりました。殺し屋なんて……そんなのは、アニメや漫画の世界でしか機能しない職業の筈です。「殺し屋？」

「そうだよ。大したもんだろ？」王田とか云う人はしゃがみ込み、血を流し続けるオバサンの脳天に銃口を突きつけました。「大袈裟だね。かすっただけじゃないか。僕が狙ったのは、電子レンジの方なんだよ。いや嘘だけど」

「こっ、この……」

オバサンはうつ伏せの姿勢のまま、血だらけの手を天井に伸ばしました。指に絡《から》まった脳の破片が、ぼたぼたと落ちます。

「自分の血は嫌いなのかい？」

「ねえあなた」綾香さんは頬の血を拭うと、倒れているオバサンを美しいほど完璧に無視し、王田とか云う人に質しました。「さっき、血がどうとか云っていたでしょう。あれはどう云う意味なの」

「うん……この真相ってのが、本当に酷いものなんだけど」王田とか云う人は、オバサンから流れ出る血を指差しました。「古川美恵子が血液を飲むとね、周囲の人間には、この古川美恵子が血液の主と同一人物に見えてしまうんだ。簡単に云えば一種の集団催眠なんだよ……ああ、本当に言葉は便利だね。何だって説明出来るんだもの。口にしただけで事実になる」

一体この人は何を云っているのでしょう。

「は？　それが答えなの？」

鏡さんが不服そうに問います。下らない、馬鹿にするなと云った口調でした。

「そうとしか考えられないんだよ」王田とか云う人は神妙な表情で綾香さんを見上げました。「姿形だけならともかく、癖や仕草までそっくりになるなんて絶対に不可能だからね」

「でも出来たじゃないの」

「違う。厳密には、出来ているように見えただけなんだ。あれは幻覚。僕達は最初から、古川美恵子を見ていたんだよ。誰かの衣装を纏った古川美恵子をね」

「全くもう」鏡さんは嘆いています。「羽美ちゃんと中村君だけじゃなく、アンタまで皮被りだったの？　人間は自分から逃れる事は出来ないのよ。そんなの自明なのに」

「僕は被ってないぞ」

中村君が云いましたが、誰も相手にしません。

「ぐあ……は、ははは。いひぃ。くだらな……」

オバサンは苦しみながら笑っていました。鈍い戦《せん》慄《りつ》が走りました。おぞましいです。

「あなたは」王田とか云う人は銃口を強く押しつけ、その笑いを停止させます。「倉坂祐介氏を殺害した後、巡りに巡り……そして浦野宏美と入れ替わった」

「じゃあ本物の宏美は？」

綾香さんが早口で尋ねました。

「さあね。今頃は沈んでいるんじゃないのかな。支《し》笏《こっ》湖《こ》にでも」簡単に答えて続けます。「そして『浦野宏美』になったあなたは、この子……葉山里香に接近した。そして血を獲得し、乗っ取りは成功した。でも彼女の殺害には失敗したようだね。しかもあなたにとっては不運な事に、葉山里香と僕は接触してしまった。そして僕は『浦野宏美』探しを依頼されている。あなたの破滅は、その時点で決定した訳さ」

「めちゃくちゃに、し、しし、しやがって……」オバサンは床に顔を埋めたまま、裏返った声で云います。「わた……私は、二年B組を支配しなくちゃならないのに」

「千鶴ちゃんを助けるために？」鏡さんが訊きます。「それとも予言者を束《たば》ねようと？」

「どっちもだ……」

「欲張りだわ」

「……おぃ」オバサンは王田とか云う人に視線を向けようと、首を僅かに動かしました。その途端、全身が痙攣。頭は真っ赤になっています。「あんたは、だ、だれに、いら、依頼されたんだ？」

「倉坂祐介氏だよ」

「は」

「自分が殺害されたら、自動的に僕に依頼が降りるような手筈になっていたんだ」

「はっ」

「これは僕の想像だけど、彼はあなたが初瀬川研究所の人間だって事に気がついていたんじゃないのかな」引き金に力が入るのを確認しました。「元来備《そな》わっていたのか、それとも後天的なものかは知らないが……あなたの、自分を他者に着せ替えるこの能力にも、きっと気がついていたと思うよ」

「ははっ」

「悔しいかい？　じゃあ最後に救われる話をしてあげよう。僕が思うに……倉坂祐介氏は、あなたを心底恨んではいなかったと思う。僕があなたに到達する手がかりは、浦野宏美の写真だけだった。本当にあなたを抹殺《まっさつ》させたかったら、もっと露骨な情報をよこす筈だ。自分の妻だとか、馬鹿げた能力を持っているとか。しかし、そうした情報は皆無。だからあなたが浦野宏美になっていなかったら、僕はあなたを見つける事なんて出来なかった。まあ、僕なんて三流の殺し屋に依頼した時点で、既に本気で殺したかった訳じゃない事は立証されてるけど」そう云って、つまらなそうに笑います。「僕があなたに到達したのは、この葉山里香さん……それから鏡さんに出会えたからだよ。本当に偶然なんだ。これがどう云う意味か、解るだろう？」

「ははは っ」

「倉坂祐介氏は、あなたを確実に仕留めようとは思っていなかったのさ。ただ確率に賭けただけ。きっと倉坂氏の感情の比重は……殺意よりも、生き延びて貰いたいと云うものの方が大きかったんじゃないのかな」

そして銃声。

オバサンの全身が大きく跳ね、そして完全に沈黙しました。

「任務完了」何故か鏡さんが呟きました。「アンタ、ラストに誠意を見せたわね」

「見せかけだけどね」

王田とか云う人は死体の首を横にして血だらけの顔を露出させると、尻ポケットからカメラを取り出してフィルムに収めました。そしてゆっくりと立ち上がると、お邪魔しましたと呟きました。

「もう帰るの？」

鏡さんがベッドから立ち上がり、一歩踏み出します。

「忘れたのかい？　僕は殺し屋だ。目標を殺したのに長居するのは危険だ」

「どうして私達を殺さないの？」

「凄い質問だな」驚いた顔になりました。「あなたは仕事を手伝ってくれただろ？　僕は義理固い人間なんだから、そんな真似はしない」

「身を滅ぼすわよ」

「長生きする気はない」

「それで、中村君も放っておくの？　彼、上の連中にアンタの事をチクるかも知れないわよ」

　そう云って、顎で中村君を示しました。身動きの取れない中村君は、不敵に笑っています。

「ああ……」王田とか云う人は拳銃をポケットにしまいました。「チクってくれて結構だよ。それは売名に繋《つな》がるからね。感謝感謝だね、それは」

「身を滅ぼすわよ」

「長生きする気はない」王田とか云う人は同じ台詞を吐くと、綾香さんに視線を向けました。「さて、行こうか」そして踵を返し、ドアの向こうに消えて行きました。

　綾香さんも、その後について行きます。

「ねえアンタ……」鏡さんが呼び止めました。綾香さんは背を向けたまま停止します。「アンタは、これからどうすんのよ。須川綾香として生きるの？　それとも葉山里香に戻るの？　須川綾香の戸籍なら気にしなくても良いのよ。あのオバサンが上手くやったみたいだから。ねえ、アンタはどっちに行くの？　それって物凄く興味があるわ」

　しかし綾香さんは鏡さんの言葉を無視して再び歩みを開始し、やはりドアの向こうに消えてしまいました。

「ねえ、僕達も解散しないか」中村君が大きな欠伸をしました。「ずっとこんな体勢だったから、眠たくなってきちゃったよ。あ、寝込みを襲おうとしてない？」

「中村君……」鏡さんが呟きました。「私はこれからどうなるの？」そう尋ねてナイフを握り直します。「アンタ達に予言者だと知られてしまった以上、もう普通の女子高生としては生きて行けないんでしょう？」

「元から普通じゃないだろ」

「失礼ね」

「鏡さんには、僕達のお手伝いをして貰う」中村君が厳しい瞳で鏡さんを捕えます。「まあ、手伝いと云っても、いつも通りに生活しているだけで良いんだ。いや……多少は制限されるけどね。そして、そのありがたい予言を、ちょこっと聞かせてくれるだけで良いんだ」

「私は制限が嫌いなの」

「そんな事云っても仕方ないだろう。バレちゃったんだからさ……」

鏡さんは中村君の頭部近くにしゃがみ込むと、ナイフを思い切り振り下ろしました。

ナイフは中村君の左耳を掠めて、床に突き刺さりました。何て力でしょう。

中村君は表情一つ変えず、鏡さんを直視しています。

「ああもう！　心からムシャクシャする！」

割れたガラスの破片よりも鋭い声でした。

「もう諦めなよ」

「全部、計画通りなのね……」

「そうだよ」中村君は余裕の表情です。「予定外の事態が発生しまくったけど、結局は理想の形に落ちついた」

「私達を壊そうとしたんだわ」

「別に壊す気なんてないよ。ちょっと手伝ってくれれば良いんだから。雑魚は上の者に使われるためだけに存在するんだ」

「雑魚……」しかし鏡さんは中村君を見ていません。どこに焦点を向けているのでしょう。「そう、そうよ雑魚なんだわ」

「おや、自覚したかな？」

「ねえ中村君、どうして千鶴ちゃんを苛めたの？」

「どうしてって」鼻で笑い飛ばします。そんなのは愚問だ……そう云っているみたいでした。「そんなの、弱いからに決まってるだろう。それ以外にも理由が必要なのかい？　弱者に与えられた選択肢は、排除と隷属の二つだけなんだから」

「なるほど」鏡さんは妙に感心していました。「それじゃあ、私は排除されたのか……」

「何を云ってるんだい鏡さん、君は隷属したんだよ」

「は？」鏡さんは不可解そうに目を細め、顔を歪めました。「誰に？」

「誰って……僕にじゃないか」中村君はそれ以上に不可解そうな表情を顕にしています。「君は僕に支配されたんだよ。そうだろ？　解ってるのかい、この意味が」

「馬鹿、私はアンタなんか眼中にないのよ」鏡さんは冷たい目を中村君に向けると、ナイフを床から抜き、刃の腹の部分で額を三回叩きました。ペシペシペシ。「アンタなんて、ちょろいもんなのよ」

「負け惜しみかい？」中村君は固い表情になります。「止めてくれないか、そんなのは。鏡さんには似合わないよ」

「ああ、そうかそうか。アンタは何も知らないんだもんね。ええ、知らないから、そんな馬鹿な事が云えるんだわ」鏡さんは溜息を吐きました。「無知って罪ねぇ」

「何を……云ってるんだ？」

「それじゃあ、教えてあげるわ」鏡さんは嫌に落ちついた声で告げました。「島田君も予言者なのよ」

長い沈黙が訪れました。

……予言者。

島田君が？

存在としての価値がゼロに等しい、あの島田君が予言者ですって？

私は理不尽な怒りに支配されていました。どうして皆……私を差し置いて、そんな素晴らしい能力を所持しているのですか？　私ばかりが平均値に甘んじているなんて……。

「どうして島田君は、自殺なんてしたと思う？　死ねって云われて、はい解りましたと自殺する奴なんていないわ、普通はね。でも島田君は、あそこでくたばってるオバサン……古川何とかさんに自殺を求められ、そして本当に死んだ。これって、どうしてだと思う？」

「弱い奴だから……でしょう？」

中村君は戸惑った声です。

「ブー。島田君はね、自分の死が私達にどう云う影響を及ぼすのかを、予め《あらかじ》予言で知っていたのよ」

またしても予言です。辟易《へきえき》しませんか？

「おい、いやまさか。予言で知ったなんて」中村君は大きく息を吸い込みました。「そんな事が」

「あったのよ。事実は事実として認識しなさい。島田君は私なんかよりも、よっぽどレベルの高い予言者だったの」そう云って、ナイフをオバサンの死体に向けて投げつけました。それはオバサンの汚い太腿に突き刺さります。「だから、私が図工室で自殺を試みる島田君の姿を予言する事も、彼は知っていた」

「予言を予言したのか？」

中村君は、感心したような、呆れたような声で問います。

「私はその自殺を止めようとしたんだけど、でも無理だったわ。いきなり包丁取り出して、はいさようなら。そして島田君は包丁をお腹に突き刺しながら、私が自分の計画の歯車になった事を教えたの。このまま進むと鏡さんには不幸な結末が待ってるけど、まあ悪く思わないでくれですって……。ああ全く！　今思えば、あそこが引っかけだったのね」舌打ちし、再び立ち上がります。「島田君は、こう云えば私が動く事も知っていたんだわ。そして私は実際に動いて、事件を繋げる役割……ええ、歯車を演じてしまった」中村君の周りを、何かの儀式みたいに周回し始めました。落ち着きがありません。「よくも私を使ったわね。大した度胸よ」

「つまり」中村君は苦しそうな声を出します。「僕達は島田に操られていたのか」

「そう。私もアンタも羽美ちゃんも砂絵ちゃんもオバサンも王田さんも葉山里香も……全員、島田君の計画の歯車にすぎなかったと云う訳」鏡さんは中村君から離れ、血だらけで死んでいるオバサンの前で歩みを停止させました。「確かに中村君は予言者を手に入れたし、王田さんは目標を殺した。でもそれは、島田君の目的を果たすための道程として派生された結果に過ぎない。だから慢心しないでね中村君」鏡さんは戦隊ヒーローのリーダーみたいに、中村君を指差しました。「アンタが巧くやった訳じゃないのよ。何もかも、島田君の思惑の中なんだから」

「違う」中村君は否定します。「僕は僕の意思で、僕の考えで、ここまで……」

「だからアンタの思考も、島田君の計画の一部なんだってば」鏡さんは力なく云います。「予言者を見くびっちゃ駄目よ」

「それで……島田の計画ってのは、一体何なんだ？」

「決まってる。千鶴ちゃんよ」

「ちづる？」中村君は不可解そうに眉を顰めます。

「千鶴って……」

「島田君は千鶴ちゃんを救いたかったのよ、アンタ達の手から。いや違うわね……二年B組全体からね」

「あいつ、千鶴の事が好きだったのか？」

「死んだ人間の感情なんて知るもんですか」

「でもちょっと待ってよ、古川美恵子が死んだ時点で、千鶴は救われないじゃないか。確かに、今の二年B組は須川綾香を中心として形成されている。だけどそいつも、もういない。遅かれ早かれクラスの状態は元に戻るぞ。島田の願望は果たされない」

「鈍いわね、まだ気がつかないの？」

鏡さんは私を一瞥しました。

「……ああ、なるほど。全く。そうか……そう云う手筈か」

中村君までもが私を見ました。

「な、何？」

意味が解りません。私がどうしたと云うのでしょうか。

「気にしなくても良いわ。これがアンタの価値なんだもの」鏡さんは妙に優しい口調で、私に向けて云いました。「それにしても残念だったわね」そして再び中村君を睨みます。「アンタが雑魚だ雑魚だと見下していた島田君が、実は自分よりも上に位置していたんだから。どう、悔しいでしょう？　今の感想は？」

「…………」

しかし中村君は返答しません。

「まあ、私はそんなアンタにも負けてるんだけどさ」鏡さんは軽いのか重いのか解らない足取りで、部屋のドアに向かいました。「でもね、私はアンタに使われる気なんかないわよ。アンタ達のロクでもない行為を邪魔する立場に回ってやるから、覚悟しなさい。十年後が楽しみだわ」

そう云って、部屋を出て行きました。

「……酷い話だよ」鏡さんが部屋から消えた途端、中村君が口を開きました。「そう思わない？　ウミちゃん」青威さんの口調になっています。声が高いです。

「あ、あの」

「全然嬉しくないよう。どうして僕ちんが、島田よりも下なの？」中村君は口を尖らせます。「弱者を潰す事が僕の生甲斐なのに、僕自身が弱者だったなんてさ。しかもさ、その上に位置する人間ってのが島田だよ島田。あんなトーヘンボクに操られてたなんてさぁ。全く洒落になりませんっての。笑えないよ、こんなのは」

「ねえ……」

「でもまあ、現実は現実として認識しましょう。……さあてウミちゃん、次は君が島田の目的の歯車になる番だよ」

鋭い声で云いました。

「え？」

「須川綾香は存在しない。だから……替わりの人間を用意しないとね。そう思わないかい？」

「あの……一体何を」

「島田の計画の困った事は、それぞれの人間が目的を果たせる事だ。あの殺し屋さんは目標を殺し、僕も予言者を手に入れた。だから誰も己の行為に抵抗を示さない。そもそも、抵抗しようなんて概念自体がない。寧《むし》ろ積極的に事態に介入しようとする。そりゃそうだ。だって自分の目的を果たせるんだものね」

「ねっ、ねえ中村君。あの」

「古川千鶴を護ると云う島田の目的。それとウミちゃんの願望。困った事に、それはぴったり一致する」

「私の……願望?」

何の事でしょう。何を云っているのでしょう。私は何をすべきなのでしょう。何がしたいの?

「衣装は、あそこに転がってるよ」中村君は顔を上げ、オバサンの死体に視線を向けました。「僕は目を瞑っているから気にしなくても良いからね。ってか、女みたいなもんだしさ」

「何を云って……」

「それじゃあ僕ちんは、今からオメメを閉じまーす。じゃあね、須川さん」

中村君は首を床につけると、静かに目を閉じました。須川さん?

「あの……」

しかし呼んでも返事はありません。

願望。

目的。

ええ……勿論、解っています。

私は自分に嘘を吐かない人間なのです。

気持ちに正直な女なのです。

しかし一方で、それが愚かしい行為と云う事も理解しています。

汚らしい、正常ではない思想と云う事も、良く認識しています。

コーティングなんて無意味なのです。

根本に変化がなければ、意味などないのです。

塗って、再び塗って、更に塗って、最後には何を塗っていたのかを忘れてしまう。そんな結末が待っている事も承知しているのです。

私はコスプレを通して、それを知ったのに。

それなのに、
私は……。

私は立ち上がりました。

頭がくらくらします。

きっと、嬉しいのでしょう。

嬉しい？

何の事でしょうか。

オバサンの死体を見下ろしました。

血だらけの髪。

皺ばかりの肌。

何度も云いますが、本当に汚らしいです。

果たして、これは何でしょうか。

須川綾香はどこに行ってしまったのでしょう。


これはまるで、抜け殻です。

大きく深呼吸。

目にかかる半乾きの髪の毛を払いました。

髪の毛。

そう、私は美しい髪の毛を所持しています。

綾香さんと同じような……美しい髪を。

オバサンの着ている制服を観察します。

濡れたセーラー服。

奇跡的にも、血液は一滴も付着していませんでした。

白くて美しいままです。

「ふふ」

私はベッドに戻るとタオルケットを剝ぎ、それをオバサンの汚れた頭部に巻きました。髪の毛一本も露出させてはいけません。血や脳味噌なんかで汚されては、それでお終いだからです。手にも血が付着しているのを思い出し、私のスカートでそれを拭います。丁寧に、指と指の間も。それから死体を仰向けに起こし、スカーフの下にあるボタンを外しました。脇のファスナーを開けるのも忘れてはいけません。顔と髪の毛がタオルケットですっかり隠されているのを再度確認すると、ゆっくりとセーラー服を脱がします。しかし濡れているために布と肌が付着していて、大変難儀でした。だけど血はついていません。絶対につけるものですか。次いでスカート。ソックスも忘れてはいけません。それから下着も脱がせました。オバサンの裸なんてものは見たくないので、視線を僅かに外しながら。脱がし終えると、今度は自分も制服を脱ぎます。上着もスカートもブラジャーもパンツも、凡て脱ぎました。一糸まとわぬ姿と云うやつです。腕を観察すると鳥肌が立っています。衣類がないせいで、少々の寒さを感じました。いえ……そんな事は関係がありません。寒かろうが暑かろうが関係ないのです。素っ裸の私は顕になった胸に手を置くと、今まで自分が着ていた制服を蹴り飛ばし、これからの私が着用する、綾香さんの制服を手にしました。おっと、その前に下着です。危ないところでした。ノーパンはちょっと困りますからね。綾香さんのパンツとブラジャーをつけました。ブラジャーは、カップが少し大きかったけれど気になるほどではないので無視です。それからソックスを履きます。濡れていて履きにくいですが、力任せに足を通しました。そして遂に制服です。スカート……ウェストは多少であれば調節が利きます……を履き、上着を頭から被ります。ファスナーを閉め、ボタンを閉じて、スカーフを締めました。それから髪を手櫛《てぐし》で整えます。中村君は律儀に目を閉じていました。少しだけ残念な気分に陥りました。

私を見て欲しいと思いました。

そう、私を。

だって……この私は、香取羽美などと云うウスノロさんではないのですから。

私は優雅さを意識した足取りで、部屋を後にしました。

上品さを意識して廊下を進みます。

だいじょうぶ……大丈夫、大丈夫。

私達が入ってきた黒い重厚なドアは開いていました。それを取り抜け、エレベータに乗り込み、一階に到着しました。薬品の臭いと受付ロビーと患者さんと看護婦さんの姿で、ここが病院と云う事を思い出します。

外は異常なくらい晴れ渡っていました。

雲が消えて、青い空が露出しています。

温度を取り戻した風が髪を揺らせます。

病院から出た私は、空を見上げました。太陽が元気に輝いている様子が、嫌になるくらい観察出来ます。さっきまでの豪雨が、まるで嘘のような晴天。

あの雨は幻覚だったのでしょうか？

今までの私の人生も、幻覚だったのでしょうか？

リスタート。

案外、簡単なものなんですね。

さようなら、今までの私。

そして……初めまして、これからの私。

よくある言葉ですけど、まさかそれを私自身が使用するとは思ってもいませんでした。予定外は大嫌いですが、予想外は意外と好きなんです。

私は雲の上でホッピングでもするような足取りで、太陽が照らす明るい街を進みました。とても幸福な気分です。どうすれば良いのでしょう。これほどの幸福に到達してしまった私は……これから先、何を目的として生きて行けば良いのでしょう。そんな考察が脳裏に浮かぶくらいに幸せなのでした。

ふと……背後に視線を感じました。

いつものあれです。

誰かが私を見ている。

しかし私は、今までのヘナチョコ人間ではありません。私は優雅に、美しく、髪の毛が遠心力で靡く様子を計算しながら振り返りました。

「あ……やあ、香取さん」

すぐ後ろに、相葉君が立っていました。片膝に体重を乗せ、視線を少し下げながら。

「あらまあ、相葉君」私は絶妙の角度で首を傾げました。「何か御用ですか？」

「あ、うん」

相葉君は私の話し方や仕草に、幾分の不審感を抱いたようですが、それは仕方がありません。何せ彼が規定している私は、全て過去形なのですから。

「何ですか？」

私は再び促します。

「あのさ……いきなりで申し訳ないんだけど」

瞳を更に下降させ、視線を合わせようとしません。

「何ですか？」

「あ、あの、ちょっと、あの、話があるんだ」

「ですから、何ですか？」

「……あのさ、僕とつき合ってくれない？」

「え？」

「つつ、つき合って欲しいんだ」

俯《うつむ》き加減の相葉君の姿は、中学生時代の彼を想起させます。そう云う意味では、私も彼も表層のみの変化に重点を置く主義のようですね。

「まあ……」とにかく、私は驚いていました。「私と？」

「うん、あの、駄目？」

「でも相葉君には彼女が……」

「彼女？」相葉君は裏返る寸前の声を上げ、困ったように頭を掻きました。「あの……香取さんの云ってる意味が良く解らないけど。えっと、僕には彼女なんていないよ」

「あらまあ、そうでしたの？」私は顔にかかる髪の毛を、軽やかに払いました。「てっきり彼女なのかと。あなたとあの方が一緒にいるのを、学校で良く見受けますので」

「ああ、いや違う違う。あの子は違うんだ」相葉君は急いで弁明しました。「そんなんじゃないよ。こんな事を云うのも何だけどさ、あっちが勝手にくっついてくるだけなんだ。いや、本当に……」

「それでは」私は高貴な振る舞いを維持して尋ねました。「今まで私の後をつけていたのは、相葉君ですのね？」

「えっ？　あ……いや」自分の行為に私が気がついていたとは思っていなかったのでしょう。相葉君は驚いた表情を隠そうともせず、私を見上げました。

「あ、あの」そして自分の露骨な反応に慌て、額の汗を拭います。「いやあの、別に後をつけてたとか、そう云うんじゃないんだよ。だってほら、変態だろうそんなのは。だから、えっと」

「誤魔化さなくても宜しいですよ」私は微笑を浮かべました。「あなたの気持ちは理解しました。好きなのでしたら、最初からそう仰《おつしや》ってくれたら宜しかったのに」

「そっ、それが出来たら苦労しないよ……。僕はそんな、あの、今だって滅茶苦茶心臓ドキドキしてるんだけど」

「そうでしょうね」

「……ねえ、香取さん」相葉君はアスファルトに向けていた顔を私に向けます。硬い表情でした。「それで、つき合ってくれるの？　僕なんかでもオッケー？　それとも、あの……」

「ごめんなさい」

「ああ、やっぱり……」私の返答を受けて、相葉君は青空を眺め、そして街のどこかに焦点を合わせました。「あ、あのさ」しかし慌てた様子で私に向き直ります。「もう尾行とか、そうした変な事は絶対にしないから。だからあの、頼むから、お願いだから考え直して……」

「いいえ、そう云う意味ではありませんの」私は踵を返します。「香取羽美は、確かにあなたの事が好きでした。仮に尾行の犯人があなただと知っても、その感情に変化はなかったでしょう。しかし……もう遅いのです」過去に用はありません。私は歩き出しました。「あなた、私の名前をご存知かしら？　私は……わたくしは、須川綾香ですのよ」

5

研究施設の廊下の奥に設けられた喫煙スペースにある質素なパイプ椅子に、王田と葉山里香は並んで腰かけていた。自動販売機はあるが電源が入っていないし、隅にある植木鉢から生えている観葉植物は、水を摂取出来ずに自分が如何に悲惨な人生を歩んで来たのか第三者に伝達させようとしているくらいに、見事な枯れっぷりだった。まあ関係ない。灰皿があれば良いのだ。王田は机の上に置いてあったアルミの灰皿を引き寄せ、念願の煙草にありついた。

「この施設は長い間使用されてないみたいだね。予言者生成は止めたのかな。それとも……新たな場所でまだやってるのか」王田は煙を吐いた。「それにしても、こんな広い場所を使わないなんて勿体ないなあ。住みたいくらいだよ」

「本当に？」

隣に座る葉山里香が訊いた。ワンピースに付着した血痕が意外にも綺麗。

「冗談だよ」

「良かった」

そう云った葉山里香の表情は……まあ、今更云うのも何だけれど……相変らず変化がなかった。しかし、以前のように視線を一点に固定するような事はせず、王田の瞳に己の瞳を合わせての会話だった。

「……どうしたの？」

だから思わず尋ねた。

「何が？」

「いや別に」煙草を吸って誤魔化した。「あのさ、一つ訊いても良い？」

「何」

「古川美恵子は、どうして君に襲いかかったりしたの？」王田は先刻の事態を脳裏に思い描いた。古川美恵子の娘を蘇生させるとか云うトンデモな話題が出てからの古川美恵子の反応は、明らかに妙だった。「君さ、古川美恵子に襲われる直前に、何か云おうとしてただろ？」

「あなたは知らなくても良いわ」

「了解」王田は素直に引き下がる事にした。これ以上、予言がどうしたなんて馬鹿げた展開は願い下げだったからだ。「僕もこれ以上、この件に深入りするつもりはないよ。ただ……」

「えっ？」

「いや」王田は煙草を銜えて無理に微笑んだ。不信感など、幾らでも拭えるものだ。「君は知らなくても良いよ」

「お互い秘密主義者ね」

葉山里香はぎこちなく微笑んだ。王田は驚いた。

「君、変ったね。どうかした？」

しかし葉山里香は王田の質問には答えず、あなた探偵じゃなかったのねと云い、テーブルに両肘を乗せた。

「君が勝手に誤解していただけだろ？」王田は煙を吐き出した。「僕は自分の職業が探偵だなんて、一言も云ってないけど」

しかし葉山里香は、王田の期待する何らかの反応を一切表さずに、ゆっくりと席から立ち上がった。それから王田を見る。

「王田さん」初めて名前を呼ばれた。「今まで、どうもありがとうございました」そして静かに頭を下げた。

「……え？　あ、ああ」緊急事態だ。思わず煙草を落とすところだったが、大人の力でそれをカバーする。「いや、僕は何も……」

しかし葉山里香は、王田の言葉の続きを聴こうともせずに、廊下の奥に消えてしまった。どうして女ってのは……こうもさっぱりと、そしてぷっつりと切断出来るのだろうか。王田は煙草を灰皿に押しつけながらそんな事を考えた。答えは出ない。無理に笑ってみせる。答えは出ない。煙草の煙は消えている。葉山里香はもういない。

6

「あなたの精神は、自分と他人の混合を避けるための処置として、私達を外に吐き出すと云う作戦を決行したんだよ」

幼い声が下から聞こえる。見下ろせば赤い服を着た例の少女がいる事を知っているので、絶対に下を向いてはいけない。

「でもな、そんなもんで俺達を完全に排出する事なんて出来ねえよ。俺達は、お前の記憶にも入り込んでるんだ」

背後から野太い声が聞こえる。振り返れば下卑た笑いを浮かべている田沢がいる事を知っているので、絶対に振り返ってはいけない。

「だから私達から逃れるのは無理なんだよ。ずっとずっとくっついているの。その脳味噌を体から取らない限り」

左隣から女の声が聞こえる。そちらを向けば藤木がドスドス歩いている事を知っているので、絶対にそちらを向いてはいけない。

私は痛みと恐怖を興奮で掻《か》き消そうと試みたが、やはり上手くは行かなかった。

「右半身は、あんただったんだね」

私は私が食い殺した少女に向けて、何とかそれだけを云った。

「そうだよ」簡単な返答。「私はあれから、ずっとあなたの記憶として生きてきたの」

「お前は、自分が食った人間の記憶を抽出する」私が食い殺した田沢が云った。「抽出って事はよお、取り出したって訳だ」

「取り出したと云う事はさ、私達は死んではいないんだよ」私が食い殺した藤木が云った。「あんたの中で生きているんだ。この意味、解るでしょう？」

「つまりね、私達を消す事は不可能なの」少女の口調は明るい。「さっきも云ったけどさ、あなたの脳味噌に、記憶として生存してるんだからさ」

「うるさい！」私は前だけを見ながら歩き続ける。それ以外の場所に視線を向けてはいけない。どんな苦痛が押し寄せても、どんなに気になっても、絶対に視線の移動を行なってはならないのだ。「私は、私は……」口から血が流れた。体はまだ痛い。意識が遠のいて行きそうなほどの苦痛だ。

山本砂絵は消えちゃうよ。

少女の声が、今度は頭の中で響いた。

くたばれくたばれくたばれ。

田沢と藤木の声も頭の中で。

今度は私達が、あなたを支配する。

あなたなんていらない。

だから、この容器から出て行って。

出て行け。

出て行け。

嫌だっ。

私は抵抗した。止めて。どうして私を……どうして私が。わたしは。わたし？　わたしってなに？

わたしは廊下をまだあるいている。どこにむかっていたのかは忘れてしまった。いや、目的なんてあったっけ？　それすらもおぼえていないけど。

他人の記憶が、どんどん、わたしを、覆って、私は、どんどん、薄くなって、なんだか、もう、誰がわたしで、私がだれかなのか、そういうことはもうぜんぜんくべつとかかんけいなくって。

あ、お母さんだ。

お母さんがいる。

右半身……少女が嬉しそうに云った。

お母さん？

何を云っている。古川美恵子は、自分の夫……倉坂先生を殺して逃亡中じゃないか。それなのに、どうしてこんなところにいなくてはならないんだ。ほら良く見ろ。あれは古川美恵子じゃない。須川さん、須川綾香さんだ。私は須川さんが通路を横切り、帰り道のエレベータに向かっている様子を見ながら、右半身にそれを伝えた。

しかし右半身は、私の言葉になど耳を貸さず、お母さんお母さんと言葉を続ける。だけど右半身の声が第三者に通じる筈もなく、須川さんは私に気づかずに過ぎ去った。そう云えば、どうして須川さんがここにいるのだろうか。赤い染みが付着しているワンピースを着た須川さんの後ろ姿を眺めながら、そんな考察を行なったが、しかしそんな事は解る筈がない。

お母さん。

お母さん。

右半身は、まだそんな言葉を放っている。

私は痛みを体内に巣食う痛みを完全に無視して須川さんの背後に駆け寄ると、飛びかかった。

何が起きたのか解らないと云った表情の須川さん。

私だって解らない。

何故このような行為に及んだのか、目的が不明だ。

食欲を満たすため？　右半身の願望？　私の奪回？　多分……全部違う。そして多分……全部正解。しかしこれは意志ではない。私の意志では……わたし？　わたしって？　だってこれは右半身の記憶で、私の、わたしの、記憶。私が消える？　追い出される？　嫌だ……。あ、でも、消えちゃうんなら、取り込めば良いんだし。私自身を食べれば、それで……。

お母さんお母さん。

お母さんお母さん。

私は須川さんの首筋に嚙みついた。

10

Lastday

終章

1

大抵の物語には、『結末』と云う名の微妙な展開、或いは扇情《せんじょう》的で安っぽい幸福が用意されているが、しかし現実問題となるとそうは行かない。ある人間の生活の一部分をカットしたものと人生全てを比較すれば、比重の違いは明らかだ。

そして……中村の日常は、だらだらと続いていた。

時刻は午後一時。コンビニ弁当を食べ終えた中村は、睡魔と戦いながら机に突っ伏していた。どうやら暖かな陽射しと云うものには、総じて睡眠薬が紛れ込んでいるらしい。

まどろむ視界で教室を見渡す。

石渡の席は空いていた。彼は田沢の死に遭遇して以来、未だに登校していない。よほどの衝撃を受けたのだろう。無理もない。親友が爆死した姿を見せられたら、誰だって凹むに決まっている。ならば何故、中村は平気なのかと云うと、それは彼に親友など存在しないからだ。

孤独な中村は、今度は黒板の下で展開されているささやかな戦争を眺めた。

チョークの粉末がこれでもかと云うほど付着した黒板消しを両手に持った桜江が、それで秋川の顔面を殴っていた。殴られるたびに秋川の顔が白くなって行く。顔の中央部分だけが嫌に赤いのは、恐らく鼻血のせいだろう。秋川を取り囲むようにしてその様子を観察している連中は、愉快な笑いを浮かべていた。

須川綾香としての精神を所持した香取羽美は、一歩離れた場所でその様子を眺めていた。口元に上品な微笑を湛えながら。

……凄いもんだ。

完璧になり切っている。

確かに彼女は香取羽美以外の何物でもない。しかしそれは外見や社会的な位置と云う地理的で物理的な問題であり、内面に関するものではない。そして……以上の要素では、彼女の精神や思考に影響を及ぼすのは不可能。

須川綾香を取り込んだ香取羽美は無敵なのだ。

だが香取羽美が守護すべき人物……古川千鶴は、学校を休んだままだ。理由は知らないが、恐らく石渡と同じ精神的なものだろう。しかし誰の精神にも回復の機能は備わっているので、その後の展開は容易だ。

だが、展開の読めない事態が一つある。

鏡稜子だ。

あの直後、鏡稜子は姿を消した。

あれから五日が経過した今日……七月二十日になっても、消息は依然不明のまま。地元の警察、そして極秘裏に動いている中村の上司達も、鏡稜子を発見していない。完璧に行方をくらました。

自殺なんかではないだろう。鏡稜子が自殺するとは思えない。強い弱いは別としても、自殺を行う人格ではないと中村は思っていた。恐らくどこかで身を潜め、反撃のチャンスを窺っているに違いない。いつもの冷たい目を光らせて。……そうだ、そんな理性的な獣の方が似合っているし、またそうである確率の方が自殺よりも高い。

鏡稜子を逃がしたのは痛手だった。恐らく今の二年B組の中には、もう予言者は存在していないだろう。鏡稜子の予言が完璧ではないとは云え、それでも大きな捕り逃しだ。代償は大きい筈。自分の命かも知れない。いや、命で済めば良いくらいだけど。

……下っ端だからね。

そうだ。自分はしょせん下の人間。教室《ここ》でどれだけ威張り、どれだけ権力を揮っても、一歩外に出れば、ただのパーツになり下がる。使われるだけの人間、隷属するだけの存在。

「畜生」

小声で呟いた。

島田の顔を思い出す。気の弱そうな表情。卑屈な物腰。苛立たしい態度。その全てが、自分を騙して使うための演技だったのか。餌だったのか。餌？

そう……餌だ。自分が雑魚を欲しているのを、島田は知っていた。だからわざと……意図的な、自分は島田にまで使われて……。

「ちくしょう！」

大声で叫んだ。

教室中が静かになる。

中村は勢い良く立ち上がると、ぶっ倒れている秋川の元まで大股で歩いた。秋川を囲む連中が慌ててスペースを空ける。

芸者みたいに真っ白な顔になった秋川を見下ろした。チョークの粉は髪の毛にもセーラー服の襟にもついている。鼻から流れた一筋の血だけが赤い。バカ殿様みたいな顔をしやがって。

「あ、あ……ああ」

秋川は脅えた視線で中村を見上げている。恐怖のためか、手足が震えているようだ。

中村は容赦のない蹴りを、秋川の顔面にめり込ませた。

秋川の尻が一瞬だけ浮き上がる。

そして……。

そのまま壁に叩きつけられた。

伸びた秋川の口内から、血と涎が混じったものが零れた。

教室の沈黙は続く。

「美しいですわ……。青威さん」

香取羽美が愉快そうに云った。

2

王田はレンタカーを家の前に停めた。

エンジンをかけたまま外に出る。真昼の蒸し暑さが彼を覆ったが、それでも背筋の寒さが消える事はなかった。

煙草に火を点ける。

大きく吸い込み、静かに吐いた。

煙は緩やかに拡散しながら天に昇って行く。

不思議と緊張はしていなかった。

だがそれは幾多の修羅場を掻い潜った事による強《きょう》靭《じん》な精神とは大きくかけ離れた、それどころか対極に位置するものとも云える感情が、緊張よりも大きく作用していたからである。

それは……諦め。

しかし、最初から何もかもを放棄するほど、王田は諦めの良い人間ではない。その証拠として、手には銃を握り締めている。袖が綻びた安物スーツの内側には高級防弾チョッキ。

王田は煙草を銜えたまま玄関へ通じる砂利道を歩いた。それは距離に換算すれば十メートルにも満たないものだったが、酷く長く感じた。そう感じてしまう精神状態だった。

玄関に到着すると、煙草を吐き捨て、家を見上げる。茶色い壁。大きな窓。極めて普通の平屋だ。しかし外観など、どうにでも見せられる。

問題は内側なのだから。

王田はドアノブを捻った。鍵はかかっていない。それは意外とも、想像通りとも云えなかった。どちらの展開もありえたからだ。

ドアを開け、中に入った。

すぐさま銃を構える。

しかし予期していた銃撃戦は起こらない。誰もいなかった。なめられているのか。

そのまま土足で上がりこむ。ガラスの引き戸を開けた。そして躊躇せず、茶の間に通じるドアを開けた。

誰もいない。

どうする？　どうする？　次はどんな行動を起こせば良い？

左手側に台所。右手側は無人の茶の間。正面にあるドアは閉められてる。

王田は体を茶の間に滑り込ませた。ソファの裏に体を隠す。こんなところに隠れても、きっと意味はない。間違いなく無駄に終る。そう思えば思うほど、已の行動が滑稽に思えて仕方がなかった。だが仕方がない。それからソファを回り込み、茶の間の中央に置かれた大きなテーブルを迂回するようにして、台所を注視しながら閉ざされたドアに接近した。

ノブに手をかけ、一気に開けた。

前方に目標を発見。

目標は黙って王田を見つめている。動こうともせずに。

好都合だ。王田は引き金に力を……。

脚に衝撃。

二発撃たれた。

……どこから？

思わず膝をついたが、目標はまだ攻撃範囲内に捕捉してある。

最初から期待していなかったが、話し合いと云う平和的解決は望めないらしい。こいつは聖徳太子の憲法十七条を知らないのか。死ね。

しかし王田が発砲する前に、その手を撃たれてしまった。

銃が弾き飛ばされ、王田はフローリングの床に倒れた。手と脚からは、泣きたくなるくらいの出血が見られた。このままでは死なないけれど、しかしこの場で反撃出来なければ、結局は死に繋がる。

「どうせ撃つならさ……脚とかじゃなくて体を撃って欲しかったよ」王田は苦痛を忘却させるために呟いた。「せっかく高い防弾チョッキ買ったのに」

「それだけじゃないだろう？」部屋の横から声が聞こえた。横から？　一体何者だ。「スーツの中には、幾つも手榴弾が入っているね」声の主は王田に接近する。それはゴボウみたいに面長の男だった。「そのアイディアってさ、まさか『レオン』から戴いた？」

「自己流」

「そりゃ凄いね。だけど、僕達には通じないよ。解っていたんだろう？　そんな事は」

「お前は誰だ……」

歯を食い縛り、その人物を見上げる。

「この顔に見覚えないかな？」ゴボウ面《づら》はそう云うと、自分の長い顔を王田に接近させた。「あなた最近、テレビ観てるかい？」

「……有川高次？」

思い出す。

例の豊平区のバラバラ事件。

その被害者。

特徴的な面長の顔だったので、記憶していた。

どうしてこの場で……こいつが出て来るんだ。

そしてどうして生きている。確か山本砂絵に食べられた筈では……。


「そんな狐に包まれたような顔しなくても良いじゃんか」有川は口元だけで笑いながら、古川千鶴に視線を向けた。「君もそう思うでしょ？　千鶴ちゃん」

「狐につままれる、だよ」

鏡台の前に立つ古川千鶴は、いつの間にか白いカーテンの隙間から見える外の風景を眺めていた。窓から入り込む陽射しが、その背後にある大きな鏡に反射して眩しい。寂しそうな癖にどこか打算的な瞳が、こちらに向けられていた。

「事態が全く解らないけど……」王田は呻きながら、千鶴に向けて言葉を放った。「だけど、事件の黒幕が僕の予想通りで本当に嬉しいよ」

「って……王田さん、黒幕なんて止めてくれないか。千鶴ちゃんに失礼だよ」有川は千鶴の横にある椅子に座る。その向こうには整頓された学習机があった。「だってさ、全部は島田君の自殺が引き起こしたものなんだろう？」

「確かにそうだ」王田は頷く。汗が目に入った。

「でもそれは……古川千鶴が、そうするように仕向けたからだ」

「へえ」

「島田司は古川千鶴を助けるために自殺した」

「そうだね」有川は大袈裟に肩を竦めた。「何だ、ちゃんと解ってるじゃないか。見直したよ」

「もし古川千鶴が、それを知っていたとすれば？」

そこで言葉を切って古川千鶴を観察したが、しかし表情に変化はない。「……つまりだ。あんた……古川千鶴はわざと苛めを受けた。そうすれば、それを助けるために島田司が行動を起こす事を、事前に予知していたからだ」

ああくそ、またしても予言者の登場だ。王田は自分自身の言葉に腹が立った。

「いやはや、想像逞《たくま》しいね」有川は下を向いて笑っている。「でもまあ、正解なんだけどさ」

「私は、一番上に位置しているんだよ」古川千鶴は一歩前に出ると、王田を見下ろした。「あの連中が私を生成した理由も、島田君の私に対する感情も、彼の死が引き起こす結果も、そして最後にあなたが私の家にやって来る事も、私は全部知っている」

「無敵じゃないか」王田はすぐに云った。「そんなの、誰も勝てやしないぞ」

「その通り」古川千鶴は簡単に頷いた。「誰も私に勝つことは出来ない」

「大した自信だな」

「ねえ王田さん」有川が長い顔を傾げた。「どうして千鶴ちゃんが予言者なのかを確認しようなんて思ったんだい？　死を覚悟してまでさ。ただ知りたかっただけ……なんて、昔の探偵みたいな事は云わないでよ」

「あんまり云いたくないな。趣味を疑われそうだ」

「構わないよ。僕だってコスプレが趣味だし。あ、ウミちゃんと青威ちゃんは元気？　ちゃんと日常生活を送れてる？」

「葉山里香の仇《かたき》なんでしょう？」千鶴は室内にある

箪笥やら本棚やらを眺めていた。まるで王田の姿など眼中にないとでも云うように。「山本砂絵が葉山里香を食い殺す事も、私の計画の一部と云う事が解ったから、だからあなたは、私を殺しに来た」

その通りだ。

一服を終え研究所から出ようとした王田は、山本砂絵に首を噛み切られた葉山里香を発見したのだ。ワンピースの紫色は、赤に変わっていた。

王田は急いで山本砂絵の背中を引っ張った。それは一切の抵抗を示さずに剝がれた。

山本砂絵は、自分の口内に自分の腕を突っ込んだまま、絶命していた。

まるで、自分自身を取り込もうとしているように。

だがそんなものはどうでも良い。王田は葉山里香の状態を観察した。しかし既に手遅れだった。首の半分以上が抉《えぐ》られており、体を起こそうとすると、首が千切れた。

葉山里香は……死んだ。

「へえ、あんな年下が趣味なんだ」有川が茶化した。「駄目だよ。興味は同年代に留めなくちゃあ」

「そんなんじゃない……」

王田は無傷の方の手で首の汗を拭った。体が痛い。だけど意識は遠のいて行く一方だ。

「ま、別に何だって良いけどね。あなたの感情なんて、この物語に何の影響も及ぼさないんだしさ」

「ふん、いきなり出て来た癖に随分と酷い事を云うじゃないか。お前、どうして生きてるんだ？　山本砂絵に食われたんだろう？」

「王田さん、あなたサムライトルーパーって知ってる？」

有川が突然云った。

「……は？」

「少女達のやおい魂に火を点けた作品だよ」有川は構わず続ける。「僕はその中に出てくる伊達征士が好きなんだ。知ってる？　光輪のセイジ」

「何を云ってるんだ……」

「その伊達征士ってのはね、緑色の鎧を装着して戦うんだ。コスプレパーティで僕が扮装していたのは、その伊達征士」

「だからそれが……」

「だけど山本砂絵が殺害した男は、サムライトルーパーの主人公、真田遼のコスプレをしていた。烈火のリョウだよ。烈火って事は、火だよね。火……そして大概の主人公キャラってのは、常に赤いコスチュームを纏う。それくらいは知ってるでしょ？　アカレンジャーとかね。そして例外に洩れず、真田遼の鎧も赤だ。決して緑色なんかではない。つまり僕は殺されてなんかいない。皆が勝手に勘違いしただけさ。勿論……意図的だけどね」

　こいつは何を云っているのだろう。王田には意味が解らなかった。理解不能だった。

「お前達は、一体……何を望んでいる」だから質問を変えた。「周囲の人間を壊して、何を得ようとしたんだ」

「今回の僕は、千鶴ちゃんに使われただけだ」有川が答えた。「僕は……残念ながら詳しい事は云えないんだけど……今回の事件とは違う事件に介入している人間だ。だから本来なら登場しなくても良かった。だけど山本砂絵がタイミング良く人を殺す事を千鶴ちゃんから聞いたもんだからさ、便乗させて貰ったんだ。悪事をするには、周囲に死んだと認識されている方が何かと便利だからね。ま、恨むんなら山本砂絵を恨んでくれ」

「どうして古川千鶴とつるんでいるんだ」

「質問が多いなあ」

「別に、つるんではいないよ」古川千鶴は王田を見下ろしたまま答えた。「私が雇ったの。この人を幽霊にしてあげた見返りとして、山本砂絵を警察の手から逃すのと、鏡さんに情報を提供するのと、それとあなたの始末を手伝って貰ったの」

「始末……」

「幾ら私が予言者でも、あなたとまともに戦ったら負けてしまうから」

「過大評価だね」王田は無理に微笑んだ。「僕は女の子には弱いんだ」

「ええ」古川千鶴は、僅かに微笑んだ。「知ってるよ」

「あっそ」

「さあ、もう良いだろう。さよなら、王田さん」有川は椅子から腰を浮かせると王田の前に立ち、照準を頭に合わせた。「殺される寸前にさ、天国で二人仲良くね……とか云われたら、嬉しい？」

「おい待て……まだ古川千鶴の動機を聞いてない」王田は急いで云った。こんな半端で死ぬ訳には行かない。「何のために」王田は古川千鶴を睨んだ。「何のために、こんな事を仕組んだんだ？　倉坂祐介を殺害した古川美恵子を殺すためか？　それとも自分の妹を食った山本砂絵を……」

古川千鶴は微笑んだ。


とても、幸福そうに。

瞳に浮かぶ打算的な色は消えていた。

寂しさも消えていた。

あるのは一つの意志だけ。

意志？

一つ？

……ああ。

王田は確信する。

彼女は、満たされたから。

違う、満たされたかった。

だからこんな事を？

それだけのために？

それだけって……何が？

有川が引き金を引いた。

衝撃。

生命が終了する瞬間、王田は鏡台の上に一枚の写真が立てかけてあるのに気がついた。

それは家族写真のようだ。

どこかの川辺。赤い服を着た小さな子供と中学生くらいの少女が並んでいる。その背後には仲の良さそうな夫婦。母親らしき人物は、赤い服の子供の肩に手を乗せていた。父親らしき人物は、優しそうな表情で、妻のその手を眺めていた。

そして、赤い服を着た子供の顔が映っている部分は、真っ黒に焦がされている。

N.D.C.913　400p　18cm

エナメルを塗《ぬ》った魂《たましい》の比重《ひじゅう》　鏡稜子《かがみりょうこ》ときせかえ密室《みっしつ》

二〇〇一年十二月五日　第一刷発行

KODANSHA NOVELS

定価はカバーに表示してあります

著者―佐《さ》藤《とう》友《ゆう》哉《や》

© Yūya Sato 2001 Printed in Japan

発行者―野間佐和子
発行所―株式会社講談社
東京都文京区音羽二-一二-二一
郵便番号一一二-八〇〇一
編集部〇三-五三九五-三五〇六
販売部〇三-五三九五-五八一七
業務部〇三-五三九五-三六一五
印刷所―株式会社精興社　製本所―株式会社千曲堂

落丁本・乱丁本は小社書籍業務部あてにお送りください。送料小社負担にてお取替え致します。

なお、この本についてのお問い合わせは文芸図書第三出版部あてにお願い致します。

本書の無断複写（コピー）は著作権法上での例外を除き、禁じられています。


ISBN4-06-182210-1（文三）

KODANSHA NOVELS 講談社ノベルス

ハードボイルド中編集
死ぬより簡単 大沢在昌

ノンストップ・エンターテインメント
走らなあかん、夜明けまで 大沢在昌

大沢ハードボイルドの到達点
雪蛍 大沢在昌

ノンストップ・エンターテインメント
涙はふくな、凍るまで 大沢在昌

書下ろし長編推理
刑事失格 太田忠司

新社会派ハードボイルド
Jの少女たち 太田忠司

書下ろしアドヴェンチャラスホラー
新宿少年探偵団 太田忠司

新宿少年探偵団シリーズ第2弾
怪人大鴉博士 太田忠司

新宿少年探偵団シリーズ第3弾
摩天楼の悪夢 太田忠司

新宿少年探偵団シリーズ第4弾
紅天蛾(べにすずめ) 太田忠司

新宿少年探偵団シリーズ第5弾
鴇色の仮面 太田忠司

新宿少年探偵団シリーズ第6弾
まぼろし曲馬団 太田忠司

書下ろし山岳渓流推理
南アルプス殺人峡谷 太田蘭三

書下ろし山岳渓流推理
木曽駒に幽霊茸を見た 太田蘭三

書下ろし山岳渓流推理
殺意の朝日連峰 太田蘭三

書下ろし山岳渓流推理
寝姿山の告発 太田蘭三

書下ろし山岳渓流推理
謀殺水脈 太田蘭三

書下ろし山岳渓流推理
密殺源流 太田蘭三

書下ろし山岳渓流推理
殺人雪稜 太田蘭三

書下ろし山岳渓流推理
失跡渓谷 太田蘭三

書下ろし山岳渓流推理
仮面の殺意 太田蘭三

書下ろし山岳渓流推理
被害者の刻印 太田蘭三

書下ろし山岳渓流推理
遭難渓流 太田蘭三

書下ろし山岳渓流推理
遍路殺《ころ》がし 太田蘭三

あの「サイコ」×「講談社ノベルス」!
多重人格探偵サイコ 雨宮一彦の帰還 大塚英志

書下ろし新本格推理
霧の町の殺人 奥田哲也

書下ろし新本格推理
三重殺 奥田哲也

書下ろし新本格推理
絵の中の殺人 奥田哲也

戦慄と衝撃のミステリ
冥王の花嫁 奥田哲也

異色長編推理
灰色の仮面 折原 一

本格中国警察小説 上海《シャンハイ》デスライン 柏木《かしわぎ》智光《ちこう》
渾身のハードバイオレンス 15年目の処刑 勝目 梓
長編凄絶バイオレンス 処刑 勝目 梓
男の復讐譚 鬼畜 勝目 梓
不死身の竜は、誰に、なぜ、いかにして刺殺された!? 殺竜事件 a case of dragonslayer 上遠野《かどの》浩平《こうへい》
上遠野浩平×金子一馬 待望の新作! 紫骸城事件 inside the apocalypse castle 上遠野浩平
書下ろしハードバイオレンス&エロス 無垢の狂気を喚び起こせ 神崎京介
書下ろし新感覚ハードバイオレンス 0《ゼロ》と1の叫び 神崎京介
書下ろしスーパー伝奇バイオレンス 妖戦地帯1 淫鬼篇 菊地秀行
スーパー伝奇バイオレンス 妖戦地帯2 淫囚篇 菊地秀行

長編超伝奇バイオレンス 妖戦地帯3 淫闘篇 菊地秀行
本格ホラー作品集 怪奇城 菊地秀行
ハイパー伝奇バイオレンス キラーネーム 菊地秀行
スーパー伝奇エロス 淫蕩師1 鬼華情炎篇 菊地秀行
スーパー伝奇エロス 淫蕩師2 呪歓淫形篇 菊地秀行
書下ろしハイパー伝奇アクション インフェルノ・ロード 菊地秀行
ハイパー伝奇バイオレンス ブルー・マン 神を食った男 菊地秀行
ハイパー伝奇バイオレンス ブルー・マン2 邪神聖宴 菊地秀行
ハイパー伝奇バイオレンス ブルー・マン3 闇の旅人〔上〕 菊地秀行
ハイパー伝奇バイオレンス ブルー・マン4 闇の旅人〔下〕 菊地秀行

ハイパー伝奇バイオレンス ブルー・マン5 鬼花人 菊地秀行
珠玉のホラー短編集 ラブ・クライム 菊地秀行
書下ろし伝奇アクション 魔界医師メフィスト 黄泉姫 菊地秀行
書下ろし伝奇アクション 魔界医師メフィスト 影斬士 菊地秀行
書下ろし伝奇アクション 魔界医師メフィスト 海妖美姫 菊地秀行
書下ろし伝奇アクション 魔界医師メフィスト 夢盗人 菊地秀行
書下ろし伝奇アクション 魔界医師メフィスト 怪屋敷 菊地秀行
異色短篇集 懐かしいあなたへ 菊地秀行
極上の北村魔術 盤上の敵 北村 薫
ミステリ・ルネッサンス 姑獲鳥の夏(うぶめのなつ) 京極夏彦

KODANSHA NOVELS 講談社ノベルス

KODANSHA NOVELS 講談社ノベルス

超絶のミステリ
魍魎の匣（もうりょうのはこ） 京極夏彦

本格小説
狂骨の夢 京極夏彦

小説
鉄鼠の檻 京極夏彦

小説
絡新婦の理 京極夏彦

小説
塗仏の宴 宴の支度 京極夏彦

小説
塗仏の宴 宴の始末 京極夏彦

妖怪小説
百鬼夜行――陰 京極夏彦

探偵小説
百器徒然袋――雨 京極夏彦

冒険小説
今昔続百鬼――雲 京極夏彦

第12回メフィスト賞受賞作!!
ドッペルゲンガー宮《きゅう》《あかずの扉》研究会 流氷館へ 霧舎《きりしゃ》 巧《たくみ》

霧舎巧版〝獄門島〟出現！
カレイドスコープ島《あかずの扉》研究会 竹取島へ 霧舎 巧

乱れ飛ぶダイイング・メッセージ！
ラグナロク洞《あかずの扉》研究会 影郎沼へ 霧舎 巧

Whodunitに正面から挑んだ傑作！
マリオネット園《ランド》《あかずの扉》研究会 首吊塔へ 霧舎 巧

明治を探険する長編推理小説
十二階の柩 楠木誠一郎

書下ろし歴史ミステリー
帝国の霊柩 楠木誠一郎

ミステリ＋ホラー＋幻想
迷宮 Labyrinth 倉阪鬼一郎

妙なる狂気の調べ
四重奏 Quartet 倉阪鬼一郎

本格の快作！
星降り山荘の殺人 倉知 淳

長編デジタルミステリー
仮面舞踏会 伊集院大介の帰還 栗本 薫

長編ミステリー
魔女のソナタ 伊集院大介の洞察 栗本 薫

長編推理
怒りをこめてふりかえれ 栗本 薫

伊集院大介シリーズ
新・天狼星ヴァンパイア㊤ 恐怖の章 栗本 薫

伊集院大介シリーズ
新・天狼星ヴァンパイア㊦ 異形の章 栗本 薫

書下ろし本格推理巨編
柩の花嫁 聖なる血の城 黒崎 緑

第16回メフィスト賞受賞作
ウェディング・ドレス 黒田研二

トリックの魔術師 デビュー第2弾
ペルソナ探偵 黒田研二

トリック至上主義宣言！
硝子細工のマトリョーシカ 黒田研二

第17回メフィスト賞受賞作
火蛾 古泉迦十《こいずみかじゅう》

第14回メフィスト賞受賞作
UNKNOWN《アンノウン》 古処誠二《こどころせいじ》

心ふるえる本格推理
少年たちの密室 古処誠二

こんな本格推理を待っていた!
未完成 古処誠二

本格推理
ネヌウェンラーの密室 小森健太朗

書下ろし歴史本格推理
神の子の密室 小森健太朗

コリン・ウィルソンの思想の集大成
スパイダー・ワールド 賢者の塔 著 コリン・ウィルソン 訳 小森健太朗

死蜘蛛との闘いに、いよいよ決着が!
スパイダー・ワールド 神秘のデルタ 著 コリン・ウィルソン 訳 小森健太朗

書下ろし〈超能力者〉シリーズ
裏切りの追跡者 今野 敏

書下ろし〈超能力者〉シリーズ
怒りの超人戦線 今野 敏

エンターテインメント巨編
蓬莱 今野 敏

ノベルスの面白さの原点がここにある!
ST 警視庁科学特捜班 今野 敏

面白い! これぞノベルス!!
ST 警視庁科学特捜班 毒物殺人 今野 敏

ミステリー界最強の捜査集団
ST 警視庁科学特捜班 黒いモスクワ 今野 敏

〝G〟世代直撃!
宇宙海兵隊ギガース 今野 敏

長編本格推理
横浜ランドマークタワーの殺人 斎藤 栄

ドライバー探偵夜明日出夫の事件簿
一方通行 笹沢左保

メフィスト賞! 戦慄の二十歳、デビュー!
フリッカー式 鏡公彦にうってつけの殺人 佐藤友哉

戦慄の〝鏡家サーガ〟!
エナメルを塗った魂の比重 佐藤友哉

純粋ミステリの結晶体
蝶たちの迷宮 篠田秀幸

建築探偵桜井京介の事件簿
未明の家 篠田真由美

建築探偵桜井京介の事件簿
玄い女神(くろいめがみ) 篠田真由美

建築探偵桜井京介の事件簿
翡翠《ひすい》の城 篠田真由美

建築探偵桜井京介の事件簿
灰色の砦 篠田真由美

建築探偵桜井京介の事件簿
原罪の庭 篠田真由美

建築探偵桜井京介の事件簿
美貌の帳 篠田真由美

建築探偵桜井京介の事件簿
桜 闇 篠田真由美

建築探偵桜井京介の事件簿
仮面の島 篠田真由美

蒼の四つの冒険
センティメンタル・ブルー 篠田真由美

建築探偵桜井京介の事件簿
月蝕の窓 篠田真由美

書下ろし怪奇ミステリー
斜め屋敷の犯罪 島田荘司

書下ろし時刻表ミステリー
死体が飲んだ水 島田荘司

長編本格推理
占星術殺人事件 島田荘司

KODANSHA NOVELS 講談社ノベルス

KODANSHA NOVELS 講談社ノベルス

都会派スリラー
殺人ダイヤルを捜せ 島田荘司

長編本格推理
火刑都市 島田荘司

長編本格ミステリー
網走発遥かなり 島田荘司

四つの不可能犯罪
御手洗潔の挨拶 島田荘司

長編本格推理
異邦の騎士 島田荘司

異色中編推理
御手洗潔のダンス 島田荘司

異色の本格ミステリー巨編
暗闇坂の人喰いの木 島田荘司

御手洗潔シリーズの金字塔
水晶のピラミッド 島田荘司

新〝占星術殺人事件〟
眩暈（めまい） 島田荘司

御手洗潔シリーズの輝かしい頂点
アトポス 島田荘司

多彩な四つの奇蹟
御手洗潔のメロディ 島田荘司

御手洗潔の幼年時代
Pの密室 島田荘司

御手洗潔の奇蹟
最後のディナー 島田荘司

第13回メフィスト賞受賞作
ハサミ男 殊能将之《しゅのうまさゆき》

2000年本格ミステリの最高峰！
美濃牛 殊能将之

本格ミステリ新時代の幕開け
黒い仏 殊能将之

本格ミステリの精華
鏡の中は日曜日 殊能将之

メフィスト賞受賞作
血塗られた神話 新堂冬樹

The Dark Underworld
闇の貴族 新堂冬樹

血も凍る、狂気の崩壊
ろくでなし 新堂冬樹

前代未聞の大怪作登場!!
コズミック 世紀末探偵神話 清涼院流水

メタミステリ、衝撃の第二弾！
ジョーカー 旧約探偵神話 清涼院流水

革命的野心作
19ボックス 新みすてり創世記 清涼院流水

JDCシリーズ第三弾登場
カーニバル・イヴ 人類最大の事件 清涼院流水

清涼院流水史上最高最長最大傑作！
カーニバル 人類最後の事件 清涼院流水

執筆二年、極限流水節一〇〇〇ページ！
カーニバル・デイ 新人類の記念日 清涼院流水

あの「流水」がついにカムバック！
秘密屋 赤 清涼院流水

新世紀初にして最高の「流水大説」！
秘密屋 白 清涼院流水

メフィスト賞受賞作
六枚のとんかつ 蘇部健一

本格のエッセンスに溢れる傑作集
長野・上越新幹線四時間三十分の壁 蘇部健一

KODANSHA NOVELS 講談社ノベルス

一目瞭然の本格ミステリ
動かぬ証拠　蘇部健一

第11回メフィスト賞受賞作!!
銀の檻を溶かして　薬屋探偵妖綺談　高里椎奈

ミステリー・フロンティア
黄色い目をした猫の幸せ　薬屋探偵妖綺談　高里椎奈

ミステリー・フロンティア
悪魔と詐欺師　薬屋探偵妖綺談　高里椎奈

ミステリー・フロンティア
金糸雀が啼く夜　薬屋探偵妖綺談　高里椎奈

ミステリー・フロンティア
緑陰の雨　灼けた月　薬屋探偵妖綺談　高里椎奈

ミステリー・フロンティア
白兎が歌った蜃気楼　薬屋探偵妖綺談　高里椎奈

ミステリー・フロンティア
本当は知らない　薬屋探偵妖綺談　高里椎奈

書下ろしスペースロマン
女王様の紅い翼　高瀬彼方《かなた》

書下ろし宇宙戦記
戦場の女神たち　高瀬彼方

書下ろし宇宙戦記
魔女たちの邂逅　高瀬彼方

平成新軍談
天魔の羅刹兵　一の巻　高瀬彼方

平成新軍談
天魔の羅刹兵　二の巻　高瀬彼方

第9回メフィスト賞受賞作!
QED　百人一首の呪　高田崇史《たかふみ》

書下ろし本格推理
QED　六歌仙の暗号　高田崇史

書下ろし本格推理
QED　ベイカー街の問題　高田崇史

書下ろし本格推理
QED　東照宮の怨　高田崇史

論理パズルシリーズ開幕!
試験に出るパズル　千葉千波の事件日記　高田崇史

乱歩賞SPECIAL　明治新政府の大トリック
倫敦暗殺塔　高橋克彦

怪奇ミステリー館
悪魔のトリル　高橋克彦

長編本格推理
歌麿殺贋事件　高橋克彦

書下ろし歴史ホラー推理
蒼夜叉　高橋克彦

空前のスケール超伝奇SFの金字塔
総門谷　高橋克彦

超伝奇SF
総門谷R　阿黒編　高橋克彦

超伝奇SF・新シリーズ第二部
総門谷R　鵺篇　高橋克彦

超伝奇SF・新シリーズ第三部
総門谷R　小町変妖篇　高橋克彦

長編伝奇SF
星封陣　高橋克彦

書下ろし超古代ファンタジー
神宝聖堂の王国　竹河　聖

書下ろし超古代ファンタジー
神宝聖堂の危機　竹河　聖

超古代神ファンタジー
海竜神の使者　竹河　聖

KODANSHA NOVELS 講談社ノベルス

長編本格推理 匣の中の失楽 竹本健治
奇々怪々の超ミステリ ウロボロスの偽書 竹本健治
『偽書』に続く迷宮譚 ウロボロスの基礎論 竹本健治
京極夏彦「妖怪シリーズ」のサブテキスト 百鬼解読──妖怪の正体とは? 多田克己
異形本格推理 鬼の探偵小説 田中啓文
書下ろし長編伝奇 創竜伝1〈超能力四兄弟〉 田中芳樹
書下ろし長編伝奇 創竜伝2〈摩天楼の四兄弟〉 田中芳樹
書下ろし長編伝奇 創竜伝3〈逆襲の四兄弟〉 田中芳樹
書下ろし長編伝奇 創竜伝4〈四兄弟脱出行〉 田中芳樹
書下ろし長編伝奇 創竜伝5〈蜃気楼都市〉 田中芳樹

書下ろし長編伝奇 創竜伝6〈染血の夢〉 田中芳樹
書下ろし長編伝奇 創竜伝7〈黄土のドラゴン〉 田中芳樹
書下ろし長編伝奇 創竜伝8〈仙境のドラゴン〉 田中芳樹
書下ろし長編伝奇 創竜伝9〈妖世紀のドラゴン〉 田中芳樹
書下ろし長編伝奇 創竜伝10〈大英帝国最後の日〉 田中芳樹
書下ろし長編伝奇 創竜伝11〈銀月王伝奇〉 田中芳樹
書下ろし長編伝奇 創竜伝12〈竜王風雲録〉 田中芳樹
驚天動地のホラー警察小説 東京ナイトメア 薬師寺涼子の怪奇事件簿 田中芳樹
書下ろし短編をプラスして待望のノベルス化! 摩天楼 薬師寺涼子の怪奇事件簿 田中芳樹
異世界ファンタジー 西風の戦記《ゼピュロシア・サーガ》 田中芳樹

長編ゴシック・ホラー 夏の魔術 田中芳樹
長編サスペンス・ホラー 窓辺には夜の歌 田中芳樹
長編ゴシック・ホラー 白い迷宮 田中芳樹
妖艶怪奇な新本格推理 からくり人形は五度笑う 司《つかさ》 凍季《とき》
哀切きわまるミステリー世界 さかさ髑髏《どくろ》は三度《みたび》唄う 司 凍季
名探偵・一尺屋遙シリーズ 湯布院の奇妙な下宿屋 司 凍季
名探偵・一尺屋遙シリーズ 学園街の〈幽霊《ゴースト》〉殺人事件 司 凍季
ロマン本格ミステリー! アリア系銀河鉄道 三月宇佐見のお茶の会 柄刀《つかとう》 一《はじめ》
書下ろし長編ミステリー 怪盗フラクタル最初の挨拶 辻 真先
書下ろし本格ミステリー 不思議町惨丁目 辻 真先

- 冥界を舞台とするアップセット・ミステリー
  デッド・ディテクティブ 辻 真先
- ウルトラ・ミステリ
  A先生の名推理 津島誠司
- メフィスト賞受賞作
  歪んだ創世記 積木鏡介
- まばゆき狂気の結晶
  魔物どもの聖餐(ミサ) 積木鏡介
- ダークサイドにようこそ
  誰かの見た悪夢 積木鏡介
- 書下ろし鉄壁のアリバイ&密室トリック
  能登の密室 金沢発15時54分の死者 津村秀介
- 書下ろし鉄壁のアリバイ崩し
  海峡の暗証 函館着4時24分の死者 津村秀介
- 書下ろし圧巻のトリック!
  飛騨の陥穽 高山発11時19分の死者 津村秀介
- 書下ろし鉄壁のアリバイ崩し
  山陰の隘路 米子発9時20分の死者 津村秀介
- 世相を抉る傑作ミステリ
  非情 津村秀介

- 国際時刻表アリバイ崩し傑作!
  巴里《パリ》の殺意 ローマ着18時50分の死者 津村秀介
- 書下ろし鉄壁のアリバイ崩し
  逆流の殺意 水上着11時23分の死者 津村秀介
- 書下ろし鉄壁のアリバイ崩し
  仙台の影絵 佐賀着10時16分の死者 津村秀介
- 書下ろし鉄壁のアリバイ崩し
  伊豆の朝凪 米沢着15時27分の死者 津村秀介
- 至芸の時刻表トリック
  水戸の偽証 三島着10時31分の死者 津村秀介
- 第22回メフィスト賞受賞作!
  DOOMSDAY—審判の夜— 津村 巧
- 妖気ただよう奇書!
  刻丫卵 東海洋士
- 落語界に渦巻く大陰謀!
  寄席殺人伝 永井泰宇
- 超絶歴史冒険ロマン
  黄土の夢 〈第1部〉明国大入り 著 中嶌正英 原案 田中芳樹
- 超絶歴史冒険ロマン
  黄土の夢 〈第2部〉南京攻防戦 著 中嶌正英 原案 田中芳樹

- 超絶歴史冒険ロマン
  黄土の夢 〈第3部〉最終決戦 著 中嶌正英 原案 田中芳樹
- "極真"の松井章圭館長が大絶賛!
  Kの流儀 フルコンタクト・ゲーム 中島 望
- 一撃必読! 格闘ロマンの傑作!
  牙の領域 フルコンタクト・ゲーム 中島 望
- 21世紀に放たれた70年代ヒーロー!
  十四歳、ルシフェル 中島 望
- 書下ろし新本格推理
  消失! 中西智明
- 書下ろし長編本格推理
  目撃者 死角と錯覚の谷間 中町 信
- 逆転につぐ逆転! 本格推理
  十四年目の復讐 中町 信
- 書下ろし長編本格推理
  死者の贈物 中町 信
- 書下ろし長編本格推理
  錯誤のブレーキ 中町 信
- 書下ろし長編官能サスペンス
  赤坂哀愁夫人 南里征典

KODANSHA NOVELS 講談社ノベルス

KODANSHA NOVELS 講談社ノベルス

書下ろし長編官能サスペンス
鎌倉誘惑夫人　南里征典

長編官能サスペンス
東京濃蜜夫人　南里征典

長編官能サスペンス
東京背徳夫人　南里征典

官能&旅情サスペンス
金閣寺密会夫人　南里征典

官能追及サスペンス
新宿不倫夫人　南里征典

長編官能サスペンス
六本木官能夫人　南里征典

長編官能サスペンス
銀座飾窓夫人　南里征典

長編官能ロマン
欲望の仕掛人　南里征典

野望と性愛の挑戦サスペンス
華やかな牝獣たち　南里征典

妖気漂う新本格推理の傑作
地獄の奇術師　二階堂黎人《にかいどうれいと》

人智を超えた新探偵小説
聖アウスラ修道院の惨劇　二階堂黎人

著者初の中短篇傑作選
ユリ迷宮　二階堂黎人

会心の推理傑作集！
バラ迷宮　二階堂蘭子推理集　二階堂黎人

恐怖が氷結する書下ろし新本格推理
人狼城の恐怖　第一部ドイツ編　二階堂黎人

蘭子シリーズ最大長編
人狼城の恐怖　第二部フランス編　二階堂黎人

悪魔的史上最大のミステリ
人狼城の恐怖　第三部探偵編　二階堂黎人

世界最長の本格推理小説
人狼城の恐怖　第四部完結編　二階堂黎人

新本格作品集
名探偵の肖像　二階堂黎人

正調「怪人 対 名探偵」
悪魔のラビリンス　二階堂黎人

めくるめく謎と論理が開花！
解体諸因　西澤保彦

驚天する奇想の連鎖反応
完全無欠の名探偵　西澤保彦

書下ろし新本格ミステリ
七回死んだ男　西澤保彦

書下ろし新本格ミステリ
殺意の集う夜　西澤保彦

書下ろし本格ミステリ
人格転移の殺人　西澤保彦

書下ろし新本格ミステリ
麦酒の家の冒険　西澤保彦

書下ろし新本格ミステリ
死者は黄泉が得る　西澤保彦

書下ろし新本格ミステリ
瞬間移動死体　西澤保彦

書下ろし新本格ミステリ
複製症候群　西澤保彦

神麻嗣子の超能力事件簿
幻惑密室　西澤保彦

神麻嗣子の超能力事件簿
実況中死　西澤保彦

KODANSHA NOVELS 講談社ノベルス

神麻嗣子の超能力事件簿	念力密室!	西澤保彦
神麻嗣子の超能力事件簿	夢幻巡礼	西澤保彦
神麻嗣子の超能力事件簿	転・送・密・室	西澤保彦
長編鉄道推理	四国連絡特急殺人事件	西村京太郎
長編鉄道推理	寝台特急あかつき殺人事件	西村京太郎
長編野球ミステリー	日本シリーズ殺人事件	西村京太郎
鉄道推理	L特急踊り子号殺人事件	西村京太郎
長編鉄道推理	寝台特急「北陸」殺人事件	西村京太郎
乱歩賞SPECIAL 新トラベルミステリー	オホーツク殺人ルート	西村京太郎
鉄道推理	行楽特急ロマンスカー殺人事件	西村京太郎
長編トラベルミステリー	南紀殺人ルート	西村京太郎
トラベルミステリー	阿蘇殺人ルート	西村京太郎
トラベルミステリー	日本海殺人ルート	西村京太郎
トラベルミステリー	寝台特急六分間の殺意	西村京太郎
長編鉄道ミステリー	釧路・網走殺人ルート	西村京太郎
長編鉄道ミステリー	アルプス誘拐ルート	西村京太郎
傑作鉄道ミステリー	特急「にちりん」の殺意	西村京太郎
長編鉄道ミステリー	青函特急殺人ルート	西村京太郎
長編鉄道ミステリー	山陽・東海道殺人ルート	西村京太郎
傑作鉄道ミステリー	最終ひかり号の女	西村京太郎
長編鉄道ミステリー	富士・箱根殺人ルート	西村京太郎
長編鉄道ミステリー	十津川警部の困惑	西村京太郎
長編鉄道ミステリー	津軽・陸中殺人ルート	西村京太郎
長編本格ミステリー	十津川警部の対決	西村京太郎
鉄道ミステリー	十津川警部C11を追う	西村京太郎
長編鉄道ミステリー	越後・会津殺人ルート	西村京太郎
傑作鉄道ミステリー	五能線誘拐ルート	西村京太郎
鉄道ミステリー	恨みの陸中リアス線	西村京太郎
傑作長編鉄道ミステリー	鳥取・出雲殺人ルート	西村京太郎
トラベルミステリー	尾道・倉敷殺人ルート	西村京太郎

KODANSHA NOVELS 講談社ノベルス

鉄道ミステリー
諏訪・安曇野殺人ルート　西村京太郎

鉄道ミステリー
哀しみの北廃止線　西村京太郎

鉄道ミステリー
伊豆海岸殺人ルート　西村京太郎

トラベルミステリー
倉敷から来た女　西村京太郎

鉄道ミステリー
東京・山形殺人ルート　西村京太郎

トラベルミステリー傑作集
北陸の海に消えた女　西村京太郎

トラベルミステリー
十津川警部 千曲川に犯人を追う　西村京太郎

トラベルミステリー
十津川警部 白浜へ飛ぶ　西村京太郎

トラベルミステリー
上越新幹線殺人事件　西村京太郎

トラベルミステリー
北への殺人ルート　西村京太郎

トラベルミステリー
四国情死行　西村京太郎

大長編レジェンド・ミステリー
十津川警部 愛と死の伝説(上)　西村京太郎

大長編レジェンド・ミステリー
十津川警部 愛と死の伝説(下)　西村京太郎

京太郎ロマンの精髄
竹久夢二 殺人の記　西村京太郎

旅情ミステリー最高潮
十津川警部 帰郷・会津若松　西村京太郎

超娯楽大作
ビンゴ　西村 健

娯楽超大作
脱出 GETAWAY　西村 健

豪快探偵走る
突破 BREAK　西村 健

長編国際冒険ロマン
黒い鯱　西村寿行

長編国際冒険ロマン
碧い鯱　西村寿行

長編国際冒険ロマン
緋の鯱　西村寿行

長編国際冒険ロマン
遺恨の鯱　西村寿行

長編国際冒険ロマン
幽鬼の鯱　西村寿行

長編国際冒険ロマン
神聖の鯱　西村寿行

長編国際冒険ロマン
呪いの鯱　西村寿行

長編バイオレンス
鬼の跫(あしおと)　西村寿行

長編バイオレンス
異常者　西村寿行

長編大冒険ロマン
旅券のない犬　西村寿行

長編冒険バイオレンス
ここ過ぎて滅びぬ　西村寿行

大人気コミックのオリジナル・ストーリー
D・O・A・ 地雷震　新田隆男

世紀末本格の大本命！
鬼流殺生祭 貫井徳郎

書下ろし本格ミステリ
妖奇切断譜《ようきせつだんふ》 貫井徳郎

書下ろし青春新本格推理激烈デビュー
密閉教室 法月綸太郎《のりづきりんたろう》

豪華絢爛新本格推理の雄作
雪密室 法月綸太郎

新本格推理稀代の異色作
誰彼（たそがれ） 法月綸太郎

孤高の新本格推理
頼子のために 法月綸太郎

戦慄の新本格推理
ふたたび赤い悪夢 法月綸太郎

極上の第一作品集
法月綸太郎の冒険 法月綸太郎

本格ミステリを撃ち抜く華麗なる一撃
パズル崩壊 WHODUNIT SURVIVAL 1992-95 法月綸太郎

あの男がついにカムバック！
法月綸太郎の新冒険 法月綸太郎

噂の新本格ジュヴナイル作家、登場！
少年名探偵 虹北恭介《こうほくきょうすけ》の冒険 はやみねかおる

絢爛妖異の大伝奇ロマン
フォックス・ウーマン 半村 良

書下ろし本格推理・トリック&真犯人
十字屋敷のピエロ 東野圭吾

書下ろし渾身の本格推理
宿命 東野圭吾

フェアかアンフェアか!? 異色作
ある閉ざされた雪の山荘で 東野圭吾

異色サスペンス
変身 東野圭吾

究極の犯人当てミステリー
どちらかが彼女を殺した 東野圭吾

未曾有のクライシス・サスペンス
天空の蜂 東野圭吾

名探偵・天下一大五郎登場！
名探偵の掟 東野圭吾

これぞ究極のフーダニット！
私が彼を殺した 東野圭吾

『秘密』『白夜行』へ至る東野作品の分岐点！
悪意 東野圭吾

第15回メフィスト賞受賞作
真っ暗な夜明け 氷川 透

本格の極北
最後から二番めの真実 氷川 透

書下ろし大トリック・アリバイ崩し
北津軽 逆アリバイの死角 深谷忠記

驚天の大トリック本格推理
横浜・修善寺0《ゼロ》の交差 深谷忠記

傑作推理巨編
運命の塔 深谷忠記

書下ろし長編本格ミステリ
千曲川殺人悲歌 小諸・東京＋−の交差 深谷忠記

〝法医学教室奇談〟シリーズ
暁天の星 鬼籍通覧 椹野道流《ふしのみちる》

〝法医学教室奇談〟シリーズ
無明の闇 鬼籍通覧 椹野道流

〝法医学教室奇談〟シリーズ
壷中の天 鬼籍通覧 椹野道流

KODANSHA NOVELS 講談社ノベルス

KODANSHA NOVELS 講談社ノベルス

本格ミステリ・アンソロジー
本格ミステリ01　本格ミステリ作家クラブ・編

第19回メフィスト賞受賞作
煙か土か食い物　舞城《まいじょう》王《おう》太郎《たろう》

いまもっとも危険な〝小説〟!
暗闇の中で子供　舞城王太郎

歌人牧水の直感が冴える!
若山牧水・暮坂峠の殺人　真鍋繁樹

新本格推理・異色のデビュー作
翼ある闇　メルカトル鮎最後の事件　麻耶《まや》雄嵩《ゆたか》

処女作「翼ある闇」に続く奇蹟の第2弾
夏と冬の奏鳴曲《ソナタ》　麻耶雄嵩

奇蹟の書第3弾
痾(あ)　麻耶雄嵩

異形の長編本格ミステリー
あいにくの雨で　麻耶雄嵩

七つの《奇蹟》
メルカトルと美袋のための殺人　麻耶雄嵩

非情の超絶推理
木製の王子　麻耶雄嵩

「忌む家」とは
ホラー作家の棲む家　三津田信三

書下ろし本格トラベル推理
新潟発「あさひ」複層の殺意　峰隆一郎

書下ろし本格トラベル推理
博多・札幌見えざる殺人ルート　峰隆一郎

書下ろし本格トラベル推理
金沢発特急「北陸」殺人連鎖　峰隆一郎

書下ろし本格トラベル推理
寝台特急「出雲」消された婚約者　峰隆一郎

書下ろしトラベルミステリー
特急「あずさ12号」美しき殺人者　峰隆一郎

書下ろしトラベルミステリー
特急「日本海」最果ての殺意　峰隆一郎

トラベル&バイオレンス・ミステリー
新幹線『のぞみ6号』死者の指定席　峰隆一郎

トラベル&バイオレンス・ミステリー
新幹線『やまびこ8号』死の個室　峰隆一郎

書下ろしトラベル&バイオレンス・ミステリー
寝台特急『瀬戸』鋼鉄の柩　峰隆一郎

書下ろしトラベルミステリー
特急「北陸」「富士」個室殺人の接点　峰隆一郎

書下ろしトラベルミステリー
寝台特急「さくら」死者の罠　峰隆一郎

書下ろしトラベル推理
特急「白山」悪女の毒　峰隆一郎

書下ろしトラベルミステリー
飛騨高山に死す　峰隆一郎

近未来国際謀略シミュレーション
中国・台湾電脳大戦　宮崎正弘

奇想天外探偵小説
血食　系図屋奔走セリ　物集《もずめ》高音《たかね》

歴史民俗ミステリ
赤きマント　【第四赤口の会】　物集高音

本格の精髄
すべてがFになる　森　博嗣

硬質かつ純粋なる本格ミステリ
冷たい密室と博士たち　森　博嗣

純白な論理ミステリ
笑わない数学者　森　博嗣

小説現代増刊

メフィスト

今一番
先鋭的なミステリ専門誌

◉年3回(4、8、12月初旬)発行

講談社 最新刊 ノベルス

戦慄の〝鏡家サーガ〟!

佐藤友哉

エナメルを塗った魂の比重 鏡稜子ときせかえ密室

戦慄の二十歳が放つ、いまもっともエッジな〝学園ミステリー〟!

「ぼくの鼻は、イヌの鼻!?」

井上夢人

オルファクトグラム

凄まじい〝嗅覚〟を獲得したぼくは、はたして姉の仇を討てるのか……?

完璧な本格ミステリ!

殊能将之

鏡の中は日曜日

魔王と呼ばれる主、梵貝荘という歪んだ館で起きた殺人、眩暈の終幕。

御手洗 潔の奇蹟

島田荘司

最後のディナー

石岡と里美が再会。次々もたらされる事件に御手洗の叡智が感動的に煌く!

死蜘蛛との闘いに、いよいよ決着が!

コリン・ウィルソン 小森健太朗・訳

スパイダー・ワールド 神秘のデルタ

本邦初訳、C《コリン》・ウィルソンの代表作。前巻を受けて、ナイアルの旅、終結へ。